밤은 고요하리라

La nuit sera calme
by Romain Gary
Copyright © Éditions Gallimard, 1974
Korean Translation Copyright © Maumsanchaek, 2014

This Korean edition was published
by arrangement with Éditions Gallimard
through Sibylle Books Literary Agency, Seoul.
All rights reserved.

■ 이 도서의 국립중앙도서관 출판시도서목록(CIP)은
e-CIP 홈페이지(http://www.nl.go.kr/ecip)와
국가자료공동목록시스템(http://www.nl.go.kr/kolisnet)에서 이용하실 수 있습니다.
(CIP제어번호: CIP2014014586)

밤은 고요하리라

로맹 가리

백선희 옮김

마음산책

밤은 고요하리라

1판 1쇄 인쇄 2014년 5월 15일
1판 1쇄 발행 2014년 5월 20일

지은이 | 로맹 가리
옮긴이 | 백선희
펴낸이 | 정은숙
펴낸곳 | 마음산책

편집 | 이승학 · 최해경 · 박지영   디자인 | 이수연 · 이혜진
마케팅 | 권혁준 · 곽민혜   경영지원 | 이현경

등록 | 2000년 7월 28일(제13-653호)
주소 | (우 121-840) 서울시 마포구 잔다리로 3안길 20(서교동 395-114)
전화 | 대표 362-1452 편집 362-1451   팩스 | 362-1455
홈페이지 | http://www.maumsan.com
블로그 | maumsanchaek.blog.me
트위터 | http://twitter.com/maumsanchaek
페이스북 | http://www.facebook.com/maumsanchaek
전자우편 | maum@maumsan.com

ISBN 978-89-6090-187-2 03860

내가 나를 쓰레기로 여긴다면 확실히 쓰레기가 되지.

사생활의 실종은 개짓거리로 이어질 수밖에 없어.
왜냐하면 더는 숨길 수 없는 무언가를 숨기려고
애쓸 이유가 이젠 없기 때문이지.

프랑수아 봉디 우리가 안 지 45년이나 되었어.

로맹 가리 니스고등학교 1학년 때였지. 10월 개학날. 전학생이 있었고, 선생님이 전학생에게 출생지를 물었어. 자네가 일어나더니 어린 이븐사우드중앙아라비아 전역을 통일하여 사우디아라비아를 창건한 초대 왕 같은 얼굴로 열다섯 살에 이미 수세기의 무게를 등에 짊어진 표정으로 "베를린"이라고 말했지. 그러곤 서른 명이나 되는 어린 프랑스인들 앞에서 발작하듯이 웃음을 터뜨렸고. 우리는 곧 친해졌지.

프랑수아 봉디 자넨 여전히 기억력이 좋군. 도무지 잊어버리는 게 없으니 사는 게 쉽지 않겠어.

로맹 가리 그래서 책을 쓰잖나.

프랑수아 봉디 혼자 틀어박혀 사는 자네가 어째서 여기선 자네를 내놓기로 한 건가?

로맹 가리 혼자 틀어박혀 살기 때문이지……. 난 아무에게나 나를 드러내 보이니 결코 자존심 때문에 몸서리치지는 않네. 난 '아

무나'를 좋아하네. 친구잖나. 그리고 '여론'에 나를 내놓는 것에
도 마찬가지고. 내 '자아'는 내게 어떤 구속도 하지 않네. 오히려
그 반대지. 노출 취향도 있고 불같은 기질도 있어. 이건지 저건지
는 독자가 결정할 테지. 가리Gari는 러시아어로 명령 형태의 '태워
라!'를 뜻하네. 후렴구가 이 말로 된 오래된 집시 노래도 있지. 작
품에서도 삶에서도 내가 한 번도 벗어나지 못한 게 집시들의 질
서네. 그러니까 여기서 난 내 자아가 타도록, 이 지면에서 불이 붙
도록 불의 기질을 발휘하려고 하네. 흔히들 하는 말처럼 만인이
보는 앞에서 말이네. 자아가 난 우습네. 대단히 웃긴 녀석이지. 그
래서 대중의 웃음이 종종 불을 내곤 했지. 자아라는 녀석은 믿기
힘들 만큼 거만하잖네. 10분 후에 자기에게 무슨 일이 닥칠지 모
르는데 비극적일 정도로 진지하고, 햄릿처럼 독백하며 영원에 호
소하고, 셰익스피어의 작품들을 쓸 만큼 터무니없는 배짱도 가
졌지. 내 작품 속에서 그리고 내 삶에서 미소가 차지하는 몫을
이해하고 싶다면, 그건 우리 모두의 자아를 상대로 벌이는 복수
극이라고 말해야 할 거네. 터무니없는 자부심과 자기 자신에 대
한 애절한 사랑을 잔뜩 품은 자아를 상대로 말이네. 웃음, 빈정
거림, 조롱은 정화와 제거의 시도들이지. 그것들은 미래의 위생
을 준비하는 거네. 대중의 웃음과 모든 희극성의 원천 자체가 거
드름에 잔뜩 부푼 자아라는 공을 터뜨리는 바늘이지. 그것이 익
살 광대고 채플린이고, 자아의 무게를 덜어주는 모든 '해방자'들
이지. 희극성은 겸양에 대한 환기네. 자아는 언제나 대중 앞에서
자기 바지를 잃고 말지. 관습과 편견 들이 기를 쓰고 그 벗은 엉
덩이를 가려서 우린 결국 우리의 타고난 알몸 상태를 잊고 말아.

따라서 난 얼굴 붉히지 않고 자네 말처럼 나를 '내놓을' 준비가 되어 있네. 다른 이유란 없어. 무엇보다 나한텐 너무 어린 아들이 하나 있네. 녀석이 나를 만나기엔, 내가 이 모든 것을 말하기엔 너무 어려. 그 녀석이 이해할 수 있을 때가 되면 나는 여기 없겠지. 이런 상황이 나로선 꽤나 안타깝네. 무척이나. 녀석이 이해할 수 있을 때 이 모든 걸 말할 수 있으면 좋겠는데 내가 없을 거란 말이네. 기술적으로 불가능한 일이야. 그래서 이 자리에서 그 녀석에게 말하는 거네. 녀석이 나중에 읽을 테지. 그리고 우정 때문이기도 해. 난 아주 대단한 우정에 둘러싸여 있다고 느끼네. 믿기 힘들 정도야……. 내가 전혀 알지 못하는 사람들…… 독자들이 내게 편지를 보내오네. 일주일에 대여섯 통의 편지를 받지. 수년째 말이야. 편지를 써 보내는 독자가 한 사람이면 그 사람처럼 나를 생각하는 사람은 아마 백은 될 거네. 나처럼 생각하고 나처럼 느끼는 사람이 말이네. 믿기 힘들 만큼 엄청난 우정이지. 수톤이나 되는 우정이야. 그들이 내게 온갖 질문을 던져와 난 뭐라고 대답해야 할지도 모르겠고, 아는 척하는 것 같아 어떤 조언을 해야 할지도 모르겠네. 게다가 그들 한 사람 한 사람에게 얘기할 수도 없잖나. 그래서 이 자리에서 모두에게 말하는 거지. 이러고 나면 아마 내게 더는 조언을 구하지 않겠지. 내가 나 자신에게도 조언할 능력이 없다는 걸 알게 될 테니까. 게다가 결국 정답이 없다는 걸 알게 될 거고 말이네.

프랑수아 봉디 자네, 독자들에게 의무감이라도 느끼는 건가?

로맹 가리 전혀. 난 공익성이라곤 없는 사람이야. 하지만 우정에는 충실하지. 자네도 알잖나. 그러나 미리 말하지만 모든 걸 말하지는 않을 거네. 밀고 수준이 되기 직전에 멈춰 설 거야. 자기 비밀을 내놓으려면 자기 인생에 중요한 역할을 한 다른 사람들의 비밀까지 내놓지 않을 수 없단 말이지. 내 '추문'은 기꺼이 받아들이겠지만 다른 사람들까지 노출할 권리가 내겐 없네. 나한테는 '추문'이 다른 사람들이 받아들이는 것과 같은 의미가 전혀 아니네. 자연스러운 본능을 추문으로 여기는 사람들이 아직도 많아. 이를테면 성性이 그렇지. 그리고 속내 이야기가 있지. 내가 겨우 알까 말까 한 사람들이 놀랄 정도로 쉽게 내게 속내 이야기를 털어놓네. 그들이 왜 그러는지 잘은 모르겠지만 아마 내가 경찰 부류가 아니라는 걸 알기 때문이 아닌가 싶네.

프랑수아 봉디 ?!

로맹 가리 그래, 그 사람들은 내가 경찰의 규칙을 따르지 않는다고 느끼는 거지. 도덕이 문제 될 때 난 '겉치레' 기준에 따라 판단하지 않네. 난 경건한 거짓말이라면 끔찍이 싫어. 도덕 차원에서라면 나는 눈속임에 찬성하지 않네. 창녀촌을 문 닫는다고 해서 우리가 창녀가 아니라는 게 입증된다고 생각지 않아. 해마다 백만 명 넘는 여성들이 계속해서 불법으로 낙태 시술을 받고 있다는 걸 잘 알면서도 의사협회가 그랬듯이 도덕을 내세워 낙태를 단죄한다면 나는 그 '도덕의 숭상'을 천박함이라 부르겠네. 그것은 말하자면 캐비아 도덕이고, 겸양과 연민이 빠진 기독교요 하녀방을 모른 체하는 기독교에 속하는 것이지. '삶의 성스러운 특징'이 무엇보다 의미하는 건 어떤 삶, 어떤 기회가 주어졌느냐지. 집단 학살이 '삶의 성스러운 특징'인 삶의 조건들도 있지…… 하지만 경찰 법규의 도덕은 맹목적이네. 아무것도 개의치 않지. 가담하지 않아. 그건 말 그대로 소소小小하지, 다시 말해 소부르주아적이거나 소마르크스주의적이야. 따라서 난 내 자유는 몽땅 동원해 말하겠지만 타인들의 자유는 건드리지 않겠네. 이것이 나의 동기야. 이런 동기로 대담을 받아들인 거네. 자네는 자네 좋을 대로 '심문'을 하게. 난 대답할 테니. 어쩌면 나 자신에 대해 나도 알지 못하는 걸 자네 질문이 알려줄지도 모르잖나. 게다가 어쩌면 바로잡을 수 있는 문제인지도 모르고. 과연 그럴까 싶지만 말이야. 어쨌든 시작하자고.

프랑수아 봉디 자네 안에는 작가도 있고 국제적 '스타'도 있지. 사람이 있는가 하면 인물도 있지. 그 두 로맹 가리가 잘 지내고 있나?

로맹 가리 아니, 아주 못 지내고 있네. 둘은 서로 싫어하고, 서로에게 추잡한 짓거리들을 해대고, 정반대의 말을 하고, 서로에게 거짓말을 하고 속이네. 딱 한 번, 바로 이 대담을 위해서만 의견 일치를 보았지. 화해하려는 희망을 품고 말이네. 그래, 이 동기도 잊지 말아야겠네. 자네가 친절하게도 이렇게 상기시켜주니 좋군.

프랑수아 봉디 『새벽의 약속』을 읽은 모든 독자는 자네가 예외적인 어머니 슬하에서 컸다는 걸 알잖나.

로맹 가리 나의 어머니가 '예외적'이 된 건 모든 어머니가 떨어지게 마련인 망각에서 『새벽의 약속』이 어머니를 끌어내어 '대중에 알렸기' 때문이네. 어마어마한 수의 예외적인 어머니가 있지만 알려지지 않았을 뿐이야. 그건 그들의 아들이 『새벽의 약속』을 쓸 수 없었기 때문이지. 시간의 어둠 속에는 감탄스러운 어머니들이 그득해. 나의 어머니가 그랬듯이 알려지지 않고 잊힌 채 자신의 위대함을 조금도 의식하지 못하는 분들 말이네. 자신이 싸워온 조건보다 무한히 더 나쁜 물질적 조건 속에서 아이들을 기르는 어머니들. 죽도록 애쓰는 어머니들, 그리고 죽어가는 어머니들. 나는 그런 어머니들 중 한 사람을 망각에서 끌어낸 것뿐이네. 위풍당당함과 기질, 타오르는 열정에서 내 어머니가 예외적이었던 건 사실이지만 사랑에서, 사랑에서 예외적이었던 건 아니네. 앞장선 무리에 속했던 것뿐이지. 어머니들이 결코 제대로 보상받지 못한다는 건 자네도 알잖나. 내 어머니는 적어도 책 한 권은 받았지.

프랑수아 봉디 나도 그분을 잘 알았지. 우리 둘 다 아주 젊었던 시절에 내가 니스의 메르몽호텔에 자주 갔고 심지어 거기서 지내기도 했잖아. 그러고 보니 난 이런 말을 할 수 있는 몇 안 되는 증인 중 한 사람이군. 맞아, 자네 어머니는 자네가 『새벽의 약속』에서 묘사한 그대로였지. 감탄스럽고 사랑이 넘치는 모습이었어. 그러나 그런 어머니와 함께 사는 게 어린아이에게 얼마나 힘들었을지는 자네가 충분히 말하지 않았다고 생각하네. 자네 어머니는 군주처럼 당당하고 격정적이고, 눈부시게 빛나고 기상천외했지. 그런데 자네 안에, 자네 인생에 '강압적'인 어머니들이 입히는 타격의 흔적이 없다고 자신하나?

로맹 가리 심리학 교재를 가지고 어머니를 만들고 아들과 남자를 만드는 건 아니잖나. 인생은 법칙들이며 명령 따윈 아랑곳하지 않아. 정신분석학은 부잣집 자식 같은 거네. 오이디푸스가 왕자였다는 사실을 잊지 말자고. 이건 중요한 사실인데 프로이트는 그걸 살짝 잊었지, 안 그런가? 왕궁에서 일어나는 일이었단 말이네. 내가 내 어머니에게서 본 건 사랑뿐이네. 그거면 나머지 모든 건 통과되었지. 모든 여자의 경우가 그렇듯이 말이네. 난 한 여자의 사랑의 눈길로 만들어졌네. 그래서 여자들을 사랑했지. 지나치게 사랑한 건 아니네. 여자들을 충분히 사랑할 수는 없는 법이니까. 이건 이미 인정된 사실이지. 내가 평생 여성성을 찾았다는 것 말이네. 그게 없으면 남자도 없지. 이걸 어머니의 영향 때문이라고 부르겠다면 나도 좋네. 아니, 그걸로 성이 차지 않는군. 그렇게 불러달라고 부탁하겠네. 그러라고 열렬히 조언하네. 난 심지어 내가 빚을 다 갚았다고 생각지 않아. 나는 여자를 사랑할 줄 몰랐고, 줄 줄을, 모든 걸 줄 줄을 몰랐네. 난 너무 메말랐어. 내면이 너무 메말랐어. 그렇지만 내게 남은 얼마 안 되는 것이나마—문학이 큰 자리를 차지했기 때문이지—그들에게 주었네. 그러니 '남성성을 잃게 만드는' '강압적'인 어머니라느니 오이디푸스 콤플렉스라느니…… 이런 건 다 허울 좋은 소리일 뿐이지! 그런 말에 따르면 난 적어도 동성애자가 되거나 성불구가 되어야 했을 거네. 오이디푸스 이야기에 맞추려면 말이네. 하지만 그렇게 되지 않았지. 내가 좋은 예를 얘기해주지. 어린 시절, 열두 살 때 욕구가 너무 커서 난방기에다 정사를 시도해본 적이 있었네. 라디에이터 말이네. 그건 뜨겁고 구멍도 있었잖나. 그런데 거기다 신체 일부를 집어넣었다가 빠져나올 수가 없었네. 아직까지 그 자국이 남아 있어. 어느 정도의 생명력부터는 동물성이 모든 교재보다 훨씬 강하지. 엄마와 야릇한 관계를 맺기에는 난 너무 개였고, 너무 동물이었네……. 사람들이 줄곧 『새벽의 약속』을 거론하기 때문에 모든 걸 해명하려고 지금 이 얘기를 하는 거야. 자네 알잖나, 아주 오래전 어두운 동굴 속 어디에선가 분명히 근친상간이 있었지. 우린 모두 근친상간에서 나왔네. 하지만 나는 엄마에 대해서는 결코 눈곱만큼도 욕구가 없었네. 그쪽으로는 한 조각 기억도 호기심도 없었네. 내겐 아버지가 없었지. 하지만 이 또한 내 다리 한쪽을 부러뜨리지는 못했네. 그렇지만 나도 장단을 맞춰주고 싶네. 자네에게 이걸 제안하지. 강압적이고 권위적인 '성스러운 괴물' 같은 어머니 손에서 자랐기에, 내가 그렇게 전쟁을 벌인 건 '폭력성을 통해 내 어머니로부터 벗어나기 위해서'였다고 말이네. 다만 다른 얘기도 할 수 있지. 나의 어머니가 날 잘 길러서 인간으로 만들었다는 얘기 말이네. 사실 '거세 콤플렉스를 낳는' 어머니들에게는 사랑이 없어. 한 어머니에게 사랑이 있다면 나머지는 중요하지 않아. 난 여자들에게서 어머니를 찾은 적이 없지만 내가 난방기보다는 여자를 언제나 더 좋아했다는 건 절대적으로 분명해. 아무리 호의적인 난방기라도 말이네. 어린 시절 난 애정에 둘러싸여 지냈어. 그 때문에 난 내 주변에 여성성이 필요했고, 여성성을 개발하려고 최선을 다했지. 사랑할 줄 아는 남자라면 누구나 자기 안에 간직한 여성성 말이네. 이건 완벽하게 사실이지. 그런데 난 어머니들이 바로 이걸 위해 존재한다는 막연한 느낌이 드네. 이 욕구를, 이 여성성의 몫을 만들기 위해 말이네. 이 여성성이 없다면 문명도 존재하지 못했을 거네. 이 때문에 내가 여러 번 골탕 먹은 건 사실이네. 왜냐하면 여자는 어디 가나 있고 때로는 사람을 미치게 만드니까 말이네. 여성성을 가지지 않은―결핍의 상태로라도 가지고 있지 않은―남자는 난쟁이네. '문명'을 말할 때 가장 먼저 머리에 떠오르는 것은 어떤 부드러움, 모성애 같은 것이지…….

프랑수아 봉디 1945년, 공군 대위 시절에 자네는 첫 소설을 출간했지. 『유럽의 교육』. 이 책의 젊은 주인공에겐 아버지가 없잖나. 아버지는 폴란드 저항군에서 활동하다가 비극적으로 사라졌지. 그리고 2년 뒤 나온 『거대한 옷장Le grand vestiaire』은 프랑스에서는 별로 부각되지 않았지만 미국에서는 '인간 회사The Company of Men'라는 제목으로 자네의 첫 성공작이 되었지. 책 주인공 청소년의 아버지는 프랑스 레지스탕스에서 비극적이고도 영웅적으로 사라졌잖나…….

로맹 가리 이보게, 프랑수아. 자네가 그걸 사실로 믿는다는 얘기를 하려는 건 아니겠지?

프랑수아 봉디 이 얘기를 해야겠다고 생각하는 것뿐이네. 자네가 반응하도록 내가 도발을 한다고 치세.

로맹 가리 달리 말하자면 내가 드골에 합류한 건 드골이 내가 한 번도 가져보지 못한 영웅적 아버지의 이미지였기 때문이라는 얘기 아닌가. 그런 말을 누군가 썼다는 것 나도 아네. 다만 그 얘기가 타당하지 않다는 게 문제지. 그건 정신분석학의 편협한 믿음이고 허울 좋은 말일 뿐이네. 왜냐하면 내가 아버지를 선택하려고 무엇 때문에 스물일곱 나이까지 기다릴 것이며, 왜 하필 드골을 선택한단 말인가? 이를테면 그 당시 아주 인기 좋은 아버지인 스탈린도 있는데 말이네. 난 드골을 '선택'한 적이 없어. 드골은 스스로 선택해서 나보다 며칠 일찍 영국에 도착한 것뿐이네. 난 6월 18일 자 드골의 대국민 호소문을 듣지도 못했고, 그와의 관계는 금세 힘들어졌어. 내가 드골과 함께한 열두 번의 대담에서 그는 적어도 네다섯 번은 나를 밖으로 내쫓았네. 그가 나의 대담함을 꽤 좋아하긴 했지. 그것이 그에게 스스로 관대하다고 느끼게 해주었기 때문이지. 그리고 난 원래 투덜거리길 잘하기에 투덜거렸고, 이 점이 그를 나폴레옹과 가깝게 해주었지. 난 그에 대해 무한한 존경심을 품고 있지만 늘 화가 났네. 내가 보기에 드골은 강자에 맞서는 약자였고, 런던 시절의 그는 세계의 초강력 힘에, 진압에, 항복에 맞서며 자신의 절대적 나약함 속에 완전히 홀로 고립된 사람이었지. 내가 보기에 그는 인간의 상황 그 자체였네. 인간의 조건 자체. 항복 거부는 우리가 내세울 수 있는 유일한 존엄이지. 1940년 6월의 드골은 솔제니친이었네. 하지만 내가 그와 처음 맺은 관계는 재앙이었지. 1940년 6월에 런던에 도착한 첫 자유프랑스 군인들은 극도로 신경이 곤두선 자들로 오직 한 가지밖에 바라지 않았어. 싸우는 것. 그 시절 우리가 보기에 드골은 뜨겁지도 차갑지도 않았고, 우린 잘 알지도 못했고, 알고 싶지도 않았고, 그저 싸우고 싶었을 뿐이지. 그런데 곧 정치가 시작되고 술책이 시작되었네. 그들은 우리가 영국 비행중대에 섞여 떠나는 걸 막고 싶어 했지. 우리가 영국인들 틈에서 산만한 명령 때문에 죽는 걸 원치 않았고, 프랑스 부대를, 프랑스 비행중대를 만들 만큼 충분한 병사가 생길 때까지 기다리고 싶어 했네. 이때 자유프랑스 공군의 참모장교가 한 사람 있었지. 훈련을 반밖에 받지 않은 수백 명의 풋내기 중 한 사람이었을 거네. 셰느비에 소령이라고 불리던 사람이지. 어떤 이유로 우리가 그자를 미워하게 되었는지 지금은 모르겠지만, 우리는 우리가 영국 공군 비행중대로 가는 걸 막은 게 그자라고 믿었네. 회의가 열렸고, 그자를 제거하기로 결정이 났지. 이 모든 게 꽤나 비밀 조직처럼 이루어졌지. 내가 집행을 맡았네. 내가 신뢰를 주고 있었기 때문이었지. 셰느비에가 오디행으로 시찰을 왔고, 우리는 그를 비행 훈련에 초대했네. 전략은 매우 간단했어. 일단 공중에 뜨고 나면 조종을 맡은 자비에 드 시티보가―이 친구는 아마 지금도 생트로페에 살고 있을 거야―비행기가 고장 난 것처럼 하고, 뒤에 있던 내가 셰느비에를 쳐서 비행기에서 떨어뜨리는 거지. 그런 다음, 모터가 제대로 작동하지 않자 이자가 겁에 질려서 뛰어내렸는데 낙하산이 펼쳐지지 않았다고 말하는 거지. 셰느비에가 비행기에 탔고 우리는 이륙했네. 그런데 이자가 무언가를 직감했던 모양이네. 내 얼굴이 마음에 안 들었던 게지. 그 친구가 뒤쪽 기관총 사수 자리에 앉는 거야. 내가 시나리오대로 그자를 거기서 끌어내려고 발을 잡아당기자 그자는 악착같이 매달린 채 소리 지르며 발길질까지 했지. 그자의 발을 당기다 보니 내 손에는 그자의 군화만 남았고, 난 그자의 맨발을 보았어. 그 맨발이 내 사기를 완전히 꺾어놓았네. 맨발에다 새하얗고 약간 지저분하기도 한 그 발은 끔찍이도 취약했네. 뭐랄까, 인간적이었지. 라이터로 뒤꿈치에 불을 붙여 그 자리에서 강제로 끌어낼까 하는 생각이 머리에 스쳤지만 난 알제리에서 고문을 할 만한 인간이 못 됐네. 어쩔 도리가 없었지. 난 하지 못했어. 우리는 멀쩡한 셰느비에와 함께 착륙했네. 내가 뮈슬리에 제독에게, 오부아노 제독에게 이 사건에 대한 해명을 해야 했으리라는 건 자네도 상상이 가겠지. 난 첫 비행 때 신참 소령의 신발을 벗기는 건 늘 해오던 일이라고 그들을 설득하려고 애썼지만 셰느비에는 잔뜩 겁에 질려 나를 총살해야 한다고 주장했네. 우리는 우리가 싸우러 가는 걸 그가 가로막았기 때문에 단지 겁만 주려고 했다고 그들에게 말했지. 드골이 우리를 호출했네. 그 자리엔 부키야르, 무쇼트, 카느파, 블레즈, 그 밖에 몇 명이 있었네. 우리의 관점을 전달한 건 나였네. 왜냐하면 내가 법학사를 가졌기 때문이지! 난 더는 기다릴 수 없다고, 우리는 싸우러 왔다고, 프랑스에서는 우리를 탈영병으로 사형선고까지 내렸다고, 우리를 영국 비행중대와 함께 보내줘야 한다고 그에게 말했네. 그는 귀 기울여 들었지. 격분했는지 그의 콧수염이 살짝 경련을 일으키더군. 그가 일어서며 말했네. "좋아, 그러지……. 가서 죽는 것 절대 잊지 말게!" 난 군대식으로 경례를 하고 뒤를 돌아 문으로 향했지. 그때 드골은 후회가 되는지 이 상황을 무마해보려 했네. 그래서 나한테 이렇게 말했지. "그렇지만 자네한테는 아무 일도 일어나지 않을 거네…… 언제나 죽는 건 최고들이니까!" 다시 말해 상황을 무마하려고 고약한 소리를 덧붙인 거지. 그에겐 이런 고약한 구석이 있었네. 욕설을 퍼붓고 원망을 하는 건 그만의 방식이었지. 하지만 그가 옳았어. 죽는 건 최고들이라는 말 말이네. 부키야르, 무쇼트…… 모두가 죽었으니까. 어쨌든 우리의 요구는 관철되었네. 영국 전투가 시작되었고, 프랑스 비행사들은 영국 비행중대에 가담할 수 있었지. 그 후에 프랑스 비행중대가 만들어졌네. 자네가 왜 이 모든 걸 내게 말하게 하는지 전혀 모르겠네. 이미 죽은 일인데.

프랑수아 봉디 난 아무것도 요구하지 않았어. 자네가 얘기한 거지…….

로맹 가리 아, 그런가.

프랑수아 봉디 내가 『유럽의 교육』과 『거대한 옷장』을 환기한 건 전혀 다른 걸 묻기 위해서였네. 자네가 열여섯, 열일곱 살에 니스에서 살았을 때 '비행소년'이, 불량배가 될 위험이 컸잖나. 분노, 욕구불만, 공격적인 구석이 있었지……. 그 시절 자네 친구들, 오늘날 제3세계에서 유니세프를 대표하는 에드몽 글릭스만, 시구르 노르베르그도 그렇고 나도 걱정을 했지. 우리가 아마 자네에게 종종 얘기도 했을걸. 그리고 자네의 첫 책들, 특히 1949년에 출간한 『거대한 옷장』에는 비행 청소년이 나와서 자네 이름으로 말을 하잖나. 이건 틀릴 수가 없어. 자네가 쓴 모든 책 가운데 『거대한 옷장』의 뤼크에게서 난 자네를 가장 잘 알아보네. 열일곱 살의 자네 모습 말이네. 비행 청소년에 대한 이 강박증은 왜인가? 자네 자신이 사춘기를 벗어날 때 흔들릴 뻔했기 때문인가?

로맹 가리 모르겠네. 전쟁이 있었지. 어쩌면 그것이 날 구했는지도 모르겠네. 더구나 나 스스로도 끓어오르는 내면의 욕망을 경계해서 1935년에는 외인부대에 지원할 생각이었지. 그때 나의 귀화증이 나와서 공군을 선택할 수 있었네. 그렇지만 아니네. 내가 '흔들렸을' 거라고는 생각지 않아. 전쟁이 없었더라면 내가 무엇이 되었을지는 모르겠지만—이게 우리 문명에 대해 많은 걸 얘기해주지—내가 '잘못될' 수 있었으리라고는 생각지 않아. 포주나 아니면 무기 든 사람 같은 것 말이네. 하지만 내가 위험에 처해 있었던 건 사실이지. 사춘기를 벗어날 즈음이 내 인생에서 가장 '아슬아슬'한 시기였어. 난 아무라도 될 수 있었을지 몰라. 근데 사실 난 아무 위험이 없었네. 흔들렸지만 중심은 있었지. 마음속에 증인도 있었지. 어머니 말이네. 하지만 바로 그 어머니 때문에 힘든 순간들이 있었지…….

프랑수아 봉디 아조프.

로맹 가리 그 사람 이름은 아조프가 아니었네. 니스의 러시아인들 사이에서는 "자자로프"라 불렸지.

프랑수아 봉디 1930년대 니스에는 수만 명의 러시아인이 있었지.

로맹 가리 그 별명은 '자라자zaraza'라는 단어에서 온 것인데, 러시아어로 '감염'을 뜻하는 말이지. 20퍼센트 고리를 받고 돈을 빌려주어 어머니의 고혈을 짜낸 더러운 고리대금업자였지. 난 그자를 죽이지 않았어.

프랑수아 봉디 자네, 경찰에서 세 번이나 심문당했지?

로맹 가리 물론 그러기 일주일 전에 그자의 얼굴을 깨놓긴 했지. 왜냐하면 그자가 우리 집에 와서 어머니 목을 조르며 고리대금을 내놓으라고 했거든. 몇 년 전에 웬 '아주 훌륭한' 신사가 찾아와 저작권을 맡기라고 내게 제안하더군. 20퍼센트 고리를 받게 해주겠다고 말이네. 그자의 얼굴도 깨버렸네. 난 자자로프에게 다음번에는 어쩌고저쩌고……라고 말했네. 증인들도 있었고, 그 동네에서 내가 아주 알려진 인물도 아니었고, 어머니가 어머니를 모욕하는 인간이 있으면 누구건 얼굴을 부숴버리라고 했기 때문에…….

프랑수아 봉디 자네도 알다시피 시효가 있잖나.

로맹 가리 주먹에는 없지. 주먹에는 시효가 없네. 어쨌든 내 주먹에는 없어. 그날 나는 니스에 있지도 않았네. 탁구 시합 때문에 그라스에 있었지. 결승전에서 만난 내 상대의 이름도 기억나네. 도르무아. 하지만 그 시절 남프랑스에서 나는 요즘의 알제리인과 비슷한 처지였지. 그들은 즉각 나를 떠올렸네. 그날 그라스에는 열 명의 친구가 나와 같이 있었고 나를 보았지. 그 사람의 목을 조른 건 내가 아니야. 하지만 내가 아슬아슬했던 건 맞네. 청소년들은 종종 아슬아슬하잖나. 특히 요즘은 더 그렇지. 그들에겐 목숨보다는 혈기가 더 많고, 삶을 통해 자신을 표현할 가능성보다는 혈기가 더 많으니까. 그것이 68년 5월혁명을 낳거나 마약을, 불량배를 낳거나 애늙은이를 낳는 거지. 난 위험한 일을 했네. 이를테면 관광객들을 위한 안내원 일을 했지. 관광객들은 창녀촌에 가고 싶어 했네. 생미셸 거리의 유흥가 페리아로 그들을 데려가야 했지. 그리고 페리아에는 음탕한 극장이 하나 있었네. 뚜쟁이가 음탕한 극장으로 손님을 데려오면 돈을 주겠다고 내게 제안했지. 난 겨우 열일곱이었는데 말이네. 그리고 내게 '엄마' 노릇을 하며 나를 바른길로 인도하고 싶어 한 매춘부들도 있었지. 여기저기 50프랑씩 슬쩍 꽂아주며 말이네. 난 늘 거절했네. 안 그랬더라면 어머니가 날 죽였을 거네.

프랑수아 봉디 어머니가 알 리 없잖은가.

로맹 가리 어머니는 내 안에서 알았을 거네. 어머니는 내 안에 있었네. 사람들은 이걸 '성가신' 어머니, '강압적'인 어머니라고 부르겠지. 난 언제나 내 안에 증인이 있었네. 지금도 있고. 청소년들이 불량배가 되는 건 증인이 없기 때문이네. 무관심한 아버지와 어머니가 있거나 또는 아버지도 어머니도 없어서지. 내면의 증인이 없으면 우리는 뭐든 할 수 있네. 요즘 청소년 범죄자 대부분이 자기를 알아봐주고 쳐다봐주는 자기만의 구역이, 자기만의 구석이 없는 아이들이지. 빵집 주인이건 식료품 가게 주인이건 숯장수건, 아이들은 기준점이 없고 중력의 중심이 없고 증인이 없어서 뭐든 할 수 있는 거네. 본보기가 없는 텅 빈 상태여서 뭐든 할 수 있는 거라고.

프랑수아 봉디 자네 어머니가 위험을 느꼈나?

로맹 가리 이따금 그랬지. 어머니는 겁을 먹었네. 소리를 쳤지. 그 냥. 이중의 쓰임새가 있었기 때문이지. 어머니는 내 안에서 이미 단단히 살림을 차리고 자리 잡고 있었네. 이를테면 마르그리트 라에이가 내게 춤추는 걸 가르쳤지. 그 당시 해변에는 페루 사람 치키토가 있었어. 우리는 그를 그렇게 불렀네. 그자가 '지중해 왕궁'으로 나를 데려갔는데, 그곳에서는 나이 지긋한 부인들을 춤추게 해줄 놈팡이들을 찾았지. 이를테면 자네가 포마드를 잔뜩 바르고 호스티스들과 함께 자리를 잡고 앉아 있으면 남편들이 보이를 보냈지. 그래서 부인과 춤을 추면 남편은 팁을 찔러주었어. 그런 식으로 댄스파티 때마다 50프랑씩 벌 수 있었지. 어머니가 이걸 알고서 고래고래 고함을 질렀네. 매춘이 어쩌고저쩌고 말이야. 잘못 알았던 거지. 난 그런 짓은 하지 않았으니까. 머리에 포마드를 발라야 한다는 걸 알자마자 나는 안 하겠다고 했지. 왜 그런지 모르겠지만 난 머리카락에 뭐든 바르는 걸 늘 끔찍이 싫어했어. 어쩌면 오이디푸스가 대머리였기 때문인지도 몰라. 이따금은 남편들이 놈팡이들을 집으로 초대해서 구경하기도 했나 보더군. 이건 지금도 믿어지지가 않네. 지금보다 훨씬 오래된 30년대 얘기였으니까. 내가 흔들릴 위험이 있었던 건 니스가 아니라 오히려 파리에서였네. 거기에선 이론적으로는 나는 나 자신에게만 내맡겨져 있었지. 하지만 그건 사실이 아니네. 어머니는 여전히 내 안에서 눈을 부릅뜨고 있었네. 그러나 돈 한 푼 없는 알제리인에게―그 시절에는 "거류 외국인"이라 불렸지―30년대 파리는 힘든 곳이었지. 자네가 브래들리를 기억하는지 모르겠군. 모르나? 말하자면 그는 조숙한 미국인이었지. 그러니까 내 말은 1934년에 이미 맛이 간 친구였다는 얘기네. 파리의 롤랭 가 유럽 호텔에는 영국인 만화가 얀 피터슨이 있었네. 그 사람이 이따금 나를 식사에 초대하곤 했는데, 브래들리를 조심하라고 말했지. 부모가 생활비를 끊자 그는 한 가지 요령을 찾아냈지. 당시 미로메닐 거리에는 아주 특별한 매춘업소가 하나 있었어. 여자들이 접대를 받으러 그곳을 찾았지. 이따금은 남편을 동반하기도 했네. 브래들리는 그 일로 한 달에 3000프랑을 벌었지. 그가 나를 찾아와 그 일을 제안했네. 난 술병으로 그자를 쳐서 때려눕혀 버렸지. 감히 나한테 그런 걸 제안했기 때문에 나는 눈물이 맺힐 정도로 화가 치밀었지. 그게 눈에 보였다는 거니까……. 그러니까 내 말은 내가 절망했다는 걸 그가 보았다는 얘기네. 그의 '제안'이 내 처지를 부각했던 거지. 친구 하나 없이 파리에 온 스물한 살 알제리인의 막막한 처지 말이네. 그때가 자네 부모님이 나를 식사에 초대하던 시절이었지. 난 울었네. 내 평생 그때처럼 운 적이 없었던 것 같아. 내가 그렇게 격하게 반응한 건―여차하면 그를 죽였을지도 모르네―내가 흔들렸기 때문이지. 마음속으로도 사실을 털어놓은 적이 없었지만 난 흔들렸었네. 이해하겠나? 욕망은 넘쳤는데 내겐 애인도, 아무것도 없었단 말이네. 욕망이 목구멍까지 찼지. 주체하기 힘든 욕망을 떨어버릴 수 있는 방법이 있다는 생각만으로는 이미 유혹적이었네. 그 여자들은 브래들리 말에 따르면 모두 늙고 못생긴 것만은 아니었고, 종종 예쁘고 변태적이거나 아니면 남편들이 변태적이었다고 했지. 그러니 이해하겠나…… 이 해하겠나……. 난 스물한 살이었고, 욕망을 주체하지 못했고, 그곳엔 기다리는 여자들이 있고, 게다가 돈까지 준단 말이네. 게다가 다른 것도 있었어. 대단히 마초적인 구석도 있었지. 특히 청년들에게서 볼 수 있는 거친 척, 진짜인 척, 문신한 척하고 싶은 욕구 말이네. "그 여자와 잤을 뿐 아니라 그걸로 그 여자가 나한테 돈까지 줬어"라고 뻐기는 구석. 사회의 규칙을, 사회의 명예를 거부하고 사회에다 "자, 이거나 먹어!"라고 말하고 침을 뱉고 싶은 욕구. 말하자면 모든 게 있었지. 낙오자에 가진 거라곤 성기뿐 주변엔 온통 절망뿐이었어. 오직 믿을 수 있는 단 한 가지, 나를 버리지 않고 작동하는 단 한 가지는 발기뿐. 주위의 모든 게 불안한데 그것만이 유일하게 확실한 것이지. 이런데 만약 내면의 증인이 없다면 끝장이야. 바로 이래서 나는 늙은 호모나 어린 여자아이를 좋아하는 변태들이 아이들을 상대로 돈과 옷과 식사와 차를 사주며 구슬리는 걸 절대 용서 못하네. 그들은 모조리 마약 밀매상이거나 심지어 마약 없이도 그런 짓을 하지. 성性에 도덕적 판단을 가할 건 아니지만 그것이 가난과 혼란한 마음을 착취할 때는 그래야 하지. 결국 나는 브래들리를 때려눕혔고 경찰에 잡혀갔지. 파리에 들렀던 글릭스만 신부님이 와서 나를 꺼내주었네. 그 시절 그분은 니스 주재 폴란드 명예영사로 계셔서 힘이 있었지. 나는 롤랭 가 집으로 돌아와서 스물네 시간 동안 울었네. 그 매춘업소로 가고 싶은 욕구가 끔찍이 컸지. 돈 때문이 아니라 그저 정사를 하고 싶어서였네. 그 개자식 브래들리가 멋진 표범 같은 여자들이 온갖 방식으로 정사를 나누는 걸 내게 묘사해주었는데 난 욕구를 풀 길이 하나도 없었단 말이네. 결코 무덤 속에 떨어진 적 없고 앞으로도 그러지 않을 눈, 지금도 그 자리에 그대로 남아 있는 눈이 없었더라면 난 그곳에 갔을 테고, 내가 어떤 사람이 되었을지 모르겠네. 왜냐하면 난 스스로 그걸 결코 용서하지 못했을 테니까 말이야. 난 스스로를 추잡한 놈으로 여겼을 거네. 내가 나를 쓰레기로 여긴다면 확실히 쓰레기가 되지.

프랑수아 봉디 은행은?

로맹 가리 아니, 내가 아니었어. 에드몽이었지. 그는 은행을 털고 싶어 했어. 난 즉각 아니라고 했지. 녀석이 변장을 하고 몽파르나스 거리에서 내게 다가와서 불 있느냐고 물었어. 난 못 알아보았지. 그는 끝내 은행을 털지는 못했네. 왜냐하면 100퍼센트 안전하게 일이 성사되려면 있어야 할 적당한 곳에 있는 은행을 끝내 찾지 못했거든. 에드몽은 100퍼센트 안전을 추구하는 모험가 유형이었네. 내가 보기에 그에게는 그저 안전이 필요했던 것 같아. 자네도 알다시피 그는 미국에서 고위 공무원이 되었잖나. 지금은 몸무게가 120킬로그램이 나가고, 다섯 아이를 기독교적으로 길렀고, 미국 주에서 은퇴한 뒤로는 대학에서 철학을 가르치고 있지. 그가 달리 뭘 가르칠 수 있겠나?

프랑수아 봉디 어떤 순간에도, 어떤 식으로도 '흔들리지' 않았나? 절도도 안 했나?

로맹 가리 먹을 것만 훔쳤지. 그렇지만 양심의 가책 없이 마땅한 내 권리를 누린다는 느낌으로, 아주 편안한 마음으로 훔쳤네. 배고파서 먹는 인간은 언제나 도덕을 제 편에 두고 있어. 나는 대략 한 달에 열흘 정도의 생활비가 모자랐지. 그래서 카폴라드 빵집에서 크루아상을 훔쳤고 발자르에서 햄 샌드위치를 훔쳤네. 그 시절 그들은 계산대 바로 옆에 샌드위치를 두어서 아주 편리했지. 맛있는 샌드위치였네. 라탱 가에서 최고로 맛있었지. 다른 곳에서도 시도했네. 수르스와 클뤼니에서, 손이 닿는 곳에 샌드위치가 있는 곳이라면 아무 데서나 시도해보았지. 하지만 발자르네 샌드위치가 최고였네. 1년 동안 나는 그 집의 단골손님이었지. 지배인은 로제 카즈라는 이름의 청년이었어. 지금은 내가 파리에 오면 자주 들러서 식사를 하는 브라스리 리프Lipp의 주인이 되었지. 그럴 만큼 그 사람에게 빚을 많이 졌어. 게다가 그는 아카데미 훈장까지 받았어. 하지만 나는 다른 건 훔치지 못했네. 지금도 그러지 못하네. 레지옹도뇌르 훈장까지 받았는데…… 이 훈장이 좋은 방패가 되어줄 텐데 말이네. 그렇다고 내가 건실한 부류에 줄을 선 건 아니네.

프랑수아 봉디 그 말 멋진데. "건실한 분류에 줄을 선 건 아니다"라는 말. 정치적이기까지 한 것 같은데…….

로맹 가리 글쎄. 이를테면 난 자본주의 체제나 사회주의 체제를 위협하는 것이 부패라고 생각지 않네. 심지어 난 부패 없이는 팽창도 없을 거라고 생각하네. 자본주의와 사회주의 체제가 '순수'했다면 벌써 오래전에 무너졌을 거라고 생각하지. 부패는 관료제의 중화제, 보잘것없지만 피할 길 없는 중화제야. 서양에서도 그렇고 인민민주주의 국가들에서도 그렇지. 일을 빨리 처리하기 위한 뇌물이 없었더라면 관료제가 팽창의 모든 가능성을 차단했을 거네. 부정 거래가 없었다면 관료제가 초래하는 정상적인 지연들이 체제를 무력하게 만들었을 거야. 부패는 모든 과잉의 대가야. 신경제정책을 펼친 레닌은 그걸 아주 잘 이해하고 있었던 거지. 부정 거래를, '사유 영역'을 합법화했으니까. 스탈린이 처형한 진짜 볼셰비키들은 부패한 자들이 아니었네. 내버려두었더라면 아마도 그들이 소련 체제를 파멸로 몰고 갔을 거네. 스탈린이 골수까지 부패하지 않았다면, 그가 피와 학살과 집단 수용소로 공산주의 이상을 부패하게 만들지 않았다면 체제는 아마도 무너졌을 거야. 스탈린은 공산주의의 부패를 통해 소련의 힘을 구한 거네. 다른 증거를 원하나? 인민민주주의 국가들에서 나는 이런 주장을 내건 플래카드들을 보았네. "일하지 않은 자는 먹지도 말라." 스타하노프운동과 이 노동 개념이 그곳에 가져온 건 세계에서 가장 높은 결근율이지. 이 '냉혹한 엄정성'은 노동자들의 결근 때문에 수정되었어. 자본주의는 부패로 위협받는 게 아니네. 부패로 연장되지. 부패는 일을 성사시키고, 부동산 시장을 활성화하고, 많은 일자리에 기름칠을 하고, 주문을 통과시키고, 은행의 토지 담보 같은 효과를 내지. 아니, 심지어 더 능란한 솜씨를 발휘하지. 부패 없이는 잉여도 없을 거네. 아옌데칠레에서 세계 최초로 자유선거를 통해 선출된 마르크스주의자 대통령가 부패했더라면 그가 아직 권력에 있을 테지. 그래서 전 세계 사회주의 국가들이 이토록 어려움을 겪는 거네. 사회주의 이상에는 이런 시詩의 몫이, '랭보의 몫'이 없기 때문이지. 이것 없이는 문명도 없고 인간도 없고 프랑스도, 잔 다르크도, 드골과 그 부대도 없을 것이네. 하지만 이 시의 몫이 부패를 배제하기 때문에, 그것이 이상주의적이고 서정적이기에 사회주의자들은 스스로의 정직성을 두고 서로들 수시로 치고받지. 미국은 오늘날 부패의 몫이 경이로운 물질적 번영을 창출해낸 나라가 되었지. 바로 그래서 그곳의 모든 권력이 변호사들의 손에 있는 거네. 그들의 목표는 법을 합법적으로 주무르고, 그런 목적에서 법으로 특별히 마련해둔 구멍들 속에 자리한 유사법치 사회를 창출하려는 데 있지. 이건 단지 모든 세금을 면제받는 텍사스나 다른 곳의 석유 재벌들만을 염두에 두고 하는 말이 아니라 체제 전체에 대해 하는 말이네. 언젠가 내가 미국의 웬 백만장자에게 15퍼센트 세금 내는 걸 받아들일 의향이 있느냐고 물었더니 그 사람은 멋진 미소를 지으며 아니라고 대답하더군. 왜냐하면 회사의 회계 조작을 통해 15퍼센트보다 훨씬 적게 내고 있었기 때문이지. 미국의 경우처럼 걸핏하면 변호사가 필요한 사회는 법률 자체가 합법적 부패의 여지를 예측해둔 게 분명해. 부통령 애그뉴는 매수당했다가 경질당했네. 그러니 미국 주에서 정치적·행정적 책임이 훨씬 작은 수준에서는 어떤 일이 일어날지 상상이 가지. 워터게이트의 책임자들은 모조리 변호사야. 닉슨을 상대로 그토록 격렬한 공격이 쏟아진 게 왜인 줄 아나? 왜냐하면 그 혼자만 썩었고, 미국 사회가 거기에 가담하지 않았다는 걸 입증하고 싶어서였지. 미국 변호사들이 받는 수임료는 상상을 뛰어넘어 수백만 달러에 달하지. 지적 부정직은 언어에까지, 프랑스어 사용에까지 미끄러져 들었네. 심지어 지스카르데스탱 같은 사람이 앞으로 세금 예납액이 43퍼센트가 될 거라고 말하는 것조차 프랑스 언어의 부패를 의미할 뿐이지. 나라에 대고 이렇게 말하는 건 나라에다 사기를 치는 셈이지. 한 정치체제 속에서, 이를테면 소련이나 점령기 프랑스의 정치체제 속에서 살 때 또는 미쳐버린 관료제를 마주 대할 때 부패가 건강한 반사 행동이 되는, 대중의 방어 수단이 되는 순간이 있다고 나는 생각하네. 부패가 체제보다 더 정직해지는 순간 말이네. 오늘날 체제들은 방어 수단 없는 인간을 상대로 압도적인 힘을 갖게 되어—이건 모든 사회적 이상에 대한 배반이지—체제의 부패가 인간에게 열린 유일한 기회가 되었네.

프랑수아 봉디 중국의 경우는 아직 그렇지 않다고들 말하잖나
…….

로맹 가리 나도 진짜 처녀를 하나 아네.

프랑수아 봉디 자넨 중국이 거북하지, 안 그런가?

로맹 가리 틀렸네. 난 공산주의가 중국을 위해서는 엄청난 발전이었다고 생각해. 하지만 공산주의 문제는 우리 대담에서 계속 끼어들 테니 한번 설명해보겠네. 한 사회에서 중요한 건—내가 보기엔—인간 고통의 원가야. 중국에 이 값을 치르게 한 건 마오쩌둥주의자들이 아니야. 그들의 이전 세기지. 한 세기 동안 중국이 어떠했는지를 알면 마오쩌둥 훨씬 이전에 대가가 치러졌다는 걸 알게 되고, 한 세기 동안 중국이 자본주의에 치른 값과 비교해볼 때 중국이 공산주의를 거저 얻었다는 걸 알게 되지. 중국이 지금까진 훌륭한 거래를 한 셈이지. 계속 지켜봐야겠지만.

프랑수아 봉디 『죄지은 머리La tête coupable』에서 자네는 문화혁명 때의 폭력과 고문에 대해 덜 초연하게 얘기했잖나…….

로맹 가리 같은 방향으로 한 발짝 더 나아간 것뿐이네. 중국인들이 이미 했듯이 옛 문명을 파괴하고 나서—아마도 공자의 문명인 것 같은데—새로운 문명을 건설하겠다는 의도를 밝히는 순간 지

금은 그들이 문명을 전혀 갖고 있지 못하다는 걸 인정한 것이지. 따라서 우리가 보는 건 '목적을 향한' 준비 과정이네. '수정주의' 뒤에 숨어 30년 만에 건설한 즉석 문명이라는 건 존재하지 않고, 미래를 배제하며, 예측일 뿐이네. 그들이 새로운 문명을 건설하기 시작한다면 그것이 어떤 것이 될지는 그들도 누구도 알지 못하지. 그것은 예측 불가능하네. 아직 존재하지 않는 것이지. 비행접시 같은 것이야. 그 비행접시들이 착륙하기를 기다려야 하지. 바로 이런 이유에서 나는 중국을 조금 비판하는 경향이 있네. 우선 당장 그들은 배고픈 대로 먹고 있고, 전염병도 이젠 없어. 독일도 마찬가지지. 과거에 비해 많이 나아졌지만, 그렇다고 미래에 대해 말해주는 건 없네.

프랑수아 봉디 1935년에서 1937년 동안 난 자네를 롤랭 가의 유럽 호텔에서 자주 보았지. 자네는 돈을 구하러 다니지 않을 때면 코딱지만 한 숙소에서 소설을 썼지. 출판사들은 자네 원고를 거절했지. "너무 거칠고 병적이고 상스럽다"라며. 이것이 갈리마르와 드노엘이 그 시절에 자네에게 대답한 말 아닌가. 난 자네가 좌절한 모습을 자주 보았네. 뭐라도 할 태세처럼 보였어. 자네를 아주 좋아한 나의 부모님도 걱정하셨지. 갈 데가 마땅치 않을 때 종종 자네는 우리 부모님 집에 들렀잖나.

로맹 가리 난 자네 부모님을 절대 잊지 못할 거야. 그분들은 아랫사람을 대하듯 아량을 베푸는 기색 없이 날 대등하게 대해줬어…….

프랑수아 봉디 자네는 종종 종적 없이 사라지곤 했지. 자네 인생에서 대단히 혼란스러운 시기였어. 그래서 하는 말인데, 정말로…… 비천한 짓은 전혀 하지 않았나?

로맹 가리 했지. 한 번. 그건 강도질도 아니고 포주질도 아니고, 아무것도 아니었네. 내가 얼마나 많은 일을 했는지 몰라. 하나같이 멍청한 일들이었지만 난 살아남았네. 나를 미치게 만들 뻔한 유일한 일은 무역 회사들에 보낼 편지 봉투에 수기로 주소를 적는 것이었어. 하루에 대여섯 시간씩 이 일을 했는데, 이 서예는 내 기질과 너무도 안 맞는 일이어서 짜증이 나 팬티에 오줌까지 지렸다네. 그렇네, 난 비천한 일을 했네. 내게는 변명거리가 있었지만 내 마음속 증인의 눈에는 그렇지 못했지—내 증인은 절대로 알지 못했지만 이후로도 그 일은 늘 내 얼굴이 붉어지게 만들었네.

프랑수아 봉디 얘기해주겠나?

로맹 가리 그러지. 돈 이야기가 아니네. 그런데 이게 무슨 흥미가 있을지 모르겠어……. 왜, 아주 작은 일이지만 자신에게만 중요해서 커지는 그런 일 있잖나……. 내가 이 이야기를 하면 완전히 바보 같아 보일 거네. 살기 힘든 세상이야.

프랑수아 봉디 비천한 일을 피할 거라면 우리가 만날 필요도 없었겠지…….

로맹 가리 『새벽의 약속』에서 내가 얘기한 여자 있잖나. 프랑수아즈라는 이름이었지. 그녀 얘기를 했지만 전부 말한 건 아니었네. 내 '자아'가 또 자기 배려를 했던 거지. 좋아. 갈색 머리의 아주 아름다운 여자였네. 그 시절에 '내게 자신을 내줄' 놀라운 생각을 한 여자였어. 전혀 뜻밖의 일이었고, 어떤 관점으로 봐도 비뚤어진 일이었지. 왜냐하면 내가 사랑한 건 그 여자가 아니라 그

녀 언니였으니까. 하지만 그 언니는 짐작조차 못했지. 언니 이름
은 앙리에트였고 금발이었네. 동백꽃 부인처럼 귀티 나는 투명
한 작은 얼굴에 광대뼈가 도드라지고, 그 창백함 가운데 마치 길
잃은 것처럼 입술만 홀로 빨개서 그 입술을 구하러 날아가고 싶
은 마음이 드는 모습이었지. 금발, 꿈꾸는 듯한 갈색 눈. 동생과
는 완전히 반대였어. 코를 들이밀고 들어가고 싶은 욕망을 안기
는 그런 연약함이 그녀에겐 있었네. 무심한 얼굴로 멋진 정사를
할 것 같은 그런 종류의 연약함이었어. 내가 아직 대학 입시를 보
기 전인 고등학교 2학년 때 니스에서 그녀에게 침을 흘리기 시작
했지. 그녀는 새빨간 스웨터에 파란 치마를 입고 시립도서관에
오곤 했어. 그 젖가슴…… 그 젖가슴은…… 40년이 지났지만 아
직까지 내 기억에 남아 있는 빨간색 손뜨개 스웨터 속의 그 젖가
슴에 인사를 건네고 싶은 심정이네. 하지만 내게 엉뚱한 욕망을
품은 건 그녀의 동생이었어. 고민할 것도 없었지. 하늘의 선물이
었어. 곧 나는 프랑수아즈 덕에 앙리에트를 알게 되었네. 물론 어
찌 해볼 도리는 없었지. 두 자매가 서로를 사랑한 데다 어쨌든 그
녀는 다가갈 수 없는 존재였으니까. 알잖나, 너무 갈망하면 멀리
하게 되고 드높이고 이상화해서 감히 다가가지 못한다는 걸. 다
가갈 수 없는 존재는 대개 우리가 스스로 만드는 것이지. 이따금
은 동생이 오기를 기다리며 앙리에트와 함께 얘기를 나누기도 했
네. 탕파를 끼고 창가 소파에 누운 그녀를 볼 때도 있었어. 그녀
는 대장염을 앓고 있었거든. 그녀는 신비스러운 분위기를 만들어
내는 데는 탁월한 재능이 있었네. 전쟁 후에 딱 한 번 그녀가 나
를 쳐다본 적이 있었지. 그게 유일했던 것 같네. 나는 그녀의 동

생을 보러 온 길이었지. 동생이 나를 용서하겠다는 의향을 알려왔기 때문이었어. 사실은 그럴 마음이 없으면서 날 오게 한 거였네. 문은 아주 살짝 열려 있었고, 앙리에트는 복도를 지나고 있었지. 그녀가 멈춰 서서 들어오지 않고 문틈으로 나를 쳐다보았네. 꽤 한참 동안이었지. 나는 기분이 좋았어. 그건 나의 복수였지. 박 거리에서 18개월 전에도 그녀를 보았는데 이번에도 그녀는 나를 쳐다보았어. 그녀를 알아보지 못하는 척하는 나를 말이네. 그녀는 이미 예순 살쯤 되었을 텐데 여전히 흠잡을 데 없이 아름다웠네. 강철로 만든 동백꽃과 함께 투명하고 점점 흐릿해지는 연약함이 있었지. 정말 아름다웠어. 예순의 여자가 성적 매력을 풍기는 건 결코 흔한 일이 아니지. 굴복하고 관습을 받아들이기 때문에, 스스로를 지키고 싶어 하는 여자에겐 돈이 필요하기 때문에 말이네. 하지만 예순이 되었건 말건, 박 거리에서 본 앙리에트는 라탱 가에서 본 스물둘의 모습 그대로였네. 그래서 난 그녀를 보지 못한 척했지. 그녀는 내게 여전히 똑같은 효과를 냈어. 날 주눅 들게 했지. 내가 이 얘기를 자네에게 하는 건 우리가 어떻게 빗나가는지를 말하려는 거야. 지금은 나의 어리석음이 아니라 비천한 행동에 대해 말하는 것이니 프랑수아즈 얘기를 해야겠군. 그녀가 내 방에 찾아왔을 때, 그리고 일을 치렀을 때 난 이틀 전부터 아무것도 먹지 않은 상태였네. 그때가 월말이었으니까. 그 시절 나는 장난감 가게에서 기린을 그렸고, 한 마리당 20상팀을 받았지. 그 일을 두 달 동안 했는데, 기린을 볼 때마다 나는 속을 게워내고 싶은 욕구가 치밀었네. 밤마다 기린 꿈을 꾸었지. 아직 다 그리지 않았는데 한 마리가 달아나는 꿈을 꿨고, 동물에게 가혹 행위를 했다고 티에리 부인한테 내쫓기는 꿈도 꾸었지. 그리고 내 어머니가 있었네. 어머니가 파리에 있었지. 지금 툴루즈에서 생리학연구소장으로 있는 르네 아지드가 당뇨를 앓는 어머니를 브루세병원에 들어갈 수 있게 해주었지. 그런데 어머니가 병원에서 도망을 나왔네. 간호사들이 "미네트새끼 고양이에게 쓰는 애칭"라고 부르며 모욕했기 때문이지. 어머니는 짐도 없고 돈 한 푼 없이 잔뜩 화가 나서 내 숙소에 찾아왔네. 내가 브루세병원으로 가서 누군가의 얼굴을 깨부수길 바라고 말이네. 난 어머니에게 말했지. "엄마, 내 말 들어봐요. 지금은 안 돼요. 절대적으로 기막히게 아름다운 여자가, 여왕이 곧 여기 올 테고, 이건 데이트인데, 이런 일은 앞으로 결코 없을 거예요. 이런 기회가 다시는 없을 테니 제발 부탁이에요. 그 사람들 얼굴은 나중에 가서 깰게요. 원장 얼굴을 깨부술 테니 카페에 좀 가 계세요. 르네 아지드네나 아니면 글릭스만네 좀 가 계세요. 여기 주소가 있어요. 이 근처예요. 엄마가 여기 있는 걸 그 여자가 보면 끝장이에요……" 어머니는 침대에 앉아 있었는데, 병원 일은 어느새 잊어버렸고, 내 약속에 아주 관심을 갖는 것 같았네. "예쁘냐?" "상상도 못하실 거예요. 나중에 사진을 보여드릴게요. 그러니 제발 카페에 좀 가 계세요. 나중에 제가 그리로 갈게요. 아지드네에서 돈을 빌려줄 거예요." 어머니는 넋이 나간 얼굴이었지. 당신처럼 인생을 망치지 않고 용기를 내는 여자들의 얘기를 들을 때마다 매번 그랬으니까. 의기양양한 표정을 짓고는 무한히 감탄 어린 어조로 이렇게 말하곤 했지. "창녀로구나!"……그래, 아주 감탄 어린 어조로 말했지. 어머니는 갔고, 나는 아래로 달려 내려가 르네 아지드에게 전화를 걸어 엄마를 보살펴달라고 했지. 10분 뒤 프랑수아즈가 왔네. 그러곤 광란이고 화산이고 쓰나미였지…… 스물한 살이었으니까. 그러느라 나는 허기를 완전히 잊었지. 그런 상태로 세 시간 동안이나 계속했으니 상상해보게, 그 후에 어땠을지. 쓰러질 지경이었지. 난 식당에 들어가 일단 잔뜩 배를 채우고 간질 발작이 일어난 척하기로—이미 여러 번 해본 수법이었지—단단히 결심하고 집을 나섰지. 다른 손님들을 배려해서 계산서 따위 신경 쓰지 않고 그곳에서 나를 실어 나가도록 말이지. 두세네에서 한 번 해봤는데 통했지. 그리고 피에 드 코숑에서도 한 번 했는데 전혀 통하지 않아. 간질 발작을 일으키면서 계산대에 머리를 부딪치고는 나도 모르게 "아야, 빌어먹을!"이라고 소리쳤거든. 난 그 집에 시계를 맡겨야 했고, 다음 날 글릭스만이 돈을 지불하고 찾아왔지. 따라서 나는 배 속이 완전히 빈 채 카풀라드 식당 앞을 지나고 있었네. 식당 안에는 내가 아는 학생 서너 명이 있었지. 개중에는 지금 앙베르 총영사로 있는 질레르도 있었네. 그 친구들이 내게 손짓을 했어. 난 칩스를 먹었고, 친구들이 내게 페르노*알코올 도수 45도 정도의 아니스 술를 권했네. 어린 시절 기억 때문에 난 절대 술을 마시지 않는데 한 잔 마셨지. 그러곤 취기에 한 잔을 더 마셔버렸네. 자네가 지금이라도 페르노 두 잔을 주면 난 미쳐버리네. 난 알코올이라면 끔찍해. 날 다른 사람으로 만들어버리거든. 결국 나는 완전히 취해버렸네. 친구들이 나는 신경 쓰지 않고 프랑수아즈에 대해 말하기 시작하더군. 르네 질레르는 그 당시 프랑수아즈에 미쳐 있었지. 난 그들 얘기를 듣고 승리감과 페르노에 잔뜩 취해 탁자 위에 올라가 모두가 듣게 고래고래 고함쳤네. "나한테 먹을 건 없지만 난 방금 프랑수아즈와 잤다고. 너희들은 모조리 입 다물어!" 내가 어쩌다 보니 작정하고 이 말을 자네에게 하고는 있지만 괴롭지 않은 건 아니네. 난 지금도 이 일을 용서받지 못할 일로 여기고 있고, 아직 나 자신을 용서하지 못했네. 내가 이 말을 꺼내는 건 학교 청소년들을 선도하기 위해서네. 내 아들이 고등학교에서 내 글의 일부를 읽게 하더라고 알려주었거든.

프랑수아 봉디 그렇게까지 심각한 일 같진 않은데. 1943년에서 1944년 동안 무차별적인 폭격으로 많은 사람을 죽였다고 자네를 비난하는 글을 읽은 적이 있네. 그 사람들에게는 이 일이 훨씬 더 심각해 보였을 것 같은데…….

로맹 가리 "프랑스 국민의 이름으로, 그리고 내게 부여된 힘으로" 많은 사람을 죽였지. 이건 전혀 다른 문제네.

프랑수아 봉디 내가 보기엔 도시들을 폭격한 것이 훨씬 더 심각한 양심의 문제를 제기할 것 같네. 스무 살에 사람들 앞에서 "프랑수아즈와 잤다"라고 외치는 것보다 훨씬 더 끔찍할 것 같은데.

로맹 가리 그 쿠르틀린프랑스 최고의 유머 작가 중 한 사람으로 꼽히는 극작가이자 소설가 식 추론은 대체 뭔가? 거 있잖나, "20수로 맥주 한 잔을 마실 수 있는데 왜 내가 20프랑이나 주고 우산을 산단 말인가?" 식 추론 말이네.

프랑수아 봉디 수천 명의 죽음이 맥주 한 잔인가? 아니면 우산인가? 말하자면 도덕적 우산이, 도덕적 보증이 있었나? 어쨌든 자네는 독일 도시들을 깡그리 휩쓸어버리지 않았나……. 이 비난은 결코 내가 하려는 게 아니네. 자네가 알고 있는 논쟁을 말하는 것뿐이네.

로맹 가리 자네가 좋다면 그 문제는 나중에 다시 얘기하기로 하지. 평생 단 한 번 내가 스스로 정말 수치스러웠다고 판단하는 건 그날 카풀라드에서였네. 취했건 아니건…… 난 천박하게도 한 여자를 배반했네.

프랑수아 봉디 자네의 '내면 증인'이 보기에 그렇다는 건가?

로맹 가리 내가 보기에 그렇다는 거네. 이 일 이후로 '여성성'이라는 말을 입 밖에 내뱉기까지는 많은 시간이 필요했네.

프랑수아 봉디 많은 시간이 맞네. 바로 그 점이 난 아주 흥미로워. 자네는 예순이야. 3, 4년 전부터 부쩍 여성성을 거론하고 있어. 자네가 여성성을 신비화한다고 말하지는 않겠지만 그것으로 문명 개념을, 새로운 문명 개념을 만들고 있는 건 분명해……. 그래서 온갖 생각이 머리에 떠오르네. 예순 즈음에 자네가 여성성 얘기만 하니 말이네. 그 전에는 여자들에 대해서만 말했잖나. 그러니 이 숭배는……

로맹 가리 숭배는 없어. 좋아, 숭배가 있다고 치세.

프랑수아 봉디 몇 년 전부터 자네가 미국 언론과 텔레비전에서 벌이는 캠페인 말인데, 세계의 '여성화'를 위한 그 캠페인에 내가 보기엔 심리적인 측면이 있는 것 같은데…… 미안하네만 수상쩍은 측면이 있어.

로맹 가리 미안할 것 없네. 균형을 맞추라고 다리가 둘 있는 거니까.

프랑수아 봉디 그러니까 자네가 쉰일곱, 쉰여덟부터 여성성을 '이론화'하기 시작했다는 거지. 다시 말해 모든 사람들처럼 자네가 성적 쇠퇴기에 접어들면서 말이네. 이 거대한 '이론'의 발휘가 '실천'의 쇠락에 대한 보상은 아닌가?

로맹 가리 이보게, 꽤 잘했네. 다음번에는 스파스키나 피셔보리스 스파스키와 보비 피셔 모두 체스 챔피언이다에게 해보게. 자네가 나를 몰아넣은 궁지에서 난 더는 옴짝달싹할 수가 없네. 체스에서는 이런 상황을 외통이라고 하지. 자네는 내 왕을 정말이지 꼼짝 못하게 만들었네. 멋진 도발이지만, 난 넘어가지 않아. 난 완전 나체주의의 선구자가 못 되네. 내게 감춰야 할 게 있어서가 아니라 노출벽 없이는, 자기 성기나 만지작거리는 유치한 성적 취향 없이는 대답할 수 없기 때문이지. 말하자면 "아침 식사 전에 몇 번?"의 영역에 들어서야 하는데 난 이 이상은 들어가지 않겠네. 거기에 대해 말로 표현하는 걸 거부하겠어. 관계된 사람들은 사정을 알지. 이건 '말'이 인공 음경이 되고 보철 기구가 되는 영역이야. 이게 대단히 유행이라는 건 나도 아네. 엉덩이가 유행이지. 오늘날 우리는 목록과 함께 손에 수치를 들고—달리 들 게 없어서 손에는 늘 수치를 들고 있지—세세하고 정확하고 뒤죽박죽 '자유롭게' 얘기하는 회의들에 참석하고 있지. '객관화'하기 위해 이 모든 게 대단히 초연하게 이루어지지만 사실은 비장하지. 장황하고 성적으로 대단히 자극적인 구술 성애 같은 것이지. 욕구를 가진 사람에게는 그래 보여. 안타깝지만 이에 대해선 말할 수가 없네. 난 진짜 구술 난교 파티에 참석한 적이 있네. 철학과 시가와 더불어 "코냑 조금 더 드시지요!" 식으로 대단히 예의를 갖춘 파티였지. 거기서는 오래된 우리네 표현 "파이프" 대신에 "펠라티오"니 "쿤닐링구스" 같은 단어들을 사용하더군. 할 맛 안 나게 만드는 라틴어 단어, 죽은 언어 라틴어를 말이네. 내가 죽은 언어라고 하는 건 다른 말이 없기 때문이네. 사람들 얘기는 프로이트에서 지스카르데 스탱으로, 그리고 "계획 오르가슴"을 거쳐 키신저로 넘나들더군. 난 그 자리에서 죽을 것 같았네. 내가 예순이건 아니건 "계획 오르가슴"이 무슨 뜻인지는 아네. 계획이 그런 데까지 끼어들 수 있다니 정말 믿기 힘들었네. 내가 자네에게 이 얘기를 하는 건 이 말을 하는 게 끔찍하다는 걸 설명하기 위해서야. 나는 내 생식기를 탁자 위에 올려놓길 거부하네. 마초 놀이는 하고 싶지 않아. 어쨌든 모든 사람이 말을 하기 시작하는 순간 말을 하기보다는 거짓말을 하지. '해방자' 같은 이 구술 집착은 불안, 발기가 안 되면 어쩌나 하는 새파란 두려움, 불감증, 불안과 좌절의 은폐에 대한 보상이지. 사람들이 엉덩이 얘기를 할 때 보이는 차갑고 우아한 초연함은 내가 아는 한 계급적 두려움에 가장 가까운 것이네. 거기엔 더는 어디에 투자할지 모르는 부뉘엘 타입의 고상한 소수 상류층 사람들이 있어. 그래서 그들은 자기들의 거시기에 투자하는 것이고, 성性은 그들이 아직 믿고 매달리는 마지막 자산이 되었지. 나는 아무것에도 매달리지 않네. 내가 더는 못하게 되는 날, 더는 못하는 거지. 그뿐이야. 난 그걸 말로써 되살리려고 애쓰지 않을 거네. 난 배회자가 못 돼. 자네도 알다시피 배회자란 엉덩이를 둘러싸고 말로써 나선을 그리고 도는 사람들이지. 점점 더 가까이 다가가지만 결코 행동으로 넘어가지 않고, 들어서지 않지. 바깥에서 침만 흘리는 거야. 내게는 개 같은 구석이 있네. 땅바닥에 바짝 엎드린 구석. 크리스티앙 부르주아가 에로틱한 책들을 펴냈을 때 내게 보내왔네. 내가 보기에 그건 비껴가는 것이었네. 내 말 이해 못해도 좋아. 주변에서 내가 하나도 이해하지 못한 에로틱한 책에 대해 얘기하는 소리를 들었네. 누가 누구와 아니면 무엇과 뭘 했다는 건지, 아니면 뭔가를 하기는 했는지조차 난 이해 못했지. 엉덩이와 속눈썹의 스침이니 생명의 흔적조차 없는 낙엽의 가벼운 애무니 쇠사슬로 하는 행위니 등등은 달리 서로를 이을 것이 없기 때문에 하는 소리지. 엉덩이로 할 수 없는 게 두 가지가 있네. 첫째는 엉덩이에 영성을 부여할 수 없으며 엉덩이를 도덕적으로 만들 수 없고 드높일 수 없다는 것이지. 둘째는 엉덩이를 제거할 수 없다는 건데, 이거야말로 개 같은 점이네. 코네티컷 주와 미국의 몇몇 다른 주에서는 배와 배가 아닌 다른 방식으로 육체관계를 맺다가 들킨 커플을 감옥에 처넣는 법률이 아직 있지. 그렇다네. 그런 법이 분명히 있어. 미국대사관의 문정관에게 물어보게나. 그 사람의 일이 그것이니. 비장하지 않나? 역사가 흐르는 내내 자신이 엉덩이를 가졌다는 생각을 결코 하지 못한 '도덕적 엘리트'는 언제나 있었지. 엉덩이야말로 인간이 가진 것 가운데 가장 무고한 것인데 말이네. 머리에 비하면……. 하지만 에로티시즘, 에로틱한 저서들, 자극적인 언어 집착 성향은 회피네. 그건 죽은 사람 고추를 만지는 셈이지. 만약 인간에게서 선량한 개의 측면을 배제한다면 나은 인간이 되는 게 아니라 더러운 개가, 미친개가 되네. 그러니 내가 앞에서 모든 걸 말하겠다고 했지만 예순 살에 "몇 번이나"의 영역에 뛰어드는 건 거부하겠네. 내가 시골 음식을 좋아하고 먹는 걸 좋아하지만 내 미각 돌기를 자극하려고 신문에서 식도락 문학란을 읽지는 않아. 독자들에게 그런 짓을 하게 하지도 않을 거네. 그건 사람들이 내게 매일 내미는 함정이네. 내가 솔직한 걸 좋아하는 성향이라는 걸 알기 때문이지. 나는 나의 덧없는 '자아'에만 연민을 느끼네. 우리의 본질적인 비루함을 의식해서 초연하고 냉소적인 태도로 나를 내놓지만 결코 술수에 넘어가진 않았네. 그런 건 관련된 사람들만의 문제인데, 그 사람들은 수치화된 계획을 내게 부탁한 적이 없네.

프랑수아 봉디 화낼 것까진 없네.

로맹 가리 화내는 게 아니야. 목소리를 조금 높였을 뿐이지.

프랑수아 봉디 그래도 열여덟 살 청년이 예순 살 아저씨 몸을 갖고 살기가 쉽진 않을 텐데?

로맹 가리 쉽지 않지. 열여덟 살 청년이 아무 몸도 갖지 않고 사는 건 훨씬 더 어렵네……. 유럽 호텔과 우리의 스무 살 시절로 돌아가보자면, 전쟁이 없었다면 내가 어떻게 되었을지 모르겠어.

프랑수아 봉디 그 시절에 자넨 이미 '훈장 패용자'의 면모를 보였지.

로맹 가리 내게 얼굴이랄 게 없었던 것 같은데. 내 말은 내가 강도들에게 신뢰를 주는 얼굴이었다는 얘기네. 여러 민족 조상들 덕분에 이국적이잖나. 프랑스인이라는 배경 때문에 그게 가려지지만 20년 전에는 자메이카 흑인 같았지. 오랫동안—털이 희끗희끗해지기 전까지 말이네—이를테면 매춘부들이 절대 나를 손님으로 끄는 법이 없는 그런 얼굴이었네. 지금은 그들이 나를 손님으로 끄는 건 내가 존경받을 만한 꼴을 하고 있기 때문이지. 30년대 니스 같은 시골 도시에서는 잘못 보이기가 아주 쉬웠네. 아니, 잘 보이기가 쉬웠다고 해야 하나. 관점에 달린 일이니까. 사람들이 나에 대해 얼마나 잘못 생각할 수 있는지 놀랄 정도였지. 이런 일도 있었지. 해방 직후 파리에 왔을 때 나는 훈장을 잔뜩 달고 있었네. 어느 날 니스의 한 신사가 클라리지로 나를 찾아왔어. 스무 살 때 니스에서 알았던 사람이지. 그가 감격한 목소리로 내게 말했네. "자네가 인생에서 뭔가 일을 낼 거라고 난 늘 믿었네." 나는 그 사람을 똑똑히 기억했지. 조직을 갖춘 그 시절의 두 악당, 카르본과 스피리토 주변을 얼쩡거리는 새끼 '우두머리' 중 한 사람이었지. 그는 나한테 자기 딸을 만나지 말라고 금지했었네. 왜냐하면 내가 '보잘것없는' 인간이었기 때문이지. 내가 계속해서 딸을 만나자―우리 사이에는 아무 일도 없었네. 아직 고등학교에 다니던 시절이었으니까―어느 날 퐁마냥에서 두 하수인이 나를 마구 팼지. 그런 다음 나는 그 지역 키아프^{극우 성향의 경찰청}장 같은 퀴르티가 있는 경찰서에 실려 갔네. "공공장소에서 물의"를 일으킨 죄로 말이네. 내 어머니가 퀴르티를 찾아가 몇 마디 할 때까지 난 감방에 있었지. 그 후로는 그 여자애를 만나지 않았어. 어쨌든 그 애에게서 얻어낼 게 아무것도 없었거든. 그 애는 원하지도 않는데 괜히 얼굴만 얻어맞을 이유가 없었지. 괜한 낭비였어. 그러니까 1945년 말, 내가 해방군으로 상을 받는 클라리지로 그 여자의 아버지가 찾아와서 '친구'들과 함께 저녁 식사를 하자며 나를 초대했네. 그 자리엔 남자들뿐이었네. '일생을 군인으로 산 것 같은' 남자 다섯이 진지한 일로 대단히 진지한 얼굴을 하고 있었지. 시가를 피우고, 레지스탕스며 영웅이며 조국에 대한 찬양을 늘어놓은 뒤, 할 수 있는 모든 걸 한 뒤 그들은 내게 한 가지 제안을 했네. "전쟁 전에 호텔업에 종사하신 걸로 기억합니다만?" 사실 난 메르몽에서 보이 겸 급사장이었고, 프런트 담당이자 숙박부 책임자였고, 심지어 1936년에는 리츠호텔에서 2주 동안 접시 닦는 일까지 했지. 르네 아지드 아버지가 라페루즈호텔에 숙박부 책임자로 들어가게 해주었고, 코르디에호텔의 지배인은 내가 훌륭한 호텔 주인이 될 거라고, 끈기를 갖고 견디면 호텔업에서 창창한 미래가 내 앞에 있을 거라고 말하기도 했지. 결국 그렇게 되진 않았지만. 그래서 나는 그렇다고 대답했지. 그 직업을 조금은 안다며 왜 그러냐고 물었지. 그러자 그 거물들은 한층 더 진지한 표정을 짓더니 프랑스 전역의 서른두 개의 호텔을 관리하는 이사회 회장 자리를 내게 제안했네. "이쪽 일을 잘 아시니까⋯⋯"라며 나한테는 우선 초봉으로 지금의 3만 프랑에 해당하는 연봉이 지불될 거라고 설명하더군. 거기다 이익금 배당까지. 난 내 귀를 의심했네. 자세한 걸 물어보았지. 그러자 자세히 설명해주더군. 나의 니스 '친구'가 말했지. 초년 시절부터 당신을 알았기에 전적으로 신뢰하고서⋯⋯. 차츰차츰 나는 그들이 매춘업소 체인의 회장직을 내게 제안한다는 걸 알게 되었네. 해방군에 레지옹도뇌르 훈장과 전쟁 훈장까지 받은 것이 '위장'이 되어줄 거라고 생각한 거지. 그들에게 꼭 필요한 것이었지.

프랑수아 봉디 어떻게 했나?

로맹 가리 아주 고마운 일이지만 매춘업소 체인 회장직을 받아들일 수는 없다고 말했지. 왜냐하면 다른 제안을, 외교관의 직책으로 외무부에 들어오라는 제안을 얼마 전에 이미 받아들였기 때문이라고 했네.

프랑수아 봉디 화를 내지는 않았나?

로맹 가리 전혀. 그럴 이유가 없었지. 그들이 나를 모욕하려 한 게 전혀 아니었으니까. 오히려 반대였지. 모욕을 받았다고 느끼려면 '모욕하는 자'와 공통된 무엇이 있어야 하잖나. 그런데 이 '대부'가 니스에서 자기 딸을 만나지 못하게 막을 때 나에 대해 품었던 생각을 자네도 알지 않나. 사람들은 언제나 캐스팅을 해서 그가 어떤 사람인지는 아랑곳하지 않고 자기들이 상상한 대로 배역을 배분하지. 내가 아는 사람 중 가장 친절하고 온화한 사람이 위대한 배우 콘라트 파이트였네. 그가 스크린에서 맡은 최근 배역 가운데 하나가 〈카사블랑카〉에 등장하는 게슈타포 대장 역할이었지. 그는 독일 영화의 황금기부터 평생 동안 배신자, 바보, 비열한 인간 역할만 했지. 어느 날 그가 약간 슬픈 미소를 띠고 내게 말하더군. "딴사람이 된 느낌이야." 그 시절 스크린에서 부드럽고 친절한 남자 배역을 맡기란 쉽지 않아서 그는 자기 자신을 떠났던 거지. 사람에겐 정말이지 휴가가 필요하네.

프랑수아 봉디 카풀라드네에서 있었던 그 '불명예스러운 일' 이후엔……

로맹 가리 기다려보게. 난 그 시절 라페루즈호텔의 지배인이 사냥의 명수였던 내 동창 마르텔을 닮았다는 걸 이 자리에서 언급하고 싶네. 1944년에 영국에서 추락한 친구인데…… 아무도 마르텔 얘기를 하지 않으니 여기에라도 그의 이름을 쓰고 싶네. 마르텔. 됐네.

프랑수아 봉디 그러니까 카풀라드네에서 있었던 자네의 '비천한 행동' 이후에는 무슨 일이 있었나?

로맹 가리 왜 항상 그렇게 멀리까지 거슬러 가나? 자네도 알다시피 난 그 이후로 참 많이도 살았잖나.

프랑수아 봉디 청춘은 늘 흥미롭잖나.

로맹 가리 난 전혀 흥미롭지 못했네. 예를 들면 생제르맹 가에서 나를 멈춰 세우고 "혹시 1프랑 없어요?"라고 말하는 '청춘'들이 있으면 나는 그들에게 절대로 아무것도 주지 않네. 스무 살의 나라면 절대로 그러지 못했을 것이기에 그럴 수 있는 그들이 좀 원망스럽거든……. 난 '자아'에 잔뜩 바람이 들어 있었고, 그것이 나를 사방에서 옥죄었지. '자아의 왕국'이었던 거지. 자네도 알잖나, 내가 이미 다른 지면에서 말했듯이 우스꽝스러운 꼴이지……. 자기애처럼 멍청한 게 없지. 내게는 아나키스트의 요령이 부족했네. 자신이 처한 상황에서 사회를 향한 비난을 찾게 해주는 대단히 유용한 요령 말이네. 말하자면 자신의 신경증을 사회 탓으로 전이시키는 거지. 19세기 낭만주의자들이 자신들의 신경증을 형이상학에 전이시켰듯이 말이네. 난 미로메닐 가의 그 매춘업소에 갔어야 했어. 사회에, 그것도 상류사회에 섹스를 하고 돈을 받았어야 했어. 1945년에 내가 프랑스의 매춘업소들을 관리하는 이사회의 회장직을 거부한 건 잘한 일이지. 왜냐하면 2년 뒤 마르트 리샤르가 창녀촌을 폐쇄했으니 하마터면 길거리에 나앉을 뻔했거든. 물론 부동산업으로 업종을 바꿀 수도 있었겠지. 그래도 내가 외무부를 선택한 건 잘한 짓이었던 것 같네.

프랑수아 봉디 순수와 절대에 대한 그 갈증이 이상주의적 자존심과 조소로 이끌어 자네에게 『튤립』과 『죄지은 머리』를 쓰게 만들었지.

로맹 가리 『죄지은 머리』…… 새 판본은 제목을 바꿀 거네.『죄지은 축제La fête coupable』로. 갈리마르사 사람들, 잘 적어두시게.

프랑수아 봉디 그러면 프랑수아즈는?

로맹 가리 그래, 프랑수아즈. 그때 카풀라드네에는 자네도 아는 친구도 한 사람 있었지. 내가 내 승리를 청중에게 알리자마자 그 친구가 일어나더니 계산을 하고는 곧장 그 여자 집으로 갔네. 그 친구 눈에는 모든 점에서 나를 제대로 혼내주는 길이라고 생각했던 거지. 오후에 페르노 술을 한창 소화시키고 있는데 여자가 왔더군. 그러곤 나를 짓밟았네. 달리 표현할 말이 없어. 그녀는 나를 밟았고, 내 얼굴 위에서 춤을 추었고, 나를 짓이겼고, 심지어 내 어항과 금붕어까지 창문 밖으로 내던졌지. 왜 그녀가 내 금붕어를 바깥으로 내던졌는지는 전혀 모르겠네. 어쩌면 프로이트 식으로 해석할 만한 꺼리가 있는지도 모르지. 상징적으로 나의 거시기를 잘라 창문 밖으로 던지는, 뭐 그런 건지도 모르지. 내 붕어가 살아남은 건 정말이지 기적이었네. 그녀는 내가 개자식이라는 건 늘 알고 있었다고, 바로 그래서 같이 잤다고, 왜냐하면 좋은 사람과 그랬더라면 수치스러웠을 것이기 때문이라고 말했네. 그녀는 말 그대로 내게 침까지 뱉었지. 끔찍했네. 나는 지독한 두통을 느끼며 누워 있다가 세상의 종말을 맞았고, 내 붕어는 길바닥에 내던져졌고, 얼마나 똥이 된 기분이던지 이 일은 지저분한 똥과 나의 관계를 완전히 바꾸어놓았네. 이런 일이 다른 사람들에게만 일어나는 게 아니라는 걸 난 깨달았지. 내가 부자인데 명예가 손상당한 것이라면 덜 아팠을 거네. 하지만 가난한 데다 명예까지 손상당한 건 너무 심한 일이었지. 그래도 나는 거리로 뛰어나가 붕어를 주웠네. 녀석은 아직 펄떡거리고 있었지. 내가 돌아왔을 때 여자애는 홀딱 벗고 내 침대에 누워 나를 기다리고 있었네. 이렇다네, 친구. 그 뒤로 여자들과는 난 광적으로 조심한다네. 불가사의한 일이었기에 난 끝내 아무것도 이해하지 못했네. 심지어 때로는 종교적 경외심마저 들 때도 있지. 모자를 손에 들고 발끝으로 살금살금 걷는 기분이지. 이건 『징기스 콘의 춤La danse de Gengis Cohn』에서 느껴질 거네. 릴리와 연인들의 관계에서 말이야. 그들은 시퍼런 두려움을 느끼지만 어쩌지 못하지. 여자들은 늘 약간은 신화적이야. 그녀들이 그걸 알지 못하는 건 다행스러운 일이지. 그걸 알았다면 기적을 행했을 거야……. 난 24시간 동안 3킬로그램이 빠졌지. 감정 소모 때문에.

프랑수아 봉디 그 숭배는 『거대한 옷장』의 뤽과 조제트의 관계와 약간 비슷하네. 그 가족 없는 청소년들이 비행 청소년이 되는 것 아닌가…….

로맹 가리 잠깐만. 가족은 아무 의미 없네. 아이에게는 사랑할 누군가를 줘야 해. 난 여기서 그리고 미국에서 감화원을 방문한 적이 있네. 개 한 마리, 고양이 한 마리, 새 한 마리 없었네. 붕어한 마리조차. 아이에게 해야 할 첫 번째 일이 사랑할 개 한 마리를 주는 거네. 장난감도 그런 구실을 하지. 비행 청소년이란 개도 없고 고양이도 없는 아이들이야.

프랑수아 봉디 클로델이 『거대한 옷장』에 열광해서는 편지와 〈르뷔드파리〉의 기사에서 그런 말을 한 게 기억나네. 로제 마르탱뒤가르도 그 책을 좋아했지. 정확히 반대되는 이유로.

로맹 가리 그렇다네. 『거대한 옷장』에는 신의 거대한 부재가 있지. 클로델이 보기엔 그 부재가 그 규모 자체로 인해 진정한 현존이었지. 신 없는 것이 불가능하다는 의미로 말이네. 세기말 시대에 뒤떨어진 무신론자인—그에게는 이것이 여전히 큰 문제였다는 뜻이네—로제 마르탱뒤가르에게는 신의 부재가 그저 사회를 죄인으로 만들었지. 내게는 이도 저도 아니었네. 책 제목은 사람까지 안에 든 옷을 의미하지. 의상, 기성복, 내면에 인간적 특성이 부재한 옷 말이네. 무신론에는 나는 관심 없네. 그리고 신에 대해서라면 전혀 말할 능력이 없어. 내가 열여섯, 열일곱 살 때 고군분투하는 어머니를 보며 그 문제에 대해 생각했던 기억이 나는군. 신을 믿는 게 곧 신을 비방하는 것이고 신성모독이라는 결론에 이르렀던 기억이 나. 왜냐하면 신이 있다면 한 여자에게 그런 짓을 하지는 않았을 것이기 때문이지. 신이 존재한다면 신사였을 테니까.

프랑수아 봉디 그런데 그렇게 줄곧 사랑의 눈길을 받는 게 부담스럽지는 않았나?

로맹 가리 모성애는 결코 누구도 짓누르지 않았네. 사랑을 구실로 내세워 짓누르는 어머니들이 있긴 하지만 그건 다른 문제지.

프랑수아 봉디 어머니가 타산적 결혼을 하려고 한 적은 없었나? 자네를 좀 더 쉽게 기르기 위해서라도?

로맹 가리 쉬운 길을 찾는 여자가 아니었네. 어머니와 결혼하고 싶어 한 한 남자가 기억나는군. 열일곱 살 때였는데, 내가 그 사람에게 힘을 많이 실어주었지. 일이 잘되면 내 책임감이 많이 덜어졌을 테니까. 어머니가 다른 곳을 쳐다보는 동안 내가 조금은 하고 싶은 대로 할 수 있었을 것 아닌가. 그 사람은 자렘바라는 폴란드 화가였네. 어느 날 새하얀 파나마모자를 쓰고 열대지방 옷차림을 하고 메르몽에 나타났지. 콘래드 소설에서 바로 튀어나온 듯한 모습이었네. 『승리』에 나오는 하이스트 있잖나. 숙박부에 그는 "화가 예술가"라고 썼고, 어머니는 숙박부를 힐끗 쳐다보더니 일주일 치 선불을 요구했지. 난 어머니가 화가에 대해 무슨 악감정을 가졌는지 모르네. 어쩌면 안 좋은 기억이 있었는지도 모르지. 자렘바는 호텔에 3주 동안 묵을 계획이었는데 1년이나 머물렀네. 그는 놀랄 정도로 기품이 있었지. 왕자 같은 손, 금발의 긴 콧수염, 어머니는 화가가 그렇게 훌륭한 교육을 받고 그렇게 기품이 있다는 건 딱 한 가지 의미밖에 될 수 없다고 생각했지. 재능이 없다는 뜻 말이네. 자렘바는 꽤 알려진 사람이었네. 그는 특히 어린아이들의 얼굴을 그렸지. 그 사람 자신도 어린아이였네. 그 사람은 한 아이를 보호하기 위해 아이 주위에 머물렀지만 아이에게 도움과 보호를 줄 형편이 못 됐지……

프랑수아 봉디 자네 경우는 그렇지 않지. 자네는 아주 잘 해내잖나.

로맹 가리 고맙네. 문제의 다른 꼬마, 자렘바는 나이가 쉰일곱쯤 됐을 텐데 나를 감싸는 어머니의 사랑을 보고 바로 이렇게 생각했지. 여기 붙잡아야 할 엄마가 있어. 두 사람을 위한 자리가 있어. 내 어머니는 그 당시 쉰세 살이나 쉰네 살쯤이었지. 문제의 자렘바는 엄마의 환심을 사려고 폴란드식의 구애를, 빅토리아 여왕 풍의 병약한 구애를 하기 시작했네. 한숨을 내쉴 때마다 죽어버리겠다는 협박과 함께 말이야. 그는 8층 살롱에서 온종일 피아노를 쳤네. 늘 쇼팽이었지. 결핵까지 달고서. 이따금은 어머니가 그를 물러나게 하고는 피아노에 앉아 건반을 두드리곤 했네. 건반을 깨뜨릴 듯한 동작으로 리스트의 〈헝가리안 랩소디〉를 연주했지. 어머니가 연주하는 걸 들은 것이 딱 이 곡뿐이었지. 그렇게 어머니는 멸시 어린 눈길로 자렘바를 깔아뭉개버렸네. 스타니슬라스 씨는—우리는 그를 "스타스"라고 불렀지—그림을 그리는 곳 옆에 화실을 빌려 세 들어 있었네. 그는 성공을 거두었고 미국에 이름이 꽤나 알려졌지. 그래서 어머니는 그가 내게 나쁜 영향을 끼칠까 겁냈어. 왜냐하면 그때까지 나는 그림을 그리고 싶은 마음이 들곤 했으니까. 어머니에게 그림 그리는 일은 곧 가난이고 매독이고 알코올중독을 의미했지. 어느 날은 어머니가 날 겁먹게 하려고 피카소 전시회에 데려갔네. 나오면서 만족스레 코를 훌쩍이며 내게 말했다네. "저들이 모두 어떻게 끝나는지 봤지?" 어머니는 현대미술을 절대적으로 이해하지 못했지. 우리가 아는 러시아 화가 친구 말리아빈—말레비치가 아니라 말리아빈이네—이 있었는데 민속화를 그렸네. 어머니는 그를 종종 점심에 초대해 불길한 암시를 곁들인 말을 하곤 했네. "화가들에겐 먹을 것을 챙겨 줘야 해." 그러니 문제의 어린아이 자렘바는 이 모성애를 보고 그 자리를 차지하고 싶어 했지. 나도 더 바랄 게 없었고. 어머니에게는 평화로운 말년을 보장받는 일이었지. 게다가 이 말은 꼭 해야겠네. 난 자동차 운전대를 잡고 '지중해 푸른 바다'로 가 영국인 산책로를 걷는 내 모습을 떠올렸지. 난 벌써부터 비행기 운전을 배우고 싶었는데 너무 비싸서 엄두를 못 내던 참이었지. 그러니까 난 찬성이었단 말이네. 비장한 상견례가 있었지. 자렘바가 괜히 폴란드인이 아니었거든. 그는 형식을 차렸네. 그래서 나를 찾아와서는 어머니와 결혼하겠다고 청했다네. 정식으로. 그는 내게 자신의 물질적 상황과 높은 도덕성에 대해 설명했고, 신문에서 오려낸 기사들을 내게 보여주었지. 난 생각해보겠다고 말했네.

약속은 못하겠다고, 그렇게 가볍게 결정을 내릴 수는 없다고 말했지. 그는 이해한다고 내게 말했고. 자기는 기다릴 준비가 되어 있지만 자신이 까다롭지 않다는 것만은 알아달라고 청했고, 보조 자리라도 기꺼이 만족할 거라고 말했네. 어머니가 내게 과일이나 뭐 그런 걸 가져다줄 때 콧수염이 슬퍼진 그를 보는 건 포복절도할 일이었네. 그는 고아가 되어 고아원으로 돌려보내진 느낌을 받았지. 그는 내가 먹는 걸 쳐다보곤 했는데, 한번은 화를 벌컥 내며 의자를 가지고 와 내 앞에 앉더니 내 포도를 뜯어 먹었지. 내 포도를 공략하던 그의 눈길이 아직도 떠올라. 그건 약자들의 도전의 표정이었고, 왜 벌을 주는지 이해 못하는 선량한 개들의 표정이었네. 몰이해는 늘 가슴 찡하지. 난 아무 말 하지 않았지만 그에게 50프랑을 꾸었지. 고백하지만 난 급할 것 없었고, 나의 첫 비행 수업 비용을 이 로드 짐이 대주리라고 굳게 믿고 있었네. 난 틈만 나면 비행기 주변을 배회하며 보냈지. 그곳엔 조그만 착륙 장소가 있었네. 지금 니스공항이 있는 곳이지. 결국 나는 어머니를 찾아가 이렇고 저렇고 얘기를 했네. 자렘바가 엄마와 결혼하고 싶어 한다, 그 사람이 엄마를 사랑한다, 내 생각엔 엄마가 받아들이는 게 좋겠다. 처음에 엄마는 완전히 당황했지. 너무도 오래전부터 자신을 여자로 여기지 않았으니까! 처음엔 당혹해하고 어찌할 바를 모르더니 곧 곰곰이 생각했고, 깊은 신념을 가지고 말했지. "그 사람이 나와 결혼하고 싶어 하는 건 그자가 동성애자이기 때문이야." 난 소리쳤지. 그 가련한 자렘바는 엉덩이와는 너무도 거리가 먼 사람이에요. 난 외쳤네. 바보 같은 소리를 했지. 엄마가 나 때문에 인생을 망쳤다고 말이야. 엄마는 그 자리에서

굳어버린 것 같더니 말했네. "내 인생은 망친 게 아니라 성공한 거야. 난 완전히 성공했어." 어머니의 성공은 바로 나였네. 이해하겠나. 엄마는 울기 시작했네. 절대 우는 법이 없던 분인데. 난 가까스로 말했네. 그렇지만 좋은 사람이다, 엄마는 베니스도 갈 수 있을 거다……. 엄마는 늘 베니스에 가고 싶어 했지. 루나호텔에. 왜 베니스고 왜 루나호텔인지는 모르겠지만. 아마도 추억 때문이겠지. 난 전혀 알지 못하네. 아주 뒤늦게 알게 되었지. 내가 태어났을 때 어머니가 서른여섯 살이었다는 걸. 난 엄마가 깊이 생각해보아야 한다고 말했네, 어쩌고저쩌고……. 그러자 어머니는 한마디로 내 입을 틀어막았지. 다시는 내가 이 말을 꺼내지 못하도록. 낮은 소리로 이렇게 말하더군. 내 장담하지만 정말이지 엄마는 연기를 한 거였네. 형편없는 연기였지. 엄마는 뛰어난 배우가 못 되었네! 엄마는 이렇게 말했어. "너 나를 치워버리고 싶은 거냐……." 이걸로 끝장난 일이었지. 더는 할 얘기가 없었네. 난 이걸 자렘바에게 말했고, 그는 자기 고아원을 접고 폴란드로 돌아갔네.

프랑수아 봉디 그 사람은 어떻게 되었나?

로맹 가리 모르겠네. 독일인들에게 물어보게.

프랑수아 봉디 자네 인생에서 어머니 뒤를 이은 첫 여자는 누구였나? 다른 여자가 교대를 했잖나.

로맹 가리 자네 슬쩍 잘도 뒤섞는군…….

프랑수아 봉디 일로나였나?

로맹 가리 자네가 내 59년 인생을 가로질러 던지는 그 화살, 어머니-여자라는 그 화살이 승화를 향해 오르는 것 같군……. 거기엔 분명 진실도 있네. 그렇지만 동정녀를 내가 만들어낸 건 아니네…….

프랑수아 봉디 '프레스코화의 마돈나, 전설의 공주'도 물론 아니지. 하지만 자네가 『징기스 콘의 춤』에서 인류를 여자처럼 묘사한 건—릴리는 만족을 모르는 여자지—어쨌든 의미심장하잖나. 1937년의 일로나였지, 아마도?

로맹 가리 뭐, 그랬던 것 같군. 그 얘기를 하고 싶지 않다는 걸 자네에게 숨기지 않겠네. 왜냐하면 그렇게 오래전 일이 아니기 때문이야. 이런 말 해도 될까 모르겠지만 그녀가 아직 살아 있기 때문이네.

프랑수아 봉디 『새벽의 약속』 29장 끝 무렵에서 자네는 단 몇 줄로 그녀 얘기를 회피했지. 이렇게 썼잖나. "그 후로 이제 겨우 20년이 흘렀다." 지금은 33년이 지났네.

로맹 가리 33년이라. 그 정도면 충분하겠어.

프랑수아 봉디 자넨 이런 말도 썼네. "우리는 결혼하기로 되어 있었다. 일로나에 대해 뭐라도 말해보자면, 검은 머리에 눈망울은 크고 회색이었다. 그녀는 가족을 보러 부다페스트로 떠났고, 전쟁이 우리를 갈라놓았다. 그리고 전쟁은 또 한 번 패배였다. 그뿐이다." 그뿐이다?

로맹 가리 내가 그런 글을 썼나…… 1959년에? 난 몰랐네. 전혀 몰랐어. 난 1960년에야 알게 되었지. 이건 정말이지 피하고 싶은 주제야.

프랑수아 봉디 로맹, 이건 『유로파Europa』의 토대이기도 해. 자네가 이 소설을 출간한 게 겨우 3년 전이라고.

로맹 가리 그녀 이름은 일로나 제스메였고, 부다페스트 아울리시 가 31번지에 살았지. 그녀는 아주 아름답고 똑똑했으며 난 그녀를 사랑했네. 그녀가 코트다쥐르로 와서 우리 메르몽호텔에 묵었지. 어머니는 우리 관계를 아주 좋게 보았어. 찬성했지. 그녀는 머리부터 발끝까지 회색으로 입고도 칙칙하지 않을 수 있는 유일한 여자였네. 페르시안 고양이의 색깔과 털을 연상시키는 눈 때문이었지. 그런 눈은 그 이후로 다시 보지 못했네. 하지만 자네도 알다시피 이런 건 우리가 어떻게 바라보느냐에 달린 것 아닌가. 그녀는 아주 허약했네……. 때때로 몇 주를 누워 지내기도 했고, 나아지지 않으면 요양을 하러 스위스로 떠나곤 했지. 난 그녀 없이는 살 수 없을 거라고 생각했네. 하지만 우리는 언제나 살 수 있잖나. 이것이야말로 더없이 구역질 나는 일이지. 『새벽의 약속』에서 내가 말했듯이 그녀는 우리 결혼에 대해 부모님에게 말하려고 전쟁 직전에 헝가리로 떠났네. 하지만 난 그녀가 정말 나와 결혼했을까 싶네. 그러기엔 그녀는 너무도 온화하고 상냥했어. 게다가 그녀는 알고 있었네……. 난 그녀가 알면서 내게 감췄다고 확신해……. 전쟁 동안 나는 그녀와 접촉하려고 무진 애를 썼지. 적십자를 통해, 대사관들을 통해. 아무 소용 없었네. 회색 눈에 대한 기억만 남고, 그녀를 배신하고 다른 여자와 관계를 맺었다는 느낌만 종종 들었지. 내 평생 가장 사랑한 여자였던 건 분명하네. 마지막 날까지 나와 함께 살도록 정해진 여자였지. 어쨌든 내 마지막 날까지는 말이네. 삶은 지우는 걸 좋아하지. 하지만 나한테는 그러질 못했네. 난 그녀의 사진과 함께 이 기억을 수년 동안 달고 다녔어. 전쟁 동안 비행하면서. 그러다 24년 뒤 벼락을 맞았지. 난 로스앤젤레스 총영사로 있었고 이미 마흔여섯 살이었지. 그때 일로나의 엽서를 받았네. 단 몇 마디뿐이었어. 아냐, 마흔다섯 살이었네. 편지 한 통을 받았지. "사랑하는 로맹, 1945년에 헝가리를 떠난 뒤 난 수녀가 되었어요. 벨기에 수녀원에서 지내고 있어요.『새벽의 약속』에서 날 생각해준 것에 감사드려요. 행복하세요." 내 발밑으로 땅이 꺼지더군. 편지 봉투에는 벨기에 수녀원 주소가 있었네. 앙베르 근처였지. 난 전화를 걸고 편지도 써봤지만 아무 답이 없었네. 침묵뿐이었지. 그러다 편지 한 통을 또 받았어. 처음 편지와 똑같은 내용이었지. 난 그녀가 편지 두 통을 연이어 썼고 내 답장을 받지 못했다고 생각했지. 서약이나 종교 때문이라고 생각했어. 그래서 앙베르 총영사로 있던 리알랑에게 편지를 썼네. 그 친구에게 알아보고 수녀원에 들러 그들에게 설명을 좀 해달라고 부탁했지. 리알랑은 불가리아 주재 외교관 감사로 있을 때 알았지. 그가 수녀원을 찾아갔네. 그러곤 내게 편지를 썼어. 난 일로나가 수녀원이 아니라 정신병원에 있으며, 25년째 정신분열증을 앓고 있고, 점점 더 상태가 나빠져 돌이킬 수 없는 지경이라는 사실을 알게 되었네……. 어째서 그런지는 알 수 없었지. 그런 일은…… 기마르가 이미 말했듯이…… 살다 보면 닥치는 일이니까……. 도대체 무엇에 쓰이는 건지는 모르겠지만 말이네…….

프랑수아 봉디 인간에겐 우정이 필요하다……『하늘의 뿌리』에서 모렐이 이 말을 거듭하잖나. 이 말이 커져서 코끼리가 되고 책한 권이 되지…….

로맹 가리 그리고 공쿠르상도 되었지. 우정의 필요성은 잘 팔리더군. 작가라는 이름을 가질 만한 작가라면 절대 출간하지 말았어야 해. 난 당신들의 요령을 전혀 이해 못하겠네…….

프랑수아 봉디 무슨 요령 말인가?

로맹 가리 숨 쉬는 것 말이네. 여전히 숨을 쉴 수 있다니 이해할 수 없는 일이야.

프랑수아 봉디 자네는 『유로파』에서 조소를 통해 그 비통함에서 해방되지 않았나.

로맹 가리 해방이라니…….

프랑수아 봉디 소설 속에서 이 진짜 상처를 사기로 만들지 않았나. 왜인가?

로맹 가리 그걸 받아들일 수도 없었고, 정면으로 다룰 수가 없었지. 난 그걸 '문학적 목적'에 이용하고 싶지 않았네. 하지만 그것은 나를 가만히 두지 않았어. 1960년부터 1972년까지 나를 가만두지 않았지. 그것은 내적인 억압으로 작용했고, 난 거기에 복종했네. 글을 썼지만 거꾸로 썼지. 말비나 폰 라이덴『유로파』의 여주인공은…… 마치 마녀가 술수를 꾸미는 것 같지. 그게 인생이지 뭔가. 말비나 폰 라이덴은 인생에 매수당한 거네. 난 좌절의 순간들을 겪었지. 모두들처럼 말이네…….

프랑수아 봉디 그만 멈출까?

로맹 가리 난 모든 걸 깨달았지만 너무 늦어버렸지! 니스에서 일로나는 발작이 오는 걸 느꼈던 거네. '그것'이 찾아오는 걸 느꼈을 때 그녀는 자리에 누워 쉬었던 거지. 그리고 '그것'이 악화되자 스위스로, 산타녜제 성당과 루가노병원으로 갔던 것이고. 보다시피 난 주소를 절대 못 잊네. 난 아무것도 눈치채지 못했어. 정신분열증 환자와 1년 동안 같이 지내면서 알지 못했네. 다행이지. 아니면 내가 무슨 짓을 했을지 모르니까. 일로나가 내게 그걸 면제해 주었어.

프랑수아 봉디 그래서 어떻게 했나?

로맹 가리 비행기를 탔지. 하지만 브뤼셀에서 발길을 돌려 로스앤젤레스로 돌아왔네. 그녀가 정신이 맑은 것이 하루에 반 시간 정도밖에 안 된다는 말을 들었지. 하지만 그것 때문은 아니었네. 속에서 모든 게 순식간에 불타버렸지. 내가 거기 가봤자 이미 죽은 사람의 자격으로였지. 어쨌든 현재는 먹잇감밖에 되지 않잖나. 그 사람에게 그럴 권리가 내겐 없었지. 그래, 내겐 그럴 권리가 없었어. 어쨌든 30년이나 흘렀고, 그녀는 정신적으로 산산조각이 나 있었네……. 그녀에게 그럴 권리가 내겐 없었어……. 그녀는 자기방어를 할 수조차 없었고, 싫다고 말할 형편도 되지 못했네. 그건 우리 과거를 모독하는 일이었네…… 30년이나 지나서……. 내가 무슨 말을 하려는지 알겠나. 그녀는 분명히 아름다운 모습으로 남고 싶었을 거네. 난 그녀를 보러 가지 않았네. 그녀는 아름다운 채로 남았어. 더없이 아름다운 모습으로.

프랑수아 봉디 『유로파』에서 자네는 그 상처에서 벗어나려고 애썼지. 운명을 짓밟으려고……

로맹 가리 운명은 없네. 장갑을 끼고 지팡이를 짚고 실크해트를 쓴 운명 씨는 없어. 뒤죽박죽 되는대로 뒤섞여 고통 받는 남자와 여자 들이 있을 뿐이지. 실낱같은 행복의 행운을 노리는 사람들 말이네. 하지만 『유로파』에서 이 진정성을 사기처럼 다룬 건 상처를 태우고 날 방어할 필요가 있었기 때문이네. 혐오스러운 일에 던지는 『징기스 콘의 춤』의 대답은 이빨을 악물고 웃는 웃음이지. 그건 춤이네. 그 춤, 그 대중적인 지그 춤은 짓누르는 무게를 견디고 가벼움에 도달하는 유일한 방법이지. 세상을 어깨에 짊어진 아틀라스가 그 무게에 짓눌리지 않은 건 그가 춤꾼이었기 때문이라고 내가 어딘가에 썼지. 라블레가 "웃음은 인간의 고유한 속성"이라고 말했을 때 그는 고통에 대해 말한 거네.

프랑수아 봉디 사기, 협잡, 야바위 짓은 자네 작품 속에서 중요한 역할을 하지. 튤립『튤립』의 주인공은 힘을 얻으려고 몰래 먹어가며 단식투쟁과 항의를 무한히 이어가잖나. 처음에 그의 항의—요즘은 이의라고 하겠지—는 신뢰 남용이지.

로맹 가리 전쟁 후에 이상주의적인 거창한 말들이 사방에서 그를 둘러싸는 걸 보면 신뢰 남용이지. 그 말들 역시 신뢰 남용이지만. 그것은 빈 몸짓들을 패러디하는 빈 몸짓이지. 사람들이 내게 많이들 비난을 쏟았네. 간디에 관해 튤립이 한 말 때문이었지. "간디는 평생 단식투쟁을 했지만 결국엔 권총으로 그를 죽여야만 했다." 질베르 세스브롱 씨는 격분해 편지까지 써 보냈지. 자신의 신성한 존엄을 끝까지 밀고 간 단식투쟁자 이름을 하나라도 내게 말해줬으면 좋겠네. 튤립의 경우—물론 내 경우도 그렇고—냉소주의는 이상주의의 좌절이지. 그는 이상주의에서 헤어나려고 절망적으로 애쓰지만 그러지 못하네. 결국 전쟁이 끝난 뒤에는 세상의 상황에 항거하기 위해 정말로 단식투쟁을 하게 되지. 그리고 1945년 '승자들을 위한 기도'라는 이름으로 행동 집단을 창설하는 건 어쨌든 충분히 확인된 일이잖나.

프랑수아 봉디 그 후로도 『죄지은 축제』에서 지적 사기와 협잡을 다시 보게 되잖나. 이 작품에서 마티외는 저주받은 위인 고갱에 대해 타히티가 느끼고 있는 죄의식 콤플렉스를 이용하지. 그러니까 그는 '저주받은 화가'를 흉내 내고, 그곳 사람들은 다시 한 번 잘못 판단할까 두려워 모두 그를 배려하지. 『유로파』에서 말비나 폰 라이덴은 여성 모험가이자 고단수 사기꾼이지. 대규모로 신뢰를 남용하잖나. 『마법사들Les enchanteurs』의 자가족은 협잡꾼 부족이고…… . 자네는 지적 사기와 신뢰 남용에 강박적으로 사로잡혀 있어.

로맹 가리 왜냐하면 내가 20세기 작가니까. 그리고 역사상 지적·이데올로기적·도덕적·영적 부정직이 이렇게 파렴치하고 추잡하고 참혹했던 적이 없었으니까. 배우 무솔리니와 협잡꾼 히틀러가 3000만 명의 사망자를 낳을 정도까지 사기를 펼치지 않았나. 파시즘은 바보짓거리의 잔혹한 악용이었네. 러시아에서 스탈린은 사회정의의 이름으로 인민 전체를 몰살했고, 노동자 대중을 노예로 전락시켰지. 이 순간도 우리는 유럽연합의 이름으로 벌어지는 더없이 천박하고 악착같고 어리석은 상업적 경쟁을 목도하고 있네. 지난 세기들은 '신의 권리'라는 거짓된 진리의 이름으로 불의를 행했지. 우리는 그걸 굳건히 믿었고. 오늘날은 더없이 파렴치한 거짓들이 횡행하고, 끊임없이 희망이 남용되고, 진실이 철저히 경멸당하는 시절이네. 추문이 참으로 확실하게 받아들여지기에 이를테면 드레퓌스사건 같은 건 이젠 있을 수조차 없을 것이네. 한 인간이 무고한지 유죄인지를 두고 프랑스가 둘로 나뉜다는 생각은 상상조차 할 수 없지…… . 1974년에 상상이나 되나? 생각할 수조차 없지. 이데올로기적·지적 사기는 이 세기의 가장 두드러지고 가장 비열한 얼굴이네. 나의 모든 책이 이 세기에서 영양분을 공급받았지. 미칠 정도로. 이런 이유로 『죄지은 축제』에서 마티외가 마음에서 이상주의와 희망을 게워내려고 사기와 협잡을 흉내 내고 받아들이려고 애쓰는 거네. 마침내 절망에 이른 사람들만이 아는 휴식을 얻기 위해서 말이네. 그런데 그는 절망하지 못한 채 계속 투쟁하고 마치…… 마치 인간이 가능한 유혹이라도 되는 듯이 행동하지. 물론 그는 거기에 개인적인 동기를 뒤섞네. 삶은 내 어머니에게 야비한 사기를 친 죄를 지었어. 어머니는 삶에 멋들어지게 속았고, 납작하게 뻗었지. 물론 기억이 이상화한 건 맞겠지만 일로나는—내가 본 중 가장 아름다운 여인이었고, 난 일평생 한 번 사랑하듯이 그녀를 사랑했네. 우리가 그럴 능력이 아직 있다면 말이네—범죄 기도의 희생양이었어. 정신분열증 말이네. 난 행복과 사랑을 받아야 할 젊은이들이 내 곁에서 쓰러지는 걸 보았네. 그들은 우애 어린 세상을 위해 죽는다고 믿었지. 그들은 잔혹한 속임수의 희생자였네. 물론 이 모든 것에는 개선 가능한 측면이 있지. 난 인간을 타고난 자기 조건에 맞서는 우애 어린 저항의 기업으로 보네. 그러니 계급투쟁은…….

프랑수아 봉디 그래서 30년이 지난 뒤 일로나를 다시 보지 않기로 선택한 거군. 그녀의 온전한 이미지를 간직하기 위해.

로맹 가리 난 브뤼셀에서 꽤 끔찍한 밤을 보내고 로스앤젤레스로 돌아왔네. 그러면서 조금 더 강인해졌고, 조금 더 '소가죽'처럼 질겨졌지. 보아하니 난 고집 센 인간인 모양이네. 불행히도 일로나의 두 자매 가운데 한 사람이 내게 긴 편지를 쓸 필요를 느꼈지. 그즈음 나는 잊기 위해 최대한 여자들을 만나고 다녔고 어쨌든 그 생각을 더는 하지 않게 되었을 때였네. 이 자매는 마지막 모습을 내게 자세히 알릴 필요를 느꼈던 모양이네. 일로나가 정신이 맑을 때가 하루에 15분에서 20분밖에 되지 않는데, 나에 대해 언제나 사랑하는 마음으로 얘기한다는 걸 알릴 필요성도 느꼈고……. 그래서 나는 다시 나락으로 떨어졌고 병이 들었네. 내 경우는 우울증이 신체적 증상으로 나타나네. 엄청난 피로감이 몰려오지. 내 경우는 모든 게 언제나 육신으로 나타난다네. 이 선량한 자매는 나를 기쁘게 해주고 싶었던 모양이야. 사람들에겐 발이 있네, 친구. 정말이지 발이 있어서 그걸 사용하지. 사람들은 내 언어를 비난하네. '고상한' 사람이 "빌어먹을"이니 "제기랄" 같은 말을 쓰면 사람들은 놀라지. 하지만 누구나 저만의 토하는 방식이 있잖나. 내 언어에 충격 받는 사람들이 감수感受의 전문가라는 것도 난 알아차렸네. 난 6주 동안 병들었는데 휴가를 주기에 타히티로 갔지. 그곳은 대단히 멍청하고 대단히 성적인 곳이어서 웃는 법을 다시 배우게 되네. 그러면서 이 일은 몇 년 동안 서서히 가라앉았지. 그 후 파리에서 옛 국립민중극장 배우로 있던 일로나의 조카 카트린 레티가 일로나에 대해 얘기할 필요를 느끼고 나를 찾아왔네. 난 친절하게 그녀를 맞이해 얘기를 나눴고, 그녀를 점심 식사에 초대했고, 이런저런 일 얘기를 했지. 그 후 집으로 돌아온 나는 다시 나락에 떨어졌네. 그리고 조금 전에 자네도 보았듯이 자네에게 얘기를 하면서 다시 나락에 떨어질 뻔했네. 하지만 운 좋게 피할 수 있었지. 그러니 내가 이따금 "빌어먹을" 같은 소리를 해도 날 너무 원망하지 말게. 그건 마음에서 나오는 거니까.

프랑수아 봉디『유로파』는 정신분열로 끝나잖나.

로맹 가리 더 정확히 말하자면 영어로 'split personality이중인격' 라고 부르는 것이지. 둘로 분열된 정신 현상. 로마 주재 프랑스 대사 당테스의 정신이지. 그들 말로 그는 "엄청난 교양의 소유자"네. 난 책 속에서 "엄청난 교양의 소유자"라는 말을 늘 따옴표 속에 집어넣었네. 그는 탐미주의자야. 그의 모든 도덕적·지적 준거는 과거에 있네. 그는 예술 걸작을 꿈꾸듯 유럽을 꿈꾸지. 그의 모든 준거는 '로마의 값'이라는 의미로, 중부유럽, 릴케, 호프만스탈, 루 안드레아스 살로메의 의미로, 19세기 상층 부르주아계급의 저물어가는 그 모든 마지막 '초록빛'의 의미로 '고귀'했네. 그 마지막 빛은 틀림없이 토마스 만이었지. 그러나 당테스는 너무 예민해서 문화에 대한 꿈, 유럽에 대한 꿈과 그가 살고 우리가 사는 세상의 사회적·도덕적·지적으로 흉측한 현실 사이에 사로잡혀 분열되지 않을 수 없었고, 결국 쓰러지고 말지. 문화-현실이라는 이분법이 그를 둘로 분열해 그는 횔덜린처럼 부재 속으로 떨어지고 마네. 난 중부유럽프리드리히 나우만이 1915년『중부유럽Mitteleuropa』이라는 책에서 제시한 독일 중심의 유럽 통합 개념으로 독일 제국주의 침략 정책의 이데올로기로 활용되었다이라는 실체를 살아 있는 인물들 속에 구현하려고 최대한 애썼지. 중부유럽이라는 게 프랑스에는 참으로 낯선 개념이네. 왜냐하면 3, 4세기 동안은 프랑스가 유럽이었고 3, 4세기 동안은 유럽이 프랑스였기 때문에 프랑스는 '유럽식'으로 생각하는 데 참 서툴지. 그저 프랑스식으로 생각하면 충분하다고 믿거든. 3, 4세기 동안은 유럽식으로 생각하는 것이 곧 프랑스식으로 생각하는 것이었지. 러시아인에게나 독일인에게나 그랬으니 어떡하겠는가? 당테스가 꿈꾸는 유럽은 불가능한 것이 되었네. 문화가 삶을 망쳐버렸기 때문이지. 그 유럽은 사회 현실 바깥에 존재하는 실체로 남았어. 문화의 번영이 선행되지 않으면 가능한 정책이 없지. 공산주의를 망치는 건 공산주의자들이 아니네. 문화가 망친 거지. 그래서 오늘날 '유럽 만들기'는 가장 저열한 수준의 협잡이, 경쟁적 술책이, 지적 사기가 되었지……. 문화가 인간의 삶을 바꾸는 데 절대적으로 가담하지 않는다면 결단코 아무 의미가 없네. 아무 말도 해주는 게 없지. 그저 고급 창녀일 뿐이네. 맹인들에게 렘브란트를 금지하고 문맹들에게 도스토옙스키를 금지하고 귀머거리들에게 바흐를 금지한들 나한테는 아무런 상관 없잖나. 비평계에서 당테스가 곧 나라고 쓴 사실 자네 아나? 나더러 탐미주의자라…… 다른 얘기나 하세.

프랑수아 봉디 아냐. 유럽에 대해 계속하세나. 자네 마음에는 안 들지 몰라도. 자네는 1945년에 『유럽의 교육』이라는 씁쓸하고 냉소 어린 제목의 소설로 문학 작업을 시작했지. 유럽의 점령과 레지스탕스를 통해 한 문명이 떨어진 구렁텅이를 보여주는 소설이잖나. 1년 뒤에도 자네는 『튤립』에서 여전히 유럽인으로서 느끼는 슬픔을 외치지. 그리고 25년 뒤인 1972년에 소설 『유로파』로 꼭 마침표를 찍는 것처럼 보이네. 그런데 최근 시사 토론에서 저마다 위기에 대한 해결책을 찾고 있는 요즈음 자네는 침묵을 지키고 있네. 왜인가? 자네의 정치적 동지들을 거북하게 만들고 싶지 않아서인가?

로맹 가리 나한텐 '정치적 동지'라는 게 없네.

프랑수아 봉디 그럼 왜인가?

로맹 가리 유럽을 어떻게 미국적이지 않은 미국으로 만들까 하는 문제에 흥미가 없기 때문이네. 사람들이 떠들어대는 '유럽 만들기'의 진실은 눈에 뻔히 보이잖나. 어제의 조베르미셸 조베르. 퐁피두 내각과 대통령 체제에서 활동한 프랑스 정치가나 오늘의 소바냐르그장 소바냐르그. 지스카르데스탱 대통령 치하에서 외무부 장관까지 지낸 프랑스 외교관이자 정치가 같은 사람들에겐 이성적 사유의 조언자가 필요 없지. 그들은 **알고 있네.** 브란트빌리 브란트. 서독 총리로 독일 통일의 밑거름을 마련. 노벨평화상을 수상 했다도 완벽하게 알고 있었고, 더구나 그는 동방정책으로 진실과, 현실과 겨루려고 시도한 유일한 인물이었지. 케네디도 알고 있었네. 그는 죽기 석 달 전에 백악관에서 함께한 저녁 식사 때 딕 굿윈 앞에서 내게 그 사실을 말했네. 이렇게 말했지. "유럽은 미국이고 소련입니다." 그래서 내가 물었지. "그러면 중국은요?" 그러자 그가 웃기만 하고 아무 말 않았네. 그래서 난 중국이 오히려 문제를 해결해준다는 결론을 내렸지. 케네디가 말한 것을 확인해주었기 때문이네……. 유럽에 대한 진실은 모든 지적 돈주머니들의 손아귀에 들어 있지만, 혼란과 욕구불만이 능숙한 수완을 만나면 무슨 수를 써서라도 2 더하기 2가 5라는 걸 증명해 보이려고 애쓰지. 그러면 수백만의 실업자나 민주주의 자체가 2 더하기 2는 4의 값을 치르게 되지. 이보게, 이제 하려는 모든 말에서 난 내 생각이 틀렸으면 좋겠네. **하지만 그걸 내게 입증해주길 바라네.** 난 점점 더 내 '확신'이 틀리는 걸 좋아하네. 다른 사람들을 신뢰하고 싶기 때문이야. 내게 그 신뢰가 얼마나 필요한지 신은 아시겠지. 하지만 더없이 솔직하게 표현된, 더없이 '직설적'인 추론을 보게나. 프랑스 사회당의 추론 말이네. 적어도 지난 1월에 가스통 드페르가 길게 설명한 데다 메스메르 총리가 보름 후에 설명한 것과도 일치하는 추론이니까. 드페르 씨는 유럽이 '미국의 지배'를 피하려면 개발도상국 쪽으로 돌아서야 한다고, 원료와 교환해서 그들에게 시설을 갖추게 해야 한다고 말하네. 우리가 자립성을 지키기 위해 무역협정을 하고, 좋은 방법들을 교류해 안전성을 확보해야 한다는 거지. 처음부터 명백한 장애, 선천적 기형을 갖는 셈이지. 이 유럽은 '겉만 번드르르할 뿐 발이 허약한 거인'조차 못 될 테고, 다리와 발과 생계 수단이 자기 것이 아니라 다른 사람들의 것인 거인이 될 거네. 아랍 석유 사업 같은, 장기적으로 보면 유망하고 확실한 전망을 가진 제3세계에, 제3세계의 지질학적 자산에 매이겠지. 이것이 유럽의 자립인가? 하지만 당장은 조금 더 나은 점이 있지. 훤히 보이지 않나? 우리에게 제시된 정책은 이미 좌초되었으니까. '프랑스 경제권'이라는 정책. 프랑스가 예쁜 희망을 품고 옛 해외 영토에서 실시하려던 정책 말이네. 알제리가 우리를 자국민으로 동화시키고 그들의 법을 우리에게 부과하는 것도 정당한 일이고, 모로코가 우리 재산을 수용하고 있는 것도 당연한 일이지. 마다가스카르는 우리를 몰아내고 우리 대신 미국인들을 받아들이고 있네. 옛 콩고, 모리타니…… '프랑스 경제권' 전체가 우리에게 저들의 값과 조건을 요구하기 시작했어. 레오폴 셍고르세네갈 작가이자 정치인으로 초대 대통령이 된 인물가 지적했듯이 이건 정의일 뿐이지. 이 모든 게 에비앙협정 이후로 12년도 채 안 되는 기간 동안에 무너졌지. 몇 년 전에는 아프리카를 가난 속에 방치하자는 주장, 원한에서 나온 복수심 어린 허무주의를 '제3세계 재정 원조 무용론'이라 불렀지. 이 이론은 아주 이론, '프랑스 경제권'이라는 이론에 밀려났지. 오늘날엔 유럽 차원에서 똑같은 실패가 제시되고 있네. 파트너 쌍방의 무시무시한 경쟁적 술책을 합법화하고, 회피와 교활한 조작을 늘리고, 성스러운 결합과 자유로운 경쟁을 동시에 얘기하면서 말이네…… 이래서 나는 프랑스가 이 유럽을 위해, 이 정책을 위해 모르모트 역할을 했다고 말하는 거네. 그러니 그 결론을 도출해내야 하네. 우리가 만들려고 애쓰는 공동체를 위해서도 그렇고 프랑스를 위해서도 말이네. 석유업자들의 칼이 우리 목을 겨누고 나면 온갖 원료를 소유한 자들의 칼도 피할 길 없게 되겠지. 합법적으로 말이네. 또 다른 '능수능란한' 논지는 꺼내지 말았으면 좋겠네. 제3세계가 수없이 많고 곳곳에 흩어져 있으며 대립으로 분열되어 있어 다양한 '게임'과 조작과 조종이, 다양한 맞대면이 가능하다는 얘긴 말았으면 좋겠네. 아무리 흩어져 있고 다양하더라도 제3세계는 가격에 대해서는, 가능한 최대 이익에 대해서는 언제나 담합할 것이네. 그토록 '분열된', 그토록 '흩어진' 아랍 국가들이 그랬듯이 말이네. 그렇게 되면 능수능란한 재간도 별수 없지. 난 중동을 여행하고 돌아오는 우리네 공무원들을 보았네. 환상을 품었던 초기에는 잔뜩 들떠 있었지. 프랑스의 '아랍 정책'이 이득이 된다는 게—엄청나게 득이 된다는 게—드러났기 때문이지. 하지만 중동에서 결정적인 역할을 하는 유일한 세력은 석유와 원료에 좌우되지 않는 세력들이지. 지질학적 자립성을 확보한 세력들 말이네. 현재나 미래의 우리 국가 원수들에게, 지스카르 대통령이나 미테랑 대통령에게 그토록 주창하던 '국가의 자립성'이 무슨 의미인지 물어볼 수 있는가? 우리 국가 목숨의 80퍼센트가 다른 국가들의 천연자원에 달려 있는데 말이네. 어쩌면 저들이 '상호의 존 속의 자립성'을 말하고 싶어 할는지도 모르겠네. 에드가 포르가 모로코의 '식민지 해방' 때 만들어냈고 그 후 알제리 전쟁 막바지 즈음에 한창 꽃을 피웠던 개념 말이네. 어쨌든 지금처럼 한 나라의 목숨과 발전을 수출에 예속시키는 건 살려면, 수입하는 원료들에 대한 값을 지불하려면 수출하지 않을 수 없게 만드는 짓이지. 우리가 생존하는 데 꼭 필요한 원료들의 값을 지불하려면…… 수출해야만 하는 거지! 이건 "걷지 않으면 죽는다"라는 외인부대의 신조조차 못 되고, 한 나라의 운명이 조금씩 우리 손에서 빠져나가 돌아올 수 없게 만드는 짓이네. 이런 정책이 제기하는 유일한 의문은 자비가 연장되느냐는 의문이지. 더 이상 대외 정책도 선택도 대안도 가질 수 없는 일본은 이걸 잘 알고 있지. 고객의 자원에, 의지에, 엉뚱한 욕망에, 지불 수단에 달린 자립, 이건 마담 클로드1960~1970년대 정부 고위 관리와 외교관 들을 대상으로 고급 매춘 조직을 운영한 프랑스 매춘계의 여왕의 자립이네. 전적으로 아프리카나 아시아의 부와 필요에 달린 프랑스의 산업적·경제적·사회적 골조를 세우고 발전시키는 것, 이건 미친 자본주의야. "언제나 미래인 이 공허"라는 발레리의 표현을 설명하자면, 우리가 만기를 늦추고 싶어 하는 이 공허가 영원히 미래로 남을 수는 없는 것이지. 우리는 허공 속에 떠 있는 프랑스 경제라는 현실을 곧 대면하게 되겠지. 프랑스의 개별적 상황과 아프리카나 아시아나 다른 곳의 상황에 따라—그들에게 달린—세워진 사회산업적 구조 사이에서 커져가는 공백이 만들어낸 공허 속에서 말이네. 물론 몇 년은 공작과 계약, 무기 판매와 술책이 가능하겠지. 최악의 상황을 피하기 위한 조종과 타협의 정책이……. 난 지금 자네에게 '유럽' 얘기를 하고 있는 거네. 종전에 착취자들이었고 부당한 이득을 취했던 사람들에게는 성스러운 인간적 의무인 원조와 협력을 떠나 제3세계에 대한 현실적이고 명석한 정책은 후원이라는 토대에서 출발하는 정책뿐이네. 지질학적으로 특혜 입은 주된 두 후원국은 소련과 미국이고. 따라서 나는 프랑스를 위해서도 그렇고 유럽을 위해서도 가능한 유일한 자립은 '문명의 자립'이라고 말하겠네. 그리고 이 자립은 어딘가에 위치하며, 있는 자리에서 협상되지. 다시 말해 동일한 물질주의 문명 내부에서 이루어진다는 얘기네. 그 문명의 균형을 잡는 두 요소, 상호 견제의 축은 미국과 소비에트러시아지. 그리고 '프랑스-제3세계' 또는 '유럽-제3세계' 정책은 '추억하며 우는' 잘린 머리의 꿈일 뿐이네……. 제국을 추억하고 '해외 영토'를 추억하는, 아직 흐릿하게 꿈틀대는 꿈, 비밀스러운 꿈 말이네. 거듭 말하지만 지스카르데스탱 씨에게는 이성적 사유의 조언자가 필요 없네. 그리고 '프랑스-제3세계'나 '유럽-제3세계' 작전에 관해 사실을 말하자면 그의 머릿속에서는 그 작전이 제3세계가 아니라 미국과의 협상 요소라고 난 결론 내리겠네. 왜냐하면 석유파동에서 얻은 유일한 교훈이 더 요구하는 것, 우라늄, 구리, 망간, 산업사회에 영양분을 제공하는 모든 물질을 더 요구하는 것이라고 그가 생각하지는 않을 터이기 때문이네. 그러는 건 우리의 '자립'에 계속해서 총을 겨누는 정책이 될 걸세. 그런데도 그들은 계속 떠들어대며 안심하고 자축하고 예단하잖나. 마치…… 마치 프랑스가 개발도상국을 상대로 우선적인 특권이라도 가진 것처럼—어쩌면 예전에 착취당하고 모욕당했던 사람들에게서 고마움이라도 기대하는 건지?—, 마치 그 나라들에 다른 선택의 여지가 없고 다른 대안이 없는 것처럼, 미국과 소련과 독일과 일본과 영국이 존재하지 않는 것처럼 말이네. 아마도 그래서 우리네 '아랍 정책' 한가운데 수에즈-지중해 송유관 건설이 자리하고 있는 거겠지. 금융업자들에게 들은 바로는 '식은 죽 먹기'인 이 사업은 미국 기업에 맡겨졌다더군. 칼을 빼 든 정치에 개입하면 자기보다 더 긴 칼을 만날 위험이 있는 법이지. 제3세계에는 프랑스가 프랑스로, 프랑스가 유럽으로, 유럽이 양극화된 유럽 문명으로 이해되네. 2, 3년 전에 '드골주의자들'이 "대서양에서 우랄산맥까지"라는 구호를 어디다 묻어버렸는지 그들에게 물을 수 있는가? 드골이 옳았네. 그가 그 말을 누구에게 했으며 누구를 겨냥한 건지, 어떤 협상에서 배제되지 않으려 한 건지는 보지 못한다면 맹인이겠지. 심지어 이집트조차 소련에 접근함으로써 미국을 얻었는데, 미국과 소련이 유럽을 '무력화'하기 위해 '유럽의 등 뒤에서' 손잡는 걸 상상한다는 건 터무니없는 일이지. 그러자면 소련과 미국이 동시에 서유럽 때문에 존재 위협을 느낀다고 말해야 하겠지. '유럽 무력화하기'란 엄밀히 말해 냉전과 베를린봉쇄 시기에는 뮌헨조약을 지지하는 미국 대통령이 핵 충돌을 막기 위해 치르려고 생각해봤을지 모르는 절망적인 대가일 순 있겠지만, 오늘날에는 그러자면 적어도 경쟁할 능력을 갖춘 유럽을, 미국이 우리네 무역 경쟁력을 겁내 동맹과 기지들, 그리고 미국의 맏딸인 독일까지 희생시킬 생각을 할 정도로 미국을 흔들 능력을 갖춘 에너지 충만한 유럽을 가정해야 할 텐데…… 아무 의미 없는 얘기지. 하지만 이 거물급 정치 새,

이 쌍두독수리, 머리 하나는 '강대국'들에 맞먹는 권력의지와 대
양에 도취했고, 다른 머리는 개발 단계였을 때조차 '경쟁자—'적'
이라 해야 하나?—가 포기하라고 촉구한 적 없는 전방위 핵무기
를 가지고도 부재의, 마비의, '무력화'의 위협을 쫓는 이 쌍두독수
리는 참으로 감탄스럽네. 가련한 새—'위대한 포부'를 품고 '전력'
을 정비하고 한쪽 날개를 활짝 펴지만 다른 쪽 날개는 욕구불만
과 공포증과 불안으로 퇴화한 박쥐 같지. 유럽-제3세계의 자립에
대한 환상은 명백히 여러 환상에 더해진 또 하나의 환상일 뿐이
네……. 사람들이 우리를 따른다면 '작가를 찾는 9인의 등장인
물'루이지 피란델로의 희곡 『작가를 찾는 6인의 등장인물』을 암시이 아니라 '희극
을 찾는 9인의 등장인물'이 되겠지. 20년 전 우리가 인도차이나
를 떠나길 거부하고 튀니지와 모로코와 알제리에 독립을 돌려주
길 거부하면서 내세운 '학설'은 '유럽을 만들기' 위해 우리 식민지
의 모든 부를 유럽에 '지참금'으로 가져가야 한다고 동맹들에게
말하는 것이지 않았나? 이와 똑같은 술책을 오늘날 우리가 부리
고 있지. 우리가 잃어버린 영토들이, 자유를 획득했거나 지킨 나
라들이 프랑스와 '유럽'이 제 욕망에 따라 마음껏 채우도록 백지
수표라도 써준 것처럼 행동하고 있잖나. 그 해외 영토들에 우리
는 점점 더 의존하게 될 테고 그들의 필요와 자원이 우리 삶과 발
전의 조건이 되겠지만, 그럼에도 '제 운명'을 프랑스와 유럽의 손
에 쥐어 줄 텐데, 이건 현실을 마주하길 거부하는 모든 사람이 보
이는 전형적인 정신적 뒤틀림이지. 유사성 때문에 미국의 대법원
과 함께 국가의 최고 도덕 권력기관 중 하나라고 부를 수 있을 헌
법재판소의 소장 가스통 팔레브스키가 하는 말을 들어보게. 드

페르 씨와 UDR¹⁹⁷¹~¹⁹⁷⁶년 드골파의 정당인 공화국민주연합이 유럽 건설에 관해 동일한 관점을 가졌다고 믿고서 그는 우리에게 미국이 '강자'들만 배려한다고 환기하지. 따라서 해외 영토를 믿고 앉아 있는 유럽이 드디어 미국에 대등한 자격으로 말할 수 있을 것이라고 그는 설명하지……. 소련에 대해서는 단 한 마디도 없네. 유럽과 세계에 대한 이 비전에서 소련에 대해서는 단 한 마디도 없어. "대서양에서 우랄산맥까지"라는 기념비적 구호에 충실한 이 인물이 말이네. 그렇다네. 아프리카와 아시아의 지질학적 자원으로 '강해지고' 하나가 된 유럽은 미국에 당당히 고개를 쳐들어야 하네. 다만 그 자원을 보장할 방법은 확보해야 할 거네. 그리고 팔레브스키 씨는 이걸 "위대한 구상"이라고 부르네. 꿈꾸는 거지— 그래, 꿈꾸는 게 분명해……. 소련 없이 유럽은 불가능하네. 미국 없이 유럽이 불가능하듯이.

프랑수아 봉디 그런데 자네는 최근에 미국에서 한 인터뷰에서 워싱턴 회담에서 조베르 씨가 취한 입장을 대단히…… 강한 어조로 찬성하지 않았나?

로맹 가리 물론이지. 왜냐하면 문제가 에너지도 유럽도 아니고, 누가 주인인지 키신저에게 보여주는 것이었기 때문이네. 그건 19세기식의 고전적인 '외교 작전'이고 막후공작이었네. 키신저는 '외교적 승리'라는 걸 얻었네. 그에게 큰 성공이 되겠지. 이런 승리를 몇 번 더 거두면 그에겐 프랑스 함대를 메르스엘케비르 항에서 침몰시킬 일만 남게 될 거네. 키신저 씨는 전혀 반박할 수 없는 방식으로 드골이 옳았고 소련 없이는 유럽을 만들 수 없다는 걸 입증하는 데 성공한 거지…….

프랑수아 봉디 그렇지만 일원들의 번영에 기여하는 공동체도 있잖나?

로맹 가리 그렇다네, 인생을 즐기며 사는 자들의 클럽이 있지. 심지어 중세의 한자동맹보다 더 낫지. 거기엔 부인할 수 없는 물질적 성공이 있어서 미국과 소련 그리고 제3세계를 상대로 부를 축적하고 수익을 올릴 사업들에 대한 또 다른 전망들을 제공하지. 시장 편성이라는 전반적 맥락에는 고무적인 일이네. 하지만 '유럽의 자립성'을 말하기 시작하면서 사람들은 '유럽'이라는 가치가 1947년에서 1949년 사이에 공산주의자들의 제안에 맞선 경쟁적 이데올로기의 알맹이처럼 제시되었다는 사실을 잊은 척하지. 요컨대 '우리도 제안할 게 있다'라는 식이었단 말이네. 그 당시 우리는 과시용 추진력을 찾고 있었고, '유럽 만들기'는 무엇보다 냉전의 장기판 위에 내놓은 새로운 변증법적 한 수였던 거지. 그 수는 '러시아의 위협' 때문에 생각되고 시작된 것이었는데, 아직까지 유럽의 많은 '아버지'들 가운데 한 사람인 쿠덴호베칼레르기는 2년 전 죽기 전까지도 줄곧 그걸 부르짖었네. 이 '유럽 이념'은 베를린봉쇄 이후 스탈린의 작업 대부분을 이루었지. 처음엔 '유럽군대'를 의미했지만 이내 '다국적 사회'를 뜻하고 불안감을 한발 앞지르는 경제적 번영을 뜻하게 되었네. 그것은 변화 의지가 아니라 처음엔 방어 의지였다가 곧 경제력 확대와 통합 의지가 되었지. 이 '유럽 만들기'는 처음엔 미국의 군사, 산업, 에너지 잠재력에 의지했는데, 오늘은 '미국의 지배에서 벗어나기 위해', 그리고 초국가적인 강력한 힘을 지니면서 프랑스는 여전히 프랑스로, 독일은 독일로, 영국은 영국으로 남을 그런 새로운 국가를 창출하기 위해 제3세계의 천연자원 위에 그 토대를 두려는 것인데, '어디다 나를 둬야 할지 모른다'는 것이지. 우리는 절망적인 거짓 속에 빠진 거네……. 단 하나의 물질주의 서양 문명이 미국의 자본주의적 물질주의와 소련식 물질주의라는 두 극단을 태어나게 했지만, 그 둘의 접합은 아직 이루어지지 않았네. 그 접합점이 유럽이지. 나머지는 영혼에 부는 파도요, 체호프의 『벚꽃동산』이지. 아니면 물질주의에 맞서 싸우며 다른 문명을 낳으려고 애써야 할 테지. 하지만 적어도 우리가 말할 수 있는 건 우리가 찾는 것이 그것 같아 보이지는 않는다는 거네. 우리가 시도해도 유럽을 만들 수 없다는 것이 진실이지. 왜냐하면 식민지들의 등에 세울 수 있는 건 1900년도 유럽일 것인데, 그 유럽은 1914년에 이미 영업을 중단했고, 인도차이나와 1956년 수에즈 원정에서 얼마 남지 않은 깃털이 뽑혔고, 알제리에서 마지막 숨을 거두고 말았잖나. 하지만 유럽 공동체는 존재하지. 그건 공동체와의 정략결혼이 공동재산으로 전락한 것이고, 19세기 공증인들의 악취를 풍기지. 하지만 가능한 물질적 번영이, 훨씬 긴밀한 협력이, 부의 생산과 분배와 소비를 위한 새로운 전진이 남아 있네. 제3세계가 같은 방향을 향하도록 우리가 돕는 걸—중국을 기다리며—막는 건 없을 거네. 하지만 각 나라가 '고유의 특성'을 간직하고 모두가 '미국의 지배'와 '소련의 위협'으로부터 보호받는 조국-유럽, 유럽-강대국을 말하는 건 수치스럽고 절망적인 거짓을 말하는 거네. 처음에 우리는 러시아에 대한 두려움 때문에 '유럽 군대'를 거짓으로 지어냈고, 이제는 현실에서 벗어나기 위해 '유라라비아'^{'유럽'과 '아라비아'의 합성어. 유럽의 이슬람화에 대한 염려를 담은 '유라비아'와는 다른 개념'}'유라프리카' '유럽-제3세계'라는 거짓말을 하고 있지. 왜냐하면 이젠 꿈틀거려볼 다른 방법이 남아 있지 않기 때문이지. '자주적 유럽'의 꼭두각시들은 그저 안절부절못하고 계속 꿈틀댈 수밖에 없기 때문이야. 그들은 역사를 만드는 것이 아니라 온갖 이야깃거리만 만들어내고 있네.

프랑수아 봉디 그러면 문제의 핵심은 뭔가?

로맹 가리 문제의 핵심은 죄르지 루카치가 "공작工作"이라고 부른 것의 종말이지. 몇 년 전 부다페스트에서 그를 보았을 때 그는 줄곧 이 얘기를 했네. 왜냐하면 그의 말에 따르면 '자본주의에 내재된 악'에 마르크스주의 민주주의도 감염되었다는 거네. "공작"은 단지 마르크스주의 변증법과 양립하지 못하는 게 아니라 역사적 상황에 대한 현실적이고 객관적인 모든 인식과 결코 양립할 수 없지……. "현실 총체"가, 지정학적, 지질학적 세력선들이 오늘날엔 대중의 의식과 정보 덕에 너무도 눈에 띄게 되었네. 그것들은 너무 강력하고 결정적이어서 능숙한 수완에, 단기간의 조종에, 요령 있는 처신에, 큰 정책으로 승격된 유연성 발휘에 자리를 내주거나 쉽게 공작당하지 않아. 우리가 아직 얼마 동안은 요리조리 빠져나가고, 지역 상황을 이용하고, 여기저기서 계약을 체결하고, 전략을 책략으로 대체하고, 공작을 펼칠 수 있다는 걸 나도 아네. 변동하는 프랑, 공인회계사들의 교활한 계략 등……. 그 대가를 우리가 대단히 비싸게 치를 위험이 있네. 오랫동안 역사는 무기를 손에 들고 지리를 결정했지. 오늘날은 지리가 역사를 만들지. 드페르 씨 와 메스메르 씨의 마음에는 안 들지 몰라도 제3세계의 천연자원 덕에 하나 되는 프랑스며 자주적인 하나의 유럽은 정책이 아니네. 이건 교회가 주는 위안 같은 거지……. 내세에 생존 희망을 두는 거니까. 이 거짓된 낙관주의는 주문에 따른 낙관주의지. 때로는 우리가 몰두하는 희극 속에서 정말로 감탄스러운 발견을 하기도 하지. 이를테면 유럽을 '무력화'하면 미국과 소련 두 세력권으로 세계가 분할될 거라는 협박을 휘두르는 거네. 어떤 목적으로 중국에 직면해 유럽을 무력화하려는지는 이해하기 힘들지만 그건 중요하지 않네. 이 수사의 최고봉은 우리더러 두 식인귀가 나눠 가질 이 세계에 의지하면서 동시에 '강하고' 자주적이길 촉구한다는 데 있지. 하지만 미국과 소련이 이런 통제를 할 수 있다면 그들이 그런 식으로 지배하려는 나라들로부터 '자립성'과 자양분을 끌어낼 유럽 코먼웰스commonwealth를 건립하는 걸 막을 더 강력한 동기가 있지 않겠는가? 이런 추론에 지적 정직성이 어디 있고 선의가 어디 있는가? 언니 안Anne이 창밖을 아무리 내다봤자 무섭게 쏘아보는 미국과 시뻘겋게 격분한 러시아밖에 보지 못하지…….¹ 그러면 제3세계는 보류되겠지. 이 두려움의 **진짜** 이유를 직시할 때가 아니겠는가? 우리가 몰두한, 우리가 기를 쓰고 만들어낸 이 문명, 혁명 없이는 빠져나갈 수 없는, 그 혁명이 무엇보다 정신적인 것이기에 더더욱 빠져나가기 어려운 이 문명의 맥락 속에서…… 이 상황 속에서, 이 기정사실 앞에서 오늘날 우리가 미국이나 소련을 두려워하는 건 바로 **우리 자신을 두려워하는** 거네. 이것이 진짜 이

¹ 샤를 페로의 동화 「푸른 수염」에서 푸른 수염이 아내의 목을 베려 할 때 언니 안이 창밖을 내다보며 오빠들이 구하러 오는지 살피는 장면을 암시한다. 도움을 기다리는 동생의 물음("언니, 뭐가 오는 게 안 보여?")에 대한 언니 안의 대답("반짝이는 햇살과 푸르른 풀밭밖에 안 보여")을 연상시키는 문장이다.

유야. 우리 불안과 과장된 몸짓의, 우리의 암울한 후회와 회한의 진짜 이유 말이네. 우리가 중국을 덜 두려워하는 건 중국이 너무 멀어서가 아니라 우리와 너무 다르기 때문이지……. 하지만 '인류 역사상 유례없는' 물질적 성공이 몇 년 더 계속되면, '게걸스러운 탐식'이 몇 년 더 계속되면 우리의 거리낌은 가라앉을 것이네. 현실정치realpolitik가 우리의 환상과 '옛날을 추억하며 난 우네' 식의 태도를 끝장낼 거네. 우리는 투덜거리길 그만둘 테고, 우리 문명이 요구하는 걸 충족하게 되겠지. 게다가 소련과 미국이 이미 함께 시베리아를 개발하기로 합의하려고 시도하는 마당에 우리는 무슨 말을 하고 있는 건가? 그들이 합의에 이르고 나면, 난 그러리라고 믿네만, 시베리아 지하에 묻힌 자원을 둘러싸고 유럽은 제 식구를 알아보게 될 테지.

프랑수아 봉디 독설을 쏟아내면서도 자네는 이데올로기들을 대수롭잖게 여기는 것 같군.

로맹 가리 그 대답은 미국 자본을 소련에 투자하기로 협상할 때 미국과 소련이 해줄 거네. 물질주의적 서양 문명의 양극에 소련과 미국이 있고, 우리는 그 한가운데, 그 중심과 요람에 있지. 우리를 거기서 빠져나오게 해줄 지적 곡예란 존재하지 않아. 새로운 문명을 창조한다면 모를까. 아니면 우리가 잃어버린 문명을 되찾거나. 그러자면 희생정신과 용기가 요구되는데, 쉽게 이루어질 일이 아니지…….

프랑수아 봉디 솔제니친 사건으로 경계선이, 깊은 차이점이 드러나지 않았나?

로맹 가리 그건 아니지! 미국은 등에 여러 명의 솔제니친을 업고 있네. 키신저가 눈물을 머금고 슬퍼하며 닉슨의 이름을 내걸고 솔제니친에 대해 말할 때…… 도저히 믿기 힘든 일이지! 청년 정치가였다가 나중에 부통령이 된 닉슨이 매카시 상원 의원을 지지하고 부추기고 밀어준 사실 잊었나? 미국이 '반미 활동'을 했다는 죄목으로 미국의 지식인들을 감옥에 가두고, 일자리를 박탈하고, 여권을 압수하던 때 말이네. 벌써 잊었나? 아니면 애써 떠올리지 않는 건가? 도를 넘어선 반소비에트주의가 더 쉽게 퍼지도록? 수천 명의 자유주의자들에게 들씌운 '반미 활동'이라는 죄목은 솔제니친에게 정통 소비에트 부르주아지가 씌운 '반소비에트 활동'이라는 죄목과 정확히 똑같네. 미국 권력기관이 위대한 흑인 가수 폴 로브슨의 여권을 빼앗고, '체제 전복적'이라고 선고된 배우들과 작가들을 자살로 내몰고, 위대한 소설가 하워드 패스트에게 이민과 출간을 동시에 금지하고, 또 다른 작가들이나 연출가들을 사상범으로 혹은 밀고를 거부한 죄로 감옥에 집어넣은 건 닉슨의 동의하에서였네. 요즘 앞다투어 솔제니친 사건을 다루는 〈뉴욕타임스〉의 레스턴제임스 레스턴이나 세버라이드에릭 세버라이드처럼 자유로운 '아름다운 영혼'들은 그들의 동료나 내 친구이자 번역가인 조 반스가 크렘린 코트에서 테니스를 쳤다는 이유로 신문사에서 쫓겨나고 공시대에 내걸렸을 때 목소리를 높이지 않으려고 몸을 사렸던 사람들이지. 망각은 너무도 편리한 수단이네. 정말이지 너무 편리해……. 동일한 문명의 양극이 제각기 불의를 다르게 선택하고 있어. 소비에트 마르크스주의 사회는 우리와 정확히 동일한 '재화'를 좇고 있네. 뉴욕에서 모스크바까지 똑같은 가치들이 서로 다른 방식으로 무시되고 있어. 우리는 그 둘 사이에, 그 중심에 있어서 훨씬 더 '흔들리고' 있네. 양극에 쏠린 대중들에게서 멀리 떨어져 있기 때문이지. 우리 '유럽 정신'이 존재한다면, 그것이 무언가를 의미한다면 소비에트의 극단적 물질주의와 미국의 극단적 물질주의 사이, 그 중심에 두어야 하겠지. 어쩌면 그것이 "인간의 얼굴을 한 사회주의"를 뜻하는지도 모르고, 어쩌면 계속되는 실패를 의미하는지도 모르네. 하지만 중요한 건 마침내 이뤄내고 성취해낸 성공이 아니라 추구요, 나아가는 방향이네. 게다가 나아가면서 문명들을 건설해낸 실패들도 있지. 십자가에서 죽어가는 예수를 보며 "또 한 명의 낙오자군!"이라고 외쳤을 로마 시민을 우리가 닮아서야 되겠나.

프랑수아 봉디 그러면 이 모든 것 속에 프랑스는? 어떤 프랑스인가? 무엇보다 이 문제가 자네 관심을 사로잡는 것 같아 보여서 하는 말이네…….

로맹 가리 드페르 씨나 팔레브스키 씨가 우리에게 '미국의 지배'를 조심하라고 말하는 건 우리를 갖고 노는 거네. 왜냐하면 미국의 지배란 바로 여기 있기 때문이네. 그건 미국에서 오는 게 아니라 산업사회 기계를 점점 더 빨리, 점점 더 폭넓게 돌리려고 점점 더 인위적인 욕구를 만들어내도록 강요하는 삶의 방식을 받아들이는 데서 오기 때문이지. 그 결과 몽테뉴 이후로 프랑스적인 것이 된 모든 걸 소멸하는 물질주의의 폭발이 일어났네……. 프랑스는 모든 관점에서 모든 분야에서 수공 작업이었지. 품질과 작품을 고려하고 인내심을 갖고 하는 수작업. 삶과 맺는 수공 관계 속에는 일정한 존중과 정직성이, 일정한 지적 정직성이 있었네. 처음엔 소련에 맞서 고안된 것이었지만 지금은 미국에 맞서는 개

넘이 된 '유럽-강대국' 개념에는 이 지적 정직성이 완전히 부재하지. 손 말이네. 좋아, 난 질질 짜지 않겠네. 그러기엔 너무 늦었어. 하지만 주름진 신중한 손, 진짜 관계를 맺었던 손, 자신이 하는 일과 정직한 관계를 맺었던 손…… 프랑스는 인간의 손이었네. 진짜 촉감, 깊이와 형태를 가졌고 뒤로는 민중을 가진—통계상의 인구가 아니라—인간의 손 말이네. '2000년에 중국과 마주할' 손. 그렇잖소, 드브레 씨, 푸아이에 씨? '2000년에 중국과 마주할' 손…… 미셸 드브레가 '국가'에 대해, 프랑스에 대해 말할 때는 난 늘 놀라네……. 프랑스가 역사의 장기판 위에서 '국가'로서 보낸 시간은 프랑스의 손과 수공 작업의 역사에 비하면 아무것도 아니네. 프랑스는 살고 생각하는 한 방식이었지 보철기 같은 유럽이 아니었네. 나더러 퇴보적이라고? 이보게 친구, 저들은 날 포복절도하게 만드네. 인류가 경험한 가장 위대한 진보는 중세가 과거를 발견했을 때였지. 중세는 고대를, 그리스를 발견했고, 그것으로 미래를 향해 열렸네……. 5000년의 작업 동안 어떤 영구적인 뿌리도 심어지지 않았다고 상상하는 건 희귀할 정도로 멍청한 생각이지. 프랑스의 손은 정말이지 하나의 문명이었네. 그 손에 주머니가 생길 때까지는. 이제 나라는 온통 주머니로 이루어져서 그걸 채우고 키워야 하지. 주머니들을 채우고 더 크게 만들고 다시 그걸 채워야 하지……. '미국의 지배'란 바로 이것이네. 펜타곤이 아니라. 우리가 우리의 작업을 잃은 순간부터, 작품을 다시 만드는 것이 불가능해진 순간부터, 동일한 인간적 영감을 갖고 다른 작품을 만들려고 시도하는 데 필요한 희생을 떠안는 것이 불가능해진 순간부터, 영혼이 점점 더 커져가는 주머니가 되어버린 순간부터 이 문명의 현실을 받아들여야만 하네. 물질주의에서 지나치게 전제적인 문명, 우리가 속하고 자리를 차지하고 있는 이 문명의 현실을 말이야. 탄자니아가 우리를 놓아주거나 파이살 왕 사우디아라비아의 왕이 우리를 거기서 꺼내주기를 기다리지 말고……. 이 '문명 단일체'를 외부로, 성장하고 있는 나라들을 향해 열어야 한다고 고위층 사람들은 내게 대답했지. 하지만 미국과 소련을 비롯해 모든 산업국가가 하는 게 그것뿐인 마당에 프랑스의 해결책, 유럽의 해결책이자 '위대한 구상'치고는 정말이지 대단히 기발한 발견이지. 유럽에 관해 사람들이 우리에게 주입하는 편협한 신앙에서 나온 거짓말들은 오랜 연막 전통에 속하는 것들이네. "철도가 잘렸다" "가장 힘센 우리가 이길 것이다" 등 마지노선과 더불어 1940년에 죽어야 했을 전통 말이네. 하지만 '강대국 유럽'은 마지막 알리바이가 되었네. 여러 계급이 타조처럼 머리만 숨기는 구멍이, 보수주의자들의 마지막 이념적 생쉴피스 예술파리의 생쉴피스 성당 부근에서 파는, 마구 찍어낸 조잡한 예술품을 뜻한다이 되었지. 난 자크 시라크 씨나 드페르 씨가 그걸 믿는다고 말하는 게 아니네. 우리에게 해가 되지 않는 경건한 거짓말이 있음을 그들이 진심으로 믿는다고 말하는 거네. 그럴듯한 위장이지. 이것이 가짜 안심을 찾는 보수주의자들에게는 교회가 주는 위안이고, 증거를 만드는 정치적 방식이지. 비시정부가 눈속임 습관과 성스러운 이미지에 편승해 거의 전체 부르주아계급의 인심을 얻을 수 있었던 것도 이 때문이었지. 우리는 유럽을 만드는 게 아니고, 또한 그 사실을 알고 있네. 진짜 마귀들을 쫓으려는 희망으로 구마 의식을 행하는 것이지. 미국이 빠진, 미국에 맞선 유럽 통합, 러시아가 빠진, 러시아에 맞선 유럽 통합. '강대국 유럽' '유럽의 지질학적 자양분이 배제된 유럽'은 성불구자들이 머릿속으로 그리는 카마수트라 체위나 다름없네. 문제는 경제적 '자립'이라는 걸—제3세계를 위한 대대적인 산업 변화를 겪게 될 자립—, 아프리카의 우라늄과 아랍 국가들의 석유에 힘입은 핵 자립과 전방위 군사 자립이라는 걸 잊지 말게. '전방위' 전략적 관점에서 보장된 원자재 공급이라는 게 상상이 가나? 이 논리는 데카르트에게, 몽테뉴에게, 라퐁텐에게 침을 뱉는 것이고, 프랑스의 오래된 수공 작업에, 지켜야 할 모든 것에 침 뱉는 것이네. 적어도 옛날엔 "매진賣盡!"을 외치며 자신을 위로할 수 있었지. 하지만 그 또한 경건한 위로였고 과시적인 신앙이었네. 가믈랭제2차 세계대전 때 연합군 총사령관으로 서부전선을 지휘했으나 독일군의 총공세로 프랑스군이 무너지자 면직당하고 패전의 책임자로 재판에 회부된 군인은 지독히도 정직했네……. 어쨌든 과거를 세우기에는 너무 늦었어. 자주적인 '강대국 유럽'은 비스마르크를 만나지 못한 시대착오적 작전이네. 이 새 거인을 탄생시키려는 의지—더구나 없는 의지지—는 복고주의적 시도지. 시간이 없을 거네. 이상 발달의 종말이 내일의 문제가 될 터이기 때문이지. 앞으로 올 세대들은 이상 발달로 인한 거인들의 종말을 보게 될 거네. 소련, 미국, 중국은 역사적 순환기에 접어들었어. 그들은 곧 인류에게 제공할 것이 한 가지밖에 없을 거네. 자신들의 파열……. 나는 그 파열이 내부에서 일어날 것이며 그다지 큰 어려움 없이 일어나리라 생각하네. 그래서 나는 세상에서 늘 새롭게 바뀌는 청춘을 믿지. 나의 모든 희망은 청춘에 있네. 자본주의와 소비에트 체제가 처한 지금 상황에서 오늘날 그들이 우리에게 제기하는 유일한 물음은 자신들의 계승에 관한 문제야. 지금은 진정한 유럽이 자신을 찾고 있네. 지금 있는 자리에서, 자신의 뿌리 속에서, 문화적 특수성들 속에서, 사회 및 정신적 공동체들 속에서, 인간의 손에 상응하는 '생명 개체'들 속에서 찾고 있지. 그리고 이 끓어오르는 정신은 보철 기구의 통치를 무한히 받아들이지는 않을 것이네. 관료제와 집단 수용소 같은 국가관리 체제 속에, 국가 또는 유럽 차원에서 몽파르나스 타워에 갇히도록 가만히 있지 않을 것이네. 우리는 인구통계학적·관료주의적 압박의 시대를 살고 있지. 모두가 가루가 된 느낌을 받고, 정체성의 의미를 잃을 정도로 '익명'이 된 느낌을 가져서 원초적 소속감을 되찾을 필요가 있지. 어쨌든 이 사실은 프랑스 청년들, 유럽 청년들에게는 날이 갈수록 명백해지고 있네……. 개별성을 되찾고 그걸 보호해야만 우리는 공동체 차원의 초국가적 관계와 조합과 교류와 연합망을 강화하고 발전시킬 수 있을 거네. 꼭 필요하지만 그 관료주의 때문에 맨스홀트네덜란드의 경제학자이자 정치가 맨스홀트가 세운, 유럽공동체의 농업 통합을 지향하는 계획 유형에 내재한 관료주의 지배 체제 때문에 정치적 공작과 자립의 경향을 갖게 될 관계망 말이지. 하지만 어떤 조직이건 결코 유럽이 될 수는 없을 것이네. 하나의 개념과 하나의 조직도에서 나온 인간적 조국의 예를 역사는 보여주지 않지. 내 눈에는 명백해 보이는 이 말로 마무리 짓고 싶네. 국가들에도 그렇고 인간들에게도 '유럽을 만들기' 위한 정신적·도덕적·영적 조건이 존재한다면 우린 유럽을 만들 필요가 없을 것이라는 말……. 왜냐하면 그 조건은 박애라고 불릴 것이기 때문이네.

프랑수아 봉디 자네는 부르주아계급과 비교해 자네 자신을 어떻게 자리매김하나?

로맹 가리 그 안에 두지. 다만 코는 밖에 두려고 애쓰며 빠져 있네. 나는 사회적으로 나를 아주 잘 알아. 난 인도주의적이고 인문주의적인 갈망을 품은 자유주의자 부르주아네. 1930년대 주간지 〈방드르디〉 유형이랄까. 난 바뀌지 않을 거네. 극우나 극좌가 "푸념하는 이상주의"니 "푸념하는 휴머니즘"을 운운할 때 그건 언제나 내 얘기네. 따라서 나는 고리키가 "자본주의 서커스장에서 관용과 자유주의로 묘기를 부리는 서정적 광대"라고 부른 사람들 족속에 속하지……. 소비에트 소마르크스주의 서커스장에서 이 묘기를 부린 "서정적 광대"들은 정신병원에 감금되고 시베리아로 보내지거나 서커스장에서 내쫓기지. 정치적으로 나는 "인간의 얼굴을 한 사회주의"를 동경하네. 그것은 온갖 실패를 거듭하고도 내가 보기에 따를 만해 보이는 것 같은 길을 줄곧 가리키지.

프랑수아 봉디 그럼 드골도 거기에?

로맹 가리 드골은 역사에서 돌출한 행운의 기인이었고, 프랑스는 그걸 잘 누릴 줄 알았던 거지.

프랑수아 봉디 그 숭배를 함께하지 못하는 나를 용서하게나. 하지만 자네와 관계된 일이니까……. 그런데 방금 말했듯이 "인간의 얼굴을 한 사회주의"를 갈망하면서 어떻게 자네는 온갖 시위와 청원에 서명하는 건 늘 거부했는가?

로맹 가리 나는 청원을 하지도 않고, 깃발을 휘두르지도 않고, 행진을 하지도 않지만 내 뒤에는 항의하고, 시위하고, 청원하고, 호소하고, 외치고, 가리키고, 울부짖는 스무 권의 작품이 있네. 그것만이 내가 할 수 있는 유효한 기여지. 내 책들이 있고, 그것들이 말을 하네. 난 그보다 잘할 수가 없네.

프랑수아 봉디 며칠 전에 경찰 폭력에 대한 항의문에 서명을 부탁하러 찾아간 두세 사람을 자네가 내쫓은 걸로 아는데…….

로맹 가리 매년 길거리에서 죽어가는 1만 5000명을 나 몰라라 하는 사람들이 경찰의 폭력에 한탄할 건 없지. 제복을 입었건 아니건 똑같은 마초주의고 똑같은 자지들이야. 그 개자식들은 내 집에 들어오기 전에 차를 인도에 세우고 문을 막았네. 전형적이지. 이 자리에서 닭이 먼저인지 알이 먼저인지 논쟁을 벌일 생각은 없지만 우리 경찰들은 이미 **설득당했네.** 사람들이 그들을 설득한 거지. 한 집단을 증오하기 시작하면 그 집단은 스스로 증오당할 만하다고 믿게 되고 그렇게 행동하게 되네. 이건 역사적으로 잘 알려진 과정이지. 이 얘기는 이미 했잖나. 유대인들에게 그들이 경멸받을 만하다고 줄기차게 설명한 끝에 중세는 존엄 잃은 유대인들을 만들어냈지…….

프랑수아 봉디 공산주의는?

로맹 가리 고맙지만 됐네. 그들은 자본주의가 스스로의 종말을 확고히 보장하고 있다고, 그것도 아주 제대로 해내고 있다고 이해했지. 따라서 노조의 도움을 받아 그 방향으로 밖에서 살짝 밀어주기만 하고 있어. 그들은 자본주의를 조종하고 있고, 그들이 원하는 대로 정확히 진행되고 있어.

프랑수아 봉디 그들이 프랑스에서 권력을 잡는다면 자네는 어쩔 텐가?

로맹 가리 그들이 권력을 어떻게 잡고 어느 쪽이 시체가 되느냐에 달렸지.

프랑수아 봉디 작가로서는?

로맹 가리 공산주의자들이 프랑스에서 권력을 잡는다면 무엇보다 공산주의자 지식인들에게 문제가 생길 거라고 생각하네……. 로맹 가리 따윈 신경도 쓰지 않을 거네. 심지어 그들이 내가 글을 쓰고 출간까지 하도록 내버려둘 거라 생각하네. 아양을 떠느라. 오늘 내일 일어날 일은 아니지……. 하지만 부르주아계급이 이 과정을 앞당기려고 할 수 있는 모든 걸 하고 있다는 말은 해야겠네. 들어보게. 내가 보살핀 학생이 하나 있네. 흑인이지. 그 학생은 온갖 학위를 따고 학업을 끝냈네. 난 그가 밥벌이를 할 수 있도록 일자리를 구해주려고 애썼지. 아는 사람들에게 부탁했지. 대단히 큰 사업을 맡고 있는 사람들에게 말이네. 그는 채용되었지. 수습 기간 동안에 그 회사에서는 흑인 청년이 아주 똑똑하고 전도유망하다며 내게 알려왔고 그 친구에 대해 흡족해했네. 그런데 어느 날 저녁 그 친구가 완전히 좌절한 얼굴로 집에 찾아왔더군. 막 해고되었다는 거야. 그를 부른 인사 책임자가 더없이 거만하고 위압적인 표정으로 그를 맞이하더니 조롱 섞어 이렇게 말하더라는 거네. "이게 자네 서류야. 자네는 68년 5월에 바리케이드 위에 서 있었더군……. 자네는 아프리카 반체제 조직에서 활동했어. 게다가 우연인지 생미셸 가에 살고 있고……. 집회에 빨리 가담하기 위해선가, 맞나? 그만 잘 가. 잘 가라니까" 이렇게 말했다는 거야. 그 친구는 68년 5월이 무엇이었는지조차 잊었는데 그들은 잊지 않았던 거지. 그러니 이런 부르주아지, 사용자 계급이 뭔지 자네 아나? 이건 자기 파괴적 보수주의 기업이네!

프랑수아 봉디 고함칠 건 없네. 나도 동의하네. 그런데 유럽 얘기로 돌아가자면……

로맹 가리 알았네. 끝. 난 할 말을 했을 뿐이네. 내가 틀렸다는 걸 입증하는 건 저들 몫이지. 저들이 다른 예측을 해주길 난 바라네. 메스메르나 드페르 쪽에서 말이네. 난 내가 틀리길 바라네. 그래서 매번 희망을 다른 사람들 편에 두지…….

프랑수아 봉디 그렇지만 자네는 예전에 체스에서 이기는 걸 좋아하지 않았나.

로맹 가리 그랬지. 니스에서 좋은 스승 타르타코베르 의사가 있던 시절엔 그랬지. 체스판을 펴지 않은 게 40년이나 되었어. 그 게임이 강박증이 되어간다는 걸 깨닫고서 포기했네. 강박증이 되지 않고는 체스에서 멀리 갈 수가 없지. 스무 살 때였어. 어느 날 밤 누웠는데 내가 위대한 고수인 알레킨과 카파블랑카의 게임을 복기하고 있다는 걸 깨달았지. 그래서 생각했네. 이만 됐다고.

프랑수아 봉디 그렇지만 『유로파』에 체스 게임이 다시 등장하잖나.

로맹 가리 그건 그저 "엄청난 교양의 소유자"인 당테스 대사가 어느 정도로 추상적 관념에 질식해 있는지를 보여주기 위해서였지. 하지만 그러면 뭐하겠나? 책은 결코 큰 힘이 못 돼.『전쟁과 평화』―책의 꼭대기를 차지하는―도 문학을 위해 모든 걸 했지만 전쟁을 막는 데는 아무 힘이 되지 못했어. 두 가지 예를 들어보겠네.『하늘의 뿌리』에서 나는 코끼리 말살에, 사냥꾼에 맞서 격하게 항의했네. 우리의 모든 환경을 보호하자는 내용이었지. 말하자면 우리의 자유까지도 말이네. 공쿠르상을 받고 난 뒤로 독자들이 감동해서 보낸 감사의 편지들을 받기 시작했네. 개중에 여러 독자가 이해의 증거물을 보내왔네. 상아로 된 코끼리를 말이네. 『새벽의 약속』도 마찬가지였지. 감동한 사람들이 찾아와 책을 읽고 다시 읽는다고 말했지. 그러더니 어떤 이들은 이렇게 묻더군. "어머님은 아직 살아 계세요?" 그 사랑스러운 사람들이 책을 어떻게 읽었는지 모르겠네. 이따금은 상상을 초월해. 나의 모든 책은 약자들에 대한 존중으로 만들어졌네. 『하늘의 뿌리』의 한 대목에서 다 죽어가던 집단 수용소 수감자들 중 한 사람이 그들 가운데 가상의 여성을 만들어내자 포로들은 다시 살기 시작하고 버티고 희망을 품지. 『게리 쿠퍼여, 안녕』에서 나는 이렇게 썼네. "강하고 단단한 사람들은 사방에 있다. 명예를 구해내는 건 다른 사람들, 무능하고 악을 행할 줄 모르는, 한마디로 약한 사람들이다." 나의 모든 책은 억누를 수 없고 당당한 나약함을 주제로 삼고 있지. 어느 화창한 날, 〈르누벨옵세르바퇴르〉에서 나는 기 뒤 뮈르가 쓴 이런 문장을 보았네. "로맹 가리의 책 속에서 약자들은 언제나 결국 패배한다. 그가 괜히 드골주의자인 게 아니다." 파시스트적인 암시는 둘째 치고 이보다 더한 악의가 없고 이보다 더 진실을 무시할 수가 없지. 난 기 뒤뮈르를 좋아하네. 그 사람이 하는 일은 얼마나 힘들겠나…….

프랑수아 봉디 최근에 자네는 텔레비전에서 꽤 격한 말을 했잖나. 여성의 세계 진출을 위한, '여성스러운' 문명을 위한 캠페인 같은 걸 주장하면서 말이네. 여성을 역사에서 가장 착취당한 존재로 본 건 자네만이 아니네. 하지만 자네는 꽤나 멀리 갔어. 문명의 모든 가치가 여성적인 가치라고 주장했으니까. 부드러움, 다정함, 모성애, 약자에 대한 존중. 마지막에 자네가 "여성들에게 정의를" 돌려줄 것을 열렬히 주장했을 때 말인데, 부당하다는 감정 속에서 점점 더 커져가는 두 가지 기억이 연루된 것 아닌가? 자네 어머니와 일로나에 대한 기억?

로맹 가리 모르겠네. 그건 지엽적인 일이야. 세련된 격식 같은 거지. 내가 아는 건 내가 1951년 『낮의 빛깔들』에 쓴 내용에 여전히 충직하다는 것이네. 문명의 모든 가치는 여성적인 가치네. 기독교는 성모와 더불어 그걸 아주 잘 이해했지만 경건한 이미지에 한정되고 말았지. 연약함을 드높이며 시작해놓고 거기서 힘의 교훈을 도출해냈지. 『낮의 빛깔들』에서 레네는 이렇게 말했네. "난 제일 약한 자의 승리를 믿는다." 난 이 말을 내 식으로 받아들이네. 문명이 접촉해야 하고 태어나게 해야 하고 인간의 이름을 가질 만한 모든 인간 속에서 작용하게 해야 할 여성성의 이름으로 받아들이지. 이것이 어머니와 나의 관계를 고양한 '승화'의 결과일 수도 있겠지만 이것이 증명하는 건 인간—다시 말해 문명—이 아이와 어머니의 관계 속에서 시작된다는 것이네. 그런데 군이 정신분석학자들의 오이디푸스 편집증을 거론하지 않더라도 오늘날 모든 문학은 이 관계를 오로지 고치고 '해방'해야 할 신경증으로만 다루고 있지. 온갖 형태의 에너지와 영감의 고갈과 더불어 쉽게 감지되는 우리 문명의 종말이 점점 더 본성에 어긋나는 행위 속에서 '독창성'을, '자유'를, '새로움'을 찾고 있기 때문이네. 진짜 독창성을 다 써버렸거나 배반하고서 말이야. 그렇지만 내가 이런 말을 할 정도로 멍청하지는 않네. "남자들의 자리에 여자들을 배치해야 한다. 그러면 새로운 세계가 열릴 것이다." 어리석은 말이지. 활동하고 행동하는 여성 대부분이 투쟁의 조건과 필요성 때문에 남성의 상태로 이미 깎아내려져 있는 것만 봐도 그렇다네. 치마 입은 마초주의라고 다른 마초주의보다 더 흥미로울 게 없지. 난 단지 여성성에 기회를 주어야 한다고 말하는 것뿐이야. 인간이 이 땅을 지배한 이후로 한 번도 시도해보지 않은 일이니까. 오늘날 정치적 선택이 어려워진 건 현존하는 모든 세력이 힘을, 투쟁을, 승리를, 주먹을, "원한다면 옜다, 먹어라" 식의 남성성을 표방하기 때문이지. 국회 사진들을 한번 보게나. 거기엔 온통 수컷들뿐이네. 우엑…… 잘난 마초들뿐이야. 메스메르나 미테랑을 보게. 진짜 로마인의 얼굴이지. 하나같이 오래된 흉상이고 검투사고, 귀 뒤로 월계수 관을 쓴 1000년 된 모습이지……. 유럽에 관한 합창에 여성의 목소리는 하나도 없어. 더구나 그래서 소고기와 돼지비계로 된 유럽이 만들어지고 있는 거지. 이 모든 것 속에 모성애는 흔적도 없네……. 국회 연단에서 임신한 여성을 볼 수 없는 한 프랑스를 운운할 때마다 당신들은 거짓말을 하는 거네! 정치계에는 끔찍할 정도로 여성의 손길이 없네. 생각이 몸과 형태를 갖게 되는 건 결국 손안에서지. 생각은 몸을 제공해주는 손의 형태와 부드러움과 난폭성을 취하지. 생각들을 여성의 손에서 거둬야 할 때야…….

프랑수아 봉디 좋은 속옷 입는 부자들이 하는 말이군.

로맹 가리 그럴지도 모르지.

프랑수아 봉디 일로나 이후엔 무슨 일이 있었나?

로맹 가리 아무 일도. 전기 충격뿐.

프랑수아 봉디 ?

로맹 가리 사랑 없는 성은 신경 체계에 안정제처럼, 전기 충격처럼 작용한다는 말이네. 나한테는 그것이 언제나 모든 '상태'를 막아주는 근원적 차단기였지. 그것은 절뚝거리는 일상과 지나친 몰입을 동시에 차단해주지.

프랑수아 봉디 자네는 술을 마시지 않지. 자네는 '신경'이 완전히 곤두선 삶을 살면서 어떻게 알코올에서 벗어날 수 있었나?

로맹 가리 난 늘 술이 끔찍이 싫었네. 술맛을 몰라. 그렇다고 왜 내가 술을 마시지 않는지 알고 '치료'하기 위해 코가 삐뚤어지게 마실 생각은 없네. 자네, 동물에게 술을 주고 그 반응을 지켜보게. 그게 내 반응이야. 내가 참기 힘든 건 다섯 번씩이나 거듭 묻는 사람들이네. "정말로 아무것도 마시지 않으시렵니까?" 방광 포교 말이네…….

프랑수아 봉디 그렇지만 자네는 술이나 그 유사한 무언가에 의지하는 그런 식의 삶을 살았잖나.

로맹 가리 정확히 내가 무슨 말을 하길 바라는 건가?

프랑수아 봉디 마약은 전혀 하지 않았나?

로맹 가리 전혀. 정신이 번쩍 들 정도로 전혀. 난 내 본성을 속일 생각이 전혀 없네. 난 온전히 내 거죽 속에 있고 싶네. 살면서 대단히 극적인 어느 시기에 신경 억제제를 먹은 적이 있지. 당시 내 아내였던 진 세버그가 야비한 언론의 표적이 되고서 우리 아이를 잃었을 때지. 그건 일종의 우울증 치료제였는데, 약효가 아주 잘 먹히더군. 내가 아무도 안 죽인 걸 보면 말이네. 그 약이 본성의 표출을 막지 않고도 내가…… 결론을 내지 못하게 막는다는 걸 깨달았네. 끝내는 걸 마무리 짓지 못하겠더군. 그래서 그만 끊었지.

프랑수아 봉디 뭘 끊었다는 건가?

로맹 가리 약 말이네. 그럼 자넨 내가 뭘 끊기를 바라나?

프랑수아 봉디 그러니까 일로나가 자네를 떠났고 전쟁이 일어났지. 자네에게 전쟁은 무엇이었나?

로맹 가리 그게 아니네. 그렇게 된 게 아니었어. 전쟁이 일어났을 때 난 이미 2년째 하사관 조종사였네. 요즘과 똑같은 블로흐다소 Bloch-Dassault 기종인 블로흐 210을 타고 혼자서도 내 얼굴을 잘 깨고 다녔지. 그 시절엔 "날아다니는 관"으로 알려진 선구적 기종이었네. 블로흐210은 엄청나게 조야한 기계였네. 모터가 약해 빠져 좀체 이륙을 못하고 오물처럼 떨어지곤 했으니까. 그때 난 이미 뒤프레의 시신을 수습한 경험도 있었네. 그는 스물둘의 나이에 내 발치에서 죽으며 이렇게 중얼거렸어. "이제 막 시작했는데……." 물론 전쟁은 이런 일을 100배, 200배로 늘렸지. "이제 막 시작한" 뒤프레 같은 친구들이 사방에서 죽는 걸 보았네. 영국에서 에티오피아까지, 쿠프라에서 리비아까지, 그리고 다시 영국에서. 무언가라도 남아 있을 때는 보았지. 1940년 6월 졸업생들 가운데 바르베롱, 비몽 그리고 몇 명밖에 남지 않았네. 그 친구들의 이름은 언급하지 않는 게 좋겠네. 그들에게 쏟아질 냉소를 면해주기 위해 말이네. 왜냐하면 오늘날엔 목숨을 던지러 가는 것이 어리석은 짓이라는 걸 누구나 알기 때문이지. 결국 그들은 죽었네. 아무 득 없는 일이지만 회한 속에서 살아선 안 되지. 그랬다간 미쳐버릴 테니까. 괴로운 건 내가 그 사람들을 끔찍이 사랑했다는 거야. 처음으로 내가 무언가에 동화되었는데 쉬운 정치 공작이 아니었네. 그게 아니면 예속된 것이었는지도 모르지. 난 종신 전우 같은 건 끔찍이 싫어하네. 인생은 다시 시작하라고 있는 거지. 난 모임에 참석하지도 않고, 추모를 하지도 않고, 다시 불을 붙이지도 않네. 하지만 그것은 내 안에 있고 바로 나야. 어떤 점에선 난 거기에 머물러 있네. 왜냐하면 난 '전천후 인간'이라는 걸 믿지 않으니까. 우리는 자기 목숨을 한 번, 단 한 번 내놓지. 거기서 살아나올지라도 말이네. 난 아무 슬픔도 느끼지 않고, 초상집 가듯 하지도 않고, 무릎도 꿇지 않네. 그들 생각을 할 때면 웃지. 이따금 재미난 일들도 있지. 한번은 무쇼트 소령 거리에 사는 사람들 집으로 저녁 식사를 하러 가던 길이었네. 무쇼트 소령은 내 친구였지. 예비장교 시절에 함께 지냈는데 지금 파리에 그의 이름을 딴 거리가 있다니 재미나지 않나. 이 사실을 호인 같아 보이는 택시 운전사에게 얘기했더니 그 사람도 웃더군. "거참, 재밌네요." 그가 말했지. 나는 무쇼트 소령 거리로 갔네. 정말이지 불결한 거리였어. 음산하고 불결한 거리, 몽파르나스 거리의 텅 빈 입을 벌린 창고들과 더불어 더없이 추했네. 장담하지만 무쇼트가 이런 걸 위해 죽은 건 아닐 거네. 당연히 그 친구는 아무것도 모르겠지. 파리의 '드골파' 시위원회가 무쇼트 소령을 위해 찾아낸 거리가 겨우 이것이었다니……. 난 그 사람들이 무엇으로 살고 무엇을 표방하는지 모르겠네. 추모는 할 줄 모르고 부동산업만 하니. 그러니까 나한테 전쟁은 손에서 한 사람씩 빠져나가는 것이었네. 4년 동안 출격할 때마다 온갖 하늘 아래서 내가 온전히 속했던 유일한 인간 종족이 한 사람씩 사라졌지. 말 나온 김에 리비아에서 죽은 로크 대령도 얘기해야겠네. 나를 좋아할 수가 없는 친구였는데 난 이렇게 살아 있으니 얼마나 불쾌하겠나. 이게 전쟁이야.

프랑수아 봉디 그 사람들에 대한 글은 왜 쓰지 않았나?

로맹 가리 그들을 책으로 만들고 싶지는 않았네. 그들의 피요 그들의 희생인데 그걸 팔아 많은 부수를 찍어낼 수는 없잖나. 그랬더라면 날 원망했을 친구들을 알지. 튀지, 메종뇌브, 베카르, 이를르만, 로크. 그들이 결코 알지 못했으리라고 해도 달라질 건 없네…….

프랑수아 봉디 그렇지만 자네는 오늘날 청년들에게 '본보기'가 필요하다고 생각하지 않잖나.

로맹 가리 프랑수아, 날 자극하지 말게나. 난 자넬 너무 잘 알아. 안 먹혀. 청년들에게 가장 필요하지 않은 게 본보기적 죽음이야. 영웅주의를 선동하는 건 성불구자들이나 하는 일이야. 청년들은 발기하는 데 말이 필요 없어. 늙은이들이나 그런 최음제의 도움을 구하지. 우리 청년들이 군대에 침을 뱉는다는 걸 잘 알아. 그런데 군대에 침 뱉는 건 언제나 군대의 큰 전통이었네. 2년 전 미셸 드브레가 어느 날 자기 집무실의 청년 보좌관을 내게 보냈지. 그 보좌관은 청년들이 프랑스 국기를 모독한 일 때문에 장관이 바쁘다고 설명하더니 나더러 어떻게 생각하는지, 어떻게 해야 하는지 묻더군. 난 슬퍼할 게 아니라 오히려 기뻐해야 한다고 그에게 전하라고 했지. 오늘날 프랑스와 미국은 서양에서 유일하게 사람들이 아직 국기에 침을 뱉는 국가들이네. 국기가 아직 뭔가를 대표하는 유일한 나라라는 뜻이지. 다른 곳에서는 아무도 국기에 신경을 쓰지 않잖나. 우리가 청년들을 비난할 수 있는 단 한 가지는 무기력해진다는 것이네.

프랑수아 봉디 자네는 청년들을 많이 만나나?

로맹 가리 많이 만나지. 항상 아무 데서고 만나네. 특히 나를 사로잡는 건 청년들이 예술적 표현이라는 구상 위에서 살려고 부단히 애쓴다는 점이네. 연극—아직 태어나지 않았기에 죽어가고 있는—은 수많은 공동체의 생활 방식 자체가 되고 있지. 예술은 젊음이 되었네. 예술은 삶으로 체험되길 원하지. 성스러움의 역사 속에서 자기 삶을 견디는 대신 표현할 욕구가 이렇게 강렬했던 적이 없었으니까. 아이들은 자기 삶의 주인이 되고 싶어 하네. 연극은 공연장을 떠나 젊은이들의 삶 속으로 들어갔어. 그들에게서 자신을 즉흥적으로 표현하고 예술적 방식으로 자기 자신을 연기하고 스스로에게 역할을 부여하려는 욕구를 볼 수 있네. 그 표출 수단이 옷이나 물건이건 음악이건 16밀리 렌즈건 대화건 녹음기건. 그들에게는 삶을 의식화하는 놀라운 능력이 있네. 의식을 추구하지. 나는 '예측'하는 걸 좋아하지 않네. 예측 불가능한 히틀러며 스탈린이며 그 패거리들 때문에 추정을 할 수가 없어. 하지만 우리 주위에는 점점 더 속도가 빨라지는 인생극장 수업이 있네. 말하자면 물질적 걱정을 안고 막간에만 일을 하며 언제나 즉흥극이고 지속적인 심리 무언극을 보여주는 인생극장이지. 젊은이들의 삶은 점점 더 선택한 테마에 관한 즉흥극이자 예술 표현 방식이 되려는 경향을 보이네. 심지어 이념적이고자 할 때조차, 아니 그럴 때일수록 그렇지. 하루 여덟 시간은 사무실에서, 두 시간은 오고가는 길에서 보내니 이건 삶의 테마가 아니라 장례식이지. 난 이런 집단을 이미 여럿 아네. 아니면 우연히 만났거나. 그들이 느끼기에 나한테는 문화와 예술이 단지 바라보거나 읽는 방식이 아니라 살아가는 방식처럼 보였던 모양이야. 그들은 자기들의 삶을 재료로 삼은 예술 장인이 되기를 꿈꾸지. 기독교적 몸짓이 시작된 후 처음으로 스스로 장인이 되어 아침부터 저녁까지 새로운 의식을 받아들이고서 삶으로 체험되는 예술적 표현 방식을 찾는 젊은이들이 생겨난 거지. 마약은 가짜 예술적 자위행위였을 뿐이네. 재료와 수단의 결핍이었을 뿐이지. 하지만 이 새로운 체험 예술의 욕구는 비현실 속으로 도피하지 않고 삶의 방식을 찾네. 밥벌이에 종속되는 삶을 더 이상 원치 않는 젊은이들이 있지. 문화가 뭐겠는가? 우리 주위에서 영속하는 것이 목표인, 영화와 텔레비전과 섹스라는 작은 여백과 더불어 목적 자체가 되는 것이 유일한 목표인 물질주의적 몸짓으로 축소되지 않을 삶의 차원을 창조하는 것 아니겠는가. 한 번도 사회가 목표 자체로 여겨진 적은 없었네. 그런데 이제 그렇게 되었네. 인간이 밥벌이에 종속된다는 건 참으로 끔찍한 일이야. 인간을 출근부로 전락시키는 일이지. 인간을 사회 기계 속으로 집어넣고 은퇴자나 시체 상태로 만들어 반대쪽 끝으로 토해내는 거지. 예술품 같은 성당들, 자유롭게 선택한 성스러움 주위로 삶을 의식화하는 데 토대를 둔 생활 방식들이, 종파들이 있지. 우드스톡에 모인 50만 청년은 하나의 음악을 둘러싸고 우애를 나누었잖나. 음악 '그룹'들과 팝, 록이 새로운 삶의 이유들과 새로 관계를 맺었고, 견디고 수동적으로 받아들이는 것이 아니라 표현되는 삶이라는 새로운 개념을 찾았지. 인류는 고대의 신들부터 성당에 이르기까지 언제나 극을 찾아왔네. 몰락해가는 우리네 오래된 연극들에 이토록 관객이 부족한 건 젊은이들이 단지 관객으로 남지 않고 점점 더

배우가 되기를 갈망하기 때문이지. 대중적 축제 욕구가 참으로 커서 우드스톡이나 다른 곳에서 열린 행사에 수백만의 참석자가 모이는 거지.

프랑수아 봉디 그렇다면 이 모든 것에서 정부의 역할은 뭔가?

로맹 가리 문화부와 국립영화센터를 창설해야 할 거야. 러시아에서건 프랑스에서건 어쨌든 서양 문화 속에서 과거를 세우려는 작업이 이루어지고 있네. 러시아인들은 1860년의 사회를 멋들어지게 건설하는 데 성공했어. 프랑스 제5공화국은 1900년의 노동자들이 고마운 마음에 입을 다물지 못하게 만들 수도 있었을 거네. 압생트 술도 곧 금지될 거고. 난 우리가 우리네 정부들을 원망할 수 있다고 생각지 않네. 그들은 과거를 짊어지고 있어. 과거를 관리하지. 그들은 한 문명의 끄트머리에 이른 사회 속에서 움직이고 있네. 모든 사회는 한 편의 레퍼토리극이지. 하지만 우리 사회는 모든 선택과 참신함의 부재가 너무 지나쳤네. 청춘들은 즉흥극을 꿈꾸고 있어. 그들은 즉흥적이니까. 우리는 배역을 얻지 못하고 자신의 구상을 선택하고 즉흥적으로 연기하지 못한다는 불가능성과 더불어 단역들의 사회 속에서 살고 있지. 따라서 청년들에게 억지로 고전극을 연기하도록 요구하는 사회지. 소련과 자본주의 사회는 사회극의 독점권, 텍스트의 독점권, 역할 배분의 독점권과 더불어 거기서 벗어나지 못한다는 불가능성도 함께 가지고 있네. 그래서 문화적인 출구건 아니건 '모든 출구를 경찰이 막고 있는' 거리에 무장한 무리들을 양산하지. 자네는 언제나 어느 정도는 늘 그랬다고 말할 테지. 하지만 세상에 정보가 얼마나 부족했는지 초안들, 주어지거나 강요된 테마들, 봉건적이거나 절대주의를 지지하거나 종교적인 테마들 혹은 다른 어떤 테마들이 놀라운 힘을 행사했지. 세상과 현실에 대한 재검토에서 영화가 수행한 역할을 우리가 제대로 고려하고 있는 걸까? 단지 이 사실, 우리가 자신도 모르게 이미지를 제작해낼 수 있고, 다른 현실을 창조해내기 위해 현실의 작은 파편이나 그 외양을 이용할 수 있다는 사실만이라도……. 더없이 의례적인 영화조차도 눈과 현실의 관계에서는 전복적이지……. "요즘 젊은이들이란!"이라는 식의 탄식을 들을 때면 나는 전쟁의 흐름을 바꾸어놓은 1940년의 영국 전투를 그 시대의 부잣집 망나니들 덕에, 부잣집 출신 '플레이보이' 아들들 덕에 이겼다는 사실을 그 신사 숙녀들에게 얘기해주고 싶네. 1938년에 취미로 비행기 조종을 배우는 사치를 누릴 수 있었던 건 그들뿐이어서 전쟁이 일어나자 그들은 몇 주 만에 '전설적인 영웅'이 될 수 있었거든……. 퇴폐적인 청춘이란 없네.

프랑수아 봉디 그 얘기가 우리를 1945년으로 이끄는군. 자네는 군복을 입고 7년을 보낸 뒤 공군을 떠나 훈장을 잔뜩 단 신사가 되었지. 먼저 영어 번역본으로 1944년에 출간한 『유럽의 교육』은 자네에게 비평가상을 안겨주었고 그 후 여러 개국 언어로 번역되었지. 그때 자네는 서른 살이었고. 이보다 더 성공한 율리시스의 귀환을 꿈꿀 수가 없지. 자네는 곧장 두 가지 제안을 받게 됐지. 내가 보기에 둘 다 명망 높은 자리였어. 조르주 비도가 자네에게 외무부에 들어오라고 제안했고, 정통한 사업가 그룹이 위장이 필요해 프랑스 전역에 걸친 서른 개의 매춘업소를 관리하는 경영이사회 회장 자리를 제안했지. 자네는 외무부를 택했고, 소피아 주재 프랑스 특사의 비서관이 되어 떠났고……

로맹 가리 1946년 2월의 불가리아. 당시 그 나라는 공산주의 국가였지만 아직 왕비와 왕이, 어린 왕이 있었지. 부왕인 보리스 왕은 18개월 전에 그를 불신하기 시작한 히틀러와 면담을 마치고 돌아오던 길에 독살로 세상을 떠났네……. 소련군이 들어온 뒤로는 전설적인 게오르기 디미트로프가 새 왕, 진짜 왕이 되었지. 제국의회 의사당 방화로 소송의 영웅이 된 인물인데 히틀러가 감히 처형하지 못한 사람 말이네. 두 세계대전 사이에 생겨난 공산주의 인터내셔널, 코민테른의 지도자인 디미트로프는 스탈린 밑에서 전 세계 공산당을 지휘하는 '보스'였지. 그루지야 차르에게 굴복한 위대한 볼셰비키였고. 동맥경화와 당뇨로 심각하게 병든 그는 이미 산송장이었네. 그 죽은 자의 얼굴을 대중에 과시하기 전에는 죽음의 창백함을 감추기 위해 붉은 분을 바르곤 했어. 그렇게 산 채 매일 조금씩 시신 방부 처리를 했지. 말 그대로도 그렇고 비유적인 의미로도. 왜냐하면 스탈린은 홀로 통치했고, 자신의 위대함이 아닌 다른 '위대함'은 용인하지 않았으니까. 열정적으로 불가리아 민족주의자 행세를 하던 이 인터내셔널주의자가 무엇을 느꼈을지 상상할 수 있지. 그는 예전에 눈에 안약을 몇 방울 넣곤 하던 할리우드 스타들처럼 눈길이 지나치게 번득였네. 놀랍도록 비장한 풍모였지. 왜냐하면 스탈린 숙청 때 그의 국제적 위상 덕에 겨우 목덜미에 총알 맞는 걸 피할 수 있었거든. 30년을 꼬박 볼셰비즘에 헌신한 뒤 그는 발칸반도의 '애국자'라는 역할 속에서 환생하는 걸 받아들여야만 했지……. 내가 소피아에 도착했을 때 스탈린은 유고슬라비아와 불가리아를 합병

할 남슬라브 연방을 꾸미고 있었지. 그렇게 함으로써 티토와 디미트로프를 서로 견제시켜 무력화하려는 것이었어. 소비에트 공화국으로 '즉위'하기 전의 중간 단계였던 거지. 나는 우리 공사에서 열린 리셉션에서 그와 러시아어로 얘기를 나눈 적이 있었네. 그는 놀란 것 같았고 심지어 경계를 하는 것 같았네. 훗날 유엔에서, 뉴욕에서 내가 우리 모국어로 얘기하자 비신스키가 놀란 것처럼 말이네. 비신스키는 프랑스 외교관의 러시아어를 듣고 내게 이렇게 말했네. "당신한테는 규정에 어긋나는 무엇이 있어요." 내가 디미트로프에게 나의 출신지와 1921년에 소련을 떠난 사실에 대해 얘기하자 그는 이렇게 말했네. "므노고 포테리알리, 많은 걸 잃으셨군요." 냉소에 얼마나 신랄한 어조를 담아 말하던지 그것이 프랑스를 향한 경멸 때문인지 아니면 러시아에 대한 증오 때문인지 알 수 없었지. 그 시절 불가리아 곳곳에 붉은 군대가 깔려 있어서 나로선 혁명 이후 내 혈통과 접한 첫 대면이었네. 이상도 하지. 내가 러시아문학으로 빚어졌고, 예전에 시니아브스키가 암송하던 시를 한 마디 한 마디 따라하며 감동했던 사람인데 러시아인들이 아득히 멀게만 느껴졌네. 이건 문학이 인간을 만들지는 않는다는 걸 입증해주네. 게다가 거기엔 '피의 목소리'는 있어도 아메리카는 없었을 거네……. 그러니까 영혼까지 눈으로 덮인 이 나라에는 왕비나 어린 왕이 왕궁에 갇혀 있었고, 구체제의 클럽인 유니온 클럽에는 곧 목 매달리고 감옥에서 썩어갈, 탈출에 성공하거나 '타협'할 사람들이 보였네. 불가리아인들에게는 서양 외교관들과 함께 있다가 눈에 띄는 건 미친 짓이었지. 하지만 그들은 계속해서 그곳에 왔네. 왜냐하면 그곳에서는 그들 자신의 마지막 자취를 아직 볼 수 있었기 때문이지. 미국 대사가 그곳에 군림하며 멋진 말과 동화 같은 얘기를 아낌없이 쏟아냈지. 미국이 불가리아의 민주주의와 자유를 구하러 올 것이라는 등. 그자는 나를 싫어했네. 왜냐하면 내가 그 자리에 있던 가련한 사람들에게 그 말을 믿지 말라고 했거든. 알리앙스프랑세즈의 원장이자 자유농지당 당수인 내 친구 니콜라 페트코프는 그 미국의 목소리를 믿었지. 그는 목소리 높여 단호하게 자유에 대해, 민주주의에 대해, '악몽의 끝'에 대해 말했네. 디미트로프가 그를 교수형에 처했는데, 그의 시커먼 혀가 디미트로프의 마지막 밤마다 나타났을지 아니면 미국 대사의 밤마다 나타났을지 모르겠어. 20년 뒤 나는 『게리 쿠퍼여, 안녕』에서 회한에 짓눌린 대사의 초상을 그리려고 그를 떠올리긴 했지만 대사의 회한은 다만 픽션의 일부였네. 어쨌든 메이나르 반스 씨의 잘못은 아니었지. 그는 정말이지 게리 쿠퍼가 올 줄 알았고, 정의롭고 순수하고 강경한 영웅이 다시 한 번 끝에 가서 이기리라고 생각했으니까. 게리 쿠퍼는 오지 않았고, 페토프는 교수형 당했네. 그를 교수대로 보낸 사람들 중 한 사람인 트라이초 코스토프, 불가리아 최고의 공산주의자도 2년 뒤 스탈린이 위성국가들에서 '민족주의자'들을 숙청하기 시작했을 때 페토프와 대칭을 이루며 교수형에 처해졌지. 유니언 클럽의 또 다른 일원들은 창문 밖으로 내던져지거나 15년 뒤 감옥에서 나왔네. 겨울은 눈부시게 순수했고, 나라는 대단히 아름다웠고, 민중은 대단히 상냥했네. 사람들은 사라졌고 더는 그들의 얘기를 들을 수가 없었지. 일부는 탈출하는 데 성공했네. 몰로프 같은 사람은 해바라기 씨처럼 상자 속에 담겨 바르나에서 마르세유로 가는 배에 태워졌지. 그가 그 상자 속에서 보름을 어떻게 견뎠을까. 난 아직도 그 꿈을 꾸네……. 그는 지금 어여쁜 아내와 아주 예쁜 딸과 함께 파리에서 살고 있네. 눈이 예쁜 여자들이 있었고, 누구의 소식도 물어서는 안 되는 리셉션들도 있었고, 한 마디 한 마디가 비밀경찰에 보고되는 밀애들이, 또한 눈가림용으로 얼마 동안 자리를 보전한 구체제의 불가리아 외교관들이 있었네. 그들은 서양 외교관이 다가가 몇 마디 하면 하얗게 질리곤 했지……. 그들 중 한 사람인 '섭정'의 고문은 자기 부인을 로마로 떠나보내는 데 성공했네. 그 후 그는 소피아에 있는 정부 관저 창문 밖으로 내던져졌고, 그 소식을 들은 그의 아내는 로마의 호텔에서 창문 밖으로 몸을 던졌지. 이것이 공산주의식 사랑 이야기네. 이따금 나는 그들의 개가 어떻게 되었는지 궁금해. 털이 뻣뻣한 폭스테리어였는데, 나한테 맡겼어야 했어. 프랑스 대사관에는 수영장 옆에 벚나무들이 있었네. 우리 장관 자크 에밀 파리는 최연소 장관이었고, 그의 아내 모니크는 마리 앙투아네트를 닮았었네. 게다가 그녀는 거실 벽난로 위에 마리 앙투아네트의 흉상을 갖고 있기도 했지. 나는 미친 고양이에 할퀴어 광견병 주사를 맞아야 했네. 치료를 받는 동안 그 백신이 아무 효능 없는 것이며 여러 사람이 이미 끔찍한 최후를 맞이했다는 사실을 알게 되었지. 난 며칠 동안 기다렸지만 징후는 나타나지 않았네. 그 나라엔 캐비아가 굉장히 많았네. 외교관을 위한 상점에서 살 수 있었는데 고위층에게는 그게 처세술이었지. 나는 디미트로프에게 제국의회 의사당 방화에 대해 말했네. 내 젊은 시절에 일어난 대단히 큰 정치적 사건이었지. 지금도 나는 괴링이 정말로 그를 시켜 그곳에 불을 지른 건지 아니면 단지 하나의 사건을 이용한 건지 확실히 알 수 없다고 생각하네. 디미트로프는 내게 이렇게 말하더군. "아시겠지만 내가 불을 지른 게 맞습니다. 의사당 말입니다." 나는 예의 바르게 미소 지었지. 아주 웃겼으니까. 군주들의 멋진 말에는 웃을 줄 알아야 하네. 그건 흐루시초프가 어느 리셉션에서 손가락으로 미토얀을 가리키며 신문기자들에게 말했던 것과 같은 종류의 유머였지. "아시겠지만 베리아를 제거한 건 미토얀입니다!" 나는 만나는 여자가 있어 베오그라드에 자주 갔네. 티토에게 셰퍼드 한 마리가 있었고, 프랑스 대사 부인인 파야르 부인이 역사를 위해 티토의 개와 자기 암캐의 결혼을 주선하려고 애쓰던 시절이었지. 파야르는 턱수염을 기른 멋진 대사였는데 내가 베오그라드에 갈 때마다 새벽 2시에 담배를 물고 잠옷 바람으로 내 방에 들어와 날이 밝을 때까지 정치 얘기를 하곤 했지. 게다가 베오그라드에도 똑같은 캐비아가 있었어. 그는 제1차 세계대전 때 독일 포로수용소에서 탈출하는 데 성공하지 못하면 수염을 기르겠다고 서약한 급진적 사회주의 성향의 충실한 가톨릭 신자였네. 탈출에 세 번이나 실패한 뒤로 양심적으로 자기 서약을 지켜 그를 보면 수염 덥수룩한 얼굴 한가운데 담배꽁초와 파란 눈밖에 보이지 않았지. 그의 사유엔 '원심력'과 '구심력'이 가득했지만 그도 나도 누구도 티토와 스탈린의 결별을 예상하지 못했네. 그는 소피아에 돌아와 유니언 클럽에서 진짜 중 진짜인 인간들을 다시 만나곤 했네. 세상에 나와 다시 한 번 저녁 식사를 하려고 목숨이나 자유를 내건 사람들 말이네. 그런 사람들은 점점 더 보기 힘들었고, 클럽은 비어갔고 썰렁해졌지. 불가리아의 마지막 플레이보이였을 머리 희끗한 사람이 마지막 날 저녁에 턱시도 차림으로 나타나더니 전쟁 전에 가졌던 부가티 자동차에 대해 한 시간 동안이나 내게 얘기했네. 그러더니 떠나면서 말하더군. "고맙소." 어쩌나 감격해서 말하던지 자동차에 대한 내 생각을 완전히 바꿔놓았지. 다음 날 그는 체포되었지만 풀려났고 역의 짐꾼이 되었네. 외교관 상점에서 캐비아 1파운드는 요즘의 20프랑에 해당하는 값이었지. 대개 그걸 양파와 같이 먹었는데, 외교관들이 저들끼리 만날 때는 어디서나 똑같이 하지 않으려고 캐비아를 내놓길 꺼렸네. 프랑수아 봉디 1946년부터 1948년까지의 불가리아가 자네와 공산주의의 관계에 영향을 미쳤나?

로맹 가리 아니네. 난 공산주의에는 결코 영향을 받지 않았어. 따라서 자네도 잘 아는 내 세대의 많은 사람들처럼 결코 환멸 때문에 반공주의자가 되진 않았지……. 편견이란 언제나 혐오해야 할 대상인 데다 직업적으로 난 편견을 가질 권리가 없었네. 불가리아에서 내 일은 자리 잡아가는 공산주의 체제를 냉정하고 공정하게 관찰하고, 거기서 소련과 다른 국가 공산당들이 맺는 관계와 '세계 혁명' 신화에 대해 가능한 결론을 끌어내는 것이었지. 나는 '공산주의자'처럼 생각하며 장기판 위에서 다음 움직임을 예측하려고 열중했네. 공산주의자들은 예측하기가 꽤 쉬웠지. 그들은 거의 배신을 하지 않기 때문이지. 그들은 끝까지 정말 체제에 충실했네. 따라서 그들을 믿고 예측 가능한 방향으로 추론할 수 있지. 때로는 그것이 인간적 명예와 자존심, 존엄, '자아 숭배'와 충돌하기도 하지. 그래서 코스토프가 자기 목숨을 구하려고 '고해'하는 걸 거부한 거지. 내가 본 가장 비열한 자료가 슬란스키의 공개 고해네. 공산주의자 검사가 '유태인-배신자'를 고발하는 동안 슬란스키는 참으로 슬픈 미소를 지어 보여서 인간이 된다는 것이 아직도 가치가 있는 일인지 정말로 의문이 들 정도였네. 그 소송 검사가 프라하의 봄이 일어났을 때 나무에 목을 매고 자살을 했다는 사실도 말해야겠네. 그렇지만 모든 게 질서를 되찾았고, 그곳 외교관 상점에서는 다시 캐비아를 볼 수 있게 되었다는 것도 얘기해야겠어. 이따금 **마초**가 다시 고개를 쳐들고 반항했지. 티토 말이네. 그와 스탈린 사이에는 이데올로기와는 상관없는 불알의 문제가 있었네. 남성성이 이 모든 것에서 대단히 큰 역할을 한다는 걸 절대 잊지 말아야 하네. 정말이지 종잡을 수 없는 거세 현상들이 있네. 신문에서 소련 정치에 대해, 크렘린 내부의 '강경파' 성향과 '온건파' 성향에 관한 사변을 자주 읽을 수 있잖나. 그렇지만 그곳에서도 그렇고 지금까지 모든 성향 변화에는 인간의 교체가 선행되었기에 잘못 판단하기가 어렵지. 하지만 외교관들은 종종 지나친 통찰력을 발휘해 잘못 판단해내곤 하네. 10년 전 어느 날 대단히 중요한 직책을 맡은 어느 프랑스 대사와 자리를 함께하게 되었네. 그 대사는 프랑스와 소련의 결별이 중국과 러시아가 미국을 속이기 위해 함께 꾸민 대단히 교활하고 악랄한 공작이라고 내게 설명하더군……. 그는 지나치게 똑똑한 사람이었네. 그렇게 뛰어난 지성에게는 2 더하기 2가 4라는 사실에 머물러야 하는 것보다 더 실망스러운 게 없지. 바로 이런 이유에서 모스크바 주재 프랑스 대사였던 올리비에 보름저는 프랑스은행 총재가 되기 전에 러시아가 체코슬로바키아를 침범하리라는 걸 3주 앞서 냉정하게 예언한 유일한 대사였네. 그는

2 더하기 2는 4라는 사실에 머물 줄 알았는데, 그러기엔 대단한 정신력이 요구되었지.

프랑수아 봉디 자네는 불가리아에서 직업상 뭘 예견했나?

로맹 가리 별 흥미롭지 않은 지엽적인 일이네. 외무부에서 "로맹 가리"라는 머리글자로 된 불가리아 공문을 찾아보면 확인할 수 있어. 2년 뒤 나는 좀 더 최고 수장 가까이에 임명되었네. 모스크바 말이네. 난 그곳에 가기를 거부했지. 캐비아에 진력이 났거든.

프랑수아 봉디 거의 3년 가까이 보낸 불가리아에서 가장 기억에 남는 추억은 뭔가?

로맹 가리 페트코프의 시커먼 혀 말고도—그는 체포되기 며칠 전에 우리 집에 저녁 먹으러 왔었네—불가리아에 대해 아주 멋진 기억을 간직하고 있지. 나의 전체 경력을 통틀어 마지막 임지인 캘리포니아와 첫 임지인 불가리아를 가장 좋아했으니까.

프랑수아 봉디 그건 자네가 그곳의 누군가를 사랑했다는 뜻인가?

로맹 가리 불가리아인들은 곤경을 잘 헤쳐 나갔네. 점점 더 제대로 굴러가는 것 같았지. 공산주의는 실패할 시간을 줘야 성공을 한다네. 난 그곳에서 잊을 수 없는 순간들을 경험했네. 이를테면 스파이 말인데, 누가 누구를 감시하며, 누구를 위해 무엇을 이용해 감시하는지는 절대로 알 수 없었지. 엉덩이를 이용하는지 우정을 이용하는지 아니면 사랑을 이용하는지. 어디나 그렇듯이 그곳 스파이들에겐 한 가지 강박증이 있었지. 외교 업무 금고의 암호를 알아내는 것이었지. 대사관 금고에 손만 댈 수 있다면 몇 달 동안 전 세계 모든 대사관의 모든 통신문을 해독할 수 있네. 앙

카라 주재 영국 대사의 하인인 그 유명한 키케로가 외무부에서 나온 모든 통신문을 손에 넣은 일도 있었잖나. 그건 대간첩 활동을 하는 모든 비밀 부서가 꾸는 가장 달콤한 꿈이고 천국의 열쇠지. 따라서 그 꿈에서 엉덩이가 대단히 중요한 역할을 하는 건 당연하지. 불가리아에서는 정말 대단했네. 영국대사관 무관의 부인은 여걸처럼 용감하게도 일주일 내내 모든 서양 대사관을 돌며 자신이 불가리아 산부인과에서 사진 찍혔다고 알렸고, 그런 사진을 받거든 부적절한 만남이나 다른 무엇을 상상하지 말라고, 그저 산부인과 진료였을 뿐이라고 설명하고 다녔지. 대단한 여성이었네. 지금도 그녀의 당당한 얼굴이 떠오르네. 뛰어난 의료진 가운데 한 사람이 직업 원칙을 어긴 사실을 내게 알리던 모습 말이네. 그녀는 장군의 딸이어서 최고의 방어가 공격이라는 걸 알고 있었던 거지. 나도 사진이 찍혔지…… 온갖 각도로.

프랑수아 봉디 난처했겠군?

로맹 가리 대단히 난처했지. 그날 몸이 안 좋았거든. 그다지 흥이 나지 않았지. 문제의 상대는 내가 최고의 기량을 보여줄 수 있도록 조금도 노력하지 않았네. 말하자면 차가운 고깃덩이 같았지. 그보다 나을 게 없었네. 우리는 그 여자 집에 있었지. 작은 안뜰 쪽으로 난 1층 방이었고 창문의 유리가 하나 깨져 있었는데, 그 구멍으로 그들이 사진을 찍은 모양이었네. 정말이지 난 몸 상태가 최악이었지. 변명거리를 찾는 게 아니네. 변명이란 있을 수 없지. 늘 최선을 다해야 하는 거니까. "스무 번이라도 거듭 일에 매진하라"니콜라 부알로의 시구……. 그런데 말이지, 그 일이라는 게 나무였네. 죽은 나무여서 나는 혼자였네. 일주일 뒤, 콧수염을 단

교수 같은 불가리아인 두 명이 길에서 내게 다가왔네. 나랑 얘기를 하고 싶다는 거지. 그들은 내게 무언가를 보여주고 싶어 했지. 어느 카페에 들어가서 자리를 잡고 앉자 그들이 내게 사진을 보여주었네. 그걸 보니 수치심이 머리 꼭대기까지 치솟더군. 친구, 나는 형편없었네, 형편없었어. 게다가 그 개자식들이 사진을 찍은 각도도 영 도움이 되지 않았어. 정말이지…… 쳐다보기가 민망했네. 난 창피스러웠네. 난 서른 살이었고, 그곳이 나의 첫 외교관 임지였고, 난 프랑스를 대표하고 있었단 말이네……. 그런데 그런 걸! 날 보는 증인들이 있다는 걸 알았더라면, 외국에서 프랑스를 대표하는 사람으로서 후세에 전해지리라는 걸 알았더라면 대단히 멋진 뭔가를 했을 텐데 말이네. 어쨌든 내 조국을 위한 일이 아닌가. 잔 다르크, 데카르트, 파스칼 등 지켜야 할 수천 년 된 명성이 있는데. 그런데 그 여자 또한 전혀 역사적인 행동을 하지 않았네. 사진에는 그녀의 얼굴이 보였네. 사지를 늘어뜨린 채 고개를 살짝 내 쪽으로 돌리고 있었는데 마치 이런 생각을 하는 것 같아 보였네. '근데 이 작자는 뭘 하고 있는 거지?' 나는 수레를 밀고 있는 것 같았네. 나는 사진들을 쳐다보았고, 두 비밀경찰은 나를 쳐다보았고, 여자는 사진에서 나를 보고 있었네. 정말이지 졸작이었어. 그렇지만 여자는 예뻤네. 상냥한 금발 여자였는데, 사랑에 대해 어찌나 확신을 갖고 얘기하던지 분명히 다른 누군가를 사랑하는 것 같았지. 어쩌면 그녀는 사랑하는 부모를 구하려고 애쓰는 것이었는지 모르지. 아니면 충심에서 자발적으로 민중과 사회주의에 봉사하기 위해 프랑스대사관 금고 열쇠를 얻어내려 한 것인지도 모르고. 그 시절은 요즘처럼 여자들의 엉덩이 속에 마이크를 집어넣는 시대가 아직은 아니었네. 나는 두 작자에게 말했네. "보시오. 끔찍하네요. 당혹스럽군요." 그들은 흡족해하더군. 한 사람은 생각에 잠긴 듯한 표정으로 콧수염을 어루만졌는데, 내가 그 작자의 얼굴에 침을 뱉지 않으려고 내 평생 가장 힘든 노력을 기울이고 있다는 걸 상상조차 못하는 것 같았네. 게다가 내가 누군가의 얼굴에 정말 침을 뱉고 싶었던 건 평생 처음이었네. 보통 때 나는 인간의 얼굴을 무한히 존중하네. 그것이 르네상스 미술에 크게 기여했기 때문이지. 마침내 둘 중 더 엄격한 경찰이 내게 말하더군. "서로 조금씩 선의를 보이면 언제나 타협은 가능하죠." 고마운 마음이 밀려들더군. "멋지군요. 고맙소, 고마워요. 내가 당신들에게 부탁하는 건 다시 한 번 기회를 달라는 것뿐입니다……. 이 여자를 불러서, 아니 조금 더 자극적인 다른 여자면 더 좋겠군요. 봅시다. 당신네 우두머리인 내무부 장관의 딸이면 좋겠어요. 그 여자와 늘 자고 싶었는데……. 당신네들이 그런 자리를 마련해줄 수 있다면…… 이 수치스러운 사진들은 찢고 다시 합시다. 훨씬 더 잘할 것을 약속드리지요. 명예를 빛낼 것을 약속드리지요. 특히 한쪽 구석에 프랑스 국기를 달도록 허락해준다면 좋겠군요. 그럴 때 국기는 늘 전대미문의 효과를 냈거든요. 그래서 내가 드골주의자가 된 것이기도 하지요. 우리 조용히 다시 만납시다. 그리고 당신들은 원하는 각도에서 내가 잘 나오도록 원하는 사진을 마음껏 찍으시죠. 나를 위해 그러고 싶지 않다면 라블레를 위해, 마들롱을 위해, 브랑톰을 위해, 모리스 토레즈를 위해서라도 그렇게 해주시지요." 내 목소리가 떨렸던 게 기억나네. 정말이지—아니, 농담하는 게 아니네—난 프랑스 국민을 위해, 포도밭과 사는 기쁨을 즐기는 국민을 위해 말을 하고 있었네. 두 공산주의자 멍청이는 마치 적그리스도라도 만난 것처럼 나를 쳐다보았네. 그들이 종업원에게 성수를 달라고 하지 않은 게 놀라울 정도였지. 나는 청교도들은 결코 좋아할 수가 없었네. 결코. 난 이 모든 말을 이를 악물고 내뱉으면서 그들의 얼굴이 점점 더 시퍼렇게 변해가는 걸 보았지. 그들을 밟고 춤이라도 추고 싶은 마음으로 말이네……

프랑수아 봉디 『징기스 콘의 춤』과 『죄지은 머리』로군. 아참, 미안하네. 제목을 바꾸기로 결정했다고 했지. 『죄지은 축제』로.

로맹 가리 그렇다네. 모든 절대적 엄격이 내겐 가증스럽네. 인간은 대중 축제야……. 두 멍청이와 나 사이에는 수세기의 차이가 있었네. 그것은 소부르주아와 소마르크스주의자의 차이였지. 그들의 얼굴에는 불쾌하고 격분한 몰이해가 가득했고, 난 완벽한 열락의 순간을 맛보고 있었네. 증오보다 더 멀리 갈 줄 아는, 웃음이 자리한 곳까지 갈 줄 아는 사람들만이 이해할 수 있는 열락이었지……. 내 러시아어에 외국 억양이 없다는 점도 그들에게 새파란 두려움을 안겨주었지. 왜냐하면 러시아어는 '선'의 언어였고 나는 '악'이었으니까. 그리고 내가 그들에게 러시아어로 내뱉은 성적으로 혐오스러운 말이 그들의 사기를 완전히 꺾어놓았지. 그건 신성모독이었으니까. 나는 그자들에게 사진을 돌려주고 떠나왔네. 이 일에 대해서는 그 후 아무 소리도 듣지 못했어. 하지만 이런 일에 덜 열려 있는 사람들에게는, 인간의 명예와 도덕을 가슴과 머리가 아니라 엉덩이 수준에 두는 사람들에게는 이런 협박 이야기가 바로 비극으로 연결된다는 걸 난 너무도 잘 아

네. 이런 식으로 작업 중에 사진이 찍힌 뒤로 심지어 자살까지
한 가련한 이들도 있지. 다른 경우도 있었네. 그곳에 오십 대 노처
녀 비서가 있었는데, 한 번도 자기 몫을 주장한 적 없는 사람이었
지. 그녀는 납작한 가슴 사이에 언제나 작은 십자가를 하나 걸고
있었네. 아주 선량한 여자였네. 어느 날 나는 그녀가 시름시름 시
들고 말라서 10년은 더 늙은 모습을 보았지. 파리에서 온 비서로
전보를 해독하는 데 전적으로 신뢰할 수 있는 여자였지. 무슨 일
인지 말하게 할 방법이 없었네. 그녀는 그저 흐느낄 뿐이었지. 그
러던 어느 날 그녀가 내 사무실로 달려오더니 두 손을 맞잡고 말
했네. "절 구해주세요! 절 구해주세요!" 그래서 나는 '선량한' 어
느 신사가 불가리아 호텔에 있는 자기 '아파트'로 그녀를 초대했
고, 쉰 살에 처녀 딱지를 떼는 그 모든 시간을 그녀와 함께한 사
진이 찍혔다는 걸 알게 되었지. 그러곤 며칠 뒤 그들이 사진들을
제시했고. "우리에게 협조하시오. 아니면……." 이 존경스러운 여
자가 우리를 찾아와 모든 걸 얘기하기까진 엄청난 용기가 필요했
지. 외무부는 제대로 처신했네. 그들은 즉각 그 가련한 여자를 복
귀시켰고, 그녀를 승진시켜 편안한 나라로 발령 냈지. 그 일로 나
는 외무부에 대해 좋은 기억을 갖게 되었네. 불행의 순간에 그들
은 사람을 내버리지 않았어. 이 시절만 해도 인간적인 행정이었
지. 그저 관료주의적이지 않았네. 아직은 사람들이었고, 아직은
아무도 아니지 않았어. 하지만 이런 풍토가 사람을 약간 편집광
적으로 만들기는 하지. 이와 관련된 가장 재미난 기억은 내가 터
키를 여행하는 동안 내 귀여운 마스코트 모르티메가 잃어버린
낫과 망치 이야기야. 모르티메는 나랑 같이 전쟁을 끝낸 다람쥐

인형이네. 나는 미신을 믿지 않지만 동행을 두는 건 좋아하지. 그래서 임무를 떠날 때마다 주머니 속에 빵 조각을 넣어 다녔어. 내가 아는 다른 조종사들도 그렇게 하곤 했네⋯⋯. 인류애라는 관점에서 나한테는 인간의 존재와 빵이 필요한데, 그보다 더 나은 게 없지. 나는 살면서 50여 가지 이상한 걸 끌고 다녔네. 그것이 행운을 가져다주는 건 사실이야. 그것들은 자신들을 돌봐줄 누군가를 찾았으니까. 불가리아에서 나는 모르티메에게 낫과 망치가 그려진 러시아 모자를 씌워주었네. 녀석은 변장하는 걸 좋아했거든. 그렇게 하고 터키 부르사를 여행했는데 이 멍청한 녀석이 그 상징이 그려진 모자를 어딘가에 잃어버렸지 뭔가. 여섯 달 뒤, 나는 막 배속된 파리에서 유럽 집행부 집무실에 앉아 있었네. 소피아에 있던 외무부 장관 부인인 모니크 파리가 나를 보러 왔지. 그녀는 들어와 내 앞에 앉더니 말없이 아름다운 눈에 묘한 표정을 담아 나를 바라보았어. 묘한 표정이었네! 부드러운 질책이, 아연실색이, 알 수 없는 암시가, '내가 당신에게 뭘 하러 왔게요'라는 식의 표현이 담겨 있었지. 나는 무슨 일이냐고 물었네. 그녀는 아무 말 없이 장갑 낀 손가락으로 내 책상 위의 전화기를 가리켰네. 도청장치라는 거지. 불가리아 도청장치. 그녀의 머릿속에서는 불가리아 도청장치가 여전히 작동하고 있었네. 그녀는 그걸 파리까지 가져왔지. 1948년부터 1949년 사이에는 아직까지 프랑스 공무원들을 사무실에서 감시하지는 않았네. 그녀가 불가리아에서 보낸 3년이 그렇게 모습을 드러내고 있었던 거지. 나는 전혀 알아듣지 못했네. 그러자 그녀는 철저하게 침묵을 고수하며 가방에서 공산주의 상징이 그려진 모르티메의 작은 털모자를 꺼내더니 내 책상 위에 살며시 올려놓더군. 그것이 바로 폭발하지 않도록 말이네. 그러곤 똑같은 차원의 똑같은 눈길을 던졌지. 부드러운 질책, 아연실색, '세상에, 내가 로맹을 위해 무슨 위험을 무릅쓰고 있담!' 무슨 일이 있었던 건지 알겠나? 그녀가 터키 부르사 팔라스로 갔는데, 호텔 지배인이 소피아 주재 프랑스 외교관이 잃어버린 것이라며 공산주의 상징을 그녀에게 줬던 거지. 전해주라고 말이네. 그러자 모니크는 나를 잘 알면서도 혹시 내가 세계 공산주의 비밀 요원이 아닌가 생각했던 거지. 아직 설익은 필비킴 필비, _{영국 간첩으로 결국 소비에트를 택한 이중간첩으로} 말이네. 그녀는 파리에 오게 되길 기다렸다가 비극적인 얼굴로 외무부 사무실로 찾아와서 내 책상 위에다 내 모르티메의 낫과 망치를 올려놓은 거야. 극적인 동작으로 말이네. 그러곤 눈길로 자기에게 모든 걸 얘기해달라고, 모든 걸 털어놓으라고 애원한 거지. 항상 감시당하고 항상 불신의 분위기 속에서 지내는 나라에서 살다 보면—내가 그곳에서 알게 된 한 스위스 외교관은 가죽 주머니에 금고 열쇠를 넣어 불알 아래 차고 다녔지—살짝 망상증 환자가 되네. 요즘은 훨씬 덜 심각해. 왜냐하면 이젠 의심을 하는 게 아니라 알기 때문이지. 도청장치가 풍습 속에 들어와 일상이 되었기 때문이야. 더구나 사생활을 일상적으로 침범당하다 보니 개들처럼 사람들이 보는 앞에서 짝짓기를 하지 않을 이유가 없어지기도 했고. 어찌 됐든 사진 찍히고 도청당하고 녹음될 수 있으니까. 내무부 장관인 마르세 씨가 어떻게 즐기는지 알고 싶다면 버튼만 누르면 되니까. 어느 날 비벌리힐스의 저녁 모임에서 한 젊은 연출가가 녹음테이프에 모은 세 여배우의 달콤한 속삭임과 교성을 우리에게 들려주었을 때 그 자리를 떠나온 게 기억나네. 사생활의 실종은 개짓거리로 이어질 수밖에 없어. 왜냐하면 더는 숨길 수 없는 무언가를 숨기려고 애쓸 이유가 이젠 없기 때문이지. 전화 도청에서 미국이 확실히 최전방에 있긴 하지만 모든 나라들이 이런 방식으로 매춘을 하네. 1956년 볼리비아의 라파스에서 직무를 맡았을 때 나는 꽤나 암울한 전보들을 부서에 보냈네. 그 당시 볼리비아는 고도 5000미터의 빈곤한 나라였지. 오늘날엔 리옹의 도살자 바르비 제2차 세계대전 때 리옹 지구 게슈타포 책임자로 엄청난 수의 레지스탕스 대원들을 고문하고 포로들을 살해한 클라우스 바르비가 사는 나라고, 술집에서 나치 노래가 들리는 나라지. 나는 일주일에 서너 통의 전보를 보내면서 내가 본 대로 말했네. 그러던 중 누구도 나와 접촉하지 않으려 한다는 걸 깨달았지. 외무부건 어디건 누구도 접촉할 방법이 없었네. 절대적인 왕따였지. 볼리비아와 아무런 정치적 문제가 없었는데 말이네. 따라서 그건 개인적인 일이었지. 나는 전혀 이해하지 못했네. 그러던 어느 날 나는 공관 거실에서 내 실패에 대해 생각하고 있었지. 실패는 실패였으니까. 개인적으로 잘못 보인 업무 책임자라니 정말이지 참담한 경우였지. 지나가던 급사장이 내게 커피를 한 잔 따라줬네. 그의 얼굴은 아르헨티나 탱고 같았지. 그는 대사관에서 급사장으로 15년을 지냈지만 프랑스어는 단 한 마디도 배우지 못했네. 그래서 그가 있어도 우리는 자유롭게 말을 할 수 있었지. 옆 사무실에서 나는 찰카닥 소리를 듣고서 나는 내가 취득한 선취점에 대해 이해할 것 같았네. 금고는 사무국에 있지 않고 다른 곳에, 훨씬 안전한 공관에 있었지. 거실과 집무실 사이에는 유리문이 달린 칸막이가 있었지만 찰카닥 소리는 아주 잘

들을 수 있었네. 제1비서관이 금고를 여는 중이었지. 나는 찰카닥 소리와 사이 시간을 계산했네―칸막이 너머로 7미터 거리였지! 난 조금 더 기다렸고, 금고를 잠그는 권리가 내게 있었기에 암호를 이루는 세 가지 숫자 조합의 찰카닥 소리와 사이 시간을 들을 수 있었지. 기계장치가 파손된 낡은 금고여서 요란한 소리를 내기에 누구라도 다른 방에서 숫자 조합을 들을 수 있었네. 급사장은 거실에 들어와서 듣기만 하면 되었던 거지. 바로 이래서 내가 페르소나 논 그라타外교상 기피 인물가 된 거였어. 볼리비아인들은 내가 쓴 전보들을 읽었고, 그 전보들이 따뜻하지 않았기에 나를 죽도록 원망했던 거지. 그들은 이 비밀이 드러날까 봐 내 소환을 요구하지도 못했던 거지. 나는 급사장과 흥미로운 면담을 가졌네. 그 면담에서 그는 프랑스어 구사에 정말이지 깜짝 놀랄 발전을 보였네. 접속법 반과거까지 써가며 말이네. 나는 곧 소환당했지. 그들이 그 후 금고를 바꿨기를 바라는데, 모르겠네.

프랑수아 봉디 그러니까 자네는 소피아에서 '외교'에 첫걸음을 뗐군. 외교라는 말에는 여전히 어떤 입문과 특권의 아우라가, 거의 신비한 아우라가 있지.

로맹 가리 그건 과거에서 오는 거네. 18세기와 19세기의 유물이지만 이젠 그다지 큰 의미가 없어. 대사도, 심지어 위대한 대사조차도 오늘날 파리에서 끈을 조종하는 방식으로 움직이네. 물론 같은 발레에도 초라한 무용수들이 있고 능숙한 무용수들이 있지. 니진스키 같은 무용수는 드물지라도 말이네. 오늘날에는 '간호사' 같은 측면이 있지. 외교관들은 배려하고 안심시키고 나아질 거라고, 치유될 수 있는 병이라고 약속하지. 맥박, 혈압, 체온을 재며 좋은 인상을 주고, 보고를 하고, 환자들에게 신뢰를 주고, 쇠약한 부분과 위태로운 상태를 알리며 때로는 환자의 죽음을 발견하기도 하지. 그들은 이런 일을 아주 잘하네. 오늘날 세계에서 대부분의 사회경제적·민족적·지리학적 현실들은 참으로 큰 힘을 갖고 있어서 진단을 내리고 점점 더 빨라지는 경과를 지켜보는 것 이외에 다른 일을 할 수 있는 '우두머리'들이 실제로 거의 주도적 행동을 하지 않지. 우리는 한 문명의 꼬리에 와 있네. 어딘가엔 벌써 발길질을 하고 있지만 아직 나올 준비가 되지 않아 아직은 우리가 아무것도 알지 못하는 어린 문명이 있지. 불확실한 잉태랄까……. 여자들의 잉태 기간이 아홉 달이라는 건 알지만 문명의 경우는 어떤지 모르지……. 오늘날 프랑스 외교를 들여다보면 아주 바쁘게 달리는 사람이 보일 거네. 조베르. 하지만 그는 요소들에는 절대적으로 아무 영향도 못 미친 채 프랑스 승객들이 그가 방향을 전혀 알지 못하는 여행을 하는 동안 안락함을 보장하려고 애쓰지……. '역사의 가속'에는 놀라운 점이 있는데, 세상이 미래를 향해 달려가는 이 현기증 나는 속도에 달리는 방향에 대한 통제가 없다는 점이네. 프랑스 승객의 눈먼 여행 속에 중대한 의문이 슬쩍 감춰졌지. 목적지에 대한 의문 말이네. 그 의문은 교통수단 내부의 물질적 안락에 대한 문제로 대체되었지……. 개인적으로 방향은 내게 가치 있는 아무것도 말해주지 않네. 솔직히 그리고 거칠게 말하자면 우리는 너절한 오물을 향해 가고 있는 것 같네. 하지만 아직은 어떤 비행 편을 타고 있는지 모르겠네…….

프랑수아 봉디 전통은 언제나 외교 개념을 교활한 행보와, 교묘하게 구상해낸 국제적 술책들과 연결 짓지. 또는 심지어 이중성과 거짓말과도 연결 짓잖나.

로맹 가리 약삭빠른 사람의 전형이지. 무언가를 모르면 그것에 대한 정보를 수집해 아주 정통한 사람으로 둔갑하니까. 그런 사람은 자신이 증오하길 좋아하는 '불가사의한 힘'을 정말로 숭배해 그 힘이 곳곳에서 현현하는 걸 보네. 그리고 대단히 논리적인 정신의 소유자로 설명하길 좋아해서 세계적 음모라는 열쇠는 그에게 모든 것에 대한 대답을 가진 듯한 대단히 만족스러운 감정을 안겨주지. 예수회 신자들, 모스크바의 손, 프리메이슨, 유대인, CIA, 교활하고 당연히 '마키아벨리' 같은 외교관들, 이런 건 언제나 '헛똑똑이'의 안일한 지적 놀음의 일부였네. 그래서 1940년에는 참담한 패배가 독일군이 낙하산으로 간첩들을 투하해 사제로 가장시켰기 때문이라고 설명했지. 나는 읽고 쓸 줄 아는 사람들한테서 프랑스 외교관들에게 거대 은행이 직접 보수를 지급한다고 말하는 소리를 들었네. 협상된 계약에 대해 몇 퍼센트를 받는다나……. 예전에 한번은 어느 비스트로에서 커피를 마셨는데 그곳 주인이 아랍인을 지독히 싫어하는 사람이었네. 주인은 멋들어지게 논리적인 연설을 내게 늘어놓았지. 그는 퐁피두가 배신을 했고 아랍인들의 돈에 팔렸으며, 그런 식으로 그가 유대인들도 배신했다고 설명했네. 경이로울 만치 약삭빠른 표정으로 그는 로스차일드 가문이 퐁피두를 공화국 대통령으로 만든 건 누구나 아는 사실이라고 설명했고, 마지막으로 이런 결론을 내리더군. 로스차일드 가 사람들은 뭘 하는 거야? 유대인들은 뭘 하는 거야? 어떻게 그자들은 퐁피두가 이런 짓을 하도록 내버려두는 거지?

그런데 이건 결코 정신착란자의 헛소리가 아니라, 모든 것에 대해 정보를 알고 한다는 멍청한 소리의 극단적인 경우라네. 모든 걸 알고, 겪었고, 사람들이 함부로 속이지 못하는 사람 말이네. 따라서 난 외무부와 외교관들에 관한 이런 멍청한 소리를 각계각층에서 들었지. 나는 그런 사람들이 정신착란적인 해석에서 더 멀리 가도록 격려하는 것 말고는 다른 해결책을 보지 못하네. 제대로 문질러만 주면 인간의 본성이 종종 보여줄 수 있는 온갖 경이로운 광채에 도취하는 걸 내가 좋아하기 때문이네. 이를테면 문학 교수 자격을 소지한 대학교수 한 사람을 만난 적이 있는데 그가 내 출생의 비밀이 뭐냐고 물었네. 외무부가 나를 받아들인 걸 보면 내가 러시아 대초원의 사생아일 리가 없고 귀족 엉덩이에서 나온 게 틀림없다고 여긴 거지. 이를테면 베강 장군 같은……. 그렇지 않고서야 전적으로 귀족들만 받아들이는 가장 배타적인 프랑스 클럽에서 나를 받아줄 리 없었을 거라는 거지. '외교관'이라는 말은 협상자, 어느 정도 고위급을 접촉하는 사람, '공적 관계'를 맺는 사람, 변호사 이외에 다른 무슨 신비스러운 의미를 결코 감추고 있지 않네. 이중성과 거짓말 개념은 대단히 희극적이지. 외교관은 거짓말을 하는 게 불가능한 직업이네. 왜냐하면 대부분의 시간을 정확한 지시 사항을 전달하는 데 보내기 때문이네. 하지만 자네가 이를테면 에르베 알팡나토 프랑스 대표, 유엔 프랑스 상임 대표, 주미 프랑스 대사, 외무부 사무국장 등을 역임한 프랑스 외교관이나 워싱턴 주재 러시아 대사 도브리닌처럼 좋은 배우, 아니 위대한 배우라면 확신이 없어도 대단히 큰 설득력을 부여할 수 있지. 자네 스스로 보기에도 그다지 타당해 보이지 않는 정치적 견해를 제시할 때 말이네. 자네가 할 수 있는 유일한 거짓은 모든 진실을 말하지 않고 자네의 대화 상대가 자네가 바라는 결론을 도출해내는 데 충분할 정도만 말하는 것이지. 그래도 상대가 그런 결론을 끌어내기란 아주 드문 일이지만 말이네. 위대한 대사들의 개인적 요인도 물론 작용하겠지만 '성공'하는 대사들이란 이를테면 미국과 프랑스의 정치가 같은 방향으로 갈 때 그 자리에 있게 된 행운을 거머쥔 사람들일 뿐이지. 게다가 '좋은' 대사란 자기 정부를 상대로 성공적인 결과를 얻어내는 사람이네. 다시 한 번 말하지만, 점점 더 정치와 정치를 대표하는 사람들의 성공을 결정짓는 건 역사적·지리적 현실들이네. 예를 들어 키신저를 보게. 그가 미국을 베트남에서 '빼내고' 중국과 협정을 '조율'하고 수에즈운하를 '열' 때 그의 '성공'이 새로운 역사적 상황을 만들어낸 것이 아니라 피할 수 없는 방향으로 처신한 것이었음을 즉각 알 수 있잖나⋯⋯. 35년 사이에 믿기 힘들 정도로 '현실의 힘'이 변한 나라를 대표하는 프랑스의 외교에는 특히 상황이 가혹하고 힘들지⋯⋯. 외교관직으로 15년을 보내면서 난 욕구불만과 무력감, 수동적 '관찰자'의 역할이 어느 정도로 견디기 힘든 건지 볼 기회가 많았네⋯⋯. 한번은 소피아를 떠나 2등 참사관 자리를 맡고 모스크바로 떠나는 동료를 배웅하러 역에 간 적이 있었네. 그 동료는 승진에 아주 기뻐했지. 모스크바에 도착한 지 사흘 뒤 그는 거실 창문에 목을 매달았네. 엄청난 결단력이 필요한 행위였지. 왜냐하면 그의 발이 바닥에 닿았거든. 유리 종 아래 산다는 건 종종 난폭한 심리적 균열을 낳지. 어느 인사부장은 어떤 요원이 느닷없이 전혀 걸맞지 않은 엉뚱한 직책을 요구하면 얼마나 주의를 기울여야 하는지 내게 설명해주었네. 그런 요구들은 대개 겉으로는 거의 드러나지 않는 정신적 장애 때문이라는 거지. 그런 식으로 어느 탁월한 대사는 우루과이에 도착한 지 며칠 뒤 욕조 속에서 동맥을 끊었네. 전쟁 후 아디스아바바 주재 어느 프랑스 대표는 공식 리셉션 자리에서 하일레 셀라시에 황제에게 엉덩이를 까 보인 뒤 알코올 중독으로 죽었지. 항시적인 거리 두기, 수동성, 중립성을 지키면서 오랜 세월을 지내기가 때로는 극도로 힘든 일이네. 별안간 내면에서 무언가가 끊어지기 십상이지. 내 세대의 동료들, 눈부시게 성공한 사람들을 보면, 런던 대사인 보마르셰, 모스크바에 있는 비몽, 도쿄에 있는 라불레, 본에 있는 소바냐르그, 수투와 그 외 동료들을 보면 물론 지성과 판단력이 뛰어나지만 그 밖에 특히 중요하게 작용한 건 성격이네. 문제가 제기되는 건 성격 차원에서지. 왜냐하면 자신이 처한 나라에서 받은 지시 사항, 표현해야 할 견해, 때로는 끔찍이 싫은 사람들과 맺어야만 하는 관계 등에서 얼마 동안이나 줄곧 유연성과 적응력을, 수용력을 보일 수 있느냐, 그러면서도 개성을 잃지 않고 자신의 성격을, 중심을, 자기 자신과의 군건한 관계를 온전히 유지하느냐가 관건이니까. 20년 동안 이 일을 하고 난 뒤의 가장 큰 위협은 개성 상실인 것 같네. 서른 살의 외교관은 명석하고 생기 넘치고 '개성 있는', 앞날 창창한 수석 비서나 2등 참사관이지. 쉰쯤 되면 대개 관절이 제대로 움직이고 제대로 옷 입을 줄 알고 예의 바르고 미소 띤, 그러나 속은 완전히 텅 빈 꼭두각시가 되고 말지. 옛날 사교 모임을 생각나게 하지…… 꽤나 끔찍한 일이네. 그래서 나는 동료들 가운데 위에서 언급한 몇몇 동료들에게 대단히 존경하는 마음을 품고 있네……. 그들은 지나치게 굽히지도 깨지지도 않았어. 물론 단순히 광기에 빠진 경우도 곳곳에 존재하지. 욕실에서 물에 엎드린 채 떠 있는 모습으로 발견된 참사관이 기억나네. 대머리에 뚱뚱한 친구였는데 엉덩이에 불을 붙인 시가가 꽂혀 있었지. 그는 자신을 '노르망디' 여객선으로 생각했던 거네. 광기에 빠지는 경우는 어떤 직업이든 대단히 비극적이지만, 외국 주재 외교관이 미칠 경우 일부 나라에서는 어떡해서든 그 사실을 숨기고 아무도 알아채지 못하게 그 사람을 떠나게 해야 하지…….

프랑수아 봉디 그러니까 자네는 1948년 2월에 파리의 유럽집행위원회로 돌아왔지.

로맹 가리 나는 그 당시 막 작가로 데뷔한 미셸 드 생피에르의 아버지인 생피에르 후작이 방 하나를 빌려주어 포부르 생토노레가의 그의 아파트에 자리를 잡았지. 시골의 성도 딸린, 대단히 큰 아파트였네. 생피에르 노인은 내게 영지를 둘러보게 했네. 대파업이 막 끝난 시절이어서 '공산주의자들의 위협'이 있었지. 쥘 모슈가 CRS시위 진압과 민간인 보호 목적으로 설립된 국립 경찰를 창설해서 많은 사람들이 '기대'하고 있었지. 늙은 후작은 창문을 열고 검지를 들더니 한쪽 눈을 반쯤 감은 채 내 귀에 비밀을 털어놓듯 말했네. "요 옆에는 미국대사관과 영국대사관이 있고 뒤에는, 바로 뒤에는……"―이 대목에서 그는 거의 의기양양하게 속삭였지―"뒤에는 보보 광장이, 내무부 장관 쥘 모슈가 있소이다……. 그러니 소동이 일어나도 다른 어디보다 여기가 나을 거요!" 나는 당장 선금을 치렀네. 아주 멋졌어. 프랑스혁명의 귀족 숨결이 방금 내 이마를 스쳤으니까. 나는 수입과 지출을 맞추기가 아주 힘들었네.

수입이 형편없었는데, 가스통 갈리마르는 내게 선금을 주지 않았지. 그는 불신했네. 내 안에 돈이 있는지, 수익성이 있는지 아직 알지 못했던 거지. 그 후 나는 생페르 거리의 호텔방에 자리 잡았고, 욕실 비데에 앉아 『거대한 옷장』을 썼네. 유럽집행위원회에서는 폴 클로델의 사위인 자크 카미유 파리가 내 상사였네. 좋은 사람이었는데 나중에 트럭에 치여 죽었지. 내 보고서를 그에게 전하면 대개 그는 장관실로 바로 가져갔지.

프랑수아 봉디 유럽집행위원회에서 어느 정도 역할을 했다고 느끼나?

로맹 가리 농담하나? 전혀. 우선 나는 너무 보잘것없었고, 그리고 오늘날엔 누구도 외교관이 대외 정책을 만드는 걸 본 적이 없어. 외교관의 '사색'은 그 순간의 정책 방향 안에 있을 때만 어떤 역할을 하지. 자네가 장관의 연설을 쓴다면 자네는 자네 생각이 아니라 그 장관의 생각을 고려해야 하네. 자네가 독창적인 생각을 한다면 자네 서류에는 이렇게 기록될 테지. "대단히 개인적인 성격." 그러면 자네는 기용하기 어려운 인물로 분류될 거네. "당신 생각을 관철시키고 싶다면 정치를 하게." 그렇지만 그 보고서들을 다시 보면 재미있을 거야. 나는 파브르와 마이아르—지금 유네스코 대사로 있네—와 함께 석탄-철강 공동체 창설에 관해 한 번도 표명된 적 없는 첫 제안서를 만들었지. 그리고 '유럽' 창설에 관한 첫 의견서도—내 죄네—써냈네. 이건 침묵 속에 떨어졌지. 베를린봉쇄 때는 소련과의 전쟁을 피하기 위해…… 그리고 독일을 제대로 조각내기 위해 베를린의 항복과 철수를 촉구하는 전보들이 오가는 걸 보았지. 너무도 불합리한 일이어서 나는 사표를 썼네―아직도 내 서류 속에 있을 거야. 그러자 자크 카미유 파리가 내 결정을 재고해보라고 했지. 항복론을 주장하는 그 몰상식한 서류에 서명을 한 유명한 이름들을 여기서 거론하지는 않겠네. 누구를 공시대에 매다는 거라면 난 끔찍이 싫네. 기개 있는 사람들도 있었지. 다른 누구보다 피에르 드 뢰스가 그랬네. 그는 나중에 기 몰레와 로베르 라코스트가 알제리 지도자 벤 벨라를 납치하면서 처음 비행기를 하이재킹해 유죄판결을 받았을 때 튀니지 대사직을 사임했지. 그들은 비행기를 알제리에 착륙시켰네. 그 시절 프랑스 정부와 프랑스 사회당 지도자인 기 몰레와 로베르 라코스트가 해적질의 길을 그렇게 열었다는 걸 잊지 말아야 하네. 로베르 쉬망이 당시 장관이었고, 클라피에가 부서 책임자였지. 그들은 아직 '유럽 만들기'에 대해 한 번도 얘기한 적이 없었지. 나는 자크 카미유 파리가 찬동한 보고서들을 그들에게 폭격하듯 쏟아부었네. 그 보고서에서 나는 스탈린을 달래기 위해 베를린에서 철수하는 건 기념비적으로 멍청한 짓이라는 걸 보여주려고 전력을 다했지……. 물론 그들도 아는 사실이었지. 그들은 친절하게도 나를 베른에 임명했네. 내가 진정하도록 말이네. 마음을 가라앉히는 데는 베른만 한 데가 없지. 웃기는 일은 프랑스 진영에서 벌어진 이 모든 것이 완전히 공허한 이론밖에 되지 않았다는 거네. 결정은 미국인들이 했으니까…….

프랑수아 봉디 정치에 관여하는 동안 자네에게 가장 충격을 준 건 무엇이었나?

로맹 가리 누구도 정말로 미래를 생각하지 않는다는 점이었지. 미래를 위한 '시나리오'는 전혀 없었네. 그 증거로 1973년 12월에야 조베르가 외무부에 장기 예측 부서를 만들었으니까. 무엇보다 전문가들을 포함해서⋯⋯. 짐작이 되나? 1973년이면⋯⋯ 석유 파동 이후지. 그런데 지금 추이로 봐서는 그다지 중요한 것 같아 보이진 않네. 프랑스나 유럽이 미국적이지 않기 위해 미국이 되려면 어떻게 해야 하는지 고심하는 이 모든 정치는 빨간 모자 꼬마의 관심밖에 끌지 못하네. 만약 먹으라고 내놓는 소스에 프랑스가 관심을 보인다면⋯⋯ 그러면야! 맛난 음식에 대한 입맛을 더 멀리 밀고 가겠지만 거기서 내가 뭘 하겠는가? 어쨌든 지금 당장 권력에 있는 사람들이 결정할 거라고는 난 생각지 않네. 지금은 손 없는 사람들의 당혹감과 요령이 느껴지지 않는 정치적 담론이 하나도 없어. 프랑스가 제 손을 다시 발견하고, 거기서 문명의 의미와 사용법을 다시 발견할지도 모르지⋯⋯.

프랑수아 봉디 조심하게. 자네에겐 손이 사치품이 되고 말겠네.

로맹 가리 그건 당신네들 손이 퇴화했을 때 늘 하는 말이지. 난 영구적인 보철 기구라는 건 믿지 않네. 청년들이 자연보호를 그렇게 외치는 건 "프랑스가 프랑스로 남도록" "미국의 지배에서 벗어나기 위한" 것이라는 '유럽–제3세계 자립' 유형의 인공 음경 같은 이데올로기에 무한히 우롱당하지 않으려는 거지. 그건 참으로 어리석은 짓이고, 유엔 같은 오래된 '세계주의'에 맞먹는 것이네. 흥행되지 않을, 몬도비전mondovision을 과대 선전하는 영화 같은 것이지. 생각이 살아 있는지 뜨거운지 아니면 속임수인지 보려면 손으로 쥐고 만지고 더듬어봐야 하지. 나는 언제나 생각보다 먼저 손을 보네. 소 앞에 쟁기를 달지 않으려고 말이네. 몽테뉴와 파스칼에게 천재적인 점이 있다면 그건 추상이 아니네. 양식良識

이지…….

프랑수아 봉디 내가 잘못 알고 있는 건가 아니면 자네가 열세 살에 처음 프랑스에 온 게 맞나?

로맹 가리 내가 '프랑스의 손'이라는 말로 의미하는 게 정확히 그거네. 내 경우엔 니스고등학교의 프랑스어 교사였던 루이 오리올의 손이지. 그가 나를 손으로 만들었어. 그는 1914~1918년 전쟁에서 몸이 불수가 된 사람이어서 그를 의자에서 일으켜 연단에 올려줘야 했네. 난 절대 잊지 못할 거야. 절대. 인간은 정액으로 만들어지는 게 아니네. 손으로 만들어지지.

프랑수아 봉디 '프랑스에 대한 어떤 생각'에 자네가 그렇게 집착하는 데는 문명과의 관계 말고 다른 무엇이 있다고 생각지 않나? 전쟁이 주는 감격 어린 떨림, 비행중대의 정신, 4년 동안 긴밀히 하나가 되어 지낸 인간 집단의 영향이 있지 않나.

로맹 가리 난 피와 살로 된 존재여서 심오하게 초연한 태도로 생각하려고 모든 고통과 모든 사랑 밖에 나를 두지 않네. 들어보게. 라디오 프로그램 〈가면과 펜〉에서 상냥한 누군가 엄하게 내게 말했네. "정치적 선택을 할 때는 자기 자신 밖에 서야 합니다." 아주 재미난 말이었지. 내 말 이해하겠나? 그 사람에겐 잠재의식이 없단 말이네. 그가 정치적 선택을 할 때 그는 우선 자신의 잠재의식을 휴대품 보관소에 맡겨두지. 정치적 선택을 할 때 내가 어려움을 느끼는 건 사실이네. 하지만 그 이유가 내겐 명확해 보여. 우리는 문명의 끄트머리를 살고 있네. 이 끄트머리 꼬리 안에서 '좌파 공동 계획'이나 우파의 계획은 급행열차 속에서 의자와 침대칸을 개조하는 것만큼이나 살짝 다를 뿐이지. 철로를 바꾸거나 방향을 바꾸는 데는 전혀 효과를 내지 못하지. 똑같은 설비일 뿐이니까. 모든 계획에는 선결해야 할 문제가 언제나 있는데 그건 인간, 인간들이네. 계획들은 인간에 걸려 넘어져 인간의 얼굴을 깨곤 하지…….

프랑수아 봉디 그래도 자네가 높이 평가하는 정치인들이 있나?

로맹 가리 개인적으로는 있지. 난 사바리알랭 사바리. 1981~1984년 교육부 장관을 역임한 프랑스 사회당 소속 정치인를 좋아하고, 개인 자격으로는 그에게 투표했을 거네. 하지만 그는 지적 정직성에 사로잡힌 인물이야. 정황상 그가 될 가능성은 전혀 없지.

프랑수아 봉디 그렇지만…… 그는 해방 동지가 아닌가?

로맹 가리 그렇지. 그래서? 그게 중대한 결함이라도 되나?

프랑수아 봉디 우연인지…… 아니면 충절인지 궁금한 것뿐이야. 미테랑은?

로맹 가리 나한테 그는 문학적 발견이지. 그가 신문에 쓴 사설들을 이따금 읽네. 돋보이게 잘 썼지. 작가로 계속해야 할 사람이지.

프랑수아 봉디 정치 무대에서는?

로맹 가리 솔직히 털어놓자면 그의 상징이 날 완전히 아연실색하게 만들었네. 마지막 선거 때 투표소로 가다가—투표하려고 마요르카에 있는 집에서 일부러 돌아와 있었네—내가 벽에서 뭘 보았는지 아나? 미테랑의 포스터였네. 자네도 알다시피 주먹 쥐고 장미를 든 모습이었지. 난 아연실색한 채 멈춰 섰네. 내 눈을 믿지 못했지. 장미 줄기를 쥔 채 굳게 닫힌 그 손은 살 속을 파고드는 가시 따위 전혀 아랑곳하지 않았네. 속에서는 피가 꽤나 흘렀을 거야……. 그건 단연 내가 지금껏 본 중 가장 피학대적인 정치 포스터였어……. 결국 난 투표를 하지 않았네.

프랑수아 봉디 또 손 얘기군.

로맹 가리 그렇다네. 또, 그리고 무엇보다.

프랑수아 봉디 망데스프랑스는?

로맹 가리 그의 지적 청렴결백을 대단히 높이 평가하고 자신에 대한 충직도 존경하네. 하지만 그건 초안과 추상적 구상에 대한 과도한 신뢰와 함께 가는 것이지. 나도 경험했네. 망데스는 전쟁 끝날 무렵 내 비행중대에 있었네. 그는 '교실'에서, 종이 위에서 하는 비행 연습에서는 무적이었지. 그런데 어느 날 연습 비행 때 그를 내 비행기에 태웠네. 그는 계산을 했지만 길을 잃었고, 우리가 어디 있는지 몰라서 내 비행 계산을 보여달라고 하더군. 난 계산을 하지 않았네. '삼각측량'을 외우고 있었거든. 나는 기장이었고 날씨도 화창해서 육안으로 보며 비행하고 있었지. 나는 그에게 그렇게 말했네. 그는 시커멓게 화를 내더니 내가 계산을 보여주길 거부하는 거라고 소리를 지르더군. 심지어 이런 말까지 했지. 그대로 옮기면 "이걸 갚아줄 거네." 몇 년 뒤 그가 총리로 뉴욕에 와서 내가 보잘것없는 대변인으로 있던 유엔 본부를 방문했을 때 앙갚음할 수도 있었을 텐데 그는 내게 아주 친절했네. 나는 그가 화내는 걸 가만히 지켜보다가 우리가 날고 있는 마을을 가리키며 그곳이 버킹엄이라고 말하고 그걸 기준으로 삼으면 된다고 했지. 그는 자기 계산을 쳐다보더니 내게 말했네. "저긴 오디햄이네." 나는 내가 아는 두 개의 초록색 저수탱크를 가리키며 말했지. "버킹엄입니다." 그는 자기 종이를 내 코밑에 들이대며 말했네. "오디햄이네." 나는 땅의 방위 측정을 해보라고 하고 물질적 근거를 제시하며 그에게 위치를 보여주었지. "잘 보시오, 저건 버킹엄입니다." 망데스는 다시 한 번 자기 계산을 보더니 내게 웃으며 거듭 말했네. "오디햄이네." 그러더니 가더군. 유머와 미소도 지녔지만 그는 정말이지 추상적 계산을 지나치게 신뢰했지…….

프랑수아 봉디 샤방델마스는?

로맹 가리 아주 호감 가는 사람이지. 법에 맞게 작성한 그의 세금 신고서 때문에 그에게 쏟아졌던 공격 기억나나? 그는 불법행위를 하지 않았고, 따라서 국가를 대표할 만한 인물이 못 되어 권력을 떠나야 했고, 증오의 대상이 되었지……. 바로 그래서, 오직 그런 이유로 난 그에게 투표를 할 거네. 왜냐하면 그가 대표적인 인물이 아니기 때문에 말이네.

프랑수아 봉디 그렇지만 모든 정치적 선택을 거부할 수는 없지 않나?

로맹 가리 정치적 진실은 순간들이, 역사적 진실과의 만남들이 만들어내는 것이지. 그것은 지그재그로 달리고 온갖 정당을 가로질러 요동치는 선과 같네. 나는 억지로 그 선을 따르려고 애쓰고, 그 선이 일시적으로 가로지르는 당들을 따르려고 애쓰네. 하지만 다른 무엇이 있지. 내가 예술이나 문학의 몫으로 생각하는 유일하게 성스러운 의무는 **진짜** 가치들을 좇는 것이네. 작가에게 그보다 더 중요한 건 없다고 생각하네. 진실을 신경 쓰는 작가라면 말이네. 그런데 존경심 결핍, 냉소, 조롱, 도발만이 가치들을 시험하고 때를 벗겨 존중받아 마땅한 것들을 추출해낼 수 있지. 이런 태도—아마도 이것이야말로 문학사에서 가장 감탄스러운 것인지도 몰라—가 내 경우는 전적인 정치적 가담과는 양립 불가능한 것이네. 진짜 가치는 풍자와 패러디, 도발과 신랄함을 통한 이런 시험을 두려워할 일이 없지. 그래서 영향력과 진정성을 갖춘 모든 정치적 인물들은 이런 공격에도 무사한 거네. 진짜 도덕은 포르노그래피를 두려워할 게 없지. 위폐 제조자가 아닌 정치인들이 〈샤를리엡도〉나 〈카나르앙셰네〉, 도미에나 장 얀배우, 영화감독, 작가, 작곡가로 해학과 풍자 정신이 돋보이는 만능 예술인을 두려워할 이유가 없네. 오히려 반대지. 그들이 **진짜**라면 이런 신랄한 시련에 처해지는 것이 언제나 유리하지. 존엄은 불손을 금지하는 무엇이 아니네. 오히려 존엄의 진정성을 드러내려면 이 신랄함이 필요해.

프랑수아 봉디 자네는 1963년 니스에서 UDR공화국을 위한 민주주의자들의 연합으로 1967~1975년 드골파들의 모임에 붙여진 이름 결의대회에 참석하지 않았나?

로맹 가리 그랬지. 신랄한 내 역할을 다했지. 그때는 드골주의자들의 반미주의가 절정에 달했을 때였네. 내가 제일 먼저 얘기할 사람이어서 난 강연 제목을 말했지. "미국에 대한 사랑." 얼어붙은 듯한 침묵이 흘렀네. 내가 겁을 먹었다면 등골이 서늘했겠지. 나는 내가 조금 아는 케네디와 미국에 대해 호의적으로 말하기 시작했네. 청중이 점점 더 싸늘해질수록 내 찬사는 점점 더 따뜻해졌네. 내가 말을 끝내자 청중석 끝자리에 있던 열두 살 소녀가 박수를 치려고 했지. 그런데 아이의 아빠가 바로 저지하더군. 바로 그 순간 당시 UDR의 사무국장이었던 자크 보멜—퐁피두가 늘 잘생긴 브뤼멜이라고 불렀던 사람 있잖나—이 포탄처럼 연단 위로 뛰어 올라와 마이크를 빼앗더니 말했지. "로맹 가리가 전적으로 개인의 자격으로 말했다는 사실을 밝혀둡니다." 그러더니 한마디 말도 없이 꺼지더군. 그런데 내가 케네디를 칭송하는 동안 케네디는 댈러스에서 암살당했고, 그 소식은 내가 강연을 끝낸 지 10분 뒤에 회의가 열리고 있던 륄호텔로 전해졌네. 그러자 정말이지 우스꽝스러운 일이 벌어졌네. 심지어 지저분하기까지 한 일이었지. 눈물을 머금고 호의를 넘칠 듯 품은 UDR 군중이 나를 둘러쌌네. 그 신사 숙녀들은 내 앞을 한 줄로 지나가며 내 손을 잡고 중얼거렸네. "선생께서 면목을 세우셨어요." 그들은 나를 연회석에서 귀빈 자리에 앉히더군. 수뇌부의 한 인물이 오더니 텔레비전 카메라 앞에서 나를 포옹했고. 내 말이 조금이라도 의심스럽다면 그 당시 〈카나르앙셰네〉를 보게나. 그 얘기를 하고 있으니.

프랑수아 봉디 1967년에 자네는 정보부 장관인 고르스의 집무실로 들어가는 걸 받아들였지?

로맹 가리 옷솔에 올라갔다가 내려오는 고슴도치가 말하듯이 누구나 틀릴 수 있는 법 아닌가. 나는 당시 파렴치한 방식으로 탄압을 자행하던 검열위원회의 허리를 부러뜨리고 싶었네……. 난 전 장관이 금지시킨, 디드로의 작품을 토대로 만든 영화 〈수녀〉의 개봉 허용을 조건으로 내걸었지. 고르스는 드골의 허락을 받아냈네. 난 자유로운 '무보수 참사관'이었어. 그리고 〈새들은 페루에 가서 죽는다〉를 촬영했는데 곧 위원회는 내 영화를 금지했네. 내 책상 위에는 그들의 심의에 관한 보고서가 놓여 있었지. 한 표— 정신과 의사의 표였네—차로 위원회는 금지를 합법화했네. 여성의 불감증을 자살로 이어질 정도의 비극적 언어로 다룬다는 점을 고려할 때, 여성 신경쇠약 환자 열 명 중 여섯이 불감증 때문이라는 사실을 고려할 때 내 영화가 불감증을 앓는 여성들의 자살을 부추길 위험이 있다는 거였지…… 틀림없는 실화네. 고르스가 내게 개봉 허락을 내주었네. 게다가 나는 말로와 고르스에게서 영화센터와 ORTF^{프랑스국영방송}의 공동 제작을 위한 합의도 얻어냈지. '장長'들과 정상회담이 있었지. 영화센터의 알로, ORTF의 자크 뒤퐁과 말이네. 이 두 고위 공무원은 실현 불가능한 계획이라는 걸 우리에게 논증해 보이려고 애썼지. 회의를 끝내고 나오면서 고르스가 내 어깨에 팔을 두르며 이렇게 말했네. "아, 로맹, 우리가 멋진 꿈을 꾼 거야." 장관이 사무국 앞에서 굴복한 거지. 난 그 자리를 떠났네.

프랑수아 봉디 그 시절에 대한 또 다른 기억은?

로맹 가리 아무것도 없어. 완벽한 기억상실. 아냐, 있네…… 드골이 전화를 걸어온 일이 있어. 로디아세타 파업 때였지. 텔레비전에는 파업자와 신문기자의 인터뷰가 나오고 있었네. 격노한 드골한테서 전화가 걸려 왔지. "저 태도는 대체 뭔가? 무슨 권리로 저기자가 저 노동자에게 반말을 하는 거지? 저들이 학교라도 같이다녔나?" 그러더니 끊더군.

프랑수아 봉디 드골과 자네의 관계는 어땠나? 자네가 그에게는한 번도 냉소적이지 않았잖나? 자네가 그를 숭배했다는 걸 부인하지는 않겠지?

로맹 가리 그렇다네. 아니, 숭배하는 게 아니라 존경하네. 내 글을 좀 인용하겠네. 그가 역사 속에서 자기 자리에 결부한 중요성을 자네에게 상기할 필요는 없겠지. 그런데 1970년에 재출간된

『튤립』—먼 미래의 이야기라는 건 자네도 알지—에서 이런 기록을 볼 수 있을 거네. "레지스탕스 : 1940년에서 1945년 사이에 프랑스 군대가 샤를 드골이라는 족장의 지휘 아래 독일을 점령했을 때 독일 국민이 침략자에 저항한 운동. 드골은 결국 스탈린그라드에서 중국군에 패배했고 파리의 폐허 속에서 정부 에바 브론과 함께 자살했다." 이걸 보고 드골이 내게 황급히 편지를 써 보냈는데, 그 편지에서 그는 도미니크 퐁샤르디에라는 가명으로 『고릴라』라는 누아르 시리즈물을 쓴 게 내가 맞느냐고 물었고, 계속해서 이상주의와 냉소주의 사이에서 평생 배회할 거냐고도 물었네. 그 양반은 풍자에 아주 능했지. 한번은 엘리제에서 저녁 식사를 할 때 한 장관의 부인이 그 당시 유명한 만담가가 왕을 흉내 내는 것에 대해 왕이 반감을 가지도록 표현했지. 그러자 드골이 그녀에게 말했네. "그렇지만 부인, 그 사람이 아주 흉내를 잘 내던걸요. 게다가 저도 기분 안 좋을 때는 가끔 그 사람 흉내를 냅니다." 위대한 샤를은 너무도 신성시되고, 조각상처럼 만들어지고, 정정되고 수정되어서 보기 딱할 정도였지. 사람들이 오늘날 그의 생각과 견해들에 갖다 붙이는 주석을 나는 비통하게 생각하네. 나는 유물이라면 끔찍이 싫어하거든. 유물은 마르크스의 것이건 레닌의 것이건 프로이트의 것이건 샤를 드골의 것이건 마오쩌둥의 것이건 언제나 해로워. 몇 년 전에 몬테카를로에서 해수욕을 하고 있었는데 근처 항구로 들어서는 방파제 위에 열다섯에서 열일곱 살가량의 모나코 청소년들이 무리 지어 있었네. 지중해의 불결함이라면 자네도 잘 알잖나. 물이 꽤나 더러웠지. 그 시절 항구에는 오나시스의 큰 요트 '크리스티나'가 있었네. 아이들 중 하나가 물에 뛰어들었는데, 아주 제대로 형태를 갖춘 똥 덩어리들을 비집고 수면 위로 다시 나타났지. 아이는 비명을 지르더니 입을 닫았고, 욕설을 내뱉으며 펄쩍 뛰었어. 그러자 친구들 중 하나가 그 애에게 존경심을 가득 담은 목소리로 말했네. "생각해봐. 어쩌면 오나시스한테서 나온 것인지도 모르잖아!" 위대한 인물의 유물을 좋아하고 숭배하는 사람들이 내게 주는 효과가 정확히 이런 것이네. 게다가 드골과 관련해서 오직 민족적일 뿐인 유산을 배신하는 가장 확실한 방법은 그것을 일상적으로 소비하는 정치 산물로 만드는 것이지. 어느 날 내가 텔레비전에서 드골과 나의 관계는 이데올로기보다는 형이상학의 영역이라고 말했을 때 나는 언론의 미소를 받았네. 그건 바보들의 위계적인 미소였지. 미국 소설가 리처드 콘던이 처음으로 그렇게 규정지은 미소 말이네. 이 말은 내가 드골에게서 끌리는 점이라고 생각하는 것, 나를 그와 이어주는 것은 불멸하는 것과 그렇지 않은 것에 대한 직감이었다는 의미네. 왜냐하면 그 양반은 일부 인간적 가치들의 영속을 믿었으니까. 오늘날엔 죽은 걸로 선언된 가치들, 르네상스가 고대를 재발견했듯이, 프랑스대혁명이 고대 도시를 재발견했듯이 언젠가 세상이 다시 발견하게 될 가치들 말이네.

프랑수아 봉디 드골이 1958년 권력에 복귀했을 때 드골을 지지한 예술가와 작가 들이 왜 그토록 적었다고 생각하나?

로맹 가리 작가와 예술가 들은 본능적으로 지도자, 우두머리, 보스, 국가 원수, 구세주, 조국을 구한 자, 그 밖에 모든 화려한 인물들에 대해 존경과 호감을 갖지 않으려 하기 때문이지. 작가와 예술가 들이 모두 기존 권력에 찬동한다면 모든 게 절망적이었을 거네. 어쨌든 이데올로기 영역에서 '위대함'이라는 말을 내뱉기만 하면 사람들은 곧장 권력을, 히틀러와 스탈린을 떠올리지. 오늘날엔 풍족함 때문에 극도의 혼동이 있지. 세상은 이제 허위 선전과 세뇌 교육 사이에서 선택하는 수밖에 없어 보이네. 거기다 개인주의적 특성까지 더하게나. 이 개인주의적 특성 때문에 우리가 정치에서 '위대한 인물'을 거론하면 프랑스인은 마치 누군가 자신의 무언가를 훔쳐가기라도 한 것처럼 개인적으로 작아진 느낌을 받지. 나는 아주 고상한 신사를 한 사람 아네. 그는 평생 한 번도 투표를 할 수 없었는데, 자기 표를 자기가 아닌 다른 사람에게 주려니 화가 치밀었기 때문이지. 이런 일은 우리가 생각하는 것보다 훨씬 자주 일어나네. 20세기 역사를 들여다보면 그 많은 표를 얻고도 드골은 카이저 빌헬름과 히틀러, 무솔리니, 스탈린, 페탱에 대한 대가를 치렀지.

프랑수아 봉디 1967년에 자네는 6일전쟁 때 드골이 아랍인들에 대한 프랑스의 정책을 바꾼 게 옳았다고 내게 말했네.

로맹 가리 내가 자네에게 말한 건 그게 아니네. 정확히 기억나는데, 프랑스의 아랍 정책은 지지하기 힘든 것이라고, 그것을 멸시의 정책 말고 다르게는 규정할 수 없기 때문이라고 썼지. 그리고 이스라엘인들에게 판매한 미라주 전폭기들에 대한 출항 금지는 불공정한 행위였다고, 어린아이의 손바닥을 자로 때리는 초등학교 교사의 변덕이었다고도 덧붙였지. 드골이 아랍인들에 대한 멸시 정책을 끝장낸 건 잘한 일이었네. 왜냐하면 프랑스군의 한 세기를 계속 속일 순 없잖나. 푸코, 리요테, 그리고 우리 스스로 자신에게 얘기한 그 모든 멋진 이야기들 말이네. 게다가 드골에게는 명백히 '위대한 백인 지도자' 같은 측면이 있었지. 난 그가 이스라엘과 아랍 양쪽의 보호자 역할을 기꺼이 맡을 수도 있었으리라 생각하네. 하지만 대치한 양쪽 중 한쪽이 그가 기대하는 바를 저버려 그렇게 될 수가 없었지. 그가 미국 유대인들 사이에서 자신의 인지도를 확고히 다져 미국에 작은 지렛대를 갖기 위해 이스라엘을 얼마든지 이용할 수도 있었으리라고 생각하네. 그런 일이 전설적인 인물인 그와 성서적인 인물인 벤구리온 사이에서 이루어질 수도 있었을 텐데, 이스라엘은 선하고 공명정대하고 관대한, 위대한 백인 지도자의 말을 따르지 않았지. 그러자 영감은 천둥처럼 격노했지. 알제에서 장군들의 무장 폭동이 일어났을 때, 그에게 라울 살랑 장군의 목숨을 내놓길 거부했을 때처럼 말이네. 사방 벽 너머로 카랑카랑한 그의 목소리가 들렸지.

프랑수아 봉디 그 동맹 관계가 전복될 때 그가 석유를 좀 생각한 건 아닌가?

로맹 가리 그런 것 같지는 않네. 드골이 화를 낼 때는 일종의 보복 같은 게 개입되지. 가혹한 언행과 원한, 심술이 따르는 거의 여성적인 분노였네. 일단 이성적 사고력이 회복되고 나면 그 사고력은 그의 원한을 중심으로 발휘되었지. 그는 무엇보다 원한의 재능을 가진 사람이었네. 난 단 1초도 드골이 석유 때문에나 아랍인들에게 무기를 팔기 위해서 이스라엘을 놓아버렸다고는 생각지 않네. 아랍인들에게 다가가는 데는 다른 방식이 있었고, 아랍과 우리 관계에 오히려 이스라엘이 필요하다는 건 오늘날 명명백백해졌잖나. 격정은 모든 정신을 눈멀게 만들잖나. 예를 들어 사람들은 소련이 이스라엘의 소멸을 원한다고들 말하지. 터무니없는 소리야! 만약 이스라엘이 사라진다면 소련은 중동에서 제 입지를 잃고 말 거네. 왜냐하면 아랍인들에게 소련은 아무 쓸모 없는 존재가 될 테니까. 소련은 오직 이스라엘 덕에 중동에 들어갈 수 있었네. 다시 한 번 말하지만, 우리가 '프랑스의 아랍 정책'이라고 말할 때 그건 무슨 의미일까? 선택의 부재가 아니겠나……

프랑수아 봉디 자네한테는 드골주의가 뭔가?

로맹 가리 하나의 추억이지. 역사의 한 순간이 있었고, 한 만남이 있었고, 모든 나라의 역사에 종종 있듯이 프랑스라는 나라를 지나간 바람이 있었던 거지. 지금은 끝났네. 아주 잘된 거지. 다른 순간, 다른 사람, 다른 만남, 다른 바람 들이 앞으로 있을 테지. 그게 마지막은 아니었으니까. 그것은 살아 있는 무엇이어서 보존되거나 방부 처리될 수 없는 것이고, 영원히 한 번뿐인 게 아니었지. 그것은 잘 왔고, 잘 떠났네. 난 그 순간을 경험한 것이 행복하네. 오늘날 30세 이하 프랑스 청년의 80퍼센트가 해방 동지가 뭔지 모르지. 그것도 좋아! 드골이 요구한 게 한 가지 있다면 그건 독창성이네. 그것은 유물의 종말을 의미하지. 그가 자신을 계승할 조직을 거부한 방식에서 끌어낼 한 가지 교훈이 있지, 안 그런가? 그는 연장되고 싶어 하지 않았네. 언제나 새로운 걸 말했고, 그것은 눈을 성스러운 이미지에 고정하고 억지로 미래를 향해 전진한다는 의미가 아니네. 소련에서는 레닌을 방부 처리해서 유리관 속에 전시했지. 그게 어떤 결과를 낳았는지 보게나. 방부 처리되고 박제된 레닌, 밀랍 입힌 얼굴, 변해서는 안 된다는 금지와 더불어 영원히 종신형에 처해진 꼴이지……

프랑수아 봉디 드골이 자네에게 정치를 해보라고 권한 적이 있었던 걸로 기억하는데?

로맹 가리 두 번 있었지만, 내가 그 이상의 대접을 받을 자격이 없다고 말하려는 듯이 냉소와 경멸을 실어 말했지. 내 말은, 그가 내게 창녀촌으로 가라고 말했다는 건 아니네. 그가 그런 식으로 말한 건 아니지만, 그의 제안에는 엄청난 경멸이 담겨 있었지. 첫 제안은 그의 '재야 시절' 초기로 내가 베른으로 떠나기 전에 있었고, 두 번째는 솔페리노 거리에서 RPF1947년 드골이 조직한 프랑스인민연합 절정기에 장차 장성이 될 청년들이 그의 주위에서 허세를 부릴 때였지. 두 번 모두 그는 냉소를 머금고 "자네도!"라는 투로 말했지. 유럽 집행위원회를 떠나 스위스로 가기 전에 나는 창간될 풍자문학 주간지를 맡기 위해 외무부를 완전히 포기할 뻔했네. 그런데 다행히 잡지는 만들어지지 않았지. 그래서 난 라페루즈 거리로 드골을 보러 갔네. 조언을 구하려는 것보다는 그저 액땜이나 할 생각에서랄까. 그는 내게 조언이라곤 전혀 하지 않았고 15분가량 질문만 했네. 말로에 대해 말이네! 말로 얘기만 하면 그는 놀랄 만큼 즐거워했지. 그래서 드골 부인은 말로에 대해 이렇게 말하곤 했네. "요물 같은 사람".

프랑수아 봉디 결국 자네는 베른 주재 프랑스 대사 자리로 복귀했고 18개월 동안 그 자리에 머물렀지. 자네 앞으로 말을 조심해서 하게. 나 스위스 사람이네…….

로맹 가리 걱정 말게. 그곳에 대해서는 아무 추억도 간직하고 있지 않으니까……. 내 기억 속에 18개월은 백지로 남아 있네. 흐릿하게 인형이 나와서 시간을 치는 시계 비슷한 게 기억나는군. 보아하니 내가 멍청한 짓을 한 모양이야. 사람들 말로 내가 곰 공원의 곰 우리로 내려갔다고 하더군. 아마 그러면 드디어 무슨 일이 일어나지 않을까 했는지 모르겠네. 그런데 정말이지 아무 일도 일어나지 않았네. 곰들은 움직이지 않았어. 베른 곰이었지. 소방관들이 와서 두 시간 뒤 나를 그곳에서 끌어냈지. 언젠가 1950년 베른이라고 쓰인 편지 한 통을 발견했네. 내가 기억하지 못하는 사람에게서 받은 편지였는데 그 사람은 나를 절대 용서하지 않을 거라고 세 번이나 강조해서 써놓았더군. 내가 그 사람에게 무엇을 한 건지 아니면 무엇을 안 한 건지 모르겠고 무슨 영문인지도 전혀 모르겠지만 끔찍한 가책이 느껴졌네. 어쩌면 정말 비열한 무슨 일을 했는지도 모르고 하지 않았는지도 모르지. 게다가 영어로 쓰여 있었네. 그 편지를 영어로 썼다는 사실이 왜 내게 한층 더 죄책감이 들게 했는지도 모르겠어. 어쩌면 젠틀맨이라는 말 때문이었는지 모르겠네. 만약 그분이 이 글을 읽는다면 내게 무슨 일인지 설명해주는 수고를 해주면 좋겠네. 아무 기억도 나질 않아. 기억나는 게 있긴 하네. 난 대사관에서 처칠과 함께 친한 사람들끼리 점심 식사를 했어. 처칠은 이미 위스키를 반병 마신 상태였는데 식사 동안에 샴페인을 한 병 마셨고, 커피와 함께 코냑 한 병을 3분의 1이나 마셨지. 전쟁 동안 나는 워털루에서 캠벌리로 가는 기차 안에서 처칠의 딸 메리를 사랑하게 되었네. 한 시간짜리 여정이었는데 우리는 서로 말을 주고받지 않았네. 열차 칸에는 우리 둘뿐이었는데, 나는 영국식 처세술을 안다는 걸 보여주고 싶었지. 나는 한 시간가량 의미심장한 침묵을 지켰고, 그 아이는 내게 눈길조차 주지 않고 창문 밖만 내다보고 있었지. 그러지 않았다면 아마 버티지 못했을 거야. 아주 아름답고 아주 고

결했지. 다만 그녀가 나갈 때 내 눈을 똑바로 쳐다보더니 이렇게 말했네. "난 당신이 프랑스어를 하는 줄 알았죠." 얼굴에 바로 대고 말이네. 그러더니 가더군. 난 완전히 기가 죽어 기차에서 내리는 것조차 잊었네. 완전히 가루가 되었지. 그리고 훨씬 더 가혹한 일이 있었지. 1972년에 파리 주재 영국 대사의 부인인 솜스 부인이 된 메리 처칠이 영국대사관에서 열리는 리셉션에 나를 초대했네. 난 감동했지. 한 시간 동안 침묵을 지켰고 그 뒤 30년이 지났는데도 그녀가 나를 아직 기억하고 있다니 말이네. 나는 그녀에게 우리가 함께한 기억을 얘기했네……. 그런데 자네 내 말을 절대 안 믿을 거야. 그녀는 전혀 기억하지 못했네! 완벽한 실패였지. 난 처칠에게 내가 어떻게 1943년에 그의 딸과 결혼할 뻔했는지 얘기했네. 그는 곰곰이 생각하더니 내 눈을 보며 말하더군. "물론 그랬겠지……. 드골과도 늘 그랬네!" 이 말이 내게 최후의 일격을 가했네. 나는 더는 그 자리에 없는 사람이었지. 베른이 사람들에게 미칠 수 있는 효과는 정말이지 이상했네. 분명히 세상에서 가장 불가사의한 곳, 발견해야 할 아틀란티스 같은 곳이네. 모든 게 언제나 다른 곳에서 벌어지는 그런 장소 중 하나였지. 나는 결국 비도에게 사적인 전보를 보냈네. 절대적 우선권을 부여하도록 숫자를 잔뜩 실은 전보를. "베른에 13시부터 20분 동안 눈이 내렸음을 각하께 알려드리게 되어 영광입니다. 이 눈은 스위스기상청이 예고하지 않은 것으로, 요구되는 결론을 도출하는 수고를 각하께 남깁니다." 비도는 대단히 건조한 결론을 끌어냈네. 그는 인사부장인 부스케에게 이렇게 말했지. "그를 미친 사람들이 있는 곳으로 보내시오." 그래서 나는 뉴욕의 유엔사무국에 대변인으로 임명된 것이네. 그러기 전에 과로에 대한 보상 휴가를 몇 주 받았지—베른에서 과로라니! 그 휴가를 나는 몽테뉴가의 테아트르호텔에서 보냈네. 그 시절 세계 최고의 모델들이 드나들던 곳이지. 도리언 리, 아시아, 막심 드 라 팔레즈, 물론 베티나도 있었고, 니나 드 보트, 수지 파커 등등. 호텔에는 작은 엘리베이터가 있었어. 우연히 이 여신들 가운데 한 사람과 함께 엘리베이터를 탈 행운이라도 갖게 되면 천국에 오르는 기분이었지. 불행히도 거기엔 그 유명한 포르타고 후작스페인 출신의 카레이서이 있었네. 이 사람은 나중에 '르망 24시' 경주에서 죽었지. 그에겐 신의 천둥 같은 자동차가 여럿 있었고, 내겐 엘리베이터뿐이었네. 그 시절 테아트르호텔은 헤밍웨이의 『파리는 날마다 축제』의 흔적을 아직 간직한 장소였지. 유명한 〈라이프〉지 사진작가 카파도 그곳에 상주했네. 노르망디상륙작전을 사진으로 찍은 그는 훗날 인도차이나에서 지뢰를 밟았지. 그리고 어윈 쇼, 피터 비에르텔, 알리 칸도 있었네. 호텔 방들에서는 내가 도덕성과 경험 부족 때문에 차마 상상할 엄두조차 못 낼 경이로운 일들이 벌어졌지. 난 그저 그 외계 피조물들이 이따금 방을 잘못 찾을 때 흘낏 눈길을 던질 수 있었을 뿐이네. 문이 열리고 여자가 나타나면 그저 코만 가지고 서둘러 천국의 미풍을 맡아야 했지. 그러면 문이 다시 닫혔지. 그건 환영이었네. 신비주의적 의미의 발현이 내게 일어난 거지.

프랑수아 봉디 그래, 그야말로 시詩네…….

로맹 가리 이따금 테아트르호텔 바에 들르곤 하네. 그러곤 내가 만약 대담하게 행동했더라면 내 인생이 어떻게 되었을까 생각하곤 하지…….

프랑수아 봉디 좋아, 그 겸손의 토로가 끝나고 이제 회복이 되었으면 뉴욕으로 떠나세. 자네가 미국과 처음 접촉한 때였지.

로맹 가리 미국과 첫 접촉을 갖는다는 건 거의 불가능하네. 정말 그런 유일한 나라가 미국일 거야. 가기도 전에 이미 아는 그런 나라 말이네. 도착하면서 가장 처음 확인하게 되는 건 미국 영화가 세상에서 가장 사실적이라는 사실이야. 최악의 미국 영화도 언제나 사실적이지. 언제나 미국을 충실히 보여주네. 이것이 미국을 발견하는 걸 대단히 어렵게 만들지. 오래도록 계속 확인만 하게 되니까. 미국 영화를 보게. 필름 순간순간마다 진정이 스며들어 있어. 전체적으로 보면 부질없고 사실 같지 않더라도 말이네. 미국은 한 편의 영화야. 이 나라는 영화야. 이 말은 현실과 영화의 관계보다 더 많은 것을 의미하네. 미국의 현실이 너무도 강력해서 모든 걸 잡아먹는다는 의미지. 그래서 그곳의 모든 예술적 표현 방식은 언제나 전형적으로 미국적이지. 영화, 연극, 그림, 음악할 것 없이. 이건 아주 멀리까지 이어지네. 30년 전부터 프랑스는 서양 전체가 그렇듯이 미국 문명을 살고 있어. 물론 이 생활양식의 100퍼센트 진짜는 미국에서 이루어지지. 그래서 우리는 이곳에서 일정 부분 모방의 위협을 받고 있지. 프랑스적인 부분은 전부 18, 19세기와 동일시되지만 프랑스의 삶은 오늘날 미국의 활력을 요구하고 있어. 오늘날 자신을 지키려 애쓰며 거의 햇살 가득한 '향토'로 돌아가는 젊은 프랑스 영화가 있네. 하지만 이건 프랑스 영화가 파뇰 곁으로 돌아간다는 의미지. 파뇰은 미국이 미국 영화와 맺은 관계를 프랑스와, 프로방스와 맺은 마지막 사람이었네. 난 유럽이 자신들의 위대한 진짜 원천으로 돌아갈 때, 이탈리아 도시들, 프랑스 시골들, 독일 공국들로 돌아갈 때에만 제 현실을, 제 활력을 찾을 수 있을 거라고 생각하네. 이건 뿌리를 통해서만 얻어지는 초국가성이지. 그러지 않으면 유럽은 망친 미국밖에 되지 못할 거네. 세계의 역사를 통틀어 미국 영화만큼 한 문화와 공생하며 그 문화를 잘 표현해주는 대중적 표현 형태가 없었다고 생각하네. 미국 국가의 심리적·정치적·윤리적·민족적 전율 하나하나가 즉각 필름에 반영되었으니까. 돈과 흥행 성적의 온갖 장애가 있지만 미국이라는 몸체의 활력은 그 폭력성 속에서, 그 냉소주의 속에서 또는 그 노여움 속에서 영화의 길을 찾지. 따라서 뉴욕에 도착했을 때 나는 기시감밖에 느끼지 못했네. 실루엣마다, 길모퉁이마다, 삶의 시퀀스마다 편집에서 사용되지 못하고 바닥에 내버려진 필름 조각 같았지. 직무를 시작하기 전에 나는 오직 지역버스만 타고 미국 일주를 했네. 새로운 나라에 갈 때마다 늘 그러듯이 지표면에 붙어 달리려고 애썼지. 멤피스에서는 그레이하운드버스 역장에게 얻어맞기도 했네. 그자가 나를 "멕시코 개"로 취급하더군. 내가 약국에 들러 치료를 받을 때 그들은 내 얼굴에 요오드 용액을 발라주며 이렇게 말했지. "당신 얼굴에는 흰 알코올보다 이게 덜 눈에 띌 겁니다……." 그곳에서는 창백한 얼굴보다는 구릿빛 얼굴일 때 더 많은 것을 배운다네. 로스앤젤레스에서는 어느 여자 공증인이—그곳의 공증인 사무실은 우리네 담배 가게만큼이나 구멍가게 수준이네—내게 이렇게 말하더군. "난 당신이 텔레비전에서 하는 연기를 좋아해요. 그런데 왜 당신에겐 늘 배신자 역할만 맡기죠?" 그 여자가 나를 누구로 생각했는지 모르겠네. 뉴올리언스에서는 형편없는 모텔에 들렀는데, 입구 책상 위에서 드골의 헌사가 적힌 사진을 보고 깜짝 놀랐지. 물어보았더니 그곳 주인은 내가 적도아프리카 방기에서 알았던, 자유프랑스군의 트럭 운전수 고티에였네. 난 그에게 한마디 남겼지. 다음 날 떠나기로 되어 있었는데 결국 열흘이나 머물렀네. 처음 만났을 때만 해도 70킬로그램이었던 고티에는 그 무렵 120킬로그램이나 나갔고 완전히 텍사스식으로 입고 있었네. 장화부터 카우보이모자까지. 그의 모텔은 뉴올리언스에서 직업 포커의 중심지여서 포커꾼들을 모두 알게 됐지. 커다란 챙모자 아래 놀랄 만큼 아기 같은 얼굴로 30년 전부터 24시간 중 열여덟 시간은 포커를 하는 토니 잭. 은실과 금실이 박힌 경이로운 양복과 웃옷 밖으로 흘러넘치는 크림 같은 흰 셔츠를 벗는 법이 없는 마브로 더 벅은 깡말랐고, 이집트 율법학자 같은 얼굴에 머리를 빡빡 민 데다, 20년 전에 거둬내는 걸 잊어버린 게 틀림없는 죽은 미소가 걸린 얼굴이었네. 심지어 아마도 가장 유명한 직업 포커 선수로 이따금 고맙게도 나타나 그 집의 명성을 높여주는 닉 더 그릭도 만날 수 있었지. 그는 명성이 대단해서 선수들 사이에 나타나 주는 것만으로도 돈을 넉넉하게 받았지. 그는 게임에 참여하지는 않고 그리스인, 아르메니아인, 이란인 들이 수천 년 전부터 공유해온, 나이를 알 수 없는 얼굴로 너그럽게 웃으며 쳐다보기만 했네. 그러고 살짝 초췌한 얼굴로 서서 날카로운 눈으로 게임을 주시했지―나는 그곳의 진짜 주인이 누구일까 의문이 들었네. 비둘기들이 찾아와 거인들과 겨루는 영광을 위해 기꺼이 홀딱 털리곤 했지. 전설적인 총잡이를 상대로 '총을 당겨보고' 싶어

하는 서부영화의 전형적 인물들과 마찬가지였네. 누구도 속임수를 쓰지는 않았지. 챔피언의 위엄이 대단해서 게임에 가담한 사람들은 가진 걸 몽땅 잃고도 아무 생각조차 못하고 패배한 채 떠났네. 그들은 숭배하기 위해, 그들이 숭배하는 신전에 제물이 되려고 그곳에 왔던 거지. 순응주의자들이었어. 마지막 남은 껍데기마저 홀랑 벗기면 그들은 일어나서 '고수'들의 손을 잡고는 이렇게 거듭 말했지. "기쁘고 영광입니다, 잭. 정말 기쁘고 영광입니다." 게다가 그곳에서는 세 가지 카드를 펼쳐놓고 몇 종류인지도 모를 포커를 했네. 아무 패도 갖지 못한 사람이 이기는 '거꾸로 포커' '거짓말쟁이 포커' 등등. '고수'들은 금세 이 규칙에서 저 규칙으로 건너가며 아마추어들이 완전히 방향감각을 잃게 만들었고, 아마추어들은 물에 빠져 허덕였지. 이런 일이 요즘은 라스베이거스에서 계속되고 있지. 그곳에는 '고수'들과 접촉해보려고 1년 동안 돈을 모은 가련한 친구들도 있었네. 가장 강력한, 가장 단단하게 뿌리 내린 미국의 신화는 '승자'와 '패자', '위너'와 '루저'로 이루어진 남자들의 비전이지. 이것이 마초주의의 토대이기도 하네. '성공'을 좇는 아메리칸드림은 미국의 정신 체계에 끔찍한 폐해를 초래했고, 잭 런던과 피츠제럴드를 파괴했고, 헤밍웨이를 자살로 내몰았지. 이것이 미국에서 결코 바뀌지 않는 유일한 것이네. 난 이걸 내 친구인 지미 존스와 어윈 쇼, 그리고 나의 옛 친구 노먼 메일러에게도 말했네. 그들은 모두 이 고약한 강박증에 사로잡혀 살고 있지. 그들에게는 잃고 떠나는 사람과 이기고 떠나는 사람만 있지. 그리고 승자가 되는 것으로도 충분하지 않아서 다른 승자들보다 더 강해야만 하지. 성공, 마초주의는……

미국인의 정신 체계와 미국의 역사를 가장 황폐화하는 가장 활동적이고 가장 효력 있는 정신적 고름이고 부패지…… 도박장은 대단히 가족적이었네. 주위에 창녀도 없이 남자들끼리, 진짜 남자들끼리였지. 정확히 내가 끔찍이도 싫어하는 순수한 상태의 불알, 오직 불알들뿐이었네. 감히 말하자면 만화 같은 정신 상태였지. 나는 도시를 쏘다녔네. 그때는 비밥과 더불어 재즈가 배척당해 공허하고 무기력한 시기를 겪고 있었지. 나는 딕시와 래그래그타임. 재즈의 전신 격인 피아노 음악을 찾아서 흑인 구역을 돌아다녔지만 거의 없었지. 그러다 유랑하는 흑인 노인 스위니와 우정을 맺었네. 칠순은 되었을 그 노인은 마권업자들을 위한 외판원이었지. 그 전부터 천사와 낙원이 가득한 천진한 그림을 그렸고. 그의 목소리는 평생 고함을 질러온 것 같은 소리였지만 내 생각엔 유전인 것 같았지. 흑인들은 여러 세대에 걸쳐 속으로 고함을 질러 목소리가 다 타버린 채 태어나는 사람들도 있네. 노인에게는 정말 예쁜 조카딸이 하나 있었는데, 아직도 난 그 환상에서 깨어나질 못하네. 겨우 며칠 동안 그녀를 알았을 뿐인데 말이네. 그녀 이름은 페퍼, 그러니까 '후추'였네. 14년 뒤 로스앤젤레스에서 다시 보았는데 콜걸이 되어 있더군. 그 후로는 다시 보지 못했어. 나는 아직도 마요르카의 내 집에 스위니의 그림 한 점을 가지고 있어. 여행 막바지에 나는 병들고 말았고, 사람들이 뉴올리언스의 프랑스 총영사를 불러왔지. 영사는 스위니의 침대에 누운 나를 발견했지. 난 프랑스 총영사가 그렇게 놀란 건 한 번도 보지 못했네. 나는 아직 허약한 채로 버스를 다시 탔네. 그러곤 2000킬로미터를 달려 빅서에 도착했지. 환영 같은 아름다움이 100킬로미터가량 펼쳐졌네. 그 앞에 서면 자신이 옷에 묻은 오물처럼 느껴지는 아름다움이었지. 안개 낀 흐릿한 대기 속에 거대한 바다 유령이 땅의 유령을 만나는 곳, 물개들이 울어대는 곳, 그저 우리가 물이 아니고 하늘이 아니고 공기가 아니어서 내 죄라고 외치고 싶은 곳이었네. 하지만 무엇보다 큰 충격은 샌프란시스코였네. 그곳은 내게 세상에서 가장 아름다운 도시로 남았네. 그곳은 아시아에서 내쫓겨 아시아의 향수와 빛을 간직하고 있는 것 같았네. 그때까진 아직 잘 알려지지 않은 잭 케루악에게 난 하고 싶은 말이 있었는데 다행히 그는 없었네. 다행히, 라고 말하는 건 내가 술을 마시지 않기 때문이네. 그러니 아무것도 못 얻었을 거야. 케루악은 선지자였네. 15년도 전에 히피의 미국을, 불교와 선禪의 미국을, 절망적인 영적 탐색의 미국을 처음으로 예언한 유일한 사람이었으니까. 마리화나에서 시작해 헤로인으로 끝날 미국 말이네. 결국 75년 전부터 미국은 '난 누구인가?'라는 차원에서 흔들리고 있었던 거지. 에이햅 선장과 흰고래허먼 멜빌의 소설 『모비 딕』을 가리킴, 월트 휘트먼의 실낙원, 데뷔 시절 첫 히피였던 잭 런던의 떠돌이 일꾼들hobos 사이에서 말이네. 샌프란시스코에서 난 내 미국 출판사로부터 『낮의 빛깔들』을 위한 계약금을 받았고, 전망이 만灣 쪽으로 난 호텔에 묵으며 금문교를 바라보았지. 만에 드리운 그 거대한 다리 발치에는 사진작가들이 와서 자살 후보들이 죽음의 낙하를 하길 기다리는 장소가 있네. 작년에 그곳에 갔을 땐 이미 500명이 뛰어내렸더군. 샌프란시스코는 미국에서 자살률과 알코올중독의 최고 기록을 보유하고 있네. 왜일까? 내 생각엔 그곳의 삶이 미국의 다른 곳보다 훨씬 덜 빠르기 때문인 것 같네. 사람들이 명상을 하고…… 그리고 결론을 내릴 시간이 있는 거지. 같은 차원의 매복을 하는 사진작가들의 다른 이야기도 본 적 있는데, 싱가포르에서였네. 싱가포르는 섬이고 노는 땅이 거의 없지. 그래서 중국인들은 높이 마천루를 짓기 시작했지. 그들은 중국의 수평적 삶의 수천 년 된 전통을 단번에 무너뜨리고 중국인들을 수직으로 살게 하려고 애썼네. 이것이 초래한 건 열 배로 늘어난 자살률이었지. 난 그 수직 벌통을 보러 간 적 있는데 거기서 꽤나 놀라운 걸 확인했네. 중국인들은 언제나 작은 시장을 둘러싸고, 과일과 채소 가게 앞에서 무리 지어 살아왔지. 고층에서 살 수밖에 없게 되자 곧 그들은 건물의 층층마다 복도에 작은 시장을 만들었더군. 문 앞에다 소박한 상품을 펼쳐놓은 거야. 할 수 있는 형편껏 한 거지. 그런데 땅에서 멀어진 이 삶이 그들을 미치게 만드는 거네. 그래서 그들은 창문 밖으로 뛰어내리기 시작한 거야. 그래서 싱가포르에는 언제나 지역 색채를 포착하려고 노리고서 카메라를 들고 타오타요 거리로 가 혹시 중국인이 뛰어내리지 않을까 희망을 품고 기다리는 관광객들이 있지. 샌프란시스코에서 금문교 엽서를 한 장 보았네. 컬러로 만과 다리를, 그리고 그 둘 사이에서 결론을 내리려는 한 인간을 보여주는 엽서였지. 나는 새우잡이 배를 타고 그 지역을 둘러본 뒤 호텔로 돌아왔네. 그리고 그곳에서 경이로운 일주일을 보냈지. 내 의지와는 무관한 상황에서 도둑을 맞긴 했지만. 내 의지가 이지러지는 상황들이 있지. 그곳 바다는 얼음장처럼 차가웠고, 그 개자식은 해수욕을 싫어했네. 낚싯배들이 야간 낚시를 위해 사람을 태웠고, 난 나를 전혀 닮지 않은 사람들과 함께 떠났지. 난 그런 걸 좋아하네. 나를 전혀 닮지 않은 사람들 말이네. 미국인의 용모는 나랑 전혀 달라서 드디어 다른 누구네 집에 와 있다는, 정말이지 다른 곳에 와 있다는 느낌이 들어 꽤나 기분이 좋았지. 그런데 자네와 그렇게 다른 사람들에게 너무 말을 많이 하지는 말아야 하네. 그러지 않으면 그들이 자네를 닮아가기 시작해서 또다시 똑같은 똥 덩어리가 되고 자네는 다시 자네 집에 있게 되니까. 난 언제나 나와 전혀 공통점이 없는 그런 사람들과 나를 엮으려고 시도했지. 내 환상을 없애는 데도 좋고, 인류에 대한 내 믿음을 굳히는 데도 좋지…….

프랑수아 봉디 자네의 어떤 점이 그렇게 자네 마음에 들지 않는가?

로맹 가리 병약하다는 점.

프랑수아 봉디 ?

로맹 가리 그렇다네. 난 늘 좀 아프네. 예를 들어, 따지고 보면 내가 흑인들과 무슨 상관인가? 아무 상관 없지. 내가 알게 뭔가. 그들도 다르지 않아. 하지만 내가 병약한 사람이기 때문에 그들은 내 배를 아프게 하네. 내겐 완전히 나약한 구석이 있네. 다른 사람들 일로 늘 아프네. 호모 같은 구석이 있지. 부정적으로 하는 말이 아니네. 호모들을 나는 존중하네. 하지만 내게는 여성보다 더 여성스러운 구석이 있어. '또 기아로 죽은 5만 명의 에티오피아 아인' 같은 구석 말이네. 침흘리개 어린애 같지. 군인의 재능을 인정받아 훈장까지 받은 작자의 정신 건강이 이 정도로 나약할 이유가 정말이지 없잖나. 뭐, 그렇다는 얘기야. 난 야간 낚싯배를 타고 바보 같고 단순한 사람들과 함께, 진짜 마초 어깨들과 함께 외출을 했네. 그런데 그들이 자기 속내를 털어놓기 시작하자 별안간 그들은 더는 바보가 아니었네. 그렇게 되면 더는 아무것도 믿을 수단이 없게 되지. 거인 같은 사람이 자기 마음을 열기 시작하면, 속마음은 연하디연한 그런 거인을 대하면 정말이지 사기가 꺾인다네. 난 거기서 한 선장에게—그들은 모두 선장이었지—걸렸네. 내 친구 스털링 헤이든처럼 생긴 사람이 바다 한가운데서 새벽 3시에 내게 영적 가치들에 대해 얘기하기 시작했네. 내가 어찌 빠져나갈 수 있겠나. 이따금 나는 여자들이 사실은 자기 패를 감춘 남자들이 아닐까 하는 생각이 드네. 그런데 그곳엔 놀랄 정도로 신선한 공기가 있었네. 마치 아직 아무것도 썩지 않았고 썩을 수도 없는 것처럼 말이네. 그리고 금문교에서 12킬로미터 떨어진 육지에는 삼나무들이 있네. 150미터 높이에 3000년 된 붉은 나무들이 모든 걸 파괴하지 않아도 된다고 증명이라도 하듯 거기 그대로 있었네. 나는 삼나무 껍질에 등을 대고 앉아 나무에서 무언가를 가져가려고, 태연한 얼굴로 슬그머니 나무에게서 무언가를 훔치려고 시도했네. 은밀한 접촉으로 나무에게서 단단함을, 냉정함을, 무심함을, '당신들 모두 내 알 바 아냐'를 조금 뜯어오려고 했지. 한 번도 되지 않았네. 그리고 돌들도 있네. 하지만 돌들에게서도 아무것도 가져올 수 없네. 양쪽 모두 그대로 남았지. 그렇게 난 북캘리포니아의 거대한 삼나무 발치에 앉아 『하늘의 뿌리』의 인물 샌드니를 만들어냈네. 캘리포니아 삼나무들은 최후의 미국인이지. 자네는 또 내가 아버지를 찾고 있다고 말할지 모르겠지만, 150미터 높이에 둘레가 30미터이고 3000살 먹은, 모든 것을 견디어 살아남았고 여전히 살아 있는 나무 아래 있으면 자네 또한 기분이 좋아질뿐더러 가능하다는 느낌이, 그것이 모든 걸 딛고 살아남아 구원받을 거라는 느낌이 들 거라고 내 장담하네.

프랑수아 봉디 '그것'이라니?

로맹 가리 그래, 그것. 그 속엔 분명히 어떤 비밀스런 연약함이 숨겨져 순환하고, 오르고, 그 모든 경이로운 단단함을 보호해주고 있었네. 잘 모르지만 아마도 연약함이 결정권을 쥐고 있을 거네. 나는 종일 견딜 음식물을 가지고 그곳을 찾았고 기분이 좋았네. 이따금 코를 들면 그것은 장엄하고 당당하고 견고하게 내 머리 위로 뻗어 있었지. 그렇다네. 사람들은 그것을 삼나무라고 부르네. 난 덜 병약해진 느낌이 들었지. 그렇게 나는 30년 전 러시아 어딘가에 남겨둔 여덟 살짜리 아이를 되찾아 휘파람을 불며 그곳을 다시 떠나곤 했네. 그러다 호텔에서 두 번째로 말라리아가 발작했고, 내 곁에 여성의 존재가 너무도 간절해 거의 죽을 뻔했네. 내가 오늘 내일 삼나무가 되긴 글렀더군. 그 후엔 오리건을 돌아보았지. 그곳은 바다와 숲이 다른 어느 곳보다 잘 어우러진 곳이네. 그리고 물은 샌프란시스코보다 더 차가워서 한번은 시애틀 근처에서 정신을 잃었다가 겨우 물에서 빠져나온 적도 있었네. 그런 나를 도너번 부부가 자기네들 집으로 데려갔지. 소나무 숲 사이에 자리한 슬레이트집이었어. 도너번 부부에게는 피터라는 개가 한 마리 있었는데 그 녀석이 나를 돌봤지. 개들은 언제나 넘치는 우정으로 나를 돌봐주었네. 도너번 부인은 쾌활한 여성이었고, 인생과 전염성 있는 관계를 맺고 있었지. 그것이 내게도 도움이 되었네. 그녀는 모든 게 단순하다고 믿는 미국 여자들 중 한 사람이었지. 때로는 그들의 성스러운 신념 덕에 삶이 단순해지지. 나를 발견한 그들은 내 주머니에서 외교관 여권을 보았는데, 그들이 외교관 여권에 대해 품고 있던 생각에 내가 거의 닮지 않아서 어느 날 저녁 존 도너번이 오더니 내 어깨에 손을 얹고는 자기에게 모든 걸 말하라고 하더군. 자기를 믿어도 좋다고, 배신하지 않을 거라고 날 안심시키면서 말이네. 그는 그것이 가짜 여권이고, 내가 경찰에 쫓기는 중요한 인물이라고 확신했던 거지. 그들은 정말이지 나를 도울 마음인 데다 무척이나 친절해서 나는 그들에게 털어놓았네. 사실은 내가 러시아인이며 나의 진짜 이름은 카체브이고, 1940∼1941년에 프랑스에서 탈영병으로 사형선고를 받았으며, 로맹 가리라는 이름의 프랑스 외교관 여권은 1945년에 파리 외무부의 질베르라는 사람이 내가 달아나도록 도우려고 발급해준 것이라고 털어놓았지. 자네도 보다시피 내가 거짓말을 하지 않자 그들은 안심했네. 그 후 그들은 두세 번 파리로 나를 보러 왔지. 나는 그들을 사랑하네. 그들을 많이 사랑하지. 어떤 미국을 나는 깊이 사랑하고, 인간에 대한 나의 신뢰도 여전히 건재하네. 이것이 12년 뒤 『게리 쿠퍼여, 안녕』을 낳았네. '스키광 The Ski Bum'이라는 제목으로, 미국 속어로 쓴 이 작품은 『거대한 옷장』과 『징기스 콘의 춤』과 더불어 미국에서 나의 최고 성공작이 되었지. 난 꽤나 죄책감을 느끼며 도너번 부부를 떠났네. 내가 그들보다 더 많이 안다고, 이 모든 것에 더 많은 정보를 갖고 있다고 믿는 것, 프랑스 18세기가 모든 것에 대해 나를 밝혀주었다고, 나를 속일 수는 없다고 생각한 데 대한 죄책감, 내가 약간은 우월하다고 느낀 것에 대한 죄책감을 느끼며 말이네. 이 자리에서 메리 도너번에게 그녀와 그녀의 남편이 나보다 훨씬 많은 것을 '알고 있다'고, 지금까지도 그렇고 앞으로도 나보다 그들이 진리에 훨씬 가까이 있다고, 삼나무들은 미국에 있고 또한 그대로 남아 있으리라고, 나 같은 탐구자가 안다고 믿는 모든 것은 대개 알 가치가 없는 것들이라고 꼭 말하고 싶네. 메리의 머리카락은 이제 희끗해졌지만 그녀는 늙지 않았고, 도너번 부부와 내가 공통점으로 갖고 있지 않은 건 전부 내게 부족한 것이네. 그때 내게는 단 1센트도 남아 있지 않아서 난 지금 유엔에서 우리 대표로 있고 당시엔 샌프란시스코 총영사였던 루이 드 기랭고한테 돈을 빌렸네. 난 뉴욕으로 돌아가서 내 직무를 맡아야 했는데, 멕시코와 과테말라로 돌아서 갔지. 난 늘 화산을 꿈꿔왔네. 그래서 내가 거기 없는지 보려고 그곳으로 달려갔던 거지. 난 그곳에 없었네. 타고 난 거지.

프랑수아 봉디 돌이킬 수 없는 건가?

로맹 가리 자네가 내 실패에 대해, 어머니에게 정의를 돌려주기에는 너무 늦게 빈손으로 집에 돌아온 나의 '율리시스 귀환'에 대해 말하는 거라면, 여기서 이번을 마지막으로, 내 삶은 로맹 가리 씨가 『새벽의 약속』에 제시한 것의 연장이 아니었고 지금도 아니라고 꼭 말하고 싶네. 1945년에 내 삶 가운데 하나가 끝났고 다른 삶이 시작되었네. 계속해서 또 다른 삶이, 매번 사랑할 때마다 새로운 삶이 시작되고, 자네 아이가 세상에 태어나면 자네의 새 삶이 시작되는 것이고, 우리는 과거에 죽지 않네. 이것이 얼마나 지극한 사실인지 내겐 내 '자아'만으로 충분하지 않네. 이 결핍이 나를 소설가로 만들었고, 나는 다른 사람들 속으로 들어가기 위해 소설을 쓰지. 내가 내 자아를 종종 견디기 힘든 건 나의 개인적 한계와 결함 때문이 아니라 전체 인간의 자아가 갖는 한계 때문이네. 우리는 언제나 자아라는 함정에 빠지지.

프랑수아 봉디 난 그저 어떻게 자네가 그 영향력에서 해방되는 데 성공했는지 궁금해.

로맹 가리 그런 건 우리를 명예롭게 해주는 감정들이지. 나 또한 그 점에 대해 의심이 있네. 하지만 행복한 의심이지. 내 말은 한 어머니의 사랑으로부터, 한 여성에 대한 사랑으로부터 '해방'된다는 건 내가 해방이라고 부르는 것이 아니라, 아주 정확히 말하면 빈곤해진다는 의미네.

프랑수아 봉디 그러니까 자네는 뉴욕으로 돌아왔고 유엔 프랑스 사절 대변인 역할을 맡았지. 그게 어떤 일인가?

로맹 가리 언론, 텔레비전, 라디오에 프랑스의 관점을 제시하는 것, 세계와 맺는 관계에 대한, 특히 유럽, 인도차이나, 북아프리카에 대한 제4공화국의 정책을 제시하는 것이지.

프랑수아 봉디 그건 변호할 수 없는 것 아닌가? 식민주의에 대한 변호라니…….

로맹 가리 우선 난 변호를 하는 게 아니라 설명을 해야 했네. 유엔에서 이 정책을 변호해야 하는 건 내가 아니라 오프노 대사였지. 그는 그 정책을 전혀 믿지 않았고 심지어 맹렬하게 반대했네. 파리에서도 그걸 아주 잘 알아서 잠시 체류하던 외무부 장관이 그를 '위선자'로 취급하는 소리를 들었지……. 일은 이랬네. CIA가 과테말라에서 당시의 아옌데 같은 아르벤스 '좌파' 체제를 전복하려는 쿠데타를 꾸몄지. 일요일이었네. 러시아는 긴급히 안전이사회를 소집했지. 오프노는 파리로부터 지시를 받을 시간이 없었다는 상황을 이용해 과테말라에서 무슨 일이 일어났는지 가서 살피는 임무를 맡을 유엔 조사위원회 구성을 요구했네. 물론 일어난 일은 CIA와 미국 국무장관 포스터 덜레스가 꾸민 일이었지. 포스터 덜레스는 자기 코가 베이는 것만큼이나 유엔 위원회가 과테말라를 조사하는 걸 보고 싶어 했겠지. 이미 말했듯이 일요일이어서 프랑스 사절단에 오프노와 함께 자리한 참사관은 나뿐이었네. 그는 이미 베른에서 내 대사였고, 다시 한 번 뉴욕에서 만난 참이었네. 그가 위원회 소집을 요구했다고 내게 말했을 때 나는 내 의무를 다했네. 파리가 그를 두 동강 낼 거라고 말했지. 하지만 늙은 대사는 무섭게 화를 내며 펄쩍 뛰었네. 그를 말릴 방법이 없었지. 그가 나를 향해 돌아보더니 거만하게 말하더군. 그대로 옮기면 "저들은 추악한 불한당이야." 그가 과테말라의 CIA 요원들을 지칭한 것인지는 내 명예를 걸고 확인해줄 수 없네……. 따라서 그는 지시도 받지 않고 미국에 동조하던 당시 프랑스 정책과 절대적으로 모순되게 과테말라에 조사위원회를 파견하도록 요구했지. 그건 1등급 외교 폭탄이었네. 대개 던진 사람이 맞게 되는 폭탄이지. 덜레스의 보좌관 중 한 사람이 내게 다가와 귀에 대고 속삭이더군. "전형적인 프랑스식이군." 그는 배신행위를 말하는 거였지. 난 그에게 대답했네. "꺼져버려." 고상한 외교관들끼리 이런 수준까지 간 거지. 미국인들이 거부권을 행사해 조사위원회는 소집되지 않았고, 몇 시간 뒤 포스터 덜레스가 프랑스 정부에 오프노의 소환을 요구했네. 듣도 보도 못한 기회였지. 그 당시 외무부 장관이었던 조련사가 그 정도로 모욕당하고 있을 수는 없었지. 특히 오프노 대사가 워싱턴에, 미국에 파견된 것이 아니라 유엔에 파견된 사람이라는 걸 생각하면 더욱 그랬지. 따라서 오프노는 그 직책에 남았네. 나도 그와 함께 남았고. 더구나 그때는 국제적 협력과 이해의 정신이 멋들어지게 지배하던 완전히 미친 시절이었지. 나의 늙은 대사가 자기 경력을 연장할 기회를 완전히 잃었다는 생각에 충격을 받은 나는 연설문을 번역한다는 핑계로 일어나 오줌을 누러 갔네. 오줌을 누며 감정을 가라앉히고 있는데 갑자기 어디서 나타났는지 소련 보도 담당관인 티토프라는 인물이—당시엔 이 이름으로 일했지—내 옆에서 오줌을 누기 시작하더군. 내가 완전히 곤혹스러운 얼굴을 한 걸 보고서 이때다 판단하고 그가 내 쪽으로 몸을 기울이더니 러시아어로 달떠서 중얼거렸네. "이봐 친구, 영국이 독일연방에 전투기를 몇 대나 제공했는지 말해보시지?" 자기 할머니 수준의 보도 담당관인, 살찐 이虱 새끼 같은 이 작자가 내게 간첩 행위를 하라고 수작을 걸어온 거지. 이 첫발을 내딛고 나면 내가 자기 발톱에서 빠져나가지 못하리라고 상상했겠지. 나도 러시아어로 그에게 대답했네. 욕설의 가능성이 무한히 열린 이 멋진 언어를 아는 사람들을 위해 그대로 옮기네. "우베라이시아 끄 예베네이 마쩨리나 레흐껌 까쩨리." 이건 물론 번역이 불가능하지만 그의 어머니와 어머니의 일부 내밀한 신체 부위를 끌어들이고, 가벼운 범선여행에 그의 어머니를 초대해 배의 갑판이 아니라 전혀 다른 곳에 꽂힌 돛과 뭔가를 하게 하는 내용이었네. 유엔에서 보낸 멋진하루였지. 다른 멋진 날들도 아마 있었을 거네.

프랑수아 봉디 한 가지는 우리가 확실히 이해하고 넘어갔으면 하네. 조금 전에 나는 양심의 문제로 보이는 것을 제기했지. 자네는 자네가 미국이나 국제 여론 앞에서 프랑스 대외 정책을 '변호'하는 게 아니며 그걸 '설명'할 뿐이라고 내게 말했지. 내가 보기엔 도피성 대답인 것 같은데. 그 능란함이 설득력 있다기보다는 교묘해 보이네. 1951~1953년에 유엔 프랑스 사절 대변인이었을 때 자네는 프랑스군이 인도차이나에서 벌이는 전쟁과, 튀니지와 모로코 그리고 아프리카 식민지 전체의 독립 허용에 대한 절대적 거부를 '설명'해야만 했잖나. 당시에 알제리는 아예 언급도 하지 않았지. 왜냐하면 그곳은 그저 온전히 '프랑스 땅'이었으니까. 그런데 그 시절 자네는 『하늘의 뿌리』를 쓰고 있었지. 이 책의 명백한 두 주제 중 하나가—자연환경 보호와 더불어—아프리카의 자유에 대한 호소였잖나. 그래서 이런 질문을 자네에게 하는 거네. 수백만 미국인 앞에서, 세계 언론을 대표하는 사람들 앞에서 그 정책을 '설명'하기 위해 자네가 말을 할 때마다, 게다가 거의 매일이었잖나, 자네는 자네 개인 생각과 반대로, 즉 자네 양심과 반대로 행동하지 않았나?

로맹 가리 자네에겐 요구할 권리가 있으니 내가 자세하게 대답해주겠네. 무엇보다 민주주의의 문제가 제기되지. 내 양심은 프랑스 국민의 양심이 아니네. 프랑스 국민은 민주적으로 의회를 선출했고, 의회는 엄격한 공화주의의 적법성 안에서 정부를 신임했지. 이 정부에는 외무부 장관이 속했고, 외무부 장관은 뉴욕에 오곤했네. 오늘이나 어제나 똑같은—거의 그랬지—모리스 쉬망 씨. 오늘과 똑같은—파악 가능한 에드가 포르가 있다면 말이네—에드가 포르 씨. 오늘과 똑같은—오늘날의 미테랑이 어제의 미테랑을 기억하고 있다면—미테랑 씨. 그러니까 프랑스는 제4공화국이 국민의 자유라는 차원에서 장래성 있는 것을 제공할 수 있는 모든 정책으로 대표되었지. 제4공화국의 정부들에는 대외 정책이 있었고, 그건 이론의 여지 없이 프랑스의 대외 정책이었지. 의회민주주의가 무언가를 의미한다면 말이네. 그 정책 전체는 정기적으로 선거를 통해 승인되었지. 거듭되는 선거로 메스메르 씨와 조베르 씨에 이르렀고, 어쩌면 내일은 훨씬 완벽한 새로운 인물에 이르게 될지도 모르지. 다시 말해 미테랑이나 에드가 포르 말이네. 프랑스 국민의 이 정책을 나는 최선을 다해 '변호'했네. 이 표현을 받아들이겠네. 왜냐하면 내 일은 변호사의 일, 랑드뤼[10여 명의 여성을 유인해 살해한 희대의 연쇄살인범]를 변호한 모로 지아페리의 일이었고, 또는 라발[제2차 세계대전 중 독립에 협력한 비시정부에서 부총리와 법무장관을 지내 전후 전범으로 처형된 정치인]을 변호한 노의 일이었으니까. 나는 이 변호사의 일을 내가 가진 기술적 재능을 최대한 발휘해 충실하게 수행했네.

프랑수아 봉디 그 충실성은 어디까지 갈 수 있나?

로맹 가리 민주주의의 끝까지지.

프랑수아 봉디 그 말에서도 능란한 수완 냄새가 나네.

로맹 가리 그렇다면 잘됐네. 고마워. 하지만 자네가 원한다면 나의 '도덕적 양심'에 대해 시시콜콜 얘기해주겠네. 그러기 위해 좌파 변호사를 예로 들어보세. 〈르몽드〉지에 좌파 성향의 멋진 기사들을 쓰고, 좌파로서 도덕적 양심이 절대적으로 확실한 바댕테르 씨 말이네. 바댕테르 씨는 좌파 성향의 인물이지만 무엇보다 프랑스 광고계에서 최고의 변호사지. 아니면 이론의 여지가 없는 도덕적 양심의 소유자인 좌파 정치인 롤랑 뒤마를 보세. 그는 피카소가 자식으로 인정하지 않은, 따라서 법적으로는 피카소의 상속자가 못 되는 혈육들에 맞서 온갖 법적 수단을 동원해 피카소의 재산을 지켰네. 좌파의 양심은 엄밀히 말해 우리가 인간적이라고 규정할 수도 있을 다른 모든 고려 사항을 무시하고 무엇보다 철저하게 법적이고 무엇보다 도덕적으로 법의 자구에 매여 있기 때문이지. 변호사 롤랑 뒤마에게는 소유주의 엄청난 돈은 소유주의 엄청난 돈일 뿐이어서 자본주의 법의 엄밀한 자구에 따라 상속되어야 하지. 따라서 나는 프랑스의 변호사로서 정확히 롤랑 뒤마 씨와 바댕테르 씨가 그들 고객의 재산을 변호할 때처럼 했네. 다른 질문 있나?(Any more questions?)

프랑수아 봉디 쉽지는 않았을 텐데?

로맹 가리 쉽지 않았지. 심지어 이 문제가 그 일에서 유일하게 흥미로운 점이었네.

프랑수아 봉디 또 능란한 수완이 주는 희열인가…….

로맹 가리 사실 나는 아주 좋은 점수를 받았네. 모리스 쉬망 씨는 유엔 회기가 끝났을 때 내게 와서 악수를 하며 이렇게 말했네. "잘했네."

프랑수아 봉디 왜 외무부가 자네를 선택했나?

로맹 가리 모르겠네. 전혀 몰라. 외무부가 유머 감각이 있다고는 생각하지 않네. 어쩌면 내가 '뜨거운' 영어를, 구어체 영어를 말하기 때문이었는지도 몰라. 난 뚜렷한 러시아 억양이 있지만 편안하게 영어를 말했네. 내 영어에는 여전히 러시아 억양이 남아 있어. 많은 동료들이 영어를 잘했지만 엘리트들의 영어였지. 그 영어로는 텔레비전이나 공개 토론이나 미디어에 나갈 수가 없지. 나는 마오쩌둥처럼 미국어를 말했네. 내 말은 '물속의 물고기'처럼 그 안에서 편안했다는 얘기네. 마오쩌둥이 강력히 추천한 게 그것이 잖나.

프랑수아 봉디 내가 이해 못하는 한 가지가 있네. 자네가 전쟁 전에 영어를 한마디도 못해서 얼마나 한탄했는지 기억이 나네. 1940년까지 자네는 영어를 한마디도 못했는데, 1940년에서 1945년 사이에, 아프리카와 중동에서 전쟁을 치른 2년을 빼면, 다시 말해 3년 동안 자네는 대단히 문학적인 소설 여섯 권을 영어로 쓸 정도로 그 언어를 터득했어. 그런데 자네는 프랑스 비행중대에 속해 있었고 프랑스 동료들에 둘러싸여 있었잖나. 어떻게 그게 가능했나?

로맹 가리 내겐 손쉬운 방법이 있었지.

프랑수아 봉디 '뜨거운' 영어를 배우기 위해 어떻게 한 건가?

로맹 가리 아무리 그래도 만남은 가졌지.

프랑수아 봉디 베갯머리에서 배웠나?

로맹 가리 우리는 만남들을 가졌지. 모든 프랑스 비행사들이 전쟁 후에 영어를 말하게 되었네. 각자의 능력에 따라.

프랑수아 봉디 무슨 능력 말인가?

로맹 가리 우린 아주 젊었고, 젊을 때는 외국어를 아주 빨리 배우지. 이보게, 영국에서는 우리에게 여자라는 처방전이 있었네. 이를테면 가장 이름난 비행중대인 비긴힐에서는—거기엔 특히 서른여섯 번의 승리를 거둔 조니 존슨이 있었지—병력의 30퍼센트를 이루는 여성 인력을 영국에서 가장 예쁜 여자들 가운데서 선택했네. 폭격이라면 우리도 덜 갖추진 않았지. 망데스프랑스에게 물어보게.

프랑수아 봉디 ?!

로맹 가리 비스터에서 그와 난 똑같은 처방전을 받았네. 빨간 머리 여자였지. 다른 경우도 기억나네—분명히 다른 경우라고 밝혀두네. 내 비행중대에는 나중에 정치인이 된 사람이 많았지. 어떤 이름도 말하지는 않겠네. 왜냐하면 오늘날엔 이 나라만의 사는 즐거움과 행복의 전통에서 더없이 프랑스적인 것과 단절하려는 엉덩이 도덕이 있기 때문이네. '미국의 지배'에서 벗어나겠다면서 말이네. 난 망데스프랑스나 다른 누구의 사는 즐거움과 미소에 어떤 그림자도 드리우고 싶지 않네. 모든 죄악을 내가 짊어지겠네. 내가 성도덕과 맺는 참으로 자유롭고 솔직한 관계가 나의 외국 혈통 때문이라는 걸 인정하네. 그러니까 나는 장차 탁월한 정치인이 될 인물, 내가 대단히 존경하는 인물과 한동안 방갈로를 함께 썼지. 이번에도 우리는 똑같은 처방을 받았네. 이번에도 예쁜 빨간 머리 여자였지……. 이 시절 내 비행중대에 있었던 것으로 보이는 프랑스 정치인과 예쁜 빨간 머리 여자들의 수는 믿기 힘든 수준이었네. 역사에는 그런 순간들이 있지……. 마음 약해지지 않겠네. 그 여자는 경이로울 정도로 달콤했고, 팔다리가 길었고, 미소 지을 때마다 입술에서 해가 뜨는 것 같았지. 아침 6시에 아침 식사 쟁반을 들고 올 때면…… 아, 친구! 인생에는 밝아오는 날과 완전히 새로운 관계를 맺는 경이로운 아침 기상이 있네……. 어느 날 아침 그녀는 내게 빵과 소금을 가져다주고는 떠났네. 나는 요가 상태로, 선禪과 일체를 이룬 몰입 상태로, 불교적인 열락의 몽롱한 상태로 조금 더 누워 있었지. 그때 옆방에서 코끼리가 질주하는 소리가 들렸네. 그 방에는 우리의 가장 위대한 정치적 거물 중 한 사람이 거주하고 있었지……. 나는 달려갔네. 어쨌든 내 처방전이기도 했으니까. 나는 문을 열었고, 파자마 바람으로 처방전을 뒤쫓아 탁자 주위를 돌며 행복해하는 우리의 정치인을 보았네. 난 그에게서 아침 식사 쟁반을 빼앗고 싶었네. 이해하겠나? 그것이 그의 습관인지는 모르겠지만 그는 아마도 아침 구보가 필요했던 모양이네. 그게 아니라면 당사자가 내 말에 반박하면 될 테지. 그가 반박한다면 나는 내 말을 취소하고 용서를 구하겠네. 내가 에로틱한 꿈을 꾸었다고 말하겠네……. 한 정치인이 출연하는 꿈 말이네.

프랑수아 봉디 그래도 자네가 영어로 소설을 쓰는 데는 많은 노력이 필요했겠지…….

로맹 가리 나는 그걸 노력이 필요했다고 말하지는 않겠네. 1945년 나는 영국 여자와 결혼했고 실력이 늘었지……. 웃을 건 없네.

프랑수아 봉디 유엔이 자네에겐 어떤 영향을 미쳤나?

로맹 가리 거기엔 뛰어난 국제공무원 집단이 있지. 그 상징적 인물이 사무국장인 다그 함마르셸드인데 콩고에서 사망했지. 정치적 내용을 보면 인간의 위대한 꿈에 대한 항시적인 위반이지. 유엔은 민족주의 암에 잠식당했네. 민족주의는 특히 젊고 신선하고 상큼할 때 무엇보다 다른 민족들의 민족자결권의 이름으로 한 민족을 가차 없이 처분하는 권리이지. 민족자결권의 이름으로 여자들의 클리토리스나 손을 자르고, 불륜을 저지른 여자들에게 돌을 던지고, 총살하고 몰살하고 고문할 권리라네. 자네 나라의 국경 안에서 자네가 100만 명의 사람을 죽게 하고도 유엔에, 인권 위원회에 자리를 차지하고, 유엔총회 때 연단에 올라 자유와 평등과 박애에 관한 연설을 하고 박수갈채를 받을 수 있단 말이네. 왜냐하면 한 국가의 내정은 성스러운 것이니까. '유엔'이라는 이 말은 그 자체로 언어에 던지는 도전이고 언어에 대한 유용이고 강간이지. 유엔은 집행부가, 다시 말해 안전보장이사회가 어떤 시체라도, 어떤 몰살이라도, 어떤 노예제도라도 파묻을 수 있는 곳이네. 프랑스, 소련, 미국, 영국, 중국 등의 강대국 중 하나가 거부권을 행사한다면 말이네. 그럼에도 강대국의 어느 외무부 장관이 이런저런 문제를 다루기 위해 모든 가입국의 참여를 촉구하는 소리를 들을 수 있지. 마치 강대국들이 어떤 진실이라도, 어떤 시체라도 묻을 수 있는 거부권을 갖고 있지 않은 것처럼 말이네……. 하지만 그건 선전이니까 동원할 수 있는 수단은 모두 동원하지. 그 시절 난 포스코 시니발디라는 가명으로 출간한 책 『비둘기를 든 남자』로 거기서 벗어나려고 시도했네. 하지만 그 책은 그저 그렇고 보잘것없는 책이었지. 나는 유엔 연단에서 인류 역사의 납골당에 납품하는 더없이 잔혹한 피투성이 납품업자를 몇몇 보았네. 스탈린의 큰 소송들을 맡은 검사로 1917년 볼셰비키 혁명의 주역들, 가장 저명하고 정직한 레닌주의자들을 처형대로 보낸 비신스키처럼 말이네. 유엔의 가장 진실한 순간은, 논의할 여지 없이 진실한 순간은 비신스키가 연단에 올라 민중들의 자유와 인권을 거론하며 프랑스 식민주의를 고발했을 때였네. 그가 말하던 바로 그 순간에 그의 주인인 스탈린이 타타르인들의 강제 추방을 마무리 짓거나 말살한 민족을 세고 있었는데 말이네. 그 대략의 수치는 솔제니친의 『수용소 군도』에서 확인할 수 있을 거네. 인간으로서 내 삶에서 가증스러울 정도로 우스꽝스럽던 순간을 기억하네. 스탈린이 격에 맞지 않게도 기이하게 죽었을 때였지. 그는 느닷없이, 말하자면 값도 치르지 않고 쓰러졌네. 모든 외무부 장관, 모든 대사, 모든 국가의 대표 들이 비신스키와 악수를 하고 조의를 표하고 애석함과 호의의 감정을 표현하려고 줄을 섰지……. 그건 유엔 버전에 따르면 우애의 순간이었네. 그 후 솔제니친을 위해서도 똑같은 사람들이 눈물을 흘렸지……. 얼마 전 중동에서 일어난 일을 보게나. 아랍인과 이스라엘인은 서로 멱살을 잡았지만 유엔은 꿈쩍하지 않잖나. 이스라엘의 마초들, 아랍의 마초들을 포함해서 모든 마초들이 합의하도록 내버려두지. 그곳에서 영토와 전략적 입지를 차지하려는 다툼이 벌어지도록, 상황을 '완화'하는 데 필요한 시체의 수가 늘어나도록 말이네. 그러고 나야, 살육이 벌어지고 나야—나는 미소 띠지 않은 키신저의 사진은 본 적이 없네—미리 정해둔 협정에 따라 미국과 소련이 개입하지. 각자의 이득을 마련해줄 휴전을 얻어내기 위해. 4년인지 5년 전에 나는 파리 주재 이스라엘 대사인 에이탄에게 편지를 썼네. 유엔과 유엔의 주인인 미국과 소련을 알기에 일이 어떻게 진행될지 알려주었지. 그리고 일은 정확히 그대로 진행되었네……. 그리고 부룬디는, 부룬디 참화는 어땠나? 소수파 250만의 국민이 1973년 9월에 50만의 남자와 여자와 아이 들을 말살했지……. 그런데 유엔은 뭘 했나? 아무것도 하지 않았지. 사무국장 발트하임은 호통을 치지도 않았고, 사임할 각오로 일을 해결하려고도 하지 않았네. 길마다 시체 더미가 쌓였지……. 그들이 동물마저 모조리 말살했기 때문에 그곳에 사냥할 게 하나도 남지 않아서 국가 원수는 헬리콥터를 타고 인간을 사냥했지. 프랑스가 제공한 헬리콥터를 타고 말이네……. 기술원조였지. 이런데도 사람들은 내 언어가 너무 과격하다고 판단하네. 아, 이보게, 친구…… 유엔에서 보낸 3년 동안 난 사람들에 대한 우정과 희망때문에 고통 받았네. 내가 가능하리라고 상상조차 못한 방식으로 말이네. 유엔은 과테말라, 생도맹그, 베트남, 코치노스 만, 부다페스트, 프라하 사태, 그 밖의 온갖 사태를 내버려두는 곳이네. 여전히 박애와 자유와 신성불가침의 민족자결권을 말하면서 말이네.

프랑수아 봉디 그러니까 유엔은 수완이 뛰어난 기업인가?

로맹 가리 그러니 인간이란 불가능한 유혹이라고 말하고 그만두세. 하지만 이런 맥락에서 프랑스를 '변호'하는 일이 정말이지 '죄짓는' 일이 아니었다는 걸 자넨 이해하겠지…….

프랑수아 봉디 자네는 그러니까 자네가…… 실제로 수완을 발휘해야 할 때는 어떻게 했나?

로맹 가리 난 거의 늘 코밑에 마이크를 달고 살았네. 텔레비전, 기자회견. 총회가 열리는 석 달 동안에는 정말 기진맥진할 지경이었네. 기진맥진했지. 프랑스를 자기들이 거느린 여자로, 자기들이 원하는 만큼 성관계에 응하지 않는 여자로 보는 수백만 미국인을 향해 말을 해야 했으니까.

프랑수아 봉디 무엇이 자네에게 가장 나쁜 기억을 남겼나?

로맹 가리 제4공화국 의원들이네. 아니, 정확히 말하자면 제4공화국의 몇몇 의원들이지. 그들은 최후의 흑인 왕들 같았네. 그들은 정부를 연이어 무너뜨렸지. 장관들은 그들 앞에서 벌벌 떨었네. 그들이 뉴욕에 사절단으로 오면 가히 볼만했지……. 그들은 자신들의 작은 배에, 작은 권력에 취해서 마치 거느린 여자들과 관계 맺듯이 민주주의와 공화정과 관계를 맺었지. 그리고 내가 에스키모인들을 대표하는 것만큼 프랑스 국민을 대표했네. 그때는 의장이 워싱턴에 와서 인도차이나 전쟁에 쓸 돈을 더 요구하고 공식 캐딜락을 타고 그날 저녁 볼티모어로 가서는, 특별히 격렬한 스트리퍼들이 사람들이 거의 코를 박고 볼 수 있도록 바의 탁자 위에 올라가 춤추는 걸 구경하던 그런 시절이었지. 그것도 우리가 인도차이나에서 생시르 육군사관학교 출신의 두 동기 장교를 잃은 순간에 말이네. 그때 임무차 파견된 두 프랑스 의원은 그 지역 알리앙스프랑세즈 원장에게 여자들을 제공해달라고 요구했네. 흑인 여자들을 원한다는 조건까지 내세웠지. 원장은 그들에게 그걸 제공했고. 왜냐하면 그는 레지옹도뇌르 훈장을 받고 싶었으니까. 처음으로 자네에게 고백하는데, 난 그 이름들을 내뱉고 싶네……. 그렇다네, 이름들을 내뱉고 싶어. 하지만 그러지 않겠네. 난 밀고자가 아니니까. 두 프랑스 의원에게 두 명의 흑인 창녀를 제공한 알리앙스프랑세즈 원장은 레지옹도뇌르 훈장을 받고 싶어서 그랬다네…… 아! 맹세코…….

프랑수아 봉디 그 사람은 레지옹도뇌르를 받았나?

로맹 가리 이미 받았지. 장미 휘장을 더 받고 싶었던 거지. 그런 사람들은 세상의 종말이 오는 걸 느끼기라도 하듯이, 한 번 더 해먹지 못하고 죽을까 봐 겁나는 듯이 처신했네. 한 가지 더 생각나네. 당시 도쿄에는 첫 섹스숍들이 있었지. 그곳에서는 핑크숍이라고 불렀네. 제4공화국의 저명한 대표 세 명이, 모두 전직 장관들이었는데, 일본 말로 고드미셰라고 부르는 인공 음경을 보고 대경실색한 일본인들 앞에서 시범을 보이는 걸 볼 수 있었지. 자네야 내 말을 믿는다는 걸 알지만 혹시 내 말을 의심하는 사람이 있다면 일본 전문 프랑스 기자로 지금도 도쿄에 있는 주글라리스에게 물어보시길……

프랑수아 봉디 자네에겐 한 가지 모순이 있네. 한편으로 자네는 자네 말마따나 도덕을 '엉덩이 수준'에 놓으면 반발하면서 다른 한편으로는 장관이나 의원 들이 저들의 리비도에 따라 처신하면 거품을 물고 화를 내잖나…….

로맹 가리 거기엔 결코 모순이 없네. 이건 단순히 신의의 문제네. 내가 인공 음경을 착용하고 샹젤리제로 내려가 나의 남성성에 박수갈채를 받고 싶다면 그건 내 문제지. 하지만 내가 **공식적으로** 5000만 프랑스인에 의해 선출되거나 임명된 나라에서 프랑스 총영사고, 프랑스 대사고, 심의회 의장이고, 장관이고, 전직 장관이고, 상원 의원이거나 하원 의원이라면, 신의를 조금이라도 생각한다면 직무를 수행할 때 내가 외국에서 대표하는 대다수 프랑스인이 생각하는 몸가짐과 태도에 대한 개념에 맞춰 행동하지 않을 수 없지. 내가 공식적으로 외국에서나 프랑스에서 공적 자격이 아니라면, 대표 자격을 잃는다면, 특권을 누리는 외교관 여권이 없는 단순한 시민이라면, 내가 그저 나만을 대표한다면 카퓌신 대로에서 대낮에 가장 낭만적으로 보이는 물건을 고를 권리가 있지. 그건 아무와도 상관없는 일이니까. 하지만 공식적인 대표자로 외국에 간 프랑스 정치인들은, 프랑스 국민이 그들의 여행을 위해 돈을 지불했기에, 위에서 말한 방식으로 처신하는 건 그들의 대표 자격에 대한 배신행위지. 내가 일반화하는 게 아니라는 건 두말할 필요도 없네. 의원들 중에는 품위 있고 정중한 사람들, 본보기가 될 만한 사람들도 있네. 하지만 그런 사람들이 아닌 다른 의원들이 얼마나 내게 욕설을 쏟아내게 했는지 자네는 모를 거네. 게다가 그 의원들은 외무부의 모든 걸 싫어했지. 무엇보다 우리는 상임인 데 반해 그들은 다음 선거 때 쓸려나갈 위험이 항상 있었기 때문이고, 또 그들은 대개 지독히도 무지했으며 전혀 갈피를 잡지 못했고, 평가받는다는 느낌을 받았고 병적으로 신경과민이었으며, 우리에게서 알 수 없는 우월감의 냄새를 맡았기 때문이지. 그 뚱뚱한 배를 가진 작자들은 모조리 부잣집 아들들이었는데—암!—반면에 우리 '외교관'들은 '귀족'이었지. 내가 특히 표적이었다는 것도 말해야겠네. 그들은 나를 진심으로 싫어했지. 왜냐하면 언제나 텔레비전에서, 라디오에서, 언론에서 말을 한 게 나였기 때문이네. 그것이 그들을 부러움에 병들게 만들었지. 그들은 개인적인 홍보에 대한 갈증이 너무도 커서 아침부터 저녁까지 유엔 본부 복도에서, 사절단 집무실에서 나를 못살게 굴었네. 내가 그들에게 마이크를 넘기도록, 그들에게 기자회견을 잡아주도록, 내가 텔레비전에서 그들에 대한 칭찬을 해주도록 말이네. 그 얼간이들은 영어라곤 한마디도 못했지만 통역을 데리고 말하겠다고 내게 설명했지……. 미국 텔레비전에서 프랑스 의원이 통역의 도움을 받는 그림이 그려지나……. 민영 텔레비전 채널을 상대로 어떤 경이로운 관심을 불러일으킬지, 광고업주들이 프랑스 의원의 괴상한 얼굴이나 보면서 감탄하자고 3분에 3만 달러를 기쁘게 지불할 거라고 상상이 되나? 3분 연설에 3분 통역은 완전히 미친 짓이지! 이걸 얻어낸다는 건 전적으로 불가능했지. 미국 텔레비전 채널 사람들은 고래처럼 폭소했네. 그러면 의원들은 뭐라고 결론짓는 줄 아나? 내가 외무부로부터 저들이 말을 하지 못하게 하라는 특별한 지시를 받았다며 시커먼 정치적 간계라는 거지. 그들은 온통 나를 잡아먹을 생각만 했네. 나는 방어해야만 했고. 왜냐하면 사절단의 우두머리인 국무장관들과 그 밖의 장관들은 의원들이 나 대신 마이크를 잡게 해서는 안 된다고 거듭 내게 환기하면서도 정작 자신들은 그 굴뚝새들에게 아무 말도 못했거든. 나는 내가 받은 지시들을 '통역'했네. 내가 권력을 남용하는 그 사람들을 위해 가짜 기자회견을, 가짜 텔레비전과 라디오 녹화를 주선하기 시작했다는 얘기네. 기자회견을 위해서는 친구 기자들에게 돌아가며 부탁해 기자회견실로 와서 관심을 탐욕스레 갈구하는 의원의 열정적인 말을 들어달라고 애원했지. 의원은 기자들에게 자기 선거구의 순무 경작에 관한 최근 통계자료를 제시했고. 나는 신문기자들과 좋은 관계를 맺고 있었네. 왜냐하면 그들에게 결코 거짓말을 하지 않았기 때문이지. 그래서 내가 보도하지 말라고 부탁하며 그들에게 정보를 줘도 한 번도 그들에게 배신당한 적이 없었지. 그들은 와서 프랑스어로 말하는 의원의 말을 이해도 못하면서 10분 동안 들어주었는데, 그러면 그 작자는 너무도 좋아했지. 거의 성적 쾌락을 느끼는 것 같더군. 텔레비전 방송은 더 간단했네. 찍는 척하는 기술자들과 함께 필름 틀도 필름도 없는 카메라 앞에 세워놓고 조명으로 눈이 부시게 만들면 의원은 죽은 카메라 앞에서나 켜지지 않은 마이크 앞에서 제 레퍼토리를 읊조렸지…….

프랑수아 봉디 그러면…… '신의'는?

로맹 가리 그 질문은 문제의 의원들에게 해야지. 회기 동안 외무부 장관이나 국무 장관을 수장으로 둔 유엔 사절단의 일원인 의원들은 유엔 연단보다 미국 국민에게 더 말할 권한을 가진 것이 아니네. 그들은 관찰자 자격으로 그곳에 와 있었지. 또는 신탁통치이사회나 다른 곳에 명확한 대표 직무를 맡고 와 있었지. 하지만 그들은 군림했네. 정부가 존속하려면 그들의 목소리나 그들 국회의 목소리가 필요했는데 그들은 게임의 규칙을 무시했지……. 그런데 거듭 말하지만 **불가능했네.** 특별한 임무를 위해 또는 관찰자로 와서 신탁통치이사회에 의석을 차지하고 있는 한낱 프랑스 국회의원이, 이를테면 세계 언론을 대표하는 자들과 미국 여론에 튀니지인과 모로코인 들이 독립을 원하지 않는다거나, 그들의 말을 인용하자면 "지금도 프랑스 영토며 앞으로도 그렇게 남을" 인도차이나에 미국의 원자폭탄을 사용해야 한다고 말하도록 내버려두는 건 불가능했네. 민주주의를 벗어난 건 그들이었지 내가 아니었네. 그들은 책임을 부당하게 찬탈했고, 입법과 행정의 권력분립을 무시했네. 대외 정무차관인 게랭 드 보몽은 내게 거듭 이렇게 말했지. "저 사람들을 붙들게. 저들이 바보 같은 소리를 하지 않도록 막게." 하지만 직접 그 사람들에게는 아무 말도 하지 않았어. 언제나 표, 표가 문제였지……. 오프노 대사는 내게 지시했네. "피해를 줄이도록 손을 쓰게". 하지만 그들에게는 아무런 충고도 하지 않았지. 모리스 쉬망도 말했네. "저들이 맡은 책임의 한계를 넘어서서는 안 되네……. 저들이 오직 국내 문제에 대해서만 말하게 하게." 그런데 그 기적을 이뤄내야 할 사람은 보잘것없는 참사관인 나였지. 의원이 말하는 걸 막는 기적 말이네……. 그들은 마이크만 보면 달려들었지. 생각해보게. 세계의 청중이 듣잖나! 따라서 난 내가 할 수 있는 모든 걸 했네. 마이크 선을 뽑고……. 이런 상황에서 누가 더 신의를 지키며 프랑스 국민에 봉사하는지 국민이 나를 판단하고 말하도록 맡기겠네. 나인지, 아니면 튀니지 사람들이 독립을 바라는 동포 '반도'들을 암살하고는 프랑스 영토의 주인들에게 그 범죄를 뒤집어씌우려 한다고 미국인들에게 설명하고 싶어 하는 의원인지 말이네……. 난 언제라도 그 마이크의 선을 뽑을 준비가 되어 있다네. 그래서 나는 '가짜' 기자회견을 마련해주었는데, 적어도 예닐곱 번은 했지. 그중 서너 번은 죽은 카메라와 마이크 앞에서 내 나라를 향해 쏟아질 수톤의 경멸과 수치와 조롱을 피했다는 느낌을 받았네. 사절단 중에는―이 말은 그래도 해야겠네―카메룬의 두알라 망가벨 왕자처럼 사랑스러우면서 무시무시한 노출증 환자들도 있었네. 그는 말 그대로 카메라 앞에 달려들었네. 황금 고리가 달린 순례자 복장을 하고 프러시아 기병처럼 작고 꼿꼿한 풍채에 '아프리카 스타일' 머리 모양을 한 그는 러시아 시인 푸시킨을 놀랄 만큼 닮았네. 푸시킨의 할아버지가 아비시니아 출신이었지. 그는 사절들의 그랑 살롱에서 자기에게 전화를 거는 버릇이 있었네. 오로지 마이크를 통해 자기 이름이 불리고 청중들의 감탄 어린 눈길을 받으며 그 큰 홀을 가로질러 가는 즐거움을 위해서였지……. 그는 이 짓을 하루에 네다섯 번씩 했네. 카메룬이 독일령이었던 시절에 사관학교에서 프러시아인으로 길러진 그는 창

기병 장교처럼 풍채가 뻣뻣했고 흑단처럼 검었는데, 회기 동안 오프노에게 그리스어나 라틴어로 작성한 논평이나 조언을 쓴 쪽지를 보내곤 했지……. 그는 자기 부인들 중 한 명과 잔 자기 아들을 죽였네. 맨해튼에서 열린 어느 고상한 저녁 자리에서 웬 멍청한 여자가 그에게 불쑥 이런 질문을 던졌지. "왕자님, 정말 아들을 죽이신 게 맞습니까?" 그러자 두알라가 거만하게 경멸조로 응수했지. "네, 부인. 그리고 나서 먹었죠. 저는 가족의 의미를 아주 높은 수준에 두고 있기 때문입니다." 난 그 자리에 있었네. 그 열정적인 머리에는 천재적인 데가 있었지. 그렇지만 베트남 문제에 대해서는…… 그는 완전한 몰살에 찬성했지. 그래서 그를 위해 내가 마련한 기자회견은 모두 가짜였네……. 조명 아래 '촬영'을 30분가량 하고 난 뒤 나와 공모한 선량한 기술자들이 지쳐갈 때쯤 내가 두알라에게 다가가 말했지. "왕자님, 마무리를 지으셔야 합니다……." 그러자 그는 "미개한 민족들과의 관계에서 엄중한 조처"를 당부하고 마무리 지었지……. 카메라들은 텅 빈 눈을 그에게 고정하고 있었고. 나중에 내 영화들 중 하나를 찍으면서 나는 이 기술을 떠올렸네. 그때 나는 네 나라 합작을 맡고 있었지. 독일, 프랑스, 스페인, 이탈리아. 그래서 머리를 굴리자니 온갖 국적의 배우와 기술자 들을 써야겠더군. 물론 이탈리아 배우도 한 사람 필요했지. 왜냐하면 그 배우가 이탈리아 합작회사의 출자에 중요한 자리를 차지하고 있어서 그 대가로 배역을 요구했거든. 그래서 그를 오게 했고, 제2팀을 만들었고, 그 팀이 그와 함께 사흘 동안 필름 없는 카메라로 시나리오에 없는 가짜 신을 촬영했지. 그러자 그는 흡족해서 떠났네. 우리는 정직하게 눈을 똑바로 쳐다보며 오래도록 악수를 나눴지. 서로가 흡족한 얼굴로 치하하며 말이네. 그가 영화를 보았을 때는 그가 출연한 시퀀스가 너무 길어서 편집 과정에서 사라졌다고 설명했지. 자네도 보다시피 오늘날엔 정직성 없이는 아무것도 할 수 없다네. 그렇지만 제4공화국의 이 양반들과는 이 방법으로도 피해를 완전히 막을 수가 없었네. 왜냐하면 한 의원이 〈뉴욕타임스〉의 유엔 특파원인 태드 슐츠에게 복도에서 미국이 프랑스에 원자폭탄을 주어 베트남에 퍼붓게 해야 한다고 말했기 때문이네. 하지만 적어도 수백만 TV 시청자들에게 직접 말하지는 않았지……. 본보기가 되는 의원들도 있었네. 쥘 모슈는 때로는 약간 까칠했지만 책임감은 최고 수준으로 갖추고 있었지…….

프랑수아 봉디 듣자하니 자네가 심지어 한 의원에게 따귀까지 갈겼다고 하던데?

로맹 가리 아냐, 따귀를 때리진 않았네. 유엔 상주 프랑스 언론 대표인 자크 에뎅제 앞에서 살짝 밀쳤을 뿐이지. 게다가 외국 기자들은 거기 없었네. 그가 나를 '썩은 널판자_{믿을 수 없는 원조자라는} _뜻' 취급을 하지 않겠나. 왜냐하면 튀니지 노조 대표인 페르하트 하셰드—어떻게 쓰는지 모르겠네—가 살해당했을 때 당시 유엔에서는 프랑스 식민지 개척자들 책임으로 여기던 그 범죄를 단죄하는 내용의 기자회견을 열어야만 했지. 그 범죄를 실제로 그럴듯이 비열한 암살로 비난하는 게 중요했고, 난 그렇게 했네. 그런데 문제의 의원이 회견장에서 내 자리를 대신하겠다고 요구했지. 튀니지 사람들이 자신들의 노조 대표를 살해하고는 그 범죄를 프랑스인들에게 뒤집어씌운다고 미국 여론에 설명하려고 말이네.

그래서 내가 살짝 그를 밀쳤고, 그는 24시간 이내로 나의 소환을 얻어낼 거라고 단언했지. 나는 그자가 조금이라도 소란을 일으키면 당장 그 자리에서 사표를 쓸 것이고, 텔레비전이며 라디오며 내가 동원할 수 있는 모든 미디어를 동원해 처음부터 끝까지 모든 보따리를 풀어놓겠다고, 그렇게만 된다면 더 바랄 게 없겠다고 말했지. 그 후론 아무 얘기도 못 들었네.

프랑수아 봉디 자네 지치진 않았나?

로맹 가리 물론 그랬지. 결국엔 지치고 말았지. 하지만 오래 버텼네. 비신스키처럼 시뻘겋게 피 칠갑을 하고도 '절대적으로 옳고' '도덕'으로 무장했거나, 아니면 미국인들처럼 인도차이나에서 '우리에게 교훈을 주려는' 사람들과 멱살을 잡으려는 성스럽고 절망적이고 공격적인 의지에 사로잡혀 있었기 때문이지. 하지만 아주 힘들었네. 기억해보게. 그 시절 제4공화국의 쟁점들을 떠올려보게. 수년 전부터 마지막 고비였던 인도차이나에서 전쟁을 이길 찰나였잖나? 그리고 오늘날엔 아무도 그걸 기억하지 못하는 것 같아 보이는데, 유럽통합군을 만들려던 참이었고 민족군의 종말기였지. 그래서 튀니지와 모로코―알제리는 아직 거론조차 되지 않았지―에 독립을 허용하는 게 불가능하다고 멋들어지게 설명했지. 유럽을 만드는 데 북아프리카는 없어서는 안 될 존재였기 때문이지. 자네도 알다시피 요즈음 들어 다른 형태로 우리에게 내놓고 있는 '유라프리카' 말이네. 유권자의 63퍼센트가 정기적으로 승인하고 미테랑부터 기 몰레까지, 로베르와 모리스 쉬망부터 에드가 포르까지 모든 민주적 당들의 지원을 받는 정책이었잖나. 난 이 정책을 미국 여론의 목구멍에 억지로 밀어 넣으려고 했지.

냉전이라는 정상을 참작해야 할 상황을 옹호하고, 한창 냉전인 상황에서 세계지도를 뒤집기란 불가능하다고 설명하면서 말이네. 세계지도는 이 모든 것 속에서 유일한 진실 조각이었지. 왜냐하면 그 당시는 아직 소련에 예속된 중국과 더불어 세계 분할로 강대국들이 한창 충돌하고 있었으니까. 그런데 곧 망데스프랑스가 권력에 오를 텐데 아무 입장을 취하지 않고—국회에 영향을 주지 않기 위해서라고 그는 설명했지—각자가 자기 허기에 따라 투표를 하도록 내버려두었지. 왜냐하면 우리가 알듯이 그는 기 몰레와 문제가 있어서 이쪽에도 저쪽에도 무게를 싣지 않으려고 했으니까. 그래서 국회는 유럽군에 반대투표를 했고. 몇 달 동안이나 정부의 지시에 따라 유럽군이 투표에 부쳐질 것이며 그것이 유럽의 탄생이 될 것이라고 설명했는데 갑자기 나는 정확히 반대되는 정책을 합리화해야만 했네. 내가 직무에서 물러나겠다고 요청했더니 더없이 단호한 거부에 맞닥뜨리게 되었지. 그래서 모든 텔레비전과 라디오 채널에 대고, 전 세계의 언론 대표들 앞에서 나는 설명하기 시작했네. 대개 하루에 몇 시간씩 했지. 유럽군에 반대하는 투표가, 유럽군의 매장이 프랑스를 위해, 유럽을 위해 그리고 세계를 위해 탁월한 선택이었다고 말이네. 48시간 만에 똑같은 사람이 새 정부로부터 임무를 맡고 완전히 정반대되는 관점을 제시해야 했던 거지. 그래서 내가 보리스와 망데스프랑스에게 왜 대변인을 바꾸지 않았느냐고 물었더니 망데스는 멋진 미소를 띠고 내게 설명했네. "당신이 이런 일을 아주 잘한다더군." 그런데 자네가 나한테 지치지 않았느냐고 묻잖나……. 물론 난 기진맥진했지. 하지만 난 통상적인 우울증 증세를 보이지는 않았네. 내가 우울증에 걸리면 그건 정신 건강을 위해 익살로 표현되지. 익살 속으로 도피해 억압으로 표현되네. 하지만 점차 나도 깨닫지 못한 채, 따라서 스스로 전혀 통제하지 못하고 내게 일어나는 일을 의식하지 못한 채 난 무너져갔네. 민중 고통의 역사 속에서 우스꽝스러운 짓거리, 어릿광대짓은 언제나 칼을 들기 직전의 마지막 방책이었지. 1954년 뉴욕에서 내게 일어난 일이 정확히 그것이었네. 나는 텔레비전에서 CBS의 인기 아나운서 래리 레지어로부터 질문을 받고 있었네. 그 당시 우리를 강하게 압박해 유럽군 창설에 투표하도록 촉구한 인물이 아이젠하워였다는 것 자네도 기억하겠지. 그가 대단히 실망해서 그 일에 대해 말해야 했지. 그는 열정적인 골프 선수였고 미국은 그의 스코어를 세세히 알았지. "아이젠하워 대통령에 대해 프랑스에서는 어떻게 생각합니까?" 래리가 내게 물었지. 나는 관례에 따라 적절하게 대답할 생각이었네. 그날 저녁에 오프노가 내게 묻더군. "로맹, 무슨 일이 있었는지 말해보게. 화면에서 10초는 족히 입을 연 채로 아무 말 없이 있던데? 꼭 마비된 사람 같았네. 자네 편도선이 거의 보였어. 대단히 놀란 것 같던데. 한참 만에 말을 이었고." 그제야 나는 정확히 일어난 일을 기억해냈네. 나는 이렇게 대답할 뻔했지. "프랑스에서는 아이젠하워 장군을 골프 역사상 가장 위대한 대통령이라고 생각합니다." 다행히 문장 도중에 일종의 구강 마비가 일어났지. 난 과로로 인한 일시적 발작이라고 생각했지. 그리고 더는 그 생각을 안 했네. 그런데 그다음 날 진짜 참사가 일어났지. 나는 수백만 TV 시청자 앞에서 왜 유럽군이 나쁜 생각이었으며 경제적·정치적 연합 창설부터 시작해서 군대에 도달하는 게 아니라 군대로 유럽을 시작하는 게 왜 유감스러운 일인지 설명했지. 그런데 말을 채 끝내기 전에 나는 태평한 표정을 짓고 다리를 꼬고는 눈에 보이지는 않지만 자리한 수많은 미국인들을 쳐다보며 명확하고 큰 소리로 말했네. "자네 이름이 바르 데 바티뇰이고 자네가 불금속 공을 목표 지점 가까이에 던져 우열을 가리는 페탕크 놀이 놀이를 하면 난 자네에게 이렇게 말하겠네. 자네는 바티뇰 불바르에서 놀고 있군." 이러고 나는 내 허벅지를 치며 호탕한 웃음을 터뜨렸다네. 마치 이것이 세계 최고의 농담이라도 되는 듯이 말이네. 그런데 아무 일도 일어나지 않았어. 미국 시청자들은 내가 수세기 동안 축적된 문화유산에서 건져 올린, 역사적 상황에 딱 맞는 인용문을 프랑스어로 얘기한 걸로 생각했던 거지……. 아연실색해서 자기 귀를 믿지 못하던 몇몇 프랑스 사람이 전화를 걸어왔을 뿐이었지. 난 한 시간 뒤에야 일어난 일을 깨달았네. 내가 본성에 어긋나는 행동을 거듭 하느라 급성 우울증 증세를 일으켰다는 걸 알았지. 그래서 난 소환을 요청했네. 몇 달 뒤 내 후임자는 대단히 심각한 우울증 증세를 보여 들것에 실려 나와야 했지.

프랑수아 봉디 변호할 수 없는 입장을 변호하는 데서 즐거움은 느끼지 못했나? '수완'이라는 관점에서?

로맹 가리 카뮈가 이런 중요한 문장을 말한 적이 있지. "난 **절대적으로** 옳다고 믿는 모든 사람들에 반대한다." 그런데 유엔에서는 인간의 자유를 누구보다 높이 부르짖는 사람들이 소련 사람들이었네. 그들은 그 말이 무슨 뜻인지 수천 가지 증거를 제시했지. 우리가 리투아니아와 에스토니아, 라트비아에서 보았듯이. 부다페스트와 체코슬로바키아는 치지 않더라도 말이네. 그리고 남아

메리카에서 철저하게 정치적·경제적 제국주의를 펼치던 미국인들도 그랬지. 생도맹그와 레바논에 해군을 상륙시키고 인도차이나에서 우리 뒤를 이를 준비를 하던 미국인들 말이네. 또는 독재체제 나라들이 그랬지. 그들이 내세운 도덕적 평계는 '국가주권'이었고, 그것은 민족 말살과 가증스러운 고문까지도 허용했는데, 거기에 대해서 알제리에서 벌어진 고문 전까지는 유엔에서 한마디 말이 없었지. 이 모든 개자식들이 프랑스를 진흙탕 속에 처넣었네. 의로운 분노, 성스러운 순수, 향기로운 순결의 어조로 그들은 인권이라는 백마를 타고 연단 위에서 날뛰었고, 그들의 목소리에는 가난하고 힘없는 이들과 더없이 성스러운 선의를 수호하는 자들의 고귀한 광채가 실려 있었네. 이런 조건에서 나는 진짜 의무를 다해 그들을 곤란한 상황에 빠뜨리고 내가 할 수 있는 온갖 변증법과 신념의 힘, 수완을 동원해 그들의 얼굴에 침을 뱉었지. 왜냐하면 그런 맥락에서 프랑스를 함정에 몰아넣는 함성의 파렴치함 자체가 변호인을 끌어들였기에 내가 숨을 수 없었거든. 당시 미국에서는 매카시즘이, 마녀사냥이 맹위를 떨치고 있었으며, 밀고에서 더없이 비열한 수준으로 추락한 이 나라가 우리에게 도덕 훈계를 하기에는 소련만큼이나 유리한 입장이었다는 말도 덧붙이고 싶네……. 따라서 나는 매일같이 미국 여론과 드잡이를 했는데, 때때로 내겐 무기 선택권이 없었지. 허리 아래를 치는 비겁한 공격에 똑같이 비겁한 공격으로 응수하는 일도 있었네……. 마지막 기자회견 중 하나는 내게 꽤나 추잡한 기억을 남겼네……. 하지만 그때는 상원 의원 매카시가 군림하던 때였지. 그는 공산주의와 동성애라는 두 가지 주된 소인으로 여러 사람의 목숨을 끊어놓았네. 마녀사냥이었고 숙청이었고 블랙리스크였지⋯⋯. 기억나나? 좋아, 어느 날 나는 기자회견실 문턱에서 내 차례를 기다리고 있었네. 크리슈나 메논이 마이크를 잡았지. 장차 국방부 장관이 될 이 인도 의원은 유엔에서 신경이 쇠약하기로 잘 알려져 있던 지식인이었네. 신문기자들 중에는 이젠 기억나지 않는 어느 신문을 대표하는 기자가 있었네. 내가 틀린 게 아니라면 격렬한 매카시스트였던 허스트의 신문이었지. 크리슈나 메논이 말하기 시작하자 그 도발자가 일어나더니 위대한 정치인에게 말했네. "장관님, 장관님 말씀을 듣기 전에 먼저 한 가지 질문에 대답해주시기 바랍니다. 장관님께서 이름난 공산주의자라는 게 사실입니까?" 좌파 자유주의자요 네루 뒤를 잇는 '휴머니스트' 사회주의자인 메논은 거품을 물고 발을 동동 구르고 고함을 치더니 연단을 떠났네. 이제 내 차례였는데, 날 기다리는 게 뭔지 난 알고 있었지. 나는 마이크로 다가갔고, 바로 그 순간 도발자가 일어섰지. "말씀하시기 전에 먼저 질문을 하나 드리고 싶습니다⋯⋯. 당신이 이름난 공산주의자라는 게 사실입니까?" 이 말은 라디오로 방송되었고 내가 어떤 대답을 하건 질문은 이미 제기되어 난 미국 여론의 눈에 낙인이 찍혔지. 이것이 매카시즘 추종자들의 매도 방식이었네. 나는 공산주의자라고 고백해야 할지 아닐지 크게 고심하는 얼굴을 하고는 이렇게 말했네. "이보시오. 당신 질문에 기꺼이 대답하겠습니다만 먼저 내 질문에 대답하시면 하지요⋯⋯." "좋습니다. 쏘세요." 그가 두려움도 거리낌도 없이 말했지. 그를 향해 몸을 기울이고 난 말했네. "당신이 유명한 동성애자라고 복도에서 모두들 얘기하던데 사실입니까?" 눈부시게 예쁘고 순수한 아이들을 둔 한 가정의 아버지이고, 자기 아내가 끓여주는 커피가 아닌 다른 것에는 비스킷을 담가본 적도 없는 그 남자는 얼굴이 진홍빛이 되어 말을 더듬기 시작했고 목이 메었지……. 왜냐하면 부인하기에는 너무 늦었기 때문이지. 수백만 청중이 이미 그 소리를 들어서 돌이킬 수 없었네……. 나도 매카시즘을 이용한 거지. 때로는 무기 선택권이 없다네. 나는 내 기자회견을 했고, 그는 단 한 번도 내 말을 자르지 않았네. 사람들이 내게 해준 말에 따르면 그는 그걸 지금도 기억하고 있나 보더군……. 고상한 높이에서 도덕적 위대함으로 상대를 굽어볼 수 없는 순간들이 있네. 칼에는 칼로 대응해야 하지.

프랑수아 봉디 그 모든 황폐함 속에, 그 잡음과 광란 속에 오아시스는 없었나?

로맹 가리 있었지.

프랑수아 봉디 그 여자는 누구였나?

로맹 가리 테야르 드 샤르댕과의 우정이었네. 그는 미국에 망명와 있었지. 예수회와 특히 바티칸에 아주 잘못 보여서 그의 작품도 출간 금지당했지. 나는 그를 자주 만났는데, 그가 편지에서 나에 대해 친절하게 얘기했다는 사실을 그가 죽고 난 후에 알고서 감동했지. 나는 이 위대한 선장을 좋아했고, 그의 꿈을 꾸는 일도 있었지. 배의 동체와 나침반을 만들고, 그리고…… 그가 나를 용서하길! 목적지까지 스스로 세운 형이상학의 배에 타고 부랑자 같은 옆모습을 보이며 키를 잡고 서서 수평선을 향해 항해하는 모습이었지. 그에게는 마법사 같은 면모가 있었네. 광휘, 미소, 평온…… 그가 그립네. 나는 그에게서—이 말은 그에게도 했는데 그가 아주 재미있어했지—광대한 먼바다 같은 인간의 용모를 빌렸고, 몇 가지 아이디어도 빌려 단단히 소설화했고, 그걸로 그 당시 내가 쓰고 있던 『하늘의 뿌리』의 예수회 신부 타생을 만들었지…….

프랑수아 봉디 두 사람의 관계는 어땠나?

로맹 가리 테야르는 상대를 괴롭힐까 봐 배려와 호의로 대화에서 늘 깊이 있는 얘기를 피했네. 말로와는 정반대였지. 말로는 바로 사물의 깊이 속으로 함께 빠져들도록 초대하지. 그도 상대가 그를 따라올 능력이 있다는 걸 확신하고서 정중한 태도로 그러는 것이네. 말로의 대화는 상대를 그의 옆자리 발사대에 자리 잡게 하고는 곧 그의 키보다 스무 배 높이 뛰어오르게 하지. 더블 도약을 세 번 하고, 연설의 변증법적 골격 위로 날개를 활짝 펴 날게 하고, 눈부신 마무리 경구를 가지고 타원 반대편에서 상대를 기다리지. 이해 못하거나 그가 거기에 이르기 위해 어디를 통해 갔는지 묻는 걸 금지하는 공모의 눈길을 하고서 말이네. 테야르와 나누는 대화는 즐거운 항해였지. 잔잔한 물, 무한한 시야. 말로와는 용솟음이고 활공이고 수직 잠수고 사라져가는 잠수함이지. 그와 항해할 때 가장 위험한 건 침묵이네. 게임의 법칙은 서로의 완벽한 이해 속에서 여정의 동일 지점에서 출구를 찾는 것이지. 물속에서 그리고 물 밖에서 러시아 산을 그리는 돌고래처럼 말이네. 한번은 우리가 역사에 대해, 문학에 대해, 진 세버그에 대해 얘기하고 있었는데 말로가 돌고래처럼 깊은 침묵 속 어딘가로 사라졌네. 팔꿈치를 맞댄 채 긴 명상에 잠긴 거네……. 잠수가 끝나자 그는 비밀 이야기를 하듯 내 쪽으로 몸을 기울이더니 엄지를 들고 다정하게 미소 지으며 말했네. "그래도 정말 아름답잖나!" 나는 천재처럼 튀어 오르는 공을 잡고 응수했지. "맞아요. 그렇지만 취약하죠. 취약한 아름다움입니다……. 그녀가 할리우드에서 리 마빈과 클린트 이스트우드와 함께 촬영한 최근 영화도 사태에 도움이 되지 못했어요."……곧 말로의 얼굴이 신호기처럼 변했네. 경련이 내게 강한 신호를 보내기 시작하는 거야……. 그건 상대가 접촉을 잃었고, 전혀 이해하지 못했음을 조심스럽게 상대에게 알리는 그의 방식이었네……. 그가 환한 미소를 띠고 내게 "그래도 정말 아름답잖나!"라고 말했을 때 나는 진 세버그에 머물러 있었는데 그는 문학에 대해 말했던 것이지……. 테야르도 슬쩍 사라지곤 했지만 자신의 비축 산소를 팔지 않는 심오한 깊이의 사람으로서 상대에게 방해가 되지 않으려고 그런 거였네. 그는 절대 내게 신에 대해 말하지 않았네, 단 한 번도. 철학자 줄리언 헉슬리와는 반대였지. 이 철학자는 내가 있는 자리에서 이런 신 저런 신에 대해 말하던 사람의 말을 자르더니 이렇게 말했지. "여보세요, 저는 당신보다 신을 더 잘 압니다. 그 주제로 책도 한 권 썼어요." 테야르와는 소박한 대화를 나누었네. 우정에 대해서였지 불멸에 대해서가 아니었네. 우리는 프랑스 비스트로에 가서 점심 식사를 하곤 했지. 이따금 그가 이스트리버에 있는 내 아파트로 오기도 했고. 뉴욕의 가장 놀라운 추억 가운데 하나는 테야르 드 샤르댕, 말로, 장차 글래드원 젭 경이 될 테지만 아직은 유엔 영국 대표였던 글래드원 젭, 그리고 소련이 싫어하는 진딧물 같은 존재로 막 파리 대사로 임명된 말릭과 내 집에서 함께한 점심 식사였지. 테야르는 미소요 평정이었고, 말로

와 불꽃 튀는 검술을 겨루는 걸 정중하게 거절했지. 말로는 불꽃놀이 화약이었고, 앞발로 땅을 걷어차는 말의 발길이었네. 글래드윈 경은…… 선량했지. 영국에서 예술가, 작가, 사상가 들은 상원에 받아들여지지 않는다는 사실 자네도 알지. 단 한 번 예외가 있었지. 세속화한다는 정신으로 노동당원들이 추대한 소설가 스노였지. 그런데 테야르와 말로는…… 아! 정말이지 볼만했네. 두 사람은 서로에게 할 말이 정말이지 하나도 없었네. 더 정확히 말하자면 말로는 테야르가 그와 함께 점프대 위에서 뛰도록 초대했지만 예수회 신부는 더없이 섬세한 예의를 보이며 피했지. 그가 말로를 경계한 건 두 사람이 공통점을 가졌을 위험이 있기 때문이었던 것 같네. 왜냐하면 결국 테야르의 형이상학과 신학이 시요 신비로운 벨칸토요 위대한 예술이 아닌지 의문을 가질 수 있기에 그로서는 드러내놓고—그리고 비극적으로—예술로 형이상학을 하는 사람과, 다시 말해 결국 예술 안에서 마무리 짓는 사람과 토론에 뛰어드는 것이 약간 민감한 일이었던 거지……. 말로는 문학 밖으로 튀어 올라 절대 의미에, 초월성에 도달하려고 언제나 치열하게 싸우지만 결국엔 언제나 예술 안에서, 문학적 천재성 안에서 마무리되었지. 테야르의 생각이 언제나 학문에는 끔찍한 실패인 시학이 될 우려가 있었던 것처럼……. 테야르 드 샤르댕의 비평은 언제나 자신의 과학적 사유를 시 속에 가두려 애썼네……. 그런데 내세나 마찬가지로 예술도 일종의 샤머니즘이지……. 테야르와 말로가 대적하는 건 두 개의 가상 박물관이 맞대면하는 것이었네. 한쪽은 신과 함께하고 다른 한쪽은 물신과 함께하는……. 말로는 테야르를 대화로, 공중제비로 끌어들이려고 두 시간을 보냈지만 예수회 신부는 미소 띤 여유로움으로 슬쩍 피했지. 앙드레 말로는 전례 없는 높이로 치솟아 올랐지만 언제나 천장을 넘어서지 못한 채 정확히 제자리에, 같은 지점에 다시 떨어졌네. 이것이 우주의 호출이라는 거지…… 둘 사이에 낀 영국 대사는 점점 더…… 그러니까 글래드윈 글래드윈을 닮아갔지. 내가 『마법사들』을 쓰게 될 날은 아직 멀었지만 칼리오스트로와 피카소가 빠졌다는 건 이미 느끼고 있었네. 물론 파우스트를 초대하는 것도 잊었고. 결국 몇 번의 새로운 공중제비, 높이와 아름다움과 여유로움에서 경이로운, 그렇지만 언제나 제자리에 떨어지는 공중제비 끝에 말로는 이 말을 내뱉었네. "신." 그러자 예수회 신부가 처음으로 거북해하는 것 같아 보였지. 마치 앙드레가 식탁 매너를 모른다는 걸 보여주기라도 한 것 같았네. 그리고 긴 침묵이 흘렀지. 나는 초콜릿 파이를 돌렸고, 글래드윈 글래드윈이 나를 향해 돌아보며 투덜거렸지. "블러디 난센스.(Bloody nonsense.) 난 한마디도 못 알아듣겠네." 나는 그가 방금 『이상한 나라의 앨리스』를 인용했잖느냐고 대답했지. 글래드윈은 내가 아는 가장 거만한 영국인이었네—지금도 그렇지. 이 점에 대해선 파리에서 만장일치로 동의할 거네. 그러자 말로는 그에게 공을 되받아 치지 않는 미소 띤 만리장성 같은 테야르에게서 돌아서서 인도에 관한 말로 글래드윈 글래드윈을 퉁명스럽게 공격했지. 떠날 때 그는 예수회 신부에 대해 준엄한 한마디를 남겼지. 그는 평소 잘하듯이 비밀스러운 지식을 나누는 형제로서 받아들이노라는 인상을 상대에게 주려고 내 눈을 똑바로 쳐다보며 엄지손가락을 들어 올리더니 상대를 먼지로 만들어버리려는 표정으로 내게 털어놓았지. "저 양반은 도미니크회 수도사야!"

프랑수아 봉디 자네 그 말을 테야르에게 했나?

로맹 가리 했지. 그가 크게 웃더군. 그는 내 집에서 마사뇽도 한 번 만났지. 이슬람에 귀의한 프랑스인 가운데 이 세기의 가장 위대한 사람임에 틀림없는 사람 말이네……. 마시뇽은 용모나 정신에서 테야르와는 딴판이었지. 1000년 된 내적 평화의 빛을 발하는 뜨거운 숯불 위의 영혼…… 하얗게 달궈져 전율하며 곧 끊어질 듯한 강철선, 집어삼킬 듯한 기독교 신앙, 이슬람 신비주의와 정도를 벗어난 성생활로 유지되는 지옥의 불…… 이것이 진귀하고 감탄스러운 아랍-유대-기독교 음악을 낳았지. 대단히 아름다운 예술적 기여였어……. 그는 애늙은이처럼 나약한 풍채에 반투명한 잿빛 까마귀 같았고, 눈길은 상대의 웃옷에 구멍이라도 낼 것처럼 검게 타올랐네. 날개가 없어 제자리에서 춤추는 무용수 같은 면모도 있었지. 그는 영원히 죽어가는 자의 기진하지만 전율하는 가녀린 목소리로 우리에게 마그레브 성자들에 대해 말했네……. 그는 언제나 한 손을 웃옷 오른쪽 주머니 속에 넣고 있었지. 내가 왜 그의 호주머니 속에 새들을 위한 빵 부스러기가 있을 거라고 상상했는지 모르겠어. 그런데 점심 식사 후에 센트럴 파크에 갔는데 나는 그가 개암을 다람쥐에게 던져주는 걸 보았네……. 테야르가 웃으며 내게 말했네. "그는 모리아크를 많이 닮았네……." 내 생각에 테야르는 지옥을 그다지 중요시 여기지 않는 것 같았지…….

프랑수아 봉디 뉴욕 이후에는?

로맹 가리 석 달 병가를 받아 그 시절 로크브륀에 갖고 있었던 집에서『하늘의 뿌리』를 작업하며 보냈지. 난 이 소설을 1952년 뉴욕에서 시작해 12시와 2시 사이, 그리고 새벽 일찍 썼네. 저녁에는 쓸 수가 없었어. 난 일찍 자는 사람이거든. 난 아홉 시간의 수면이 필요하네. 그리고 마시글리 곁에 임명된 런던에서도 일을 계속했지. 그런데 대사가 바뀌었고, 쇼벨은 나를 원치 않았네. 따라서 다시 한 달을 남프랑스에 남아 글을 썼지.『하늘의 뿌리』가 생태학과 환경보호에 관한 첫 소설이라고 사람들은 말했지만 난 무엇보다 가장 넓은 의미에서 인간계 보호를 변론하고 싶었던 것이네. 그러자면 요구되는 인간에 대한 존중, 자유, 공간과 아량 모두 포함해서 말이네.

프랑수아 봉디 그 소설의 코끼리는 어느 정도로 비유적인가?

로맹 가리 전혀 비유적이지 않네. 그건 그저 아직 지구 상에 존재하는 가장 부피 큰 생명이고, 따라서 가장 부피 큰 고통이고 행복일 뿐이지. 코끼리가 최후의 개인들인 건 확실하지만 그들의 서투름, 그들이 움직이고 살아남는 데 필요한 공간과 모든 자유와 더불어 정말 최후의 개인들이지 비유적으로 그런 것이 아니네. 책은 18년 전에 출간되었는데 아직 아무도 '환경'을 의식하고 있지 않네. 요즘 청년들은 살아 있는 다른 종들을 위협하는 건 그만큼 인간도 위협하는 일이라는 걸 깨달았지. 그 시절에는 '생태학'이라는 말 자체가 거의 알려지지 않았네. 난 피에르 라자레프 집에 점심 식사를 하러 갔지. 그곳엔 스무 명이 있었는데 개중둘만이 그 의미를 알고 있었네. '환경'이라는 말도 쓰이지 않았어.『하늘의 뿌리』의 모렐과 약간 비슷한 랠프 네이더 같은 사람이 요즘 허위 광고부터 화학적으로 이상한 짓을 한 음식물까지 온갖 형태의 오염에 맞서 투쟁을 시작했을 때 그도 모렐처럼 혼자였지. 책이 막 나왔을 때 난 아프리카에서 마타라는 이름의 밀렵 감시인에게서 10~15쪽이나 되는 편지들을 받기 시작했네. 그는 모렐과 자신을 동일시하며 상아 밀렵꾼들에 맞서 코끼리를 보호하기 시작했지. 몇 달 뒤 〈마치〉지가 내게 신문기자 한 사람과 마타의 부인을 보냈더군. 그래서 난 마타가 손에 무기를 든 채 코끼리를 보호하다가 죽었다는 걸 알게 되었지. 그 후로 내가 마타라는 인물에서 영감을 얻어 『하늘의 뿌리』를 썼다는 말이 나돌았지. 하지만 그게 아니라는 건 날짜를 보기만 해도 알 수 있네.

프랑수아 봉디 런던 임명을 새 대사가 취소했을 때 자네는 실망했나?

로맹 가리 그랬지. 그런데 그를 이해하네. 젊은 시인의 명령에 따라 일하려면 나도 굉장히 힘들었을 거야. 장 쇼벨은 아주 훌륭한 대사였지만 막 첫 시집을 출간한 젊은 시인이기도 했지. 내 책들이 이미 여러 나라에서, 특히 영국에서 번역되었으니 나도 그가 내 주변에 있는 것이 분명 약간은 거북했을 거네……

프랑수아 봉디 어느 날 팡테옹 광장에 있는 어느 작가 집에서 점심을 먹으면서 나는 웬 프랑스 대사가 자네에 대해 하는 말을 들은 적이 있어. "로맹 가리가 프랑스 외교관 얼굴은 아니라는 걸 인정하시죠."

로맹 가리 "프랑스 외교관 얼굴"이 어떤 건지 알고 싶네만 넘어가세. 이해할 만한 반응이네. 자네가 말하는 늙은 양반이나 내가 아테네 대사 곁에 임명되는 걸 거부한 또 다른 양반—이 일로 그는 그 자리에서 경력이 끝났지—이나 스스로 만든 이미지를 고수했지. 앞에서 자네가 말한 사람은 그의 옛 협력자들 중 한 사람에게 바른 품행을 촉구하는 글을 쓰기도 했지. "왕자는 있어도 총애받는 사람은 없다는 걸 아십시오"라고 말이네. 총애받는 사람은 '어쩌면' 없었을지 몰라도 왕자는 '확실히' 없었는데 말이네. 그는 외무부 '카스트'—'고시' 시절에—소속이라는 사실이 귀족의 환상을 심어주던 그런 부르주아였지. 1945년 내가 외무부에 들어갔을 때 난 자유프랑스와 레지스탕스 출신 집단에 속했네. 조르주 비도와 인사부장인 질베르가 이 가문외무부의 정신인 '고시' 정신과 '대대손손' 정신에 바깥바람을 쏘이려고—다른 이유들은 말하지 않더라도—모집한 집단이었지……. 질베르는 나를 맞이하며 이렇게 말했네. "무엇보다 당신 모습 그대로 지키시오. **저들**을 닮으려고 애쓰지 마세요……. 우리에겐 고참도 필요하고 신참도 필요하니까." 우리가 '경마 클럽'에 가입하는 걸 누구보다 받아들이기 힘들어한 '고참'들은 '왕자'가 아니라—귀족들에겐 혁명의 습성이 있지—부르주아였네. 그들은 우리의 침입에 '약탈당한' 얼굴을 함으로써 스스로 자신들의 '귀족성'을 심적으로 확인했던 거지. 그들은 우리에 대해 솔로몬 골든버그와 같은 태도를 보였네. 최근에 영국 시민이 되고서 최고 재단사에게 자기를 진짜 영국 젠틀맨처럼 입히라고 명령한 사람 말이네. 모든 게 갖춰지고 이 '왕자'에게 접힌 우산도 중산모도 부족하지 않게 되었을 때 재단사는 자기 작품을 쳐다보다가 솔로몬 골든버그 경의 뺨에 흐르는 눈물을 보고 아연실색했지. 그가 외쳤네. "골든버그 씨, 써!(sir!) 왜 우십니까?" 그러자 솔로몬 골든버그가 눈물을 쏟으며 대답했네. "우리가 제국을 잃었잖습니까……." 우리의 외무부 입성에 가슴 아파하면서—그들은 우리를 "보충 요원"이라고 불렀지—자네가 말한 그 귀하신 부르주아 대사께서도 '벼락출세 자'들에게 위협받는 귀족계급과 왕자 계급에 대한 자신의 소속감을 어렵지 않게 스스로 확인했던 거지. **진짜**들은 결코 위협받는 다고 느끼지 않았네. 이 자리에서 우리에게 더없이 차분한 공정성을 보여준 외교관들을 언급하지는 않겠네—그들은 화를 낼 걸세. 가치라는 의미에서 볼 때 대귀족들 말이네. 하지만 데뷔 시절에 어느 '상관'의 집무실에 갔다가 그가 나를 '열등 콤플렉스'라고 여기고—그의 머리로는 내가 그런 콤플렉스를 안 가질 수 없었던 거지—배려하려고 애쓰던 모습을 보고 난 그를 편안하게 해주려고 애쓰며 얼마나 재미있었는지 모르네. 내게 자연스러워 보이려고 낑낑대느라 그는 거북해지고 억지스러워져서 거의 '죄의식'마저 느끼는 것 같았네……. 참 별꼴이었지. 나는 미소를 지으며 외무부에 들어갔고, 미소를 지으며 그곳을 나왔네. 난 그들을 아주 좋아해. 여기엔 일반적인 고찰을 해볼 게 있지. 모든 인간은 마음속으로 판단할 권리가 있다는 것. 우리 모두는 편견을 갖고 있잖나. 저마다 비밀스러운 공포증을 갖고 있고 비뚤어진 심리를 갖고 있지. 사회적 관계에서나 공화국이 우리에게 맡긴 직무를 이행하는 방식에서 그 편견이 실제 결과를 끌어내지 않는다는 절대적 조건이라면 이건 누구와도 상관없는 일이지. 이건 민주주의 법칙 이상의 것으로 문명의 법칙이지. 내 경우는, 이런 말이 잘난 체하는 것처럼 보일 수 있다는 걸 알지만, 외무부가 15년 동안 로맹 가리라는 시련을 겪었다고 더없이 정직한 마음으로 말할 때 이 말이 의미하는 바를 사람들이 이해해주었으면 하네.

프랑수아 봉디 런던 사건 이후 자네는 다른 임지를 요청했나?

로맹 가리 난 외무부에 임지를 요청한 적이 한 번도 없었네. 어딘 가로 나를 임명하길 기다렸지. 런던에서 직급이 아주 다른 두 작 가 사이의 부조화 건 이후로 난 행운을 얻었네. 당시 워싱턴 대 사였던 쿠브 드 뮈르빌이 오늘날 로마 대사인 샤를 뤼세의 조언 에 따라 내게 로스앤젤레스를 제안하도록 추천했지. 하늘이 내린 축복이었네. 왜냐하면 로스앤젤레스 영사관은 단지 캘리포니아 만이 아니라 애리조나와 뉴멕시코까지 관할했기 때문이지. 나는 1956년 2월에 거의 끝낸 『하늘의 뿌리』를 들고 그곳에 도착했네. 영사관은 할리우드에 있었는데 그곳에서는 "스페인 양식"이라고 부르는 매혹적인 집이었지. 2층에는 행정 집무실들이 있고 1층에 는 관저가 있었지. 전체가 재스민 향기에 감싸여 있었는데, 캘리 포니아에서는 빈 땅이 조금이라도 있으면 언제나 제 권리를 찾는 아열대식물에 둘러싸여 있었네. 게다가 그곳의 나무 대부분도 유 칼리나무나 종려나무처럼 이주종들이었는데 러시아인이나 이탈 리아인 같은 다른 모든 이민자들만큼이나 그곳에 잘 적응했지. 내 전임자가 세심하게 선택한 비서들은 눈부시게 아름다웠네. 전 임 부영사가 금고를 가지고 사라져 멕시코에서 그를 데려와야 했 지. 그는 감옥살이를 조금 하고 나서 몬테카를로에서 카지노 딜 러가 되었지. 나는 프랑스 이민자들이 마련한 장중한 리셉션을 대접받았네. 그 모임 회장은 라파예트 후작으로 레지옹도뇌르 수 훈자요 제1차 세계대전 동안 페탱의 부관이었다는데, 이 모든 얘 기가 완전히 가짜였지. 그의 연설을 들은 뒤 나는 화답 연설을 하 고 내 집무실로 그를 불러 그에게 사표를 쓰고 사라지는 데 보름을 주었네. 그는 기꺼이 이 제안을 받아들이며 이렇게 말했지. "어쩌겠습니까, 너무 멋졌는데." 그 작자는 거동이 광적이었네. 몇 년 동안은 감쪽같이 진지한 사람 행세를 했지. 난 프랑스 거주민 모임과 접촉하기가 아주 어려웠는데 전화교환수가 무슨 일이 일어났는지 내게 설명해주었네. 나의 직계 부하 중 한 사람이 나를 그 집단과 단절시키고 그 지역 프랑스인들 사이에서 내 자리를 차지하기 위해 괴상한 술수를 부렸던 거지. 그들 중 한 사람이 나를 만나거나 내게 전화로 얘기하겠다고 청할 때마다 그는 이렇게 말했네. "총영사님을 방해해선 안 됩니다. 그분은 소설을 쓰고 계세요." 이것이 얼마나 좋은 인상을 주었을지 생각해보게. 아주 제대로 정리가 되었지. 나의 첫 공식 방문 두 건은 기독교와 유대 유머를 위한 것이었네. 매킨타이어 추기경과 그루초 막스를 만났으니까.

프랑수아 봉디 여기서 자네 말을 끊고 그 기독교 문제를 조금 더 자세히 보고 싶네. 그러지 않으면 이 구두口頭 질주에서 좌표를 잃고 말 테니까. 자넨 가톨릭 신자인가?

로맹 가리 어쩌다 보니 그렇게 되었네. 기술적으로 보자면 난 가톨릭 신자지. 내 어머니의 눈에는 그것이 프랑스의, 프랑스 신분의 일부였으니까. 어머니가 그렇게 표현하지는 않았지만 그건 문화적 세례였지. 내 말을 자르길 잘했네. 이 점에 대해 해명하고 싶군. 이건 내 탄생, 내 출생, 내 선택에 관계된 문제니까……. 말해보게.

프랑수아 봉디 자네 어머니는 러시아 유대인이었지. 교회의 위로를 받을 필요를 느낄 때면 정교회 신부를 보러 가곤 했잖나. 자네 아버지는 그리스 정교도였고. 여기서 나는 자네 아버지가 유성영화가 도래하기 전인 1920년대 유럽 무성영화계의 가장 위대한 스타였던 이반 모주힌이 맞는지 확실히 묻고 싶네. 유럽의 루돌프 발렌티노 같은 스타였지.

로맹 가리 좋네. 내가 태어나기 전에 어머니는 레오니드 카체브라는 이름을 가진 러시아 유대인과 결혼했고, 내가 태어나고 얼마 안 있어 이혼했네. 사람들은 어머니가 재능이 뛰어나지 않았다고 말하지만 연극을 열정적으로 좋아한 소박한 배우였지. 여섯 살 때 난 어머니가 단역으로 모스크바 무대에 오른 걸 보았네. 어머니는 한 마을에서 불이 나 사람들을 대피시키는 아주 늙은 여자를 연기했지. 어머니가 힘겹게 무대를 가로지르는 동안 두 남자가 어머니를 부축했네. 훗날 이 두 배우 가운데 한 사람이 니스로 이민 왔는데 그가 내게 설명해주었지. 어머니가 자기 역할을 길게 늘이려고 악착같이 들러붙어서 어머니가 무대를 얼른 지나가게 할 방법이 없었다는 거네. 조명에서 벗어나게 하려고 어머니를 떠밀어야만 했다더군. 내가 태어나기 전에 어머니가 알았던 모주힌은 어머니 인생에서 가장 큰 사랑이었던 게 분명하네. 내 친자 관계는 아주 간단하네. 어머니가 니스에서 사망한 뒤 웬 러시아 부인이 내 어머니와 모주힌 사이에 주고받은 편지를 메르몽호텔 가족 금고 안에 모아두었더군. 그 부인의 이름은 비노그라도프인데, 호텔이 있던 자리에 건물을 지었지만 파산해서 말년에는 그 건물의 수위가 되었지. 그 부인이 니스의 모든 러시아 사람들에게, 신부들에게, 강베타 거리의 러시아 비스트로에, 내 사촌에게, 그녀가 아는 모든 이들에게 그 편지들을 보여주었네. 그때부터 내가 모주힌의 아들이라는 소문이 니스의 러시아 이주민 집단에서 전 세계로 퍼져 나갔던 거네. 그런데 그 편지들은 내 어머니의 성스러운 소유물이었지. 누구도 거기에 코를 들이밀 권리가 없었네. 어떤 순간에도 어머니는 내게 모주힌이 내 아버지라는 말을 하지 않았지. 그렇지만 난 그 사람을 우리 집에서 자주 보았네. 그는 코트다쥐르로 영화 촬영을 올 때마다 메르몽에 들렀지.

프랑수아 봉디 자네 어머니는 곧 돌아가시리라는 사실을 알았잖나. 그런데도 그 편지들을 없애지 않았네. 자네가 어머니를 잘 아니 이건 분명히 무언가를 말하고 싶었던 것 아닌가. 어머니는 자네가 그 편지들을 발견하길 원했다고 결론지어야 하는 것 아닌가?

로맹 가리 그렇다고 치세. 내가 이 문제를 얼마나 곰곰이 생각했을지 자네도 짐작하겠지. 난 어머니가 이젠 없어서, '얼굴을 붉히지' 못할 때 받은 이 '수줍은' 메시지의 가설을 백 번도 더 생각해보았네. 하지만 내 평생 25년 동안 어머니는 한마디도 하지 않았어. 언제나 내게 모든 걸 얘기했는데 말이네. 게다가 모주힌은 자주 집에 왔네. 아냐, 아무 말도…… 한마디도 하지 않았어. 그러니 빌어먹을! 이건 이 문제에 대고 하는 말이네. 종교로 말하자면 난 신앙 없는 가톨릭 신자네. 하지만 내가 언제나 예수 앞에서만큼은 대단히 마음이 약해졌다는 건 전적으로 정확한 말이네. 서양의 역사에서 처음으로 여성성의 빛이 찾아와 세상을 밝혔지만 인간의 수중에 떨어져 십자군 전쟁이, 이교도 몰살이, 검을 앞세운 개종이, 이단이 되고 말았지. 기독교는 여성성이고, 연민이고, 부드러움이고, 용서고, 관용이고, 모성애고, 약자 존중이고, 예수는 약함이네. 나한테 개 같은 구석이, 결정적으로 본능적인 구석이 있다고 자네에게 이미 얘기했지. 그래서 내가 예수를 만났다면 금방 꼬리를 흔들고 발을 내밀었을 거네. 내게는 예수가 내세가 아니라 인간애의 문제고, 신이 아니라 인간의 문제네. 하지만 마초들의 수중에서 그가 어떻게 되었는지 좀 보게나. 르네상스는 예수를 오트쿠튀르로 만들었고, 생쉴피스 예술은 그를 프레타포르테오트쿠튀르 의상은 최고급 디자이너의 작품을, 프레타포르테는 미리 완성한 채로 판매하는 기성복을 의미한다로 만들었지. 그 후 부르주아지는 예수를 음부 가리개로 만들었네. 그는 인간이었네. 난 언제나 그의 손을 잡고 싶었네. 물론 이제는 그를 만날 수 없지. 왜냐하면 인구통계가 가리기 때문이지. 하지만 그는 여전히 어딘가에 분명히 있네. 장담하지만 사라져가는 예수들이 있네. 서기 1년에 첫 모성애의 빛이 이 땅에 떠올랐고 문명의 싹이 있었지만, 여성성이 계속 질식당하고 조롱당하고 억압되는 한 문명은 결코 없을 거네. 교회가 기독교성을 망쳤고, 기독교성은 박애를 망쳤고, 요란한 목적을 내세워 그걸 이용했지. 박애는 이제 떠들썩한 소리를 낼 뿐이었네. 물질주의는 물질주의의 종말을 준비하기 위해서만 가치 있었을 뿐이지. 그런데 그 자체가 목적이 되었잖나. 그래서 문명은 우리에게 이제 한 가지 문제밖에 제기하지 않네. 원료의 문제……

프랑수아 봉디『튤립』에서처럼『죄지은 머리』에서도 순수성에 대한 갈망, 거의 성스러움에 대한 갈망을 익살과 기괴함이 누그러뜨리고 있네. 인물이 자기 자신에게, 절대를 향한 갈증에 지나치게 사로잡힐 때마다 말이네. 소설 속에서 자네가 냉소주의와 사랑의 신랄한 공격으로 가치들에 가하는 시련에서 예수만이 무사히 빠져나오지.

로맹 가리 인간이 있었지. 사람들이 곧 그를 내세로 쫓았네. 하지만 내게 그는 외계인이 아니네. 그는 인간이었고, 우리 가운데 한 사람이었지. 나머지는, 우리가 그리스도라는 이름으로 한 모든 것과 하지 않은 모든 것은 그 사람과 아무 상관이 없어. 말하자면 성인 유괴가 일어났던 셈이지. 우리가 인간의 신화에 관심을 가지면, 우리를 파충류와 구분해주는 이 일말의 시詩에 관심을 갖는다면 우리는 예수를 통하게 되네. 우리가 인간에게서 신의 몫을, 상상의 몫을 제거하는 순간부터 우리는 고깃덩이만 갖게 되지. 예수와 함께라면 문명, 심지어 교회를 건설하는 데 필요한 모든 것이 있었다는 것 자네 이해하나? 그런데 우리가 그걸 어떻게 했나? 우리가 어떻게 했나? 정액의 성스러운 특질에 관한, 피임약에 관한 논쟁에서 우리는 예수를 찾으려고 들잖나…….

프랑수아 봉디 소리칠 것 없네. 늦은 시각이야. 자네 이웃들을 깨우겠어!

로맹 가리 이웃은 텔레비전으로 깨우지 그리스도로는 못 깨우네. 내세와 교황청을 목표로 삼고 내 작품을 수거하려고 시도하는 사람들은 전혀 이해 못한 거네. 난 이 사람을 좋아하네. 한 인간이 사랑과 애정과 연민으로 여성적인 것에 말을 건 건 처음이었어. 그것은 여성성의 첫 더듬거림이고, 강성의 지배에 맞선 첫 항의이자 부드러움과 연약함의 첫 시도였지. 그런데 마초들이 그걸 어떻게 만들었나? 피바다로 만들었지. 한 인간이 모성애가 있다고 용기 내어 말한 건 서양의 역사에서 처음이었네. 페니스가 아닌 다른 무엇이 서양에서 일어선 것이 처음이었네. 그리스도의 목소리는 여성의 목소리였어. 그 목소리엔 강성이, 마초의 억양이 없었네…….

프랑수아 봉디 자네의 모든 책 매 페이지마다 극도로 예민한 감수성이 느껴지는데, 삶에서 자네는 강철로 된 사람인 것 같은 느낌을 주니 어떻게 된 건가?

로맹 가리 강철 인간이란 돈으로 된 인간이지. 돈 말이네. 『새벽의 약속』의 독자들은, 특히 여성 독자들은 나를 만나면 내게서 마마보이를 보지 못해 언제나 실망했네. 내가 내 엄마의 마마보이로 남았다면 난 내 어머니의 아들이 되지 못했을 거네. 이 편지를 보게나. 내가 액자에 넣어둔 유일한 편지, 어머니가 죽기 몇 시간 전에 쓴 마지막 편지네. "너를 축복한다…… 강인하거라. 강해야 한다." 아니야, 첫 번째 단어는 '강인하다'가 아니야. 러시아어로 썼는데 번역할 수가 없어. '실니' '크레프키'…… 이 두 단어는 동의어인데 '저항하는'이라는 의미지. 게다가 내가 진짜 내 얼굴을 갖고 있지 않다는 것도 덧붙여야겠네. 전쟁 때 일어난 비행기 사고 이후로 난 얼굴 왼쪽이 살짝 마비되었고, 코는 수시로 바로잡아줘야 한다네. 이 때문에 난 딱딱하고 냉혹하며 무심한 인상을 주지. 내가 이 말을 하는 건 늘 이런 인상에 대해 온갖 말을 듣기 때문이네.

프랑수아 봉디 자네는 자네 살갗 속에서 만족하나?자기 자신에게 만족하는지를 묻는 관용적 표현.

로맹 가리 그런 말을 내가 들을 만하다는 생각은 안 드는데. "자기 살갗 속에서 만족하"는 사람은 의식이 없는 사람이거나 개자식이지. 다른 사람들의 살갗 속에도 있지 않으면 누구도 자기 살갗 속에 있지 못하네. 그러니 아무래도 몇 가지 문제가 제기되지 않겠나? 몇 년 전에 아서 케스틀러가 내게 물었네. "당신은 왜 늘 당신에 맞서는 이야기만 합니까?" 케스틀러는 이 시대 최고 지성 중 한 사람인데 난 그가 그런 질문을 해 어안이 벙벙했지. 난 나 자신에 맞서는 게 아니라 '자아'에 맞서는, 보잘것없는 '자아의 왕국'에 맞서는 이야기를 하는 거네. 이 점에 대해서는 이미 얘기했으니 다시 돌아가고 싶진 않아. 하지만 자아는 언제나 최고 수준으로 희극적인데 그걸 너무도 잘 잊는 경향이 있지. 물론 자아가 때로는 멋진 결실을 맺기도 하지만 모든 식물에게 하듯이 정기적으로 가지를 쳐줘야 하네. 유머는 그걸 아주 잘해내지. 프랑스에서는 대단히 어려워. 왜냐하면 그곳이 개인주의의 나라기 때문이네. 이 말은 자아가 모든 점에서 권리를 갖는다는 뜻이지. 프랑스어로 '어릿광대짓'은 부정적인 의미잖나. 하지만 모든 민중 투쟁의 기원으로 시대를 거슬러 올라가면 익살을, 어릿광대짓을 만나게 되지. 왜냐하면 그것이 역경을 잘 버텨내고, 그들을 위한 담론의 요소를 전혀 마련하지 않던 사람들을—그 당시엔 지식이 특권층만을 위한 분야였는데 말이네—공격할 유일한 수단이었기 때문이지.

프랑수아 봉디 잡다한 요소들, 러시아-아시아계, 유대인, 가톨릭 신자, 프랑스인, 러시아어와 폴란드어를 말하면서 프랑스어와 영어로 소설을 쓰는 작가 등, 이 잡다한 요소들로 이루어진 자네라는 모자이크에서 어떤 요소가 자네에게 지배적인 기여를 하는 것 같나?

로맹 가리 자네가 나열한 것 가운데 언급되지 않은 것, 자유프랑스네. 내가 온전히 속했던 유일한 육체적 인간 공동체지. 내가 '전천후 인간'을 믿지 않는다고 이미 자네에게 말했잖나. 그래서 이를테면 나로선 내 역사의 순간이었던 이 드골주의—자유프랑스와 레지스탕스—에서 정치적 드골주의로 넘어가는 것이 불가능했지. 정치적 드골주의에는 난 언제나 관심이 없었네.

프랑수아 봉디 그래도 자네 평생의 유일한 충절이 거기 있었잖나…….

로맹 가리 내가 아니라 드골이 그랬지. 그는 우리를 결코 배신하지 않았네. 우리가 1940년에 그에 대해 가졌던 생각에 그는 늘 충실했지.

프랑수아 봉디 1944년의 카뮈처럼 자네는 레지스탕스에서 생겨난 사유인, 정치를 뛰어넘은 공동체를 꿈꾸나?

로맹 가리 1940~1944년의 큰 불행을 겪은 시기에 많은 사람들이 그랬듯이 나도 꿈꾸었지. 하지만 지금은……

프랑수아 봉디 지금은?

로맹 가리 정치적으로 나는 현실을 꿈꾸려고 애쓰네…….

프랑수아 봉디 낭만적인 현실 말인가?

로맹 가리 너절한 현실에 비하자면 그렇지.

프랑수아 봉디 자네 모자이크가 그 잡다한 요소들 때문에 자네에게 문제를 제기하는 순간들이 있을 것 같은데?

로맹 가리 1967년 11월에 딱 한 번 있었지. 그때 난 정보부 집무실에 있었고, 드골이 "자신을 과신하고 지배적인 엘리트 민족인 유대 민족"이라는 그 유명한 문장을 뱉은 기자회견을 막 끝낸 참이었네. 대단한 아첨성 발언이었지. 왜냐하면 프랑스야말로 1000년의 역사 동안 엘리트 민족이었고 스스로를 과신했고 지배적이었으니까 말이네. 내가 라디오에다 이 말을 했는데도 사람들은 전혀 분노를 일으키지 않았지. 그런데 드골이 그 문장을 내뱉었을 때 자네가 말한 '잡다한 요소들'이 저들끼리 충돌했고, 개중 하나인 유대인 요소가 자세한 해명을 요구하고 나섰지. 난 내 '잡다한 요소들'의 이름으로 드골을 보러 갔네. 그리고 그에게 말했네. "장군님, 옛날에 카멜레온 한 마리가 있었습니다. 녀석을 초록색 위에 놓으니 초록색이 되었고, 파란색 위에 놓았더니 파란색으로 변했고, 초콜릿 위에 놓으니 초콜릿색으로 변했는데, 스코틀랜드 담요 위에 놓았더니 터져버렸습니다. 그러니 장군께서 '유대 민족'이라는 말로 의미하는 바에 대해 상세한 해명을 청해도 되겠습니까? 프랑스 유대인들이 우리와 다른 민족에 속한다는 의미인지요?" 그는 두 팔을 하늘로 들어 올리더니 말했네. "이보게 로맹 가리, 우리가 '유대 민족'이라고 말할 때는 언제나 성경 속의 유대 민족을 말하는 거잖나." 그는 여우였네. 레오 아몽이 그를 보러 갔을 때도 거의 똑같은 대답을 했지.

프랑수아 봉디 1934년인지 1935년인지 자네는 바르샤바대학에 슬라브 언어 학위를 취득하러 갔지. 자네는 프랑스인이고 가톨릭 신자였지. 그런데 폴란드대학에서 가톨릭 신자인 폴란드인들은 저들끼리 앉았고 폴란드 유대인들에게는 특별히 마련된 의자가 따로 있었잖나. 자네는 꼬박꼬박 폴란드 유대인들과 함께 앉았고, 폴란드 기독교인들에게 꼬박꼬박 얻어맞았지. 자네 서류에 가톨릭 신자라고 기록되어 있었기 때문에 그들은 자네가 유대인들과 앉는 걸 막고 싶었던 거지.

로맹 가리 그 점에 대해서는『흰 개』에서 설명했네. 난 태생적으로 소수자네. 바르샤바대학에서는 소수자들 옆에 앉았던 거네. 난 강자들에는 맞서네.

프랑수아 봉디 유대인이라는 것이 자네에겐 무엇인가?

로맹 가리 나를 진저리 치게 만드는 방식이지.

프랑수아 봉디 이스라엘은?

로맹 가리 흥미진진하지. 난 이탈리아도 아주 좋아하네. 이탈리아는 내가 가장 좋아하는 외국인 것 같네.

프랑수아 봉디 이스라엘이 국가로서 사라져야 한다면, 국민이 그 나라에서 내쫓긴다면 자네도 작아진 느낌이 들지 않겠나?

로맹 가리 작아진 느낌이 아니라 방향을 잃은 느낌이 들겠지. 방향 잃은 느낌은 들겠지만, 내가 인간적 이유들 때문에 타격을 입을까? 아니면 나의 유대인 몫에 타격을 입을까? 난 자네에게 대답할 만큼 '그 상황'에 놓여 있다고 느끼지 않네. 결코 그 상황에 처하지 않게 되길 희망하네.

프랑수아 봉디 그렇지만 자네는 반＊유대인 아닌가. 자네는 선택할 수 있잖나…….

로맹 가리 그래, 그렇게 선량한 미소를 짓고 짓궂게도 구는군. 반유대인이라니 난 그게 무슨 의민지 모르겠네. 반유대인은 반우산이나 마찬가지야. 그건 이스라엘의 광적인 인종주의자들이 즐겨 쓰는 개념이기도 하네. 좋아, 내가 그걸 자네에게 증명해 보이지. 몇 년 전 텔아비브에서 어떤 단체인지 모를 단체가 보낸 편지 한 통을 받았네. 내가 일종의 전 세계 유대인 연감 격인 〈후즈

후인더월드쥬리〉에 실리고 싶은지를 묻는 편지였지. 나는 그 넉넉한 정신에 감동받고 그러겠다고 말하고 설문지를 채워서 보냈네. 그러자 그 얼간이들이 곤혹스러운 편지를 보내 내가 유대인으로 간주되는 데 필요한 특징들을 갖추고 있지 않다고 답해온 거네. 그들은 로젠베르크와 힘러보다 더 까다롭게 살피는 사람들이었네…… 누가 가스실에 보내질 권리가 있고 없는지를 결정하는 사람들이지……. 나는 격분해서 그들에게 내 어머니는 모세 후손이고 유대인이었으며, 우리에게 중요한 건 어머니며, 만약 나를 〈후즈후〉에 집어넣지 않으면 공개적으로 문제 삼겠다고 말했지……. 죽은 듯한 침묵이 있었고, 나는 대단히 정중한 외교적 방문을 받았네. 한 시간 동안 내게는 신학적이고 국가적이고 기술적인 설명이 주어졌는데, 그곳에선 누가 가스실에 갈 권리가 있고 권리가 없는지를 법이 결정한다는 얘기였지……. 이 점에서는 독일인들이 훨씬 더 넓은 시각을 가졌네.

프랑수아 봉디 자네는 그래도 가톨릭 신자가 아닌가…….

로맹 가리 이스라엘이건 다른 어느 나라건 원산지 증명서로 나라를 만드는 건 아니지. 이집트 기독교인 콥트도 있잖나……. 미국인 모험가로 장제스를 도왔던 그 유명한 '장군' 코헨은 제1차 세계대전이 끝난 뒤 상하이에 있었네. 그때 중국에는—아마 지금도 있을 거네—모세 종파의 중국인인 유대 중국인들이 있었고 유대교회당도 있었지. 금요일 저녁이었는데 코헨이 기도를 하러 그곳에 갔지. 중국인들은 호기심을 가지고 그를 쳐다보았지만 아무 말도 하지 않았네. 기도가 끝나자 중국인 랍비가 코헨에게 다가와 물었네. "실례합니다만 여기엔 무얼 하러 오셨습니까?" "기도하러 왔습니다. 저는 유대인입니다." 코헨이 말했지. 그러자 중국인 랍비가 코헨을 살피더니 고개를 저었네. "전혀 유대인 같지 않으신데요……." 이스라엘 사람들은 중국인 랍비들을 만들고 있네.

프랑수아 봉디 3월 11일 자 〈르푸앵〉지에서 프랑스의 보안대가 유대인 기술자들과 엔지니어들이 일하는 군수공장과 항공 건축 공장 수사를 착수했다고 읽었네……. 보안대는 그들 가운데 이스라엘 스파이가 있다고 추정했지.

로맹 가리 보안대 대장도 유대인이네.

프랑수아 봉디 확실한가?

로맹 가리 내가 말한 게 중상모략이라면 그 사람이 나한테 명예훼손 소송을 걸 수 있을 거네. 여보게 프랑수아, 내가 자네에게 추천하는 방법이 하나 있네. 우리 주변에 어리석은 짓거리가 너무 거셀 경우, 그러니까 그것이 날카롭게 짖고 짹짹거리고 휘파람을 불어대면 누워서 눈을 감고 자네가 바닷가에, 해변에 있다고 상상해보게. 모든 시대를 통틀어 가장 큰 영적 힘인 바보짓거리가 다시 들려오면 나는 언제나 내 형제 대양의 목소리에 구원을 요청한다네……. 그러면 우리의 오래된 어둠에서 나온 해방의 노호가, 강력한 목소리가 나를 향해 일어나 우리의 이름으로 말을 하지. 왜냐하면 오직 나의 형제 대양만이 인간의 이름으로 말하는 데 필요한 목소리를 가졌기 때문이네……. 하지만 무슨 일이 있어도 발렌로트⟨폴란드 시인 아담 미츠키에비치의 시소설 『콘라트 발렌로트』⟩의 문장을 결코 내 것으로 삼지는 않을 거네. "난 인간들에게 죽임당하고 싶다. 올바른 편에서 죽는다는 걸 확신하기 위해……."

프랑수아 봉디 로스앤젤레스 총영사 직무를 맡았을 때 자네의 첫 공식 방문이 매킨타이어 추기경을 찾아간 것이라는 사실에 특별한 의미를 결부해야 하나?

로맹 가리 그건 순전히 직업상의 방문이었네. 매킨타이어 추기경은 전직 사업가였고, 종교로 귀의한 은행가였네. 그는 미국 가톨릭교회에서 가장 능수능란한 행정가가 되었지. 은행가였던 그의 과거, 그의 영적 권위, 온전한 보수주의자로서의 그의 평판이 그에게 캘리포니아 사업가들을 상대로 막강한 영향력을 행사하게 해주었지. 그런데 그 무렵 우리의 위신은 더없이 낮은 수준으로 떨어져 모든 무역협정에서 즉각 그걸 느낄 수 있었네. 1956년 우리는 "유럽의 병든 인간"으로 간주되었을 뿐 아니라 그것도 대단히 전염성 높은 병자로 간주되었네. 따라서 나는 매킨타이어를 살짝 구슬리려고 찾아갔지. 그런데 보자마자 그가 내게 뭘 물었는지 아나? 그는 드골이 모스크바의 요원이고 쾨니히 장군이 프랑스에서 공산주의자들의 무장 폭동을 준비하고 있다는 것이 사실인지 물었네. 그는 이 정보를 미국인 사업가들에게서 얻어냈다고 내게 밝혔지. 이보게, 이건 역사적 사실이네. 1956년 미국 교회에서 가장 힘 있는 고위 성직자 가운데 한 사람이 내게 던진 질문을 자구 그대로 정확히 옮긴 거네. 이것은 모든 시대를 통틀어 가장 큰 영적 힘이 바보짓거리라는 내 생각을 다시 한 번 확인해주었지. 매킨타이어 추기경의 이 '정보'는 나중에 미국에서 가장 큰 주간지 〈라이프〉로 가는 길을 찾았고, 워싱턴에 있던 해외정보방첩국 전직 요원이 제공한 '자료'를 가지고 쓴 미국의 베스트셀러, 레온 유리스의 『토파즈』의 토대가 되었지. 따라서 이

교회의 왕자와 함께한 기념비적인 대담 후에 나의 두 번째 방문이 내가 W. C. 필즈와 더불어 미국 '익살극'과 영화계에서 내가 가장 존경할 만한 광대로 손꼽는 그루초 막스였다는 사실에 자네는 놀라지 않겠지. 잊을 수 없는 방문이었네. 손에 모자를 들고 감격한 얼굴로 도착하는 나를 보고서 그루초는 가능한 한 참담한 인상을 보이며 내 감격을 짓밟으려고 열심이었네. 나는 같은 기술을 『죄지은 축제』에서 마티외라는 인물을 위해 사용했지. 자신이 존중하는 모든 것에 존중심을 보이지 않는 인간. 그루초는 생각에 잠긴 듯한 짓궂은 눈길로 늘 어디가 상대를 아프게 할 수 있는 약점인지를 찾았지. 그것은 언제나 투우사의 창을 꽂을 장소를 찾는 눈길이었네. 나와 함께 있으면 그는 말 그대로 평소 이상의 도발 능력을 발휘했네. 그는 나를 앉게 하더니 올리브를 담은 받침접시를 내밀며 내게 말했지. "올리브 하나 먹게. 내 마누라 올리브 말고, 이 중에서 하나만 먹게." 못 견디게 웃긴 건 아니었지만 난 경건한 마음으로 하하하 웃었네! 그러자 그는 매우 흡족한 얼굴이었지. 그러는 사이 그의 눈길이 말없이 내게 말했네. '가련한 친구.' 그가 내게 묻더군. "당신이 외교관이오?" 나는 그렇다고 말했지. 나는 그가 찾을 수 있는 '재치 있는 말' 가운데 가장 형편없는 것들을 내게 내놓으리라는 걸 이미 알고 있었지. 내 얼굴을 짓밟으려고 말이네. "그러면 외교관 가방은 수입합니까, 수출합니까?" 나는 또 하하하 웃었고, 그는 만족스레 경멸과 깊은 혐오감을 드러내며 나를 지켜보았네. 그가 잠깐 소파에 누워 뒹굴더니 내게 말했지. "내 아내는 외출했소. 당신 헛수고한 거요." 난 물론 질식할 듯 웃었네. "내 처제를 알지요?" 그의 처제 디는 하워드 호크스의 아내였고, 대담을 주선한 것이 그녀였네. 웃음의 전문가와 함께 있을 때는 줄곧 웃게 되는 경향이 있지. 파블로프 조건반사 같은 거지. 난 그의 처제 디 이름만 듣고도 아무 이유 없이 폭소를 터뜨렸고, 점점 더 깊이 빠져들었지. 그에게는 내가 광대였네. 나는 딸꾹질 사이로 오호, 네, 하하, 하워드 호크스의 부인, 하하, 디를 압니다, 라고 마침내 그에게 말했네. 그는 먹을 것에 대한 호기심에 거부감까지 섞인 표정으로 나를 지켜보았는데, 마치 내가 먹을 만한지 확신이 서지 않은 표정이었네. "하워드는 그의 아내보다 마흔 살이 많고, 난 내 아내보다 마흔 살이 더 많소. 당신이 어떻게 그를 알았는지 모르겠군요?" 정말이지 절망적이었네. 그는 인정사정없이 이 모든 걸 내게 마구 퍼부었고, 나는 점점 더 발작적으로 웃었고, 그는 정말이지 대단히 흡족해했지. 그러니 그의 멸시 속에 나는 더욱 돋보였네. 그는 가학취미로 이런 농담을 한 시간 동안 계속했고, 그렇게 내게 신고식을 치르게 한 뒤 소박하고 인간적인 사람이 되었지. 나는 프랑스 총영사였고, 불손의 신랄한 공격을 버텨냈네. 이날 저녁 그는 나를 초연에 초대했네. 할리우드는 아직 전성기여서 그곳의 초연 공연은 꼭 막힌 교통과 엄청난 인파를 의미했지. 막 들어서려는 순간에 한 사람이 그루초에게 이렇게 말했네. "그루초, 자네 시가 잊었나?" 그루초가 나를 향해 돌아보더니 내게 말하더군. "저 개자식들을 정말이지 좋아할 수가 없네." 그것이 50년 동안 사람들을 웃겨온 나이 든 사람의 반응이었네. 관중이 예술가로 여기는 게 아니라 단지 어릿광대로 여기는 사람. 익살스러운 공격의 대가인 W. C. 필즈가 죽어갈 때 옆방에서는 스튜디오의 개그맨들이, 적절한 말과 재미난 발상의 전문가들이 그를 위해 웃기는 '마지막 말'을 쓰려고 애쓰고 있었네. 마지막 순간에 의사가 그들을 불렀고, 그들은 와서 그의 귀에 대고 그 말을 했네. 영원으로 떠나기 전에 그 조크를. 그는 그들을 쳐다보았고, 너무도 증오심에 사로잡힌 나머지 3주나 더 살았지. W. C. 필즈, 채플린, 그루초 막스는 내가 받은 가장 강력한 문학적 영향력이었네. 그루초는 그라우치 grouch, 즉 불평에서 온 말이네. 이 불손과 패러디, 강자가 인간적으로 남도록 약자가 끊임없이 강자에게 던지는 이 조롱을 통한 공격 없이는 민주주의도 없고, 생각할 수 있는 가치도 없네. 강자가 인간적이지 못하게 되는 순간 무력으로써 이 시도들을 금지하기 때문이지. 성스러운 광인들이 있네. 그들만이 무엇이 성스럽고 무엇이 사기인지 우리가 느끼도록 해줄 수 있지. 난 나의 거의 모든 책에서 그들에게 도움을 구하고 있네. 그들이란 튤립이고, 『낮의 빛깔들』의 뱁던이고, 『징기스 콘의 춤』의 징기스 콘이고, 『죄지은 축제』의 마티외고, 그리고 나 자신이네……. 진짜 가치 있는 이들은 저항하고, 가짜들은 검열과 감옥과 정신병원을 이용해 자기를 지키지…….

프랑수아 봉디 전성기의 할리우드는 어땠나?

로맹 가리 이미 그다지 전성기가 아니었지만 그들은 그걸 알지 못했네. 1947년에, 다시 말해 내가 도착하기 9년 전에 텔레비전이 정복의 행보를 시작했을 때 할리우드의 차르들은 그걸 알아차리지 못했네. 스튜디오며 배우며 작가들이며 도서관에 수천 개의 영화를 갖고 있으니 텔레비전에 손을 댈 수 있었을 텐데 그러지 않았고, 혁명의 위협이 있을 때 모든 차르들이 하듯이 했지. 다시 말해 혁명을 믿지 않았네. 그들은 10년에서 12년 사이에 제거되거나 잡아먹혔지. 하지만 1956년만 해도 아직 괜찮은 척할 수 있었지. 스튜디오의 대주인, 거물이라 불리는 그들은 모두 스스로를 상수컷으로 여겼네. 그들은 어린 시절의 문제들을 결코 청산하지 못한 사내들이었네. 그 결과는 온갖 형태의 '힘'을 과시하는 광적인 마초주의였네. 정력과 돈의 힘을 과시하고, 약자를 짓밟고, 연약함을 경멸하고, 여자들을 소비의 대상으로 취급했지. 스튜디오들의 선두에 해리 콘, 재넉 같은 사람이 있었네. 그들은 왕좌에 오른 뒤로 "안 돼" 소리를 한 번도 들어보지 못한 사람들이었지. 그곳엔 냉혹한 수직 체계가 있었네. '거물'들이 저들끼리만 초대를 해서 나는 할리우드에서 한 번도 '수평적'인 저녁 식사에 참석해본 적이 없었네. 그들이 수직적으로 같은 수준의 성공을 이룬, 돈과 인기와 힘에서 같은 수준에 있는 저들끼리만 서로 초대했다는 의미네. 그들은 결코 '수직적'으로 초대하지 않았지. 그래서 이를테면 자네는 결코 신인을, 새로운 사람을, 아직 떠오르는 중인 배우나 연출가 또는 제작자를, 젊은 '희망'을 만날 수 없는 거네. 그것은 하나의 피라미드였네. 각 층이 인기와 돈과 성공의 경계로 철저하게 고정되어 있는 피라미드 말이네. 다시 말해 언제나 같은 낯짝들을 보았고, 결혼하지 않은 젊은 여자는 거의 보지 못했다는 얘기네. 왜냐하면 그 신사들의 아내들이 새로운 여자가 그 트랙에 끼어들어 그들의 합법적인 출자자를 빼앗아갈까 봐 두려움 속에서 살았기 때문이네. 가장 전형적인 경우가—이 말을 하면 그녀가 날 용서하지 않을 거네. 너무도 오래된 얘기라—패트리샤 닐의 경우였네. 그녀는 뉴욕 연극계에서 왔고, 한

두 편의 영화를 찍고 난 뒤 할리우드의 새로운 대스타로 얘기되고 있었지. 불행히도 그녀는 게리 쿠퍼를 사랑하게 되었고, 이미 결혼한 게리도 그녀를 사랑하게 되어 이혼 얘기가 나오기 시작했어. 아주 추한 일이 벌어졌네. 피라미드 꼭대기에 오른 할리우드의 할머니들이 모두 패트리샤에 맞서 대동단결을 했고, 그러자 스튜디오 사무실 소파에서 초야권을 행사해왔지만 도덕과 가족과 종교를 옹호하는 대고용주들은 그녀를 말 그대로 그 도시에서 내쫓았네. 살아남은 한두 건의 사랑 이야기가 있긴 하지. 내가 보기에 가장 아름다운 이야기는 캐서린 헵번과 역시나 유부남이었던 스펜서 트레이시의 이야기네. 나는 살면서 캐서린 헵번이 스펜서 트레이시에게 한 것처럼 한 남자에게 헌신하는 여자를 거의 본 적이 없네. 그 사랑은 20년 동안 계속되었고, 봄이 끝까지 그들 곁에 머물렀지. 이미 병든 스펜서 트레이시가 프랭크 시나트라와 함께 마르티니크에서 영화를 촬영하기로 받아들이자 캐서린 헵번도 마르티니크로 떠났지. 그녀의 애인을 위한 식이요법 음식을 공급해주려고 말이네. 모든 게 마초들 사이의 경쟁 관계에, 정력의 경쟁 관계와 지배 게임에 토대를 둔 환경에서는 사랑에 거의 가능성이 없었지. 이런 경우들의 척도는 성기와 돈이었고, 사랑은 바깥 어딘가, 보잘것없는 사람들 사이에서나 배회하는 것이었지. 대니 케이 집에서 리셉션을 끝내고 나가는데 한 중개인이 떨리는 목소리로 내게 했던 말이 기억나네. "저 안에서 3000만 달러의 스펙터클이 벌어지고 있다는 게 상상이 되십니까?" 모든 '거물'은 저만의 작은 왕국을 가지고 있었네. 그 왕국에서 낯설거나 다른 것은 모두 밉보였고 두려움을 낳았지. 왜냐하면 그 작은

'자아'의 왕국은 외부의 진짜 무엇이 끼어들면 언제라도 문제 될 수 있는 가짜 가치들의 협약에 토대를 두고 있었기 때문이지. 이 모든 것 주위엔 모든 계약의 10퍼센트를 받기에 값을 있는 대로 높였다가 추락을 부추기는 중개인들이 맴돌았네. 줄리 앤드루스는 큰 성공을 거둔 뒤 중개인들 때문에 순식간에 편당 100만 달러에 흥행의 10퍼센트라는 최고 수준의 몸값을 요구했다가 다음 영화 두 편이 적자 나자 '가치'가 바로 무너졌지. 이런 상황에서 비극은 편당 100만 달러를 받고 나면 다음 영화에서 80만을 받을 수 없다는 점이지. 왜냐하면 그건 인기도가 떨어지고 있고 침체 상태에 있다는 의미가 되기 때문이네. 미국에는 독점을 막는 대단히 엄격한 법이 있지만 돈의 독점을 막지는 못하네. 예를 들어 최고 스타와 최고 연출자, 최고 작가와 최고 무대장치 전문가들을 확보하고 있는 MCA가 있는데, 자네가 스타 한 명을 원한다면 그들은 나머지 온갖 것을 자네에게 떠안기고 값을 부르지. 이것이 소위 '패키지 딜'이라는 거네. 그곳에서 성공의 숭배는 무시무시했네. 바깥 세계는 존재하지 않았고, 박스오피스의 가치가 아닌 다른 가치는 아무 의미가 없었지. 어느 날 프랭크 시나트라가 자기 집에서 친한 사람끼리 하는 저녁 식사에 나를 초대했네. 그 자리엔 유명한 중개인 어빙 라자르가 있었네. 그는 꼭 무릎에 안경을 씌워놓은 것 같은 모습이었지. 최근에 다시 그를 봤는데 많이 늙었더군. 그래도 여전히 무릎에 안경을 씌워놓은 것 같았지. 내가 들어서자 그가 망연자실해서 나를 쳐다보며 물었네. "그가 당신을 초대하다니 어떻게 된 겁니까?" 이해하겠나? 보잘것없는 프랑스 대리인을 초대했느냐는 거지……. 프랭크 시나트라가 내 집에서 열린 리셉션에 5분 참석한 날 나는 세상에 알려졌네. 가장 어처구니없는 기억 중 하나는 세실 B. 데밀의 방문이었네. 할리우드 역사상 판지로 가짜 영화를 만든 사람들 중 가장 유명한 사람이지. 자네도 알지, 그의 첫 번째 영화가 〈벤허〉고, 〈십계〉 그리고 스케일 큰 다른 영화들이 있지. 그는 뿌리 깊이 신자였고, 존 포드와 존 웨인처럼 완벽한 가정생활을 꾸리는 할리우드인 중 한 사람이었지. 그는 아주 병들었는데 레지옹도뇌르를 받고 싶어 했네. 하지만 이생에서 그걸 받고 싶은 게 아니라 레지옹도뇌르를 달고 신 앞에 나서고 싶어 했지. 하나도 지어낸 얘기가 아니네. 그가 한 마디 한 마디 설명했고, 그건 사실이고 진지한 얘기였네. 물론 자네에게 몇 시간 동안이라도 할리우드에 대해 말할 수 있어. 왜냐하면 돈의 역사상 이와 유사한 걸 본 적이 없기 때문이네. 하지만 이걸 한 시퀀스로 요약해보지. 어느 날 저녁 난 당시 가장 큰 제작자 중 한 사람인 빌 괴츠의 집에 초대를 받았네. 그는 놀라운 인상파 그림들을 수집해 소장하고 있었어. 거기엔 반 고흐의 자화상도 있었고, 세잔과 모네, 보나르, 마네의 그림이 마흔 점도 넘었지. 정확한 판단으로 선택한 수집품이어서 전 세계의 전문가들이 찾아와 감탄하곤 했지. 저녁 식사 후에 우리가 소파에 자리를 잡자 세잔과 모네와 반 고흐가 천장으로 올라가고 스크린 하나가 내려오더군. 반 고흐 초상화가 있던 자리 벽에서 영사기가 저절로 나오더니 형편없는 졸작으로 로널드 레이건이 출연한 〈매니 스토워의 반항〉을 비추는 거였네. 로널드 레이건은 당시엔 할리우드의 2류 배우였는데, 지금은 캘리포니아 주지사고 차기 미국 대통령 선거 후보로 공화당 '출마자' 중 한 사람이지.

프랑수아 봉디 자네 그 사람들을 모두 알았나?

로맹 가리 그렇다네. 내가 여기서 말하는 모든 얘기에도 불구하고 그들은 나를 좋아했네. 왜냐하면 내가 소설가이기 때문이었지. 광고 대리인들이 얘기하는 것을 믿는 성스러운 괴물들이 자네 눈앞에서 살아 움직이는 걸 보면 저항하기 힘들지. 종종 비극적이기도 해. 여자 대스타 중에 일부는 겨우 읽고 쓸 줄 알았는데, 그들에게서 엉덩이와 돈만 보지 않고 인간적인 존재를 보는 작자를 만나면 그들은 대개 놀랄 만큼 겸손해지고 고마워하지.

프랑수아 봉디 자네 메릴린 먼로도 알았나?

로맹 가리 아주 조금 알았지. 루퍼트 앨런과 프랭크 매카시 집에서 알게 되었지.

프랑수아 봉디 어땠나, 메릴린은?

로맹 가리 그녀는 메릴린 먼로가 무엇을 해야 하는지, 메릴린 먼로가 무엇인지, 메릴린 먼로로 남기 위해서는 무엇을 해야 하는지 알지 못하는 여자였네. 자네가 '신화'로 만들어지면 자네가 라나 터너건 에바 가드너건 자네는 언제나 메릴린 먼로지. 똑같이 거대한 비현실의 몫이니까. 이 비현실의 몫이 예민하고 생리적이고 정신적인 작은 현실의 몫—이것이 자네지—과 충돌한다면 자네는 전적으로 메릴린 먼로가 되고, 자살을 함으로써 영원히 그렇게 남지. 술을 마시기 시작해 살아남는 사람도 있고, 술을 마시기 시작해 살아남지 못하는 사람들도 있지. 가련한 베로니카 레이크는 얼마 전에 오십 나이로 술 때문에 죽었지. 메릴린 먼로보다 조금 더 시간이 걸렸지. 그녀는 40년대 최고의 스타가 된 뒤로—르네 클레르의 〈내 사랑 마녀〉 기억나나?—바 종업원으로 전

락했고, 결국 일찍 죽고 말았지. 난 그녀를 아주 좋아했네. 지금
도 종종 그녀 생각을 하네. 라나 터너의 열한 살 난 딸은 어머니
의 애인을 부엌칼로 죽이고 살아남았지…… 조금은 말이네. 그리
고 에바 가드너……. 이 여자들은 정도의 차이를 두고 메릴린 먼
로보다 더 길게 살아남았네……. 들어보게, 내가 본 것을 이야기
해줄 테니. 어느 대스타, 한 시대에 두세 명밖에 없는 스타 중 한
사람이…… 술과 그 밖의 모든 것에도 불구하고 엄청난 미모를
간직했던……

프랑수아 봉디 이야기를 하는 게 힘들어 보이는데?

로맹 가리 술과 수면제를 난 끔찍이 싫어하네……. 그녀는 어느
저녁 식사에 영사관에 왔네. 이미 취해서 왔고, 칵테일을 마시는
동안 취한 게 더 눈에 띄었지. 그러곤 저녁 식사를 했고, 모두가
거실로 건너갔지. 급사장이 내게 다가와 귀에 대고 뭔가 보여줄
게 있다고 속삭였네. 나는 그를 따라 식당으로 갔지. 그녀의 의자
아래엔 웅덩이가 있었네. 그녀가 식탁에서 암소처럼 오줌을 쌌던
거지.

프랑수아 봉디 그렇지만 그건 예외적인 일이었잖나, 안 그런가?

로맹 가리 그 여자들이 모두 식탁에 앉은 채 오줌을 누지 않았
다는 의미에선 그렇지. 하지만 대개 유럽에서 온 몇몇 예외적인
경우, 마를레네 디트리히, 데버러 커, 오드리 헵번처럼 감탄할 정
도로 잘 버텨낸 경우를 제외하곤 다들 속에서 좀먹어 들어갔네.
왜냐하면 자신들의 정체성을 도둑맞았기 때문이지. 그녀들은 대
중을 위해 만들어진 세상에 살고 있었는데, 그것이 그들의 삶이
되어버렸던 거지. 그래서 헤디 라머―〈에로티콘〉류의 영화―는

물건을 훔치기 시작했지. 에롤 플린은 자신을 돈 후안과 동일시하고 신화 속에 살다가 쉰에 죽었지. 나는 배경 한 귀퉁이에서 그를 보았네. 열여섯 살 난 여자 친구의 도움을 받아 그림에 대고 오줌을 누고 있었지……. 그의 아들 숀 플린은 아주 잘생긴 청년이었는데 사진작가로 인도차이나에 갔다가 죽었지. 난 그가 진정성을 찾다가 죽은 게 아닐까 생각하네……. 물론 신화의 함정에 빠진 남자와 여자 들에 대해서만 이야기하는 거네. 그때는 아직 텔레비전이 이미지를 보편화하지 않았고, 할리우드가 아직 힘과 돈과 신화를 만들어내는 수완을 지니고 있던 시절이지. 만들고 이용한 다음 버리는 수완 말이네. 내 어린 시절은 영화에 크게 영향받았지. 그래서 어린 시절에 알았던 이름은 하나도 잊지 않았네. 특히 로드 라 로크, 루돌프 발렌티노의 여자 파트너 빌마 뱅키를 기억했지. 그들은 여전히 조용하고 행복한 커플로 살고 있었네. 그들을 찾는 데 1년이 걸렸지. 할리우드는 기억이 없어. 자신에 대한, 자기 작품에 대한 존중도 없지. 할리우드는 가져가기 위한 것이 아니라 그 자리에서 먹기 위한 것이지. 내가 도착했을 때는 이미 쇠퇴가 눈에 보였네. 평균연령이 육십 대인 사람들로 팀들이 구성되어 있었지. 새로운 사람들은 받아들이지 않았고, 카메라맨이 되려면 노조가 문을 살짝 열어주도록 카메라맨의 아들이어야 했지. 촬영장에는 세 명의 분장사가 있었네. 한 사람은 얼굴을 맡고, 한 사람은 몸을, 또 한 사람은 손을 맡았지. 소파 하나조차 소파를 이동하는 일만 맡은 사람에게 묻지 않고는 옮길 권리가 없었지. 내가 첫 영화 〈새들은 페루에 가서 죽는다〉를 미국 기업을 위해 촬영할 때—할리우드 스튜디오에 발을 들여놓지 않고 촬영한 영화네―할리우드에 있는 그 기업 스튜디오들을 유지하는 데서 야기되는 비용의 일정 비율을 예산에 집어넣더군……. 40년째 영화계에 군림하던 그 몇몇 폭군들에 기겁하지 않기란 어려웠네. 재능 있는 사람들을 이용해 그 몇몇 대부호들이 철 따라 청과를 파는 행상처럼 생각하고 말하는 걸 보면 아연했지. 예를 들어 잭 워너가 그렇다네. 어느 날 나는 파브르 르브레와 함께 그를 보러 갔네. 왜냐하면 잭이 헤밍웨이 책에서 끌어낸 형편없는 졸작 〈노인과 바다〉를 칸영화제에 출품하기 위해 그에게 떠넘기려고 절망적으로 애쓰고 있었기 때문이지. 멕시코 만에서 자기 힘의 한계를 넘어서 거대한 물고기와 사투를 벌이는 어부 이야기 말이네. 잭 워너는 우리에게 영화의 주제를 얘기할 필요가 있다고 생각한 모양이지. 몇 마디로 요약하더군. "너무 많은 걸 요구한 남자의 이야기"라고 말이네. 다시 말해 그가 그 이야기에서 본 건 돈 이야기였던 거지. 그래서 진짜 창작자, 작가, 연출자, 배우 들이 이런 멍청한 작자들에게 예속되어 있으니 그들의 가장 큰 걱정이 우울증을 피하는 것이라는 사실을 이해하겠지. 1956년에 최초의 신경안정제, '밀타운'이라고 불리던 알약이 시장에 나온 것이 기억나네. 구세주가 그 도시에 온 것 같았네. 온통 그 얘기뿐이었지. 사람들은 그 좋은 소식을 알리기 위해 서로 전화를 걸어댔지. 도시가 달라질 것만 같았지. 더는 문제도 신경증도 없이 할렐루야! 그곳보다 협잡꾼이 많은 곳은 세상에 없을 거네. 그리고 그 선두에는 정신분석가들이 있었지. 어느 날 나는 〈바람과 함께 사라지다〉의 제작자 데이비드 셀즈닉 집에서 저녁 식사를 하고 있었는데 정신과 의사들이 자기 고객들을 상대로 실험한 환각제 LSD에 대해 얘기하고 있었지. 그들은 LSD가 명료한 분석을 하게 해줄 '정신분석용' 폭탄이라고 생각하고 있었네. 셀즈닉이 나를 돌아보더니 물었네. "좋은 정신분석가를 아십니까?" 난 한 번도 정신분석을 받아본 적이 없다고 말했지. 그들은 모두 서로를 쳐다보았고 식탁에는 거북스러운 침묵이 흘렀네. 그들은 나 때문에 거북해했지. 셀즈닉 집에서 있었던 이 저녁 식사 후 얼마 지나지 않아 난 영화계에 대한 가장 멋진 교훈을 얻었네. 빌리 와일더가 준 교훈이었네. 모든 할리우드인 가운데 누구보다 매섭게 물어뜯는 정신의 소유자는 분명 빌리 와일더일 거네. 나는 린드버그의 첫 대서양 횡단에 관한 영화 〈저것이 파리의 등불이다〉의 촬영 기간 동안 그를 보러 갔지. 비행기 조종석에는 지미 스튜어트가 앉아 있었어. 눈을 뿌리는 기계와 바람을 만드는 다른 기계들을 사용해 태풍 속에 비행기 모형을 요동치게 만들더군. 빌리 와일더가 내게 말했네. "저기 보세요. 저것이 영화죠! 여기서 뭘 보십니까? 가짜 린드버그, 가짜 비행기, 가짜 하늘, 가짜 태풍, 가짜 눈…… 그런데 화면에는 어떤 결과가 나올까요? 가짜 린드버그, 가짜 비행기, 가짜 하늘, 가짜 태풍, 가짜 눈이죠!" 할리우드에 관한 가장 아름다운 영화가 내게는 빌리 와일더의 〈선셋 대로〉로 남아 있네. 그는 정말이지 매서운 이빨을 가졌어. 촬영하는 동안 폭군 같다 못해 악마 같은 감독, 예전에 나치 역할 전문이었던 오토 프레밍거에 대해 그 유명한 말을 내뱉은 게 바로 그였지. "난 오토에게 친절해야 합니다. 독일에 아직 가족이 남아 있거든요."

프랑수아 봉디 자네 그곳의 누군가를 사랑했나?

로맹 가리 무슨 얘기를 하고 싶은 건가?

프랑수아 봉디 우정 말이네.

로맹 가리 그렇지. 게리 쿠퍼네. 그는 정말이지 남자다운 사람이었네. 가장 여성적인 의미에서 말이네. 다정하고 친절했지. 미워할 수 없는 사람이야. 유머도 많고 겸손했지. 위대한 미국인이었어.

프랑수아 봉디 자네 소설 중 하나의 제목을 '게리 쿠퍼여, 안녕'이라고 지었지…….

로맹 가리 그렇다네. 그래서 사람들은 영화에 관한 소설이라고 생각했지. 내가 말하고 싶었던 건 작별이었네. 침착하고 자신만만하고 올곧고 정의로우며 신조 있는, 끝에 가서 항상 승리하는 미국인 주인공과 확신에 찬 미국에 대한 작별, 의혹과 불안과 자기혐오, 베트남과 워터게이트의 미국을 반기는 안녕이었지. 1963년에 이미 쓴 작품이었네. 미국 속어로 '스키광'이라는 제목으로 썼지. 이건 내가 영어로 쓴 세 번째 작품이네.『레이디 L』과『별을 먹는 사람들Les mangeurs d'étoiles』다음으로. 난 프랑스어 판본들이—번역이 아니라 내가 전부 다시 쓴 것이네—원전보다 낫다고 여기네. 왜냐하면 시간이 내 테마들을 더 잘 발전시키게끔 해주었기 때문이지. '번역 작업'은 순교더군.『레이디 L』을 영어로 쓰는 데는 6주가 걸렸는데 5년 뒤 프랑스어로 옮기는 데는 아홉 달이나 걸렸어.

프랑수아 봉디 영어와 미국어가 점점 더 다른 언어가 되어간다고들 하잖나. 그런데 자네는『레이디 L』은 폐하의 영어로 썼고, 아직 프랑스에 알려지지 않은『헐떡임The Gasp』을 포함해서 다른 소설 네 권은…….

로맹 가리 그건 '형제 대양Frère Océan'이라는 은유의 세 번째이자 마지막 권이지. 『스가나렐을 위하여Pour Sganarelle』의 서문에 미국어로 쓸 거라고 예고했고 그 이유들도 밝혔지. 에너지 위기를 다루니까…….

프랑수아 봉디 그렇지. 그런데 정말 재미난 방식으로 다루지. 그러니까 자네는 정통 영어로도 쓰고 대개 대단히 은어적인 미국어로도 쓰잖나. 그런 대단한 수완은—자네에게 내가 이 단어를 자주 쓰는군—경계심과 감탄을 동시에 불러일으킬 수 있지. 두 언어의 '패스티시' 같은 건 없나?

로맹 가리 미국인이나 영국인 비평가의 글에서 그런 의견은 읽어보지 못했네. 이거면 자네 질문에 대답이 될 것 같은데…….

프랑수아 봉디 다른 언어, 다른 문화에서 출발해서 동일한 창작물을 만들 때는 어떤 방식으로 작업하나?

로맹 가리 인물들이 내 생각을 이끄는 대로 따라가지. 그들이 날 취면 걸도록 내버려두네. 다른 여러 삶을—가능하다면 아주 다른 삶을—살고 싶은 내 갈망 속에서 말이네. 이건 따지고 보면 배우의 방식과 같은 모방이지…….

프랑수아 봉디 더욱이 자네는 배우들의 아들 아닌가…….

로맹 가리 난 모든 소설가가 작가이자 배우라고 생각하네.

프랑수아 봉디 자네의 흥미를 끄는 건 서로 다른 문화와 언어—러시아어, 폴란드어—에서 출발해서 눈에 띌 만한 영향 없이—고골만 빼고, 그리고 『하늘의 뿌리』에는 콘래드만 빼고—독창성에 도달하는 것 아닌가.

로맹 가리 폴란드 시인이자 논쟁가인 안토니 슬로님스키의 풍자적 유머가 나의 논쟁적 글에 많은 영향을 주었네.

프랑수아 봉디 ……그러니까 러시아어, 폴란드어, 이디시어—『징기스 콘의 춤』—억양이 실린 대초원의 유머에서 출발해 미국어, 영어, 프랑스 문화, 볼테르, 디드로—『튤립』에는 『운명론자 자크와 그의 주인』의 흔적이 눈에 보이네—까지…… 혼혈이 독창성에 도달했고, 개성 있고 참신한 색조에 도달했네. '잡종화'가 전혀 다른 의미를 획득했어. 아주 놀라운 작은 예를 하나 들어 보겠네. 미국어로 쓴 『게리 쿠퍼여, 안녕』에서, 그렇지만 오직 프랑스어 판본에서만—왜냐하면 미국어로 된 소설에는 존재하지 않는 것이니까—자네는 전형적으로 영국적이지 결코 미국적이지 않은 리메릭20세기 초엽 영국에서 유행한 5행 속요을 오직 프랑스어만 구사해 거의 외설적인 시를 재창조하고 있지. 그래서 이런 결과를 낳았어.

발벡에 한 사내가 있었다
족장의 불알을 관리했는데
더 매끈한 쪽을
스위스 금고에 넣어두었다
그렇다, 그랬더니 다른 쪽은 메카로 가버렸다.

이건 영국식 리메릭 장르를 엄격히 지킨 것이네. 미국어로 쓴 『스키광』의 프랑스어 판본에만 들어 있는 것이지. 그리고 또 베트남에 관해서는,

동방박사들이 와서

태울 수 있는 건 모조리 태웠다.

공산주의자 동방박사들은

그 후 추적당했다.

그래서 내 수키약sukiyak을 쏘았다

동방박사들이라면 지긋지긋해서.

이번에는 특별히 프랑스어로 생각한 것으로, 영어로는 표현할 수 없지. 정치적 무해성이 특징인 리메릭 전통에서 완전히 멀어져서 프랑스 정치라는 특수성에 도달하고 있지. 소설 전체가 예고하는 '68년 5월' 말이네.

한 모퉁이에서 웬 정치인이 말한다

그들에게 부족한 건 전쟁이라고.

테라스에서는 오케스트라가

계급투쟁을 살짝 연주한다.

그러자 중국은

핵무기 같은

표정을 짓는다.

이것은 1968년 5월혁명이 있기 2년 전에 쓴 것이지. 그리고 마지막으로 '소비사회'에 대한 이런 리메릭도 있네. 당시는 아직 이런 슬로건이 나오지 않았을 때지.

광고가 말하듯

롤스로이스 속은 모든 게 아름답다

호사스럽고, 조용하고, 관능적이다

그래서 우리는 모두 동의한다

저걸 호수에 처넣자고.

이것이 번영이다.

영국식 장르에서 출발해서 보들레르를 거쳐 68년 5월 직전의 프랑스 젊은이들의 관심사에서 영감을 얻어 먼저 미국어로 썼고, 결정적인 표현은—그리고 특유의 효과도—프랑스어에서 찾은 거지. 어떻게 한 건가?

로맹 가리 나는 내 '혼혈성'에 나의 모든 문학적 뿌리를 내렸네. 난 잡종이고, 새롭고 독창적인 무언가에 도달하리라는 희망을 품고 내 '잡종주의'에서 양분을 끌어낸다네. 게다가 이건 노력이 아니네. 내게는 자연스러운 일이지. 이건 나의 잡종 본능이고 문화적·문학적 차원에서 내겐 진정한 축복이지. 그래서 몇몇 전통적 비평가들이 내 작품 속에서 뭔가 '낯선' 것을 보는 거네……. 프랑스 문학 속의 낯선 물체. 이 '낯선 문학적 물체'가 동화될 만한 건지, 동화될 가치가 있는지를 결정하는 건 그들이 아니라 미래의 세대들이겠지. 하지만 이것이 바로 우리가 독창적 기여라고 부르는 것이 아니겠나? 이건 자기 아첨의 주장이 아니라 영국에서 활약했던 폴란드 작가 조지프 콘래드의 경우가 그랬네. 영국인들은 그가 세기의 가장 위대한 소설가라는 사실을 아직도 용서하지 못하지…….

프랑수아 봉디 좋네. 그렇지만 왜 자네는 미국어로도 쓸 필요를 느끼는가?

로맹 가리 불행히도 내가 중국어로도 그리스어로도 스와힐리어로도 쓰지 못하기 때문이네. 내가 소설을 시작하는 건 내가 있지 않은 곳으로 달려가기 위해서고, 다른 사람들이 있는 곳에서 일어나는 일을 보러 가기 위해서고, 나를 떠나 다른 육체에 깃들기 위해서네. '다른 곳'을 찾는 다른 모든 방식이 내게는 큰 결핍이네. 이를테면 그림이 그렇지……. 때로는 꽤나 우스꽝스러운 오해를 낳기도 하지. 이를테면 자클린 피아티에 부인이 〈르몽드〉에서 로맹 가리가 매독 환자에 기둥서방에 협잡꾼이었다는 결론에 이르게 된 것이 그렇다네…….

프랑수아 봉디 ?

로맹 가리 자네도 알다시피 내가 마지막 소설 『마법사들』을 1인칭으로 썼잖나. 악한인 인물을 '소설'에 집어넣으려 했던 거지. 『스가나렐을 위하여』라는, 소설에 관한 에세이에서 규정한 대로 말이네. 더 정확히 말해 '스가나렐의 모험들―정직한 인간'이라는 제목이 붙은 35장에 이 인물을 규정해두었지. 소설가에게 자기 이론을 실천에 옮기는 것이, 내가 '인물과 소설 탐구'라는 소제목으로 이름 붙인 것을 한 인물 속에 그리고 하나의 소설 작품 속에 구현하는 것이 얼마나 중요한지는 자네에게 말할 필요가 없겠지. 『마법사들』에서 포스코 자가를 만들어내면서 내가 하려고 했던 것이 바로 그것이네. 난 18세기 연대기 작가들과 카사노바나 코스모폴리타와 그 밖의 다른 위대한 모험가들, 나아가 알렉상드르 드 틸리프랑스 문인이자 모험가 그리고 볼테르의 모리배와 협잡꾼 기질에서 도움을 많이 받았네. 내가 내 악한을 작가로 만든 건 무엇보다 18세기의 모든 모험가들이 글을 썼기 때문이고, 세월을 가로질러 내달리고 오직 자신의 문학만 신경 쓰며 인간적 고통의 비명에서 행복한 선율의 효과만 끌어내는 유형의 문인이 존재하기 때문이지. 비니알프레드 드 비니 같은 위대한 시인들, 콩스탕벵자맹 콩스탕 같은 위대한 작가들, 볼테르 같은 경이로운 사상가들, 그리고 모든 나라의 다른 많은 이들을 보면 그들 작품의 아름다움과 그들의 삶 또는 비열한 행동 사이의 놀라운 간극을 종종 확인하게 되지. 그들은 아름다운 감정으로 아름다운 문학을 만들고 나면 그 감정들을 떠난 느낌을 받지. 이것은 오늘날까지 계속되고 있네. 그래서 나는 『마법사들』의 부족과 무엇보다 자신의 '문학적 마법'에만 신경 쓰는, 협잡꾼에 기둥서방이고 기생충에 매독 환자인 포스코 자가라는 인물을 만들어냈네. 나와는 꽤 멀어 보이는 이 인물과 되도록 가까워지려고 소설을 1인칭으로 썼지. 박 가에 있는 파리의 내 아파트까지 그 인물에게 빌려줬지. 적어도 그와 공통된 뭔가를 가져보려고 말이네. 이 세부 사실과 박 가를 보고 자클린 피아티에 부인은 〈르몽드〉에서 협잡꾼에 기둥서방에 매독 걸린 소설 주인공이 나라고 결론 내렸던 거지. 심지어 책의 한 문장까지 인용했더군. 늙어가고 쓸 주제도 떨어진 이 작가가 소설 주제로 쓸, 작은 "무언가라도 아직 건질 게 있을까 보려고 지나가다 들리는 풍문"에 귀를 기울인다는 문장이네. 그녀는 이런 기생적 태도를 내 것으로 만들었지. 이 이야기를 만드느라 내가 흘린 피에는 아랑곳하지 않고, 내가 한순간도 자유프랑스나 내 동료들의 희생으로 내 소설적 재산에 양분을 대어 베스트셀러를 만들어내지 않았다는 걸 알지 못한 채 말이 네. 이 모든 것에서 흥미로운 점이 있다면, 점점 더 자주 등장하는 것인데, 바로 픽션의 거부지. 한 작품이 상상의 산물일수록 더욱 설득력 있고 더 많은 독자 편지를 받네. "이것이 진짭니까? 정말 진짭니까?"라고 묻는 편지 말이네. 그 결과는 꽤 신기해. 작가들은 점점 더 자신들의 소설에 자료적인 형태를 부여하려고 애쓰고, 영수증으로 '진짜'임을 보증하는 가짜 자료들을 만들지. 그것들은 만들어지고 위조되고 거래되지. 하지만 그것은 '자료'로 확증되는 순간부터 교훈적이 돼―바로 이 말을 하려는 거네. 왜냐하면 많은 사람이 소설을, 상상의 작품을 읽을 때 자신들이 작품에 쏟는 관심 때문에 우직하게 속은 기분이고 이용당한 기분이 드는 시대에 우리가 들어섰기 때문이지. 생각 좀 해보세요! 이건 허구예요, 거짓이라고요. 그가 이 모든 걸 몽땅 지어냈다고요. 상상조차 할 수 없어요. 역겨워요. 이걸 지어내다니……. 내가 아는 한 프랑스 대사는 자신이 진지한 사람이라서 소설은 읽지 않는다고 내게 말했네. 왜냐하면 "날조된 이야기"를 읽으면…… 가책이 들기 때문이라는 거였지. 하지만 그들에게 '자료'를 주면, 그것이 몽땅 지어낸 것일지라도 그들은 훌륭한 도덕적 변명거리를 갖게 되지. 왜냐하면 그건 세관을 통과한 것이고, 도덕적이고, '진짜'고, 시가 아니기 때문이네. 내 말 알겠나? 20년 전에 나는 베른에서 앙리 오프노 대사―신께서 그의 생명을 모든 한도보다 길게 연장해주시길!―와 그리고 다른 몇 사람과 함께 로트 부인 식탁에 자리하게 되었네. 그때는 막 『거대한 옷장』을 출간한 참이었지. 이 소설은 해방 후 불량배와 창녀와 기둥서방 들의 세계에서 일어나는 이야기지. 로트 부인이 나를 향해 돌아보더니 이렇게 말하더군. "말씀 좀 해보세요. 이렇게 고상하신 젊은 외교관께서 창녀와 뚜쟁이와 불량배 들에 관해 어떻게 그토록 잘 알고 계신 거죠?" 나는 그녀를 안심시키려고 애썼네. "부인, '고상한 젊은 외교관'이 되기 전에 저는 창녀였고 기둥서방이었습니다." 그러자 나의 늙은 대사가 집주인을 향해 돌아보며 말했지. "저런저런, 아시겠지만 로맹이 과장을 **좀** 합니다." 이미 한 세대 전부터 소설의 죽음을 예고해왔는데, 나는 곧 그렇게 되리라고 생각하네. 시에 일어난 일을 보게나. 20년 전에는 아무도, 누구도 내 앞에서 대화에 젊은 시인의 이름이나 시집 제목을 꺼내지 않았네……. 그런데 시는 여전히 문학의 선구자였고, 인간의 첫 비명이었고, 다른 모든 문학 장르보다 앞섰지. 시가 죽는다면…… 다행히 텔레비전이 있군.

프랑수아 봉디 난 시인들을 자주 만나고 시에 대해 말하는 걸 듣네. 자네에게 이런 기회가 없다고 해서 누구도 비난하진 말게…….

로맹 가리 프랑수아, 자넨 비평가로, 강연자로, 문예지 편집자로 전문가네……. 자넨 문화 전문가야. 다시 말해 주변인이라고. 몇 세기 동안 무훈시부터 빅토르 위고까지 프시케는, 이 나라의 역사의식은 시에서 자양분을 얻어왔네. 오늘날 시가 프랑스의 프시케에 어떤 역할을 한다고 말하는 건 마치 프랑스가 퐁피두를 선택한 것이 그가 시 선집의 작가였기 때문이라고 말하는 것과 같네.

프랑수아 봉디 체험이 소설에서 어떤 역할을 하는지에 대해 말하고 있으니 하는 말인데, 자네의 할리우드 체류가 이 점에서 자네에게 도움이 되었나?

로맹 가리 아니네. 내가 할리우드와 영화계 사람들에 대해 말한 유일한 소설은 『낮의 빛깔들』이라네. 10년 전에 쓴 책이지. 할리우드는 작위성의 몫이 너무 커서 내가 거기서 허구 작품을 끌어낼 수가 없네. 작위성을 다룬 소설—진짜 소설—은 아직 쓴 적이 없는 게 사실이네. 분명히 흥미로운 주제가 되겠어……. 생각해봐야겠네. 그리고 미국에서는 온갖 상투적인 것들이 여전히 큰 효력을 발휘하고 가치로서 여전히 통용되고 있어서, 우리가 글을 쓸 때 있는 그대로 느껴야 하기에 그것이 노먼 메일러에게는 테마가 되지. 오직 미국인 작가만이 아직도 힘과 돈을 인간의 차원으로 믿을 수 있는 것 같아 보이네. 우리 소설은 이미 그걸 소화했고 똥으로 눠버렸어. 게다가 난 언제나 배경의 이면을 보았지. 희생자들의 속내를 들을 때 '강자'들에 관해 할 수 있는 한 많은 정보를 확보했지. 이따금 갈피를 잡지 못하는 가련한 젊은 프랑스 여자가 칸이나 생트로페에서 아무 때나 육체관계를 맺는다는 '계약'하에 새로운 대스타가 되려고 할리우드로 오곤 했지. 한두 건의 예외를 제외하면 대개 정해진 대로 끝이 났지. 처음엔 일주일에 150달러를 받았고 거창한 희망을 품었지. 그러다 75달러에 점점 덜 거창한 희망을 품게 되었고, 그러다 한 번 자는 데 100달러를 받고 겨우 생활을 꾸리게 되었지. 조금 빠르든 늦든 결국 피 철철 흐르는 고깃덩이가 되어 영사관의 내 집무실로 찾아왔네. 공화국은 내게 꿈의 희생자들을 본국으로 송환할 자금을 주지 않네. 난 전화기를 들고 문제의 중개인이나 제작자에게 전화를 걸었네. 몇 주 동안 그녀와 즐긴 작자 말이네. 그러곤 송환 비용을 책임지는 게 좋을 거라고 그에게 말했지. 왜냐하면 프랑스 언론이 이 일에 대해 떠들어댈 텐데 내가 막지 못할 거라고 했거든. 난 무겁게 힘주어 말했고, 프랑스 언론에 좋은 친구들이 있는데 그들이 그 말을 하는 걸 막을 수 없을 거라고 설명했지. 말귀를 알아듣는 사람이라면 알아들었지. 대개는 통했네. 그러면 그 여자들은 힘 있는 자들의 힘에 대해 자세한 사실들을 쏟아냈네. 상수컷이라는 평판을 가진 자들 말이네. 때로는 웃음이 나올 일이었고 때로는 구토가 나올 일이었지. 하지만 이건 할리우드만의 특징은 아니네. 꿈의 운명이 작동하는 모든 닫힌 세계, 젊은 여자나 남자의 꿈이 작동하는 모든 닫힌 세계는 거의 언제나 역겹네. 꿈의 착취보다 더 역겨운 걸 난 알지 못하네. 내가 연출을 하기 시작했을 때 가장 힘들고 가장 잔인한 일은 작은 배역이라도 얻고 싶어 하는 여자나 남자 후보들을 맞이할 때였지. 그들은 두 눈가득 꿈을 담고 들어선다네—스무 살의 내 눈 속에 담겼던 것과 같은 꿈이지. 책을 내고 싶어 한 꿈 말이네. 그러곤 2000개의 꿈 조각을 집어넣어 주변에 배역들을 나눠 줄 수 있을 스무 개의 영화를 동시에 만들고 싶게 만드는 눈길로 자네를 쳐다보지. 오디션을 보고 거절을 해야 했을 때 난 거의 병이 들었네. 3년 전 스페인에서 촬영한 한 영화를 위해서는 서른 명의 발가벗은 여자들을 검토해야만 했네. 적합한 가슴을 가졌는지 보려고 말이네. 끔찍한 일이었네. 예쁜 가슴을 가진 서른 명의 여자가 내겐 필요했고, 어린 여자들이 팬티 바람으로 와서 포즈를 취했고, 자신들이 표현할 줄 안다는 걸 보여주려고 몇 가지 동작을 해보이며 표현을 했고, 창녀나 성녀의 얼굴 표정을, 순결무구한 처녀나 진짜 탕녀의 표정을 지었네. 난 평생 그만큼 얼굴이 붉어진 적이 없었네. 그런데 갑자기 그 무리 가운데 브래지어를 하고 온 아주 귀여운 여자가 눈에 띄었네. 브래지어를 벗고 싶어 하지 않았지. 내가 그걸 가까이서 봐야만 한다고 설명하자 그녀는 울음을 터뜨리고 브래지어를 벗었네. 유방을 수선받아서 흉터가 두 개 남아 있었지. 그래도 어떻든 배역을 받고 싶어 했어. 난 그 아이를 위해 시나리오에 옷 입은 채 출연하는 장면을 썼네. 자네도 알다시피 도덕주의는 내 기질이 아니잖나. 하지만 할리우드가 꿈을 착취하는 것은 용서하지 못하겠더군.

프랑수아 봉디 그곳에서 자네가 가장 잘 알았던 스타가 누구였나?

로맹 가리 아무도. 미안하지만 친구, 아무도 잘 몰랐네.

프랑수아 봉디 그저 인간적인 차원에서도?

로맹 가리 베로니카 레이크를 좋아했지만 그녀는 이미 망가진 상태였지. 할리우드의 대스타와는 순수하게 인간적인 관계를 맺는 게 불가능하네. 대스타에겐 자기 남자와 자기 돈이 있고, 그 '주변을 맴도는 사람들'이 있지. 대스타는 도살장에 갈 시간을, 다시 말해 박스오피스 추락을 기다리는 살아 있는 신화였네. 대스타는 사람들을 무서워하네. 자기 안에 있는 걸 사람들이 발견하게 될지도 모르니까. 그들에겐 현실을 위한 시간이 없지. 어쨌든 그들은 지속성에는 습관이 들어 있지 않네. 왜냐하면 그들의 삶은 작은 조각들을 짜맞춰 만든 것이니까. 석 달짜리 영화 또 석 달짜리 영화, 이런 식이지. 그래서 매일 카메라 앞에 선 3분의 지속성, 이걸 10년 동안 계속했다면 지속성이라곤 전혀 갖지 못하게 되고, 중심을 잃고 균형을 잃게 되지. 열네 살 때부터 이 일을 해 온 주디 갈런드처럼 말이네. 감탄스러울 정도로 잘 빠져나온 이들도 있지. 뚱뚱하고 망각된 부유한 여자들. 그렇다네, 난 할리우드에서 경이로운 시간을 가졌지. 진저 로저스의 마지막 광채를 보았고, 가볍고 영적이고 지적인 노래에 탁월한 재능을 가진 콜 포터와도 우정을 맺었고, 프레드 아스테어 집에 가는 걸 좋아했고, 사랑스러운 시드 카리스와 함께 볼쇼이 발레를 보러 가는 걸 좋아했고, 열여덟 살이었던 제인 폰다의 젊은 웃음을 듣는 걸 좋아했고, 그리고 다른 많은 사람들도 좋아했네. 이 모든 게 이제는 내 머릿속에서 스냅사진들, 날아가 버린 행복한 미소들, 짧은 우정이 스치는 소리의 합성으로 남았고, 이 모든 게 에세이 조각이었지…… 물론 내가 자주 만난 프랑스인들도 있었네. 샤를 부아에, 루이 주르당, 달리오. 어쩌면 내가 잊지 못할 순간들을 가졌는지 모르겠지만, 잊었네. 그곳의 우정은 직업의 끈 끄트머리에, 공조의 순간에 매달려 있지. 한 편의 영화, 한 편의 시나리오, 그러다 떠나가지. 그리고 둘로 나뉘지. 인기가 점점 더 높이 솟아오르면 그들은 자네를 자기들 뒤쪽 어딘가에 남겨두고, 자네는 더 이상 그들과 '수평적 층위'에 있지 못하지. 아니면 그들이 박스오피스에서 추락해 주가가 떨어지면 자네를 피하지. 왜냐하면 그들이 수치스러워하고 죄책감을 느끼기 때문이네. 그리고 그들은 자네가 그들을 보면 거북해하리라고 짐작하지. 생겨나는 건 언제나 상품 '가치' 이야기들이야. 내가 몇 년 동안 그곳에서 간직한 유일한 우정은 존 포드였네. 미국 서부영화가 최고의 작품들을 그에게 빚졌는데도 그가 카우보이도 없고 아파치도 없는 불후의 고전 작품도 몇 편 했다는 걸 사람들은 잊어버리더군. 〈밀고자〉와 〈분노의 포도〉 같은 작품 말이네. 어느 날 저녁 급사장이 나를 찾아와서 문 앞에서 웬 거지가 나를 보고 싶어 한다고 전하더군. 갔더니 유아 용품 아기 모델과 탁발 수도사를 섞어놓은 듯한 사람이 왼쪽 눈에 검은 안대를 두른 채—뭔가를 주의 깊게 살필 때 존은 검은 안대를 들어 올리고는 잃은 걸로 간주되는 눈으로 쳐다보곤 했네—샌프란시스코의 블록 매장에서 산 펠트 모자를 쓰고 있었네. 지금 내가 쓰고 있는 이것 말이네. 그리고 다리미와 한 번도 접촉해본 적 없는 바지를 입고 있었지. 그는 내게 시가를 가져왔네. 그렇게 이따금 손에 시가 한 상자를 들고 나타나 영사관 문의 벨을 눌렀지. 시가 피우는 맛과 습관을 내게 안겨준 것도 그였네. 그를 만나기 전에는 난 담배를 피우지 않았어. 그는 프랑스에 대해 열정을 품고 있었지. 그에겐 프랑스가, 말하자면 와인과 태양이 있는 아일랜드였지. 존은 미국에서 태어났지만 아일랜드인 전문 배우가 되었네. 그는 제작자들에게 지독한 혐오감을 품고 있어서, 한 제작자가 촬영장에 와서 일주일 동안 촬영 결과를 보고 그에게 칭찬을 하자 그렇게 칭찬받은 필름을 몽땅 망가뜨리고 모든 걸 다시 시작했지. 그는 자기 영화 속에서 몰살시킴으로써 살게 해준 몇인지도 모르게 많은 인디언 부족의 '추장'이 되었는데, 그가 그 역할을 진지하게 연기하는 걸 보는 것보다 더 희극적인 게 없었지. 그렇게 나는 애리조나의 호피족 집을 방문하게 되었네. 이틀 동안 달리는 내내 그는 술에 취해 있었고, 우리가 보호구역에 도착하자 마침 제때 와서 무슨 기상 현상에 관련된 의식을 볼 수 있다고 설명하더군. 그런데 사실 그건 존 포드에 대한 의식이었네. 그가 추장과 의례적인 인사를 나누고 체로키어로 몇 마디를 더듬더듬 말하자 호피족 추장이 알아듣는 척했는데, 나를 추장에게 "프랑스 대추장"이라고 소개하더군. 문제의 호피족 추장이 캘리포니아대학 출신이며 애리조나 민주당의 선거운동원이라는 사실을 까맣게 잊고서 말이네. 호피족들은 무슨 기상 현상의 출현을 기념하기 위해 거대한 가면을 쓰고 줄 맞춰 춤을 추었네. 그 기상 현상이란 존 포드였지. 그는 틈틈이 요란한 방귀를 뀌며 꿈꾸듯 몸을 흔들었네. 존이 나를 돌아보더니 심각하게 말했지. "이 사람들은 절대 보호구역을 떠나지 않네. 외부 세계에 대해서는 아무것도 알고 싶어 하지 않지. 조상들의 땅에서 태어나고 살고 죽는 거지." 그러곤 남은 눈으로 눈물을 흘리고, 방귀를 뀌고, 맥주병을 비웠네. 그러자 인디언 무용수들이 가면을 벗었고, 추장은 파리 해방 때 미군으로 참전했던 호피족 두 사람을 내게 소개했네. 그들은 내게 피갈_{파리의 환락가}에 대해 경탄하며 말했지. 존은 격분해서 노발대발했는데, 그의 입술이 성난 아기처럼 뾰로통해져서 난 그가 곧 울 모양이라고 생각했네. 그가 레지옹도뇌르 수훈자가 되었을 때—그는 전쟁 동안 극동에서 해군 사령관으로 복무했네. 자기 눈의 검은 안대도 거기서 샀지—훈장 수여는 그의 집에서 친한 친구들이 모이고 아파치족, 수족, 샤이엔족, 호피족을 대표하는 열 명의 인디언이 할리우드의 단역들과 더불어 참석한 자리에서 거행되었지. 그런데 의식은 그다지 성공적이지 못했네. 왜냐하면 아내 메리가 술을 마시지 못하게 막아서 존이 침울해졌고 기분이 영 좋지 않았기 때문이지.

말년에 그는 프랑스의 광적인 청년 영화 팬들 덕에 생애 최고의 순간을 보냈네. 그들이 그에게 손짓을 하자마자 그는 파리로 갔고, 그들이 그에게 요구하는 모든 것을 했네. 오페라의 초라한 잡화상 개통식까지 참석했지. 청년들은 밤낮으로 그를 살폈고, 루아얄몽소호텔에서 그의 곁에서 잠을 잤지. 그가 밤에 일어나 오줌 누러 가다가 넘어져서 다리를 부러뜨리지 않도록 말이네. 그들은 존의 아내에게 그가 술 마시는 걸 막겠다고 약속했고, 최선을 다해 그렇게 했지. 그런데 그들이 가고 나면 침대 밑에서 열두 개의 빈 맥주병이 발견되곤 했지. 그는 점점 더 뽀빠이를 닮아갔네. 파이프 대신 시가를 물었고, 그의 창백한 이목구비가 시가와 검은 안대를 둘러싸고 있었지. 이것이 옛날과 최근의 존 포드의 모든 요소네. 어느 날 저녁 그가 그의 마지막 서부극에 출연한 예쁜 여배우 콘스턴스 타워스를 데리고 영사관으로 날 찾아왔지. 물론 그는 그녀에게 전혀 손대지 않았네. 고전 서부극에서는 그런 일이 일어나지 않았지. 어린 여자는 냉장고에서 뭘 찾을 수 있는지 보려고 부엌으로 갔고, 그녀가 나가자 존이 110킬로그램의 암시가 실린 눈길을 내게 던지며 눈을 깜빡였지. 난 그에게 축하의 말을 했고 그는 더없이 겸손한 표정을 지었네. '오늘 오후에 세 번'이라는 의미의 표정 말이네. 그러더니 미소를 지었지. 그가 나를 향해 몸을 숙이며 털어놓았네. "말해보게. 내가 기억력이 좀 없어져서 말인데, 여자들과는 뭘 하는 거지? 보아하니 옷을 홀딱 벗는 것 같은데. 그다음엔 뭘 하나? 이젠 기억이 안 나." 그 미소엔 슬픔이 깃들어 있었지. 그때 어린 여자가 그에게 줄 수 있는 모든 것을 가지고 돌아왔네. 맥주 말이네. 죽기 몇 주 전에 그는 마지막 대서부극 촬영을 준비하고 있다고 언론에 알렸지. 어쩌면 사실이었는지도 모르지. 광활한 공간, 말 달림, 무한한 지평선. 밥 패리시가 팜스프링스로 그를 보러 갔지. 그런데 존은 이미 죽음 코앞까지 가 있었네. 그는 그걸 알았고, 눈의 검은 안대도 그다지 많은 걸 가려주지 못했지. 그는 자기 아들의 상속권을 박탈하는 중이었네. 사람들이 막으려고 했지. 하지만 존 포드의 아들이라면 상속권을 박탈당할 수밖에 없어……. 그건 연기가 불가능한 배역이었네. 옆방에는 파킨슨병에 걸린 그의 아내 메리가 있었지. 경련 없이 말하려면 그녀는 누워야만 했네. 한쪽 방에는 암에 잠식당한 채 마지막 시가를 피우는 존 포드가 있었고, 다른 방에는 메리 포드가 누워서 경련과 싸우고 있었지. 정말이지 유진 오닐 작품 속에, 아일랜드 가족 비극 속에 있는 것 같았네. 인생은 종종 제 양념 속에 지나치게 예술을 집어넣곤 하지. 내가 보기엔 그것 없이도 우리가 아주 잘 뜯어먹혔을 것 같은데 말이네. 죽기 몇 주 전에 그는 내게 자네가 지금 보고 있는 이 회색 모자를 보냈네. 샌프란시스코의 블록 매장에서 만든 존 포드 모델. 내가 줄곧 쓰고 있지. 난 존을 아주 좋아했지만, 그래 봤자 아무 도움이 되지 못하네.

프랑수아 봉디 왜 할리우드에는 제작자와 감독 중에 그렇게 괴물들이 많았나?

로맹 가리 절대 권력이라는 자리가 어린애 같은 유치한 행동과 보이지 않는 균열을 부추기기 때문에 대개 괴물을 낳지. 때로는 꽤나 재미있어. 그런 웃긴 자와 개인적으로 처음 만난 건 〈하늘의 뿌리〉 촬영 후였네. 완전히 실패한 시시한 영화인데, 이 졸작

의 감독은 존 휴스턴이지. 어느 날 난 이 영화의 제작자인 20세
기폭스사 대표 재넉과 함께 로마노프에 앉아 있었네. 내가 존 휴
스턴 같은 감독이 어떻게 이런 졸작을 만들어냈는지 그에게 물
었지. 재넉이 설명하더군. 그가 우리에게 복수하려고 일부러 그
랬다고. 난 할리우드에서 결코 무엇에도 놀라지 않았지만 아무
리 그래도 이건……. "무엇에 대해 복수한단 말입니까? 내가 그
사람에게 뭘 했다고?" "자네가 그의 애인을 뺏었잖나." 재넉이 말
했지. 얘기가 흥미로워졌지. 내가 존 휴스턴 뒤에서 건드린 게 절
대로 아무것도 없었을 텐데 말이네. 난 위가 꽤 예민한 편이거든.
"내가 그의 애인을 훔쳤다고요? 언제? 누구를? 어떻게요?" 그러
자 재넉이 내게 말했네. "그러니까 존이 마지막 영화 〈게이샤〉의
여배우, 꼬챙이 같은 한국 여자와 함께 도쿄에서 돌아왔잖나. 그
가 그 여자를 자네에게 소개했고, 다른 영화를 만들러 떠나야 했
기에 자네에게 그 여자를 좀 보살펴달라고 부탁했지." 이 부분까
지는 완벽하게 사실이었지. 그 한국 여자에 대해서는 아주 잘 기
억났네. 한 번 영사관으로 저녁 식사에 초대하기까지 했지. 스무
명의 사람이 같이 있었고, 난 그녀와 단둘이서는 한 번도 있어본
적이 없었지. 그녀는 웬 파트너와 함께 왔고, 그렇게 다시 떠났지.
그게 다였네. 재넉은 이렇게 말했네. "존이 자네에게 보여준 이 신
뢰를 이용해 자기가 등을 돌리자마자 자기 여자를 가로챘다는
거야. 그래서 복수하려고 일부러 〈하늘의 뿌리〉를 대충 만들었
고." 난 이걸 듣고 레스토랑 주인인 마이크 로마노프를 쳐다보았
지. 그는 40년 전부터 차르 니콜라이 2세의 적자로, 다시 말해 러
시아 황태자로 이름나 있었네. 자칭 볼셰비키인들의 학살을 피해

할리우드로 와서 레스토랑 주인이 되었다고 했네. 난 재녁에게 이 이야기가 마이크 로마노프의 황태자 직위만큼이나 사실이라고 말했지. "어쨌든 그가 주장하는 건 그렇다네. 자네가 그의 평생 최고의 사랑을 가로챘다는 거지." 나는 존 휴스턴의 일평생 사랑을 훔치려면 존 휴스턴 자신을 가로채야 할 거라고 말했지. 다른 사랑은 그에게서 본 적이 없었으니까. 이 이야기에서 기만적인 건 이 사람들이 자네와 나처럼 말한다는 거네. 바지와 윗도리를 입고 인간의 얼굴을 하고서. 그러니 이따금 함정에 빠지게 되는 거지. 몇 년 뒤 내가 외교관직을 그만두고 이 사람들을 위해 스무 편 넘는 시나리오를 썼을 때 나는 바로 이 재녁을 위해 〈지상 최대의 작전〉을 작업했네. 이 작은 남자는 제작자로서도 경이로웠고 영화에 대한 사랑도 경이로웠지. 그는 작업하는 동안에는 쓸 수 있는 모든 수단을 마련해준다네. 난 그를 아주 좋아했네. 왜냐하면 그는 할리우드에서 가장 낭만적인 사내였으니까. 한 여자에게 열중하면 그는 그 여자의 발밑에 세상을 바쳤네. 그는 전 여자친구 벨라 다비를 자살에서 여러 차례 구했네. 그녀의 도박 빚을 갚아줘서 말이야. 하지만 어느 화창한 날 그는 너무 늦게 도착했고, 벨라 다비는 자신을 죽이고 말았지……. 그는 위대한 제작자였지만 불행히도 자신을 작가로 여기기도 했지. 그리고 돼지처럼, 진짜 돼지처럼 글을 썼네. 그의 펜에서 나온 건 정말이지 믿기 힘들 정도였네. 내가 그에게 시나리오 일부를 줄 때마다 그는 참으로 어이없는 뭔가를 만들어 그의 치명적인 흔적을 끼워 넣었지. 그래서 직업적인 관계에서 어느 순간부터 의논을 하려고 모일 때마다 난 주머니에서 바나나 하나를 꺼내 탁자 위에 놓았네. 마침

내 그가 물었지. "왜 매번 바나나를 탁자에 놓는 건가? 안 먹나?" "나한테 상기시키기 위해서입니다." "무엇을 말인가?" "이봐요 대릴, 당신은 점잖게 옷을 입었습니다. 바지, 재킷, 넥타이. 심지어 얼굴도 가졌고, 우리 언어를 말하기도 합니다. 그러니 매번 내가 함정에 빠져 당신이 고릴라라는 걸 잊어요. 그래서 이 바나나를 앞에 두고 내가 누구와 상대하는지를 상기하려는 겁니다." 이때부터 그는 내가 의논을 하러 갈 때마다 스스로 탁자 위에 바나나 접시를 갖다 놓았네. 내가 프리랜서였던 건 다행한 일이었지. 하지만 윌리엄 포크너나 스콧 피츠제럴드가 이런 전제군주의 손에 좌지우지되면서 절망과 알코올에 빠져든 것이 이해가 돼. 내가 스콧 피츠제럴드의 소설을 가지고 데이비드 셀즈닉을 위해 〈밤은 부드러워〉의 시나리오를 쓰기 시작했을 때 그는 매일 10쪽에서 20쪽의 메모를 내게 보내기 시작했고, 3주 뒤에 나는 이 계약에서 해방되려고 돈을 지불해버렸지. 이 모든 사람이 작가를 손에 쥐고 볼펜처럼 쓰려고 했네. 그런 예속 관계가 나랑 영 안 맞았어. 어쨌거나 이 첫 번째 할리우드 체류 기간에는 그들과 사교적인 관계밖에 맺지 않아서 그들을 밖에서 바라보았지. 그야말로 영화였네…….

프랑수아 봉디 다른 작가들도 만났나?

로맹 가리 레일런드 헤이워드 집에서 헤밍웨이를 한두 번 만났지만 난 그를 좋아하지 않았네. 그는 내면 깊이 신경증 환자였어. 어디에서인지 모르겠지만 말로가 개개인의 삶에서 가장 큰 문제 중 하나는 희극의 몫을 줄이는 것이라고 썼지.

프랑수아 봉디 말로가? 정말?

로맹 가리 ……헤밍웨이는 평생 강한 헤밍웨이를 연기했지만 그가 내면에 어떤 두려움, 어떤 불안을 감추고 있었는지는 신만이 알지. 그는 자신의 배역을 마초주의 위에 세웠지만 진실은 전혀 달랐다고 나는 생각하네. 1943년인지 1944년인지 이젠 잘 기억 나지 않지만 런던엔 매일 밤 폭격이 쏟아졌는데, 폭격 와중에 난 친구 하나를 잃었네. 그래서 병원들을 돌아보았지. 세인트조지병원에는 복도며 탁자 위며 할 것 없이 곳곳에 부상자들이 널려 있었네. 그리고 쉬지 않고 새로운 부상자들이 들이닥쳤지. 죽어가는 자들이……. 그때 불현듯 비옷 차림의 거인이 보였네. 이마에 피가 흥건하고 극적인 미군 장교들의 부축을 받은 극적인 출현이었지. 헤밍웨이였네. 그는 등화관제 때 지프차 사고를 당해 두피가 패는 상처가 났을 뿐 무사했지. 그가 죽어가는 사람들 사이로 나아가며 외쳤네. "난 어니스트 헤밍웨이입니다! 난 어니스트 헤밍웨이요! 날 치료해주시오! 난 부상을 입었어요! 나 좀 치료해주시오!" 주위에는 죽어가는 **진짜들**이 있었네……. 그가 평생 연기한 사람과 그의 소설 속 인물들을 비교해보게……. 그 자리엔 한 의사가, 로저 세인트 어빈 박사가 있었지. 그 시시한 이야기를 위해……. 그는 지금도 기억하고 있네. 그래도 여전히 『무기여 잘 있거라』는 세기의 사랑을 다룬 가장 아름다운 소설 가운데 하나고, 우리는 꽤 초라한 사람이면서 대단히 위대한 작가일 수 있지. 이건 헤밍웨이를 생각하고 하는 말이 아니라 모두를 생각하고 하는 말이네. 왜냐하면 우리는 자신이 가진 최고의 것을, 자신이 되려고 애쓰는 것을 자기 작품 속에 집어넣고 나머지는 자신이 간직하기 때문이지…….

프랑수아 봉디 그렇지만 자네는 이 대담에서 그렇게 하지 않잖나.

로맹 가리 왜냐하면 내가 이 사실을 깨달았기 때문이고, 나를 만나고 싶어 하고 내 안에서 예술 작품을 발견하리라 상상하는 친구 독자들에게 내 '자아'를 보여주고 싶었기 때문이지……. 내가 그들의 이웃집 사람보다 더 빛나는 인간적 가치를 가진 게 아니잖나. 아니, 어쩌면 덜 가진지도 모르지. 나는 내게 감동적인 편지를 보내오는 남녀 독자들에게 거듭 이 얘기를 하네. 그들은 내 말을 믿지 않고 종종 고집을 하지. 그러면 나는 그들을 받아들이길 거부하네. 왜냐하면 내가 그들의 환상에 애착을 갖게 되기 때문이지…… 허영심 때문에. 아니면 꿈을 생각해서인지도 모르고.

프랑수아 봉디 여자 독자들도 말인가?

로맹 가리 그 점에 대해서는 난 대단히 일찍 교훈을 얻었는데 그 교훈은 거저 훔친 게 아니네. 1951년 나의 네 번째 소설 『낮의 빛깔들』을 출간한 직후였지. 나는 임무 때문에 하와이에 가 있었네. 이 책을 사랑한 한 여성 독자가 파리에서 보내온 편지를 받기 시작했지. 난 그녀에게 답장을 보냈고, 그녀는 또 편지를 써왔지. 이번에는 수영복 차림의 사진을 내게 보내며 파리로 돌아오면 자기를 보러 오라고 초대를 했네. 그녀는 눈부시게 아름다웠어. 나는 혼란스러워지기 시작했네. 흥미로운 저자의 권리가 있었지……. 파리로 돌아갔을 때 나는 그녀에게 전화를 걸었네. 부드러운 목소리가 내게 대답했지. "내일 오후 5시에 포슈 거리로 날 보러 오세요……." 이튿날 난 이를 닦고 깨끗한 셔츠를 입고 달려갔지. 그곳은 개인 저택이었네. 하인이 문을 열어주었고, 난 홀을 가로질러 갔지. 지배인이 나를 맞이하더니 또 다른 문을 열어주었고, 나는 작은 살롱에 들어섰네. 소파 하나와 아주 내밀한 모든 게 갖춰져 있었고, 우리가 무엇을 하는지 보여주고 무언가 하는 동안 우리 모습을 늘려줄 거울들이 벽과 천장을 둘러싸고 있었지. 얼음 통에 담긴 샴페인과 캐비아도 있었고 커튼도 쳐져 있었네. 지배인이 내게 말했지. "마담께서 곧 오실 겁니다." 난 대단히 불편했네. 왜냐하면 전혀 다른 것을 보도록 만들어진 거울 속에 다섯 명의 지배인이 보였기 때문이지. 이건 내가 저자의 권리를 내세워 머릿속으로 상상한 것이 전혀 아니었네. 얼마 후 문이 열리더니 흠잡을 데 없는 실내복을 입은 예순 살의 멋진 여성이 들어왔지. 난 속으로 생각했네. 빌어먹을, 엄마가 우리 편지를 가로채서 본 모양이군. 바로 그때 그 여성이 내게 말했어. "놀라셨죠?" 난 말했네. 아닙니다, 부인. 왜 놀라겠습니까. 단호히 소파를 등지고 대단히 사교적인 사람답게 말했지. 그러고 나서 사진과 닮은 데가 있다는 걸 확인했지. "제가 스물일곱 살 때 찍은 사진을 보내드렸어요. 왜냐하면 스물일곱 살에 저는 골결핵에 걸렸고, 인생은 제게서 가장 아름다운 세월을 앗아 갔기 때문이죠. 그래서 저는 인생이 제게 그 세월을 빚졌다고 생각해요. 따라서 전 아직 스물일곱 살일 뿐이죠." 그러더니 비극적인 걸음을 한 발짝 앞으로 내디뎠고, 나는 정원으로 난 창문 쪽으로 슬그머니 다가갔지. 어떤 시도가 있을 경우를 대비해서 말이네. 그런데 아무 일도 일어나지 않았네. 그녀는 블라우스에서 작은 레이스 손수건을 꺼내어 눈을 닦았네. 하지만 난 어쩔 수가 없었어. 나이 때문이 아니라 거울 때문이었네. 왜냐하면 내가 하는 행동을 내가 보게 될 것이기 때문이었지. 그래서 나는 존경심을 담아 그녀의 손에 키스를 했어. 이런 상황에서는 정말이지 무례한 행동이었지. 그러고 나는 떠났네. 이 일이 내겐 교훈이 되었어…….

프랑수아 봉디 그 일이 자네에게 교훈이 되었을 것 같지는 않은데. 말이 나왔으니, 우리가 오랜 우정을 맺고 있긴 하지만 자네 인품의 한 가지 측면에 대해서는 말해야겠네. 꽤나 가슴 아픈 측면 말이야.

로맹 가리 그러게.

프랑수아 봉디 몇 달 전 취리히 사무실에서 내가 ORTF의 무슨 프로그램을 듣고 있는데 여자 아나운서가 여론조사 결과를 알리더군. 그 프로그램 제작자들이 실시한 여론조사였지. 그 결과에 로맹 가리 이름이 나왔네. 미셸 피콜리와 다른 몇 사람과 함께 "여자 좋아하는 남자"의 예로 언급되었지.

로맹 가리 보아하니 내 등 뒤에서 환상을 만들어내는 사람들이 있나 보군. 그리고 나를 욕보이고 싶어 하는 사람도 있고. "여자 좋아하는 남자"는 너절한 똥이고 끔찍한 초라함이고 게다가 여성 혐오네. 여자를 소모품으로 여기지 않고 여자를 좋아할 수는 없기 때문이지. 가치 속에는 언제나 희귀성의 개념이 들어 있지. 난 평생 여자들을 대단히 깊이 사랑했네. 이 말은 내가 결코, 조금도 '정복'을 하지 않았다는 얘기네. 정복은 비열한 관계야. '염복'이라는 개념은 수세기 동안 여자들이 받아들여온 자리를 전형적으로 보여주는 역행적이고 반동적인 개념이지. 여성이 첫 제물인 가짜 가치들의 승리를, 문명의 진짜 가치인 여성성에 대해 여성이 저지른 배반을 보여주는 전형적 개념이지. 아첨할 의도

로 피학 취향의 미소를 띠고 아첨과 찬양의 표정을 짓고 '호색한'
이니 '정복하는 남자'에 대해 떠들어대는 여자들을 자주 만날 수
있지. 역겨워. 그들은 여자가 아니네. 내시지. 여성성을 존중하는
마음이 조금이라도 있다면 성은 이미 오래전에 평등 속의 교류로
받아들여졌을 거네. '매수'도 '매수인'도 없고, '정복자'도 '정복'
도 없이 말이네. 흘러간 세기의 문학을 들여다보면 여성들의 마
조히즘에 놀랄 거네. '유혹자' 개념을 소비 시장에 끌어들인 책임
은 남자들보다 여자들에게 더 있지. 호색은 무능력의 한 형태였
을 뿐이네. 변화를 통해 자신을 자극하려는 남자의 필요였을 뿐
이지. 진짜 '위대한 연인'은 같은 여자와 매일 30년째 사랑을 나
누는 신사지. 돈 후안이라는 인물이 첫 광고까지 동반한 첫 소비
자였던 건 확실하네. 왜냐하면 '유혹자'들은 모두 광고가, 입소문
이, 마케팅이 문제의 자지에 대한 호기심을 일깨우고 수요를 높
임으로써 만들어낸 피조물이기 때문이네. 자네가 말한 비뇨기과
여론조사, 그 당시 ORTF의 여론조사를 보자면 그 주제로 내게
질문하려고 찾아온 한 여기자를 맞이한 적이 있네. 그때 무슨 일
이 어떻게 일어났는지 난 정확히 알고 있네. 자네도 알다시피 난
외출을 거의 하지 않고 일찍 자는 사람이잖나. 이따금은 사교계
의 초대를 받아들이지. 그들 세계가 어떤지 내게 상기하기 위해,
다시 여섯 달을 위한 고독의 배터리를 채우기 위해 말이네. 내 수
첩을 보면 시내에서 저녁 식사를 하는 게 1년에 예닐곱 번뿐이라
는 걸 알 수 있을 거네. 자신의 고독이 선택인지 아니면 항복인지
알고 싶어 하는 모든 인간에게는, 자기 고독 속에 있기를 원하는
모든 사람에게는 꼭 필요한 일이지. 그래서 난 스무 사람과 함께

하는 저녁 식사를 받아들이고, 크리스마스 때 그슈타트에 있는 마리 비슈네로 스키를 타러 가고, 마무니아로, 마라케시로 새해를 맞이하러 가는 사람들의 얘기를 호의를 갖고 듣지. 그들이 나를 초대하면 대개는 대단히 좋은 사람들이지만 다른 곳에 살기에 내가 거절해도 나를 원망하지 않네. 편안한 마음으로 거절할 수 있고 집으로 돌아와 1973년이나 1974년의 미스 고독을 다시 만날 수 있다는 건 경이로운 일이지. 그리고 때때로 옛날처럼 전쟁 후 베니스에서 열린, 내가 초대받지 못한 베스테기 무도회1951년 베스테기가 연 세기의 무도회나, 내가 가지 못한 리스본의 파티노 무도회 같은 무도회가 열리지. 옛날 사람들이 어떻게 살았는지 알고 싶은 호기심이 커서 나는 받아들인다네. 그렇게 기 드 로스차일드의 다정한 초대를 받아들여 그들의 시골 저택에서 열리는 프루스트 무도회에 갔지. 거기엔 400명이 게르망트 시절처럼 차려입고 왔더군. 멋진 무도회였네. 나는 내가 좋아하는 일에 몰두했네. 바닷가건 무도회건 한쪽 구석에 앉아서 시가를 피우며 바라보는 거였지. 자네가 말한 이야기가 일어난 건 그곳에서였네. 한 무리의 젊은 여자들이 내게 다가오더니 내가 이날 저녁의 가장 '매력적'인 남자로 방금 뽑혔다고 알렸지. 난 경험이 많잖나. 그래서 때가 되었다는 걸 깨달았지. 자네 이해하겠나? 그곳에는 파리에서 온 황금빛 청춘들이 있었네. '매력적'인 젊은 늑대들 말이네. 그런데 젊은 아가씨들에게 그들 중 한 사람을 고르기란 곤란했겠지. 심지어 위험하기까지 했을 거야. 왜냐하면 **진실**이 될 테니까 말이야. 그래서 아가씨들이 수염이 희끗하고 곱슬곱슬한 육십 대 남자에게 달려든 것이지. 그래야 무고하고 세련된 행동이고 아무 위험 없는 일이니까……. 자기에겐 가장 '매력적'인 남자가 파블로 카살스_{스페인 출신 첼로 연주자}라고 한 젊은 여자 있잖나……. 이건 여자들의 눈에 이젠 내가 경쟁 관계에 있지 않다는 얘기였지. 박물관이 된 거야. 이튿날 나는 '상'까지 받았네. 18세기 촛대였지. 그건 최후의 일격이었네. 게다가 대단히 우아한 일격이었지.

프랑수아 봉디 선물은 돌려주었나?

로맹 가리 아니네. 갖고 있었지. 가치 있는 물건이었어. 그런데 그 자리에 신문기자들이 몇 명 있어서 이 일이 문제의 여론조사의 출처가 된 거지. 여성성에 대한 내 사랑이 내 삶에서도 작품 속에서도 여전히 명백했고, 우리의 마초 사회가 여전히 여성을 엉덩이의 이야기로 축소시켜서 내가 그런 영광스러운 순간을 누릴 권리를 갖게 된 거지. 노령의 호색한이라는 평판 말이네. 가치와 진정성의 문제를 모두 떠나 오직 성_性의 영역, 사랑도 시도 없는 생리학적 성의 영역에 자리한, 본성이 원하는 불가피한 것으로서의 성의 영역에 자리한 "여자 좋아하는 남자"라는 개념은 '남자 좋아하는 여자'라는 개념만큼이나 바보 같지만, 우리 문명은 전자는 칭찬으로 만들었고 역겹게도 후자는 모욕으로 만들었지. "여자 좋아하는 남자"라고 하면 모두가 웃고 매력적이라고 하지. 하지만 '남자 좋아하는 여자'는 "색광녀"라고들 부르지. 아, 개자식들! 이 모든 표현이 광적인 남자들의 자만에서 나온 것이지. "소유되고" "가져지고" "성교당하는" 여자라는 표현 말이네. 정상적인 두 성을 비교해보면 여성의 성이 대개 훨씬 더 풍요롭고 더 다양하고 훨씬 넓은 반향의 폭을 갖고 있다는 걸 즉각 깨달을 수 있지. 그리고 남자들이 여자와 '같은 수준'의 실력을 발휘했을 때는 대단히 뿌듯해한다는 사실 자체가 남자가 유리하지 않다는 불평등의 개념을 전제하잖나……. 세상에, 언제쯤이면 남자들의 입술에서 정복자처럼 흡족해하는 쩨쩨한 미소가 사라지는 걸 보게 될까? 누가 뭐라 해도 우리는 신사라는 걸 보여주기 위해 어렴풋이 그리는 미소, 그 우스꽝스러움이 한 번도 제대로 우스꽝스럽게 사용되지 않은 미소 말이네. 마초주의와 성에 대한 희극 소설은 아직 쓰인 적이 없었지……. 그걸 난 염두에 두고 있네.

프랑수아 봉디 그렇지만 자네가 로스앤젤레스 총영사였을 때 이를테면 프랑스의 무역 이득보다는 여배우들에게 더 관심을 기울인다는 식의 얘기가 언론에 떠돌았던 걸로 기억하는데……. 자네를 "성 참사관"이라고 규정한 표현을 신문에서 읽었던 기억이 나네.

로맹 가리 그렇다네. 언론이 언제나 진실만 말한다는 건 모두가 알지. 어떤 바보가 "로맹 가리의 책 속에서는 약자들이 언제나 패배한다. 그가 괜히 드골주의자인 게 아니다"라고 썼을 때 그는 자신이 무슨 말을 하는지 알고, 미국의 한 주간지가 당시 내 아내였던 진 세버그가 '블랙팬서' 일원의 아기를 가졌다고 썼을 때 그 주간지는 스스로 무슨 얘기를 하는지 알고 한 거지. 그 잡지사 편집자가 정자의 배출을 지켜보았고 맛을 보았으며, 블랙팬서와 샤마드를 구분할 줄 알았고, 보르도나 부르고뉴와 미스 디오르를 구분할 줄 알았다는 얘기지. 나는 캘리포니아 기업가들과 절친한 관계를 맺었네. 그곳에 들른 프랑스 기업가들도 지금까지 기억하고 있어. 믿게나. 15년이 지난 오늘날까지도 그들은 내게 종종 카드를, 새해 연하장과 감사의 말을 보낸다네. 제너럴다이내

믹사의 회장 오들럼은 관절염 때문에 종일 뜨거운 수영장 안에서 전화기를 들고 지내는데도 인디오에서 내가 추천한 모든 프랑스인을 만났네. 캘리포니아에서 내가 첫 시승식을 한 카라벨 항공기를 제일 먼저 옵션거래 한 더글러스도 마찬가지였지. 그리고 록히드의 그로스와, 앞으로 이미 죽어가고 있었지만 내가 보낸 프랑스 기업가들을 끝까지 맞아주었고 대개 그들과 거래한 전자공학의 위대한 경영주 호치키스의 경우도 마찬가지였네. 이 점에 대해서 난 날 변호할 일이 없네. 서류가 있으니까. 그래도 5년 뒤 내가 내 직위와 워싱턴 주재 대사관을 모두 떠났을 때 파리의 인사부에서 남아달라고 부탁했다는 말은 할 수 있겠지. 물론 여배우들이 더 눈에 띄긴 해. 하지만 할리우드는 내 활동의 한 단편이었을 뿐이네. 라디오와 텔레비전이 있었고, 알제리 전쟁이 거기 막 등장했지. 1958년 드골의 정계 복귀는 파리 주재 미국 특파원들에 의해, 특히 내 친구 데이비드 쇤브룬에 의해 독재 정권으로 소개되었고, 프랑스에서 파시즘이 시작된 걸로 소개되었지. 대학들과 프랑스 식민지가 있었어. 그중 2000명의 바스크 출신 목동들이 캘리포니아 산에 있었네. 그리고 애리조나와 멕시코가 있었어. 그곳에서는 프랑스가 너무도 알려지지 않아 종종 감탄할 정도로 깜짝 놀랄 일들이 벌어지곤 했지. 이를테면 퍼모나에 있는 종교학교에서 프랑스와 잔 다르크를 내세운 작은 파티를 열기로 결정했네. 나는 감동적인 편지를 한 통 받았지. 이 신화적인 나라의 대표로 와서 그 축제를 주재해달라고 초청해왔어. 나는 갔고, 수녀와 학생 들의 환영을 받았네. 가장 나이 많은 아이가 기껏해야 열네 살 정도였지. 수녀님들이 내게 축제 프로그램을 건넸는데…… 겉표지에 무엇이 있었는지 아나? 핸드백을 들고 피갈의 가로등에 기대 선 전통적인 창녀였네. 그 선량한 수녀들은 그것이 창녀인지 알지 못했던 거네. 진짜 프랑스 아가씨라고 생각한 것이지.

프랑수아 봉디 자넨 뭐라고 했나?

로맹 가리 아무 말도 안 했네. 난 모든 프랑스 남녀를 대표했으니 가로등 아래 선 그 여자도 명백히 그중 한 사람이었지. 더구나 그래서 그 창녀는 그들 눈에 처녀로 남았잖나. 그리고 라스베이거스에서 리도 쇼가 시작되었지. 리도가 그곳에 등장한 건 처음이었네. 나는 개막식에 초대받았지. 나는 전화를 걸어 알팡에게 의견을 물었네. 알팡은 쿠브 드 뮈르빌의 후임자였네. 그가 내게 말하더군. "가세요. 그렇지만 **너무** 가지는 마세요." 난 가서 개막식에 참석했고, 행사를 주재했고, 악수를 했고, 알팡이 진지하게 행동할 때처럼, 교황처럼 진지하고 의젓하게 행동했네. 쇼 진행자의 이름이 무엇이었는지 지금은 기억나지 않지만 대단히 상냥한 마르세유 여자였네. 나중에 나는 그녀에게 로스앤젤레스의 디즈니랜드를 구경시켜 주었네. 새벽 4시에 나는 완전히 녹초가 되어 호텔로 돌아왔지……. 그리고 들어갔네. 그런데 내 침대 위에서 뭘 발견한 줄 아나? 완전히 제임스 본드를 위한, 신기한 장비를 모두 갖추고 완전히 홀딱 벗은 제임스 본드를 위한 여섯 명의 여자들이었네. "프랑스 만세"라고 쓴 플래카드까지 들고 있었지. 그렇다네. 새벽 4시에 "프랑스 만세" 플래카드와 함께 여섯 명……

프랑수아 봉디 어쨌나?

로맹 가리 여섯 명을 상대로 그가 뭘 하길 바라나? 그가 죽길 바라나?

프랑수아 봉디 아니면 절망이 그를 구해주었든지.

로맹 가리 ……구해주었든지…… 구해주었다는 건 성급한 단정이지…….

프랑수아 봉디 그래서 어떻게 했나?

로맹 가리 아무것도 기억나지 않아. 꼭 백지처럼. 내 말 알겠나?

프랑수아 봉디 알겠네.

로맹 가리 기억에 구멍이 났나 봐. 분명히 몸을 동그랗게 말고 잤을 거네! 기억이 나질 않아. 프랑스 총영사라 해도 책무에 한계는 있지. 게다가 난 공인 입장이었네. 직무 수행 중이었다고. 위신이 있지. 기억의 공백은 이따금 위엄을 지키기에는 아주 좋지.

프랑수아 봉디 알팡에게 그걸 얘기했나?

로맹 가리 아니. 했다면 그는 격분했을 테고 다음번에는 직접 갔겠지.

프랑수아 봉디 캘리포니아가 자네에겐 최고의 외교관 자리였다고 종종 말했잖나. 그리고 자네 인생에서 최고의 시절이었다고.

로맹 가리 어쨌든 가장 가벼운 시절이었지……. 가장 덜 기진맥진한 시절. 그리고 마지막에는 진 세버그를 만났지. 당시 스무 살이었어. 난 자유롭고 싶어서 외교관직을 떠났고. 그 후 우리는 결혼했고 아들을 하나 두었지. 함께 9년을 살았어.

프랑수아 봉디 왜 이혼했나?

로맹 가리 우리가 9년 동안 행복했기 때문이지. 그리고 망가지고 해지고 영감을 잃고 바래기 시작했지. 사랑에서는 난 타협을 좋아하지 않네. 적당히 수선해서 절뚝거리며 계속하는 것보다 과거를, 행복했던 9년의 기억을 구하는 편이 차라리 나았지. 그래서 우리는 이혼했네. 완벽하게 성공한 이혼이었네. 내가 진보다 스물다섯 살이 많았기에 공식적인 나이 차는 스물네 살이다. 로맹 가리의 혼동인 듯하다 자연스럽게 그녀는 내 아내의 역할에서 내 딸의 역할로 넘어갔지. 게다가 내겐 딸이 없었으니 그것도 나쁘지 않았네.

프랑수아 봉디 두 사람의 결혼 기간 동안 미국 언론이, 유독 미국 언론이 자네를 진 세버그에게 절대적 영향력을 행사해 자네 원하는 대로 조종하는 일종의 스벵갈리 다른 사람의 마음을 조종하여 나쁜 짓을 하게 할 힘을 지닌 사람나 피그말리온처럼 소개했지.

로맹 가리 내가 진에게 행사한 것보다 진이 더 큰 영향력을 내게 행사했지. 이건 바로 입증할 수 있을 거네. 내가 그녀를 만났을 때 그녀는 영화계 스타였고 나는 프랑스 총영사였네. 우리가 헤어졌을 때 그녀는 여전히 영화계 스타였고 나는 영화감독이 되었지. 그러니 영향력을 말하자면 언론이 얘기한 모든 것과 정반대지. 어쨌든 어떤 언론인지 봐야겠지만.

프랑수아 봉디 할리우드에서 자네는 『하늘의 뿌리』를 끝내고 『새벽의 약속』 『별을 먹는 사람들』 『레이디 L』, 그리고 소설 『스가나렐을 위하여』에 관한 에세이의 500페이지를 쓸 시간이 있었지. 피상적이라고 할 수 있을 생활과 이걸 어떻게 양립할 수 있었나?

로맹 가리 괄호를 열고 얘기하는 걸 자네가 허용한다면, 지상에서 내가 들렀던 모든 장소를 잠시 젖혀두고, 그게 할리우드건 볼리비아건 말이네, 나는 '인간의 깊이'라는 개념이 그 깊이를 들여다보면 주장일 뿐이라고 말하고 싶네. '깊이'는 인간이 자신의 타고난 피상성과 맺는 비극적 관계지. 인간이 그것을 의식할 때 말이네. 인간의 뿌리 깊은 비극은 자신의 피상성이고 무가치함이지. 분명히 깊은 비참이 있지만 그것조차 우리는 피상성 속에 있지. 왜냐하면 그것이 수선 가능한 것이고 치유될 수 있는 것이기 때문이네. 프로이트의 '깊이'는 우스꽝스러워. 신생아실이지. 거기에 대해서는 길게 얘기하지 않겠네만 그저 『스가나렐을 위하여』의 49장 제목들만 인용하게 해달라고 부탁하고 싶네. "비정상적인 주변 행동이 어떻게 깊은 의미가 되고 인간의 의미를 드러내는가" "특별한 앎의 소지자로 간주되는 신경증 환자" "원시사회로의 귀환 : 미치광이가 다시 신의 사랑받는 아이가 되다" "언어의 숭배, 열쇠의 유물". 그리고 자기 자신과 문학적 드잡이를 하고 나서 서커스에 가는 것보다 더 유쾌한 일이 있겠는가? 왜냐하면 할리우드는 흥행사 바넘과 미국 서커스 전통 속에서 구상되고 커졌으며, 그곳 경영주들은 모두 서커스 사람들로 남았으니까. 디즈니랜드에 가면 입구 철책 뒤에서 주머니에 손을 찌른 채 서서는 입장하는 손님 수를 세는 얼굴로 매상고를 감시하는 사내를 볼 가능성이 열에 다섯은 되었지. 그자가 월트 디즈니였네. 아니면 월터 웽거였거나……. 월터는 할리우드에서 가장 교양 있는 제작자로 꼽혔지. 왜냐하면 스콧 피츠제럴드를 거느리고 있었으니까. 이미 기력이 다한 피츠제럴드에게 그는 최후의 일격을 가했지. 그는 마초였네. 그는 권총 두 발을 쏘아 그의 아내 조앤 베넷의 애인의 서혜부에—아랫도리를 겨냥했던 거지—부상을 입힌 일도 있었네. 어느 날 그가 영사관으로 나를 찾아와 적은 예산으로 영화를 한 편 촬영할 생각이라고 알렸네. 조앤 콜린스와 80만 달러로 〈안토니오와 클레오파트라〉를 찍겠다는 거였지……. 그러더니 나한테 시저 역할을 제안하더군! 프랑스의 위상에 도움이 될 거라고 설명했지! 쿠브 드 뮈르빌이 엔딩 크레디트를 보면 어떤 얼굴을 했을지 상상이 가나! 그는 여러 번 찾아왔네. 그러다가 내 배역을 렉스 해리슨으로 급선회했지. 그리고 클레오파트라 역은 엘리자베스 테일러로 정했어. 그 뒤 저예산 영화는 모두가 알듯이 2700만 달러짜리 영화가 되었지……. 그 시절 난 위대한 서커스의 종말을, 마지막 '광기의 세월'을 살았다고 생각하네……. 라파예트를 추모하는 공식 의식이 기억나는데—미국에서는 언제나 라파예트만 찾네—그들에게 많은 도움을 준 건 로샹보였지만 라파예트에겐 광고의 의미가 있었지. 역사에 남겨진 그의 모든 행적이 수상쩍은 물건을 끼워넣은 광고가 되었네……. 그러니까 한 가지 의식이 생각나네. 그 자리에 나는 외교관 복장을 하고 가야만 했네. 깃털 달린 모자, 금박 입힌 옷, 검 등 모든 걸 갖춰서 말이네. 난 그 옷을 자크 비몽한테 빌렸지. 지금 모스크바 대사로 있잖나. 그 사람도 그 시절엔 꽤나 날씬했네. 나는 기대 이상으로 호평을 받았지. 의식이 있고 다음 날, 온갖 언론과 광고 대리인들에게서 전보가 오기 시작했네. 그들은 자동차며 세탁기며 이런저런 물건 판촉 캠페인을 위해 나를 이리저리로 초대했지. 내 제복을 입고 깃털 달린 모자를 쓰고 상품을 세상에 알리도록, 나더러 TV에서 새로운 애프터셰이브 로션을 위해 '장사'를 하겠느냐고 말이네. 그러곤 내게 출연 건당 1000달러를 제시했네. 이건 미국이 아니라 캘리포니아에서 일어나는 일이지. 그리고 이것도 들어보게나. 비스케일루즈라는 이름을 가진 바스크 출신 로스앤젤레스 보안관이 영사관 직원들을 점심 식사에 초대했네. 어딘지 아나? 그 도시 감옥 안이었지. 철창 뒤에 무장한 경비가 지켜 선 여성 감옥이었네. 영사관 직원들은 여죄수들의 서빙을 받았지! 이게 어떤 종류의 영화였는지 자네가 상상이나 할지 모르겠군. 철창에 둘러싸이고 구석구석 무장한 경비들이 지키는 감옥 구내식당, 죄수복을 입은 여죄수, 마약범, 절도범, 호객 행위를 했던 삐끼, 5달러짜리 매춘부 들이 죄수복을 입고 보안관과 손님들에게, 오른쪽 눈에 외알박이 안경을 낀 대영제국 총영사와 그 주위의 다른 영사들에게, 하나같이 품위 있는 그 사람들에게 음식을 내왔단 말이네. 식사를 하는 내내 화끈한 여자가 내 앞에 음식을 갖다놓으면서 더없이 순진무구한 미소를 입에 걸고 내 귀에다 대단히 세세한 서비스를 제안했지. 이게 캘리포니아였네! 그렇다네, 내 생애 최고의 5년이고 가장 쉬운 세월이었지……. 익살스러움이 기괴함을 누그러뜨리는 만화영화 같았지. 오스카시상식 후에 내 테이블에 앉아 자기 남편 앞에서 내게 거듭 이렇게 말하던 어느 제작자의 부인처럼 말이네. "총영사님, 나랑 자요. 허니, 나랑자요." 그러면 그녀의 남편은 나를 향해 몸을 기울이며 자기 아내가 몇 주 전부터 악마에 씌었는데 몰아내기가 아주 어렵다고 설명했네. 자네도 알겠지만 그때 그곳에서는 영화〈엑소시스트〉가 큰 성공을 거두고 있었지. 악마 들린 여자아이 이야기 말이네. 그런데 캘리포니아는 자네가 상상할 수 있는 온갖 신비주의적 종파들이 좋아한 땅이었지. 악마를 섬기는 여자들, 악마가 좋아하는 여자들, 이런 것들이 찰스 맨슨의 끔찍한 살육을 낳았지. 마약에 취한 히피 무리가 칼로 샤론 테이트를 살해하고, 그녀 배속의 태아와 초대 손님들을 모두 살해한 사건 말이네. 그곳은 성적 강박이 종교적 강박으로 쉽게 넘어가는 곳이고, 정액을 성수에 쉽게 뒤섞는 나라지. 그리고 그들에겐 기괴한 법들이 있어. 도착한 지 얼마 지나지 않아 나는 "기술적 강간"을 범했다는 이유로 경찰을 상대해야 했네…….

프랑수아 봉디 미국에서 "기술적 강간"이라는 게 무엇인지 설명해주면 좋겠군.

로맹 가리 그러니까 난 자동차를 타고 애리조나를 편안하게 달리고 있었네. 피닉스 영사 폴 코즈를 만나고 돌아가는 길이었지. 폴 코즈는 인디언의 친구고, 그곳에서 유명한 화가로 매력적인 사람이었지. 길가에 자동차를 얻어 타려는 젊은 여자가 보였네. 나는 차를 세웠고, 여자가 올라타더니 로스앤젤레스로 간다고 하더군. 그렇게 해서 우리는 캘리포니아로 향했지. 스무 살쯤 되어 보이는 빨간 머리의 예쁜 여자였네. 가슴이 대포알처럼 컸고, 이름이 내 첫 번째 부인과 같은 레슬리였지. 이런 건 마치 운명의 신호처럼 늘 감동적이지. 우리는 점심을 먹기 위해 쉬었다가 계속 길을 갔네. 내가 애리조나 주와 캘리포니아 주 경계선을 막 넘었을 때 경찰차 한 대가 보이더니 경찰 둘이 내게 세우라는 손짓을 했네. 나는 차를 세웠지. 경찰들이 여자에게 신분증을 요구했고, 여자는 신분증을 가지고 있었지. 그 순간 의구심이 들었네. 왜냐하면 캘리포니아에서는 아무도 신분증을 들고 다니지 않기 때문이네. 경찰은 여자가 내미는 서류를 힐끗 쳐다보더니 주머니에서 수갑을 꺼내곤 날 체포하겠다고 알렸네. 내가 "기술적 강간"을 범했다는 것이지. 미성년자를 동반하고 한 주에서 다른 주로 경계를 넘는 경우를 미국 법으로는 "기술적 강간"이라고 부르고 5년

징역감이지. 왜냐하면 법은 그걸 위법으로 **추정**하는 게 아니라 위법으로 간주하기 때문이네. 강간 행위를 하지 않았다고 주장할 수도 없고 대응할 수도 없지. 외교관 여권과 영사관 신분증을 보여줬지만 그들은 아무 말도 들으려 하지 않았네. 그래서 집으로 돌아오려면 캘리포니아 주지사에게 전화를 걸지 않을 수 없었지. 외교관 특권 덕에 걱정할 일까진 없었지만, 나는 사설탐정을 고용해서 문제의 여자애가 나를 체포한 경찰의 딸이었으며, 그것이 기획된 음모였다는 사실을 알게 되었지. 그들은 내가 스캔들을 겁낼 거라고 생각하고 나한테서 수천 달러를 뜯어낼 생각을 했다가 포기한 거였네. 이렇게 해서 나는 "기술적 강간"을 범하게 되었는데, 그건 정말이지 상상할 수 있는 한 가장 만족스럽지 못한 형태의 강간이었네.

프랑수아 봉디 1956년 『하늘의 뿌리』가 공쿠르상을 받았을 때 자넨 로스앤젤레스에 있었지.

로맹 가리 아니네. 대리공사로 임명받아 볼리비아로 갔을 때였네. 거기서 공쿠르상을 받지 못할 뻔했지…….

프랑수아 봉디 받지 못할 뻔했다고?

로맹 가리 그랬네. 사후엔 공쿠르상을 수여하지 않으니까 말이야. 수여식이 있기 며칠 전 나는 상무관인 불랑제를 포함해서 동료 두어 명과 티티카카 호 한가운데 있는 태양 섬으로 파견을 나갔지. 요즘도 그렇지만 그 당시 볼리비아는 만성적 폭동 상태였네. 볼리비아 광부 노조위원장 레친이 활약하던 시대였지. 광부 노조원들은 허리띠에 다이너마이트를 차고 돌아다녔지. 안전 조처로 밤에는 거리를 돌아다니는 것이 금지되어 있었네. 우리는 페리를 타고 태양 섬에 도착했지. 날씨가 무척 더워서 난 목이 말랐네. 그래서 맥주 한 병을 들고 뚜껑을 따서 병째 마셨어. 목에서 따끔한 느낌이 들어서 병을 쳐다보았더니 병 주둥이가 깨져 있었고, 그 절반인 2.5센티미터 정도의 날카로운 유리 조각을 내가 마셔버렸다는 걸 깨달았지. 장 천공을 확실히 보장하는 일이었지. 전화도 없었고, 다음 날 아침에 교통과 통신이 복구될 때까지 열두 시간 동안은 섬을 떠날 방법이 없었네. 불랑제가 나를 쳐다보며 끔찍한 표정을 짓더니 양식良識을 그득 담아 내게 말했지. "저런, 공쿠르가 딱하게 되었네." 난 썩 좋지 않은 기분으로 바닥에 앉아 첫 증상을 기다렸네. 그러는 동안 볼리비아 안내인은 예의 바르게도 깔깔대며 웃었지. 그는 죽음이 웃게 만드는 그런 부류의 사람이었지. 결국 그곳의 식당 주인이 한 가지 해결책을 제안했네. 섬에는 기적적인 치유로 이름난 마녀가 있다는 거지. 난 말했네. 마녀, 좋소. 그래서 그들은 믿기 힘든 피조물을 내게 데려왔네. 이죽거리고 냄새나는 노파였지. 보자마자 노파에게 믿음이 가더군. 그렇게 추잡한 몰골을 한 걸 보면 노파가 운명과 친척 관계인 게 분명했으니까. 그녀는 가더니 빵 속살 2킬로그램과 정말이지 역겨운 기름 한 병을 들고 와서 내게 그걸 전부 집어삼키라고 하더군. 끔찍했지만 나는 성실하게 신선한 빵 2킬로그램과 기름 한 병을 먹었지. 토하지 않으려고 애쓰면서 자리에 누웠고, 공쿠르상을 못 받게 될지도 몰라 밤새 한잠도 못 잤네. 고통은 전혀 없었고, 라파스로 돌아와 병원에 갔을 때는 빵과 기름으로 만들어진 반죽 덩어리에 둘러싸인 유리 조각을 별 손상 없이 꺼낼 수 있었지. 그러니 마녀들에게 침을 뱉으면 안 된다네. 며칠 뒤 볼리비아 신문들이 일제히 1면에 실었지. "공쿠르상, 이곳에서." 그러고선 자세한 소식은 깨알 같은 글씨로 실어서 온 나라 사람이 볼리비아 작가가 공쿠르상을 수상한 줄 알았지. 따라서 나는 보름 동안 파리에서 휴가를 보낼 수 있었네. 그리고 로스앤젤레스 직무를 다시 맡았고, 그곳에 4년 더 남게 되었지.

프랑수아 봉디 공쿠르상을 받으니 어떤 효과가 나던가?

로맹 가리 할리우드 효과. 보상, 환호, 비평으로 이루어진, 총체적으로 덧없는 광고의 순간이지.

프랑수아 봉디 그것이 자네 삶을 전혀 바꾸지 않았나?

로맹 가리 내 주거지를 바꾸었지. 마요르카 바닷가에 내 집, 시마론Cimarrón을 마련해서, 어딘가 머물 때는 그곳에서 1년에 대여섯 달을 보내곤 하지.

프랑수아 봉디 다른 곳을 떠돌며 시간을 많이 보내나?

로맹 가리 많이 보내지만 적어도 그걸 의식하지. 그런데 내가 만나는 사람들 대부분은 단단히 정착했고 그곳을 자기 집이라고 믿더군. 그 비현실성이 놀라워……. 물론 외교관직을 그만둔 이후로 나는 기자로서, 또는 영화 촬영차 직업적으로, 또는 그저 지켜볼 필요가 있는 지구의 회전을 따라 세상을 줄곧 떠돌고 있네…….

프랑수아 봉디 자네가 로스앤젤레스를 떠나던 순간은 자네 인생에서 변화의 시기와 일치하네. 자네는 첫 번째 부인과 이혼하고 10년의 '휴직'을 얻고 외교관직을 떠나 계속해서 매년 소설들을 펴냈고, 특히 미국에서 영화감독과 저널리즘 일을 했지……. 숙고해서 단절을 결정한 건가?

로맹 가리 그렇다네. 난 마흔여섯 살이었고, 나 자신과 일에 너무 안주해왔지. 영원히 나 자신과 타성에 빠질 위험이 있었어⋯⋯. 나는 모든 걸 허공에 던지기로 결심했네. 그건 일종의 중국식 문화혁명이고 개인적 차원의 재검토였지. 쉽진 않았네. 특히 외교관 직이 그랬지. 난 클럽에, 외국에서 누린 특권적인 삶에, 치외법권에, 외무부 내부의 움직임에, 우정에, 빈번한 인사이동에, 복도에서 이루어지는 조용한 발걸음에, 대단히 배타적인 클럽에 속한다는 느낌에 길이 들어 있었네⋯⋯. 게다가 떠난 지 18개월 뒤에 평소엔 결코 하지 않는 행동을, 다시 말해 뒷걸음질을 한 발짝 한 적이 있네. 나를 아쉬워하지는 않는지, 나 없이 지장은 없는지, 내게 돌아오라고 애원할 의향은 없는지 알아보았지⋯⋯. 인사부장은 아마도 그곳에서 가장 절친한 친구였는데, 그가 내게 쓴 편지는 이랬네.

친애하는 로맹

내가 노르망디 사람이긴 하지만 자네에게 전하는 이 대답은 내 출신과는 무관하며 현실을 반영한 것이네. 적어도 난 그렇게 보네.
자네가 '교회로' 돌아오는 건 내가 보기에 기술적인 어려움보다는 크지만 원칙적인 반대보다는 작은 문제를 일으키네.
기술적인 어려움이야 자네도 잘 알겠지. 아니, 자네도 짐작하겠지. 나눠야 할 자리는 그대로 둔 채 권리를 가진 사람의 수만 늘린 새 규정 이후로 상황이 점점 더 어려워져가기 때문이네. 원칙적인 반대는 아마 이해하기 힘들 거네. 고위층에서 생각하는 것을 내가 파악하고 규정한 대로 얘기하자면, 요즘 자네가 지나치게 외부 활동에 빠져서—더구나 그 활동들이 눈부신 성공의 관을 쓰고 있다는 사실도 사태를 더 악화시킬 뿐이네—'다른 사람들과 똑같은 외교관'으로 남기가 어렵다고 판단하는 것 같네.

이 말은 이곳에 자네 자리가 없다는 뜻이 아니라 그 자리를 사용하는 데 미묘한 문제가 제기된다는 뜻일 뿐이네.

게다가 여건은 시간이 지나면 달라질 수 있고, 모든 점에서 자네에게 걸맞은 자리가 나타날 수 있을 거네. 따라서 이건 재검토의 여지가 없는 결정적인 입장이 아니네.

친애하는 로맹……

이건 친구가 보낸 것이었고, 훌륭한 자질을 보여주는 연습용 편지였지. 그쪽 언어를 아는 사람이 보면 핵심 문장은 이것이었네. "게다가 여건은 시간이 지나면 달라질 수 있다." 이 말은 당시 외무부 장관이었던 쿠브 드 뮈르빌 씨가 떠나길 기다려야 한다는 의미였지. 아니나 다를까 쿠브 드 뮈르빌이 떠났을 때 문화교류부의 바라뒤크와 이탈리아 대사 뷔렝 데 로지에가 로마 주재 문화고문으로 외무부에 복귀하겠느냐는 제의를 내게 해왔지. 하지만 그때 나는 이미 머리를 기르고 청바지를 입고 있었고, 7년의 공군 생활과 15년의 외교관 생활을 겪은 뒤라 다시 목걸이를 차고 싶은 생각이 없었네.

프랑수아 봉디 인용한 편지를 보면 쿠브 드 뮈르빌이 자네가 "교회로" 복귀하는 걸 반대했다는 게 명백하군. 그 사람을 원망하지는 않나?

로맹 가리 전혀. 쿠브와는 우정 관계를 유지하고 있었지. 내 복귀를 반대한 것은 그 친구와 내 관계 때문이 아니라 그가 자기 자신과 맺고 있던 관계 때문이었네. 내가 보기에—그 친구가 날 용서하길—쿠브 드 뮈르빌은 자기 자신과 꽤 힘든 관계를 맺고 있었지. 그런 경우 통상적으로 다른 사람들이 그 대가를 치르게 되지. 규율에 대한 그의 엄격주의는 외무부에서 유명했네. 조르주 비도가 멍청이라는 것만큼이나 잘 알려져 있었지. 하지만 그는 희생 앞에서 망설이지 않았네. 그가 내게 보여준 가장 무시무시한 광경 중 하나는 그가 워싱턴 주재 프랑스 대사였을 때 디즈니랜드를 방문한 것이었네. 그는 감탄스러울 정도의 희생을 감내하며 미국의 민속 전통에 따랐지. 장담하건대 쿠브 드 뮈르빌이 디즈니랜드의 찻잔을 타고 빙글빙글 돌거나 목마를 타는 걸 보인 건 프로테스탄트 대사가 보여줄 수 있는 가장 헌신적인 직무 수행이었고 대표 책무의 감탄할 만한 본보기였네……. 아니네, 난 그 친구를 원망하지 않았네. 게다가 로스앤젤레스에서 돌아왔을 때 난 멋진 보상을 받았네. 드골이 나를 점심 식사에 초대했어. 증인을 원한다면…… 그 자리엔 갈뤼숑이 있었고 다른 서너 명도 있었지. 장군이 내게 말했네. "이제 뭘 할 생각인가, 로맹 가리?" 난 동결 중이라고 대답했지. 외무부에서는 배속받지 못한 외교관들을 그렇게 불렀지. 그러자 그가 말했네. "와서 나랑 같이 일하겠나?" 명확한 직책은 언급하지 않았지만 당시 그의 곁에 남아 있는 유일한 자리는 외교 고문 자리였지. 드골 장군의 외교 고문 자리는 바깥에서 보면 엄청난 자리야. 그러나 사실은 알맹이 없는 자리였네. 자네 조국 스위스에 산이 더 필요한 만큼 드골에게 외교 고문이 필요했지.

프랑수아 봉디 장군에게는 뭐라고 대답했나?

로맹 가리 내가 대답했을 때는 이미 너무 늦었어. 내가 몇 초 동안 고심하는 얼굴을 했기 때문이네. 그건 생각조차 할 수 없는 일이었지. 이미 끝장난 일이었어……. 사실은 고심을 한 게 아니라 어안이 벙벙했던 거였네. 외교 고문이건 다른 무엇이건 출석만 하면 된다는 걸 나는 잘 알았네. 하지만 그렇게 되면 직업 외교관이면서 드골 곁을 지키는 외교 고문이 되는 것이니 확실한 경력 보장이 되는 길이었지. 그리고 인간 본성 애호가에게는 얼마나 관찰하기 좋은 자리인가! 게다가 그 양반하고도 거의 매일 이야기할 수 있으니……. 앙드레 말로 얘기 말고 다른 얘기는 결코 하지 않았을 거라는 상상은 되더군. 난 대답했네. "장군님, 저는 글을 쓰고 싶습니다." 그는 다른 얘기를 했지. 생존 페르스의 시를 함마르셸드가 번역한 이야기……. 난 며칠 동안 그 일로 아팠네.

프랑수아 봉디 왜 거부했나?

로맹 가리 신의 때문이었지.

프랑수아 봉디 누구에 대한 신의 말인가?

로맹 가리 드골에 대한 신의. 난 그 사람에게 그럴 수가 없었네.

프랑수아 봉디 무슨 의미인가?

로맹 가리 난 그를 알고 그의 엄격한 요구를 알았지. 샤를 드골 곁에서 일할 수 없었던 건 나의 성적 자유를 지키고 싶었기 때문이네.

프랑수아 봉디 …….

로맹 가리 웃을 것 없네. 내 말은 장군의 협력자가 될 수 없었다는 얘기야. 그를 둘러싼 공식적 수직 체계가 요구하는 것을 받아들이면서 자유로운 성생활을 누릴 수는 없었지. 그건 공명정대함의 문제니까. 라탱 지구의 프랑수아즈를 빼곤 내 삶에 공명정대함이 없다고 날 비난할 수 있는 사람은 없다고 생각하네. 드골이 공공 직무에 대해 품는 개념에는 책임감의 윤리가 있지. 난 그걸 내 것으로 받아들일 수도, 받아들이고 싶지도 않았네. 그래서 거짓말과 이중생활과 거절 가운데 선택을 해야만 했지. 그때는 내 젊은 시절이 끝나가던 때였지. 상대적으로 젊은 시절이었다는 얘기네. 그래서 나의 천성을, 삶에 대한 사랑을 야심과 성공욕에 희생시키고 싶지 않았지. 난 계약을 지킬 수가 없었네. 내 사적인 삶은 내가 원하는 대로 살 수 있지. 하지만 드골 장군의 직속 협력자가 되면 타인의 삶의 윤리 속으로 들어가게 되겠지. 내가 그 요구 사항을 아는 윤리, 신의 때문에 지켜야만 하는 윤리 말이네. 물론 이따금 내가 속물이 된 건 아닐까 하는 생각이 들기도 하지…….

프랑수아 봉디 그 차원에서는 자네와 드골 장군 사이에 절대적 부조화가 있는 게 확실한 것 같군……. 그는 금욕적인 사람이었으니까.

로맹 가리 그 점에 대해서는 아무도 알 수 없지. 우리는 그를 늦게 알았지. 그가 이미 운동에 뛰어들었을 때…… 바르샤바나 다른 곳에서 보낸 그의 젊은 시절에 대해서는…… 아무것도 모르지! 이를테면 전직 외무 비서관이었던 립코스키 씨한테 들은 일화를 들려주지.

프랑수아 봉디 그 사람은 지금도 비서관이야!

로맹 가리 그런가. 그는 중국에 관해 아주 훌륭한 책을 한 권 썼지. 『중국이 깨어날 때』라는.

프랑수아 봉디 아냐, 그 책을 쓴 건 그가 아니라 알랭 페르피트일세!

로맹 가리 그래, 맞아. 어쨌든 내가 그에게 들은 얘기는 이렇다네. 당시 그는 파리 지역에서 첫 선거 캠페인을 하고 있었어. 이런 식의 대단히 멋진 연설에 뛰어들었다는군. "드골은 위대하고 고결하고 순수하고 멋지고 관대하다." 말하자면 칼을 뽑아 든 거지. 갑자기 웬 남자가 불쑥 일어서더니 외쳤네. "은총 가득한 성모 드골이라니 웃기지 마시오! 내 아내가 어렸을 때 드골 집안에서 가정부로 일했소. 그런데 당신네 그 드골이 내 마누라 엉덩이를 만졌단 말이오!"

프랑수아 봉디 저런!

로맹 가리 더 재미난 건 청중들의 반응이었나 보더군. 분열이 일어났고, 그 가운데를 이데올로기 경계선이 가로질렀지. 유권자 일부는 이렇게 외쳤고. "네놈은 네 매춘부를 쳐다보지도 않았잖아!" 다른 일부는 이렇게 외쳤지. "브라보! 그럴 만큼 그분에게 용기가 있었다는 증거잖아!" 용기가 있었건 없었건 그건 정말이지 마음 깊은 곳에서 나온 외침인 것 같았네······.

프랑수아 봉디 드골이 그랬으리라는 건 상상이 잘 안 되네.

로맹 가리 장군인 드골이 그랬으리라고는 상상하기 힘들지.

프랑수아 봉디 그게 사실이라고 확신하나?

로맹 가리 난 장 드 립코스키의 선거 캠페인 동안 일어났던 일을 자네에게 얘기한 것이고, 이 사건은 사실이야. 나머지는…… 사람들은 언제나 드골에 대해 방탕한 자를 지옥으로 보낸 '기사'의 동상처럼 얘기했지. 20년 동안 한 나라를 홀린 사람이, 보나파르트 이후로 프랑스가 경험한 최고의 유혹자였던 게 분명한 사람이 그랬다는 건 어쨌든 꽤나 재미난 일이지.

프랑수아 봉디 자네가 방금 '이야기 흐름을 타고' 털어놓은 고백을 그 능숙한 수완을 발휘해 슬쩍 넘어가는군. 그런 식으로 진실을 얘기하면서 동시에 슬쩍 넘어가다니……. 그러니까 자네는 '자네의 성적 자유를 지키기 위해' 드골 장군의 직속 협력자가 되기를 거절했다는 거군. 내가 보기에 이건 자유주의 신념의 선포라기보다는 오히려 자네 자신에 대한 은밀한 비난이고, 상대의 도덕적 준거에 대한, 드골의 도덕적 준거에 대한 자네의 겸허한 존경이 아닌가. 요컨대 자네 자신이 부적격하다는 감정 같은 것 말이네…….

로맹 가리 들어보게, 프랑수아. 자네가 내 '자아'를 규탄하는 순간부터, 자네가 내 '자아'의 부적격성을 의식하는 순간부터 내 마음에 쏙 드는군. 이 대담을 하는 내내 난 나의 '자아'를 결코 높이 평가하지 않는다고 줄곧 말했네. 하지만 여기서 신의의 문제로 돌아가지 않을 수 없네. 난 언제나 내가 속한 팀의 방식은 충실히 지켜왔네. 외무부에서 보낸 15년 동안 나는 팀의 다른 사람들처럼 행동하고 적절한 언어를 사용했으며, 런던에서 옷을 맞춰 입었고, 고상한 사람 행세를 했네. 문명, 사회 그리고 인간 자체는 대부분 관습의 문제고, 임의로 만든 서식에 따라 작성해서 법으로 만든 규칙을 지키는 팀 경기지. 그런데 내가 전적으로 할 수 없는 한 가지가 있다면 그건 게임의 규칙을 받아들임으로써 한 팀에 들어가는 동시에 팀과 규칙이 요구하는 모든 의무로부터 자유롭다고 선언하는 것이지. 나는 샤를 드골과 마담 이본 드골의 윤리를 알고 있었네. 그래서 프랑스에 대한 전혀 다른 생각에 계속 조공을 바치면서 그 팀에 들어가 거짓 행세를 할 수는 없었네……

프랑수아 봉디 정확히 어떤 방식으로 말인가?

로맹 가리 난 드골보다는 여자들을 좋아하네. 이렇게 꼬치꼬치 밝히니 좋은가? 자네에게 말하지만 이 사회는 참으로 위선적이네. 성에 대해 말하면 바로 야릇한 미소를 지으니, 정액을 발산하는 사람 수준으로 떨어지지 않고 삶에 대한 사랑을 말하는 것이 불가능한 사회지……

프랑수아 봉디 그래도 그 거절에는 드골에 대한 자네의 존경이 들어 있었잖나.

로맹 가리 무엇보다 상대의 가치와 상대의 윤리 세계에 대한 이해가 있었지.

프랑수아 봉디 조금은 숭배에 가까운 감정 아니었나?

로맹 가리 아니네. 난 언제나 드골보다는 여자를 좋아했네. 그뿐이야. 이른바 남성적이라는 모든 가치와 나는 점점 더 철저히 결별하게 되는군……

프랑수아 봉디 세월이 흐를수록 말인가?

로맹 가리 노코멘트. 난 언제나 삶을 사랑했고 이제는 곧 끝나가는 마당이니……

프랑수아 봉디 뭐가 곧 끝난다는 건가?

로맹 가리 ……내 삶이 끝을 향해 가는 이 마당에 난 추상 속에서 피신처를 찾지 않네. 그것이 신이건 여성성이건 숭배 차원으로 드높여진 것 말이네. 내세니 '다른 삶'에 난 관심이 없네. 난 자는 걸 너무 좋아해. 그저 내 삶을 바라보면, 내 과거를 들여다보면 내 인생의 최고 순간들이 여성성에서 왔다는 걸 확인하게 되네. "기독교적 가치"건 "인간의 얼굴을 한 사회주의"건 모두 여성적 개념이지. 더없이 명백한 역사적 사실은, 여성성이 우리에게 말해주는 건 중국도 소련도 미국도 아니라는 것이지…….

프랑수아 봉디 1974년 5월이면 자네는 예순 살이 되잖나. 이게 어떻게 보이나?

로맹 가리 보일 뿐이지. 그뿐이야.

프랑수아 봉디 그렇다면 미래는?

로맹 가리 내가 죽고 난 뒤의 이야기에 난 관심이 없네. 게다가 난 위험할 게 아무것도 없어. 한 가지 요령을 알고 있네.

프랑수아 봉디 요령?

로맹 가리 그렇다네. 내가 더는 여자들과 사랑을 나눌 수 없게 되는 날 나는 그들의 등을 긁어줄 거네.

프랑수아 봉디 ……?

로맹 가리 그래. 여자들이 그걸 좋아하거든. 평생 나는 "등 좀 긁어줘요"라는 소리를 들어왔네. 그러니 나머지 모든 게 떠나고 나면 난 등을 긁어줄 거네.

프랑수아 봉디 그러면 사랑은?

로맹 가리 그건 대단히 어려운 시기를 거치고 있네. 상상력의 위기가 있네. 상상력 없이 사랑은 아무 가망이 없어. 모든 것의 탈

신화화 과정 역시 그런 경로를 거치지. 과도한 낭만주의, 미사여구, 이상주의, 서정주의 아니면 '주입식 과대 선전'의 뒤를 사실주의의 이름으로 세뇌가 이었지. 그리고 우리는 사실주의에도 일정 몫의 관례가, 문화적 관례가 있다는 걸 잊지. 우리는 인간에게서 상상의 몫을, 신화의 몫을 훔쳤고 그 결과 '진짜' 인간이 아니라 신체가 절단된 불구의 인간을 낳았지. 왜냐하면 시의 몫 없이는 인간이 없기 때문이네. 상상의 몫 없이는, '랭보의 몫'이 없이는 유럽은 없기 때문이네. 그건 사실주의의 지배가 아니라 제로의 지배지. 그런데 상상계 없이 지낼 수 없는 인간의 몫이 있다면 그건 우리의 사랑의 몫이네. 우리는 한 여자를, 한 남자를 먼저 만들어내지 않고는 그를 사랑하지 못하지. 상대를 먼저 만들어내고 상상해내지 않고는 사랑하지 못해. 아름다운 사랑 이야기란 무엇보다 서로를 만들어내는 두 존재네. 그래야 현실의 몫이 받아들일 만해지고, 심지어 출발점의 재료로 꼭 필요한 것이 되지. 이것이 옛날에 "위대한 사랑"이라고 부르던 것이었네. 그 사랑이란 한평생 내내, 이따금은 두 존재가 지독히도 늙을 때까지 함께 만들어낸 상상의 작품에 서로가 바치는 헌신이지. 먼저 서로를 만들어낸 두 존재가 말이네……. 하지만 사실주의의 이름으로 꿈이 깨졌으니, 모든 사실주의는 100퍼센트 파시스트고 나치네. 하지만 여기서 문명의 죽음의 영역까지는 들어가지 말자고…… 독자들은 흥미 없을 테니. 이건 〈고에미요〉1972년 두 기자, 앙리 고와 크리스티앙 미요가 창간한 프랑스 미식 비평지 가이드가 아니잖나.

프랑수아 봉디 그래도 해보게.

로맹 가리 인간에 대한 신화가 없는 인간은 그저 고깃덩이일 뿐이지. 인간에게서 신화를 벗겨내면 무無에 이르지 않을 수 없고, 무는 언제나 파시스트네. 왜냐하면 무인 이상 스스로를 구속할 이유가 없기 때문이지. 문명은 언제나 시적인 시도였지. 종교건 박애건 인간의 신화를, 가치의 신화를 만들어내려는 시도, 그 신화를 살려고 애쓰는 시도 또는 적어도 거기에 가까워지려고 애쓰는 시도, 삶 자체로 그 신화를 흉내 내려는, 한 사회의 틀 속에서 그것을 구현하려는 시도였지. '르네상스의 인간' '휴머니즘의 인간' '공산주의의 인간' '마오쩌둥의 인간'에게는 이것이 사실이지. 프랑스도 신화와 마찬가지로 이 시의 몫에서 시작되었고 그것 덕에 존재했으며, 마오쩌둥과 레닌의 관계는 드골과 프랑스의 관계만큼이나 똑같이 상상계 몫의 열광이네. 이 비합리와 상상의 몫이 추방되는 순간 우리에겐 인구통계와 수치와 시체의 뻣뻣함과 그저 시체만 남게 되지. 흥미롭게도 마오쩌둥조차 단죄한 경제적 인간만 남게 돼……. 이건 이상주의도 낭만주의도 아니네. 모든 문명의 역사에서 즉각 눈에 띄는 진리지. 한 여자가 사랑으로 한 남자를 만들어낼 때, 인간이 사랑으로 인류를 만들어낼 때 문명도 만들어지고 짝도 만들어지지. 하지만 부르주아 사회와 사이비 공산주의 사회는 거짓말로 상상계의 명예를 훼손했네. 가치와의 관계에서 소부르주아와 소마르크스주의 사회들은 늘 거짓을 이용함으로써 '랭보의 몫'을, 아름다움과 상상의 몫을 죽여버렸어. 부르주아 사회에서 거짓을 쓸어버리려고 했을 때 우리는 끝까지 밀어붙여 상상과 시의 몫까지 쓸어버렸지. 그것 없이는 문명도 인간도 사랑도 없는데 말이네. 오직 현실의 차원만으로도 인간은 없어서는 안 되지. 박애, 민주주의, 자유 등의 모든 개념이 관례의 가치이기 때문이네. 그 개념들은 자연에서 얻는 게 아니라 결정이고, 선택이고, 상상의 선언이지. 우리가 종종 자기 삶을 희생하고서라도 생명을 부여하려는 것들 말이네. 우리가 인간 안에서, 문명 속에서, 프랑스라는 말 속에서, 유럽이라는 말 속에서 '시의 지배'를, '랭보의 몫'을 없앤다면 우리가 식인종이 되거나 집단 학살을 저지르는 것을 더는 막을 수가 없게 되지. 신화의 몫을 제거하는 순간 우리는 네 발로 기게 되기 때문이네.

프랑수아 봉디 흑마술과 백마술이 있잖나. 파시즘 또한 하나의 신화였지.

로맹 가리 난 문화에 대해 말하고 있네. 휴머니즘 말이네. 인간이 더는 성스러운 개념이 아니게 되는 순간, 다시 말해 선택되고 만들어낸 대로가 아니라 있는 그대로가 되는 순간 우리는 포르노 영화 속에 떨어지게 되고 사랑이란 있을 수 없게 되지. 한데 우리는 사랑 없이는 살 수 없지. 어쨌든 나는 살 수 없네.

프랑수아 봉디 그러면 자네는 어떻게 하나?

로맹 가리 내가 쓰는 사랑의 이야기들을 살지. 다른 사람들에게서 그걸 찾고, 다른 사람들의 사랑을 살지……. 내 마지막 소설『밤은 고요하리라』가 출간된 1974년 이전의 마지막 책을 가리킴『마법사들』에서처럼 말이네. 내 소설은 사랑 이야기가 아닌 것이 없네. 상대가 여자건 아니면 인류건, 문명이건 자유건 자연이건 아니면 삶이건 마찬가지지. 사랑이 지나치게 탐욕스러워질 때, 영감과 꿈의 위대함과 사랑받는 대상의 행동 사이의 대비에 짓눌릴 때 내 인물들은 짓누르는 그 무게를 가벼움으로 벗으려고 격렬하게 춤을 추기 시작하네.『죄지은 축제』의 마티외와『징기스 콘의 춤』의 징기스 콘처럼 말이네. 『징기스 콘의 춤』은 릴리를 향한 내 인물의 사랑 이야기고 릴리는 인류지. 플로리앙은 죽음이고. 징기스는 영원히 퇴짜 맞고 고통으로 죽은 소심한 애인이지. 『레이디 L』처럼 겉으로 보기에 더없이 가벼워 보이는 책을 포함해서 내 모든 책의 테마는 절대에 대한, 영감에 대한 희극이네. 게다가 꿈이지……

프랑수아 봉디 신은?

로맹 가리 난 별장은 찾지 않네. 하지만 사랑과 박애는 다른 식으로 까다로운 요구지. 문화의 절대적 상실은 서양의 큰 실패 중 하나고, 그것이 서양이 되었지. 문화는 수세기 전부터 특혜거나 열락이거나 일탈이거나 구실이 되었고, 그것이 오늘날 모든 이데올로기들을 무력하게 만들어버렸지. 또한 그것이 공산주의를 스탈린의 것으로 만든 것이고, 그것이 프라하지. 스탈린 공산주의나 프라하는 공산주의의 실패가 아니라 박애를 망쳐버린 기독교의 실패였네…….

프랑수아 봉디 외교관직을―그리고 확실한 물질적 안정을―떠났을 때는 어떻게 살았나?

로맹 가리 나의 미국 쪽 출판사와 갈리마르가 책 판매와 상관없이 연금을 보장해주었지. 심지어 꼭 출간을 할 필요조차 없었네. 사후 출간을 위해 내 원고를 따로 빼놓을 수 있다는 의미였지. 그 연금에다 기사와 영화로 보탰지.

프랑수아 봉디 자네는 프랑스보다 미국에서 더 유명했지.

로맹 가리 모르겠지만 미국의 출판 부수가 더 많았지. 몇 년 동안 난 미국의 신문과 주간지에 글을 많이 썼고, 예전보다는 적게 쓰지만 지금도 계속하고 있네. 2년 동안 어디든 갈 수 있는 백지 비행기 티켓을 얻었기에 급한 일이 있으면, 다시 말해 내가 다른 곳에 있다는 느낌이 들 때면 어디든 달려갈 수 있었지. 이제는 속도를 늦추었네. 내 아들과 더 많은 시간을 보내고 싶어서. 난 그 아이가 나를 닮기를 바라지 않네.

프랑수아 봉디 자네 여권을 보면 1972년에만도 서른 개의 비자와 입국 도장이 찍혀 있더군. 아프리카에서 아시아로, 남아메리카에서 폴란드로……

로맹 가리 세어보지 않았네.

프랑수아 봉디 그런 조건에서 어떻게 문학작품을 쓸 수 있었나?

로맹 가리 난 하루에 일곱 시간은 글을 쓰거나 받아쓰게 했네. 어떤 조건이건 어디에 있건. 그러지 않았더라면 세상을 견디지 못했을 거야. 7년 동안 내가 비행사였다는 사실도 있네. 그래서 나의 유일한 진짜 휴식, 나의 '단절'은 비행기지. 땅 위를 나는 긴 여정. 그때가 나를 세상과 잇고 모든 인간의 살갗과 잇는 모든 신경관이 끊어지는 유일한 순간이지. 고통이 더는 통과하지 못하고 더는 내게 전화를 걸지 못하지. 방콕이든 싱가포르든 아니면 예멘이든, 그 순간 기자로서 맡은 책무가 무엇이건 나는 도착하면 다른 사람들의 경우는 어떤지 보려고 아침부터 종이를 붙들고 살지. 소설은 박애라네. 타인들의 살갗 속에 들어가는 거지. 물론 이따금은 파리의 박 가로 돌아와 어떤 습관을 되찾고, 일상의 연속성 속에 나를 둘 수 있는 몇몇 비스트로에 가서 앉고 싶은 욕구를 느끼지. 하지만 오래가지는 않네. 그래서 내가 뉴욕에서 나를 대리하는 란츠에게 전화를 걸면 그는 내게 묻지. "어디로 달려가고 싶은 겁니까?" 그러곤 언제나 내게 르포르타주나 써야 할

이야기를 대개 48시간 이내로 찾아준다네. 한번은 말레이시아의 페낭에서 아침에 잠을 깬 적이 있었지. 그곳에는 내 비용을 들여서 갔지. 왜냐하면 내가 사랑에 빠졌다고 생각했거든. 그런데 호텔 비용을 지불할 돈이 없었던 거야. 난 뉴욕의 로버트 란츠에게 전화를 걸었고, 그가 내게 르포르타주를 찾아주었네. 〈트래블앤드레저〉지를 위해 말레이시아 페낭에 관한 르포르타주 말이네! 미국에서는 내게 멋진 사인이 있었네. 그건 언제나 잘 먹혔네. 불행히도 약삭빠른 사람들이 있지. 난 멸종 위기의 종들에 관한 어느 책의 서문을 쓰는 계약서에 서명을 한 적이 있네. 나 자신과의 관계에서 내게 흥미로운 주제고 내가 이미 다른 테마지만 이번에는 남극 여행이 걸려 있었지. 그래서 뉴욕에 갔더니 편집장이 대단히 고심하는 표정을 짓더니 내게 말했네. "이 종들이 멸종 위기에 있는 것 맞죠?" 나는 물론 그렇다고 대답했지. 그가 활짝 웃으며 말했네. "그러면 그것들을 보러 남극까지 갈 필요 없잖습니까. 멸종해가고 있으니까." 나는 남극이라면 꼭 가지 않을 수도 있어서 기억과 자료에 의거해 글을 써야 했지. 그리고 시나리오 외과 수술도 했네. 한번은 겨울에 노르웨이를 위해 썼던 시나리오를 사흘 만에 수정하기 위해 케냐로 달려갔지. 때때로 사람들은 마지막 순간에 내게 전화를 걸어왔네. 이미 반쯤 영화를 만들었는데 갑자기 구멍을, 진짜 바보 같은 짓거리를 발견한 거지. 이렇게 며칠 동안 하는 일은 보수가 아주 좋았네. 난 지금은 사라진 〈라이프〉지를 위해 글 쓰는 걸 아주 좋아했지. 하지만 대개는 어떤 신문이 무엇을 출간하며 생루이인지 시애틀인지 어디에서 출판하는지조차 알지 못했네. 난 거의 늘 짐 없이 떠났네. 파리에서

뉴기니로 짐을 잔뜩 지고 가는 건 어리석은 짓이기 때문이지. 옷
가지들은 현지에서 싼값에 사서 땀을 흘리고 나면 버리면 돼.

프랑수아 봉디 그런 일을 프랑스 신문들을 위해서는 하지 않았
나?

로맹 가리 한 번 〈프랑스수아르〉를 위해 했지. 라자레프 지시로
홍해에 관한 대형 르포르타주를 맡은 적이 있네. 아주 잘 만든
것이었지만 온갖 종류의 바이러스 때문에 큰 대가를 치렀지. 그
후로 내 살갗 속에서조차 더는 내 집에 있는 게 아니라 다른 사
람 집에 있는 것 같더군. 곧 예순이 되는 늙은이의 집을 찾아온
것 같았지. 그러니 들어보게. 어느 큰 신문사의 새 사장이 내게
얘기를 하라고 제안하네. 대형 르포르타주를 다시 해보라고 제
안하는 거야. 내 목숨을 걸고 진짜 르포를 해보라는 거지. 참신
한 얘기를 하면서 형편없는 보수를 제안하더군. 그러고는 문제의
사장은 이렇게 결론 내렸지. "당신한테는 르포르타주가 휴가 아
닙니까." 내 말 알아듣겠나? 대형 르포르타주는 험한 일이네. 성
가시고 지치고……. 그런데 그 작자는 이렇게 말했다니까. "당신
한테는 휴가 아닙니까." 게다가 호감 가는 작자가 말이네. 우리는
매우 예의 바르게 헤어졌지. 뉴욕에 란츠가 있어서 다행이야. 그
친구가 없었다면 내가 뭘 했을지 모르겠어. 5년 전에 난 병이 들
었네. 난 죽을 거라고 생각했고 아프리카코끼리가 다시 보고 싶
었네. 그 친구에게 전화를 걸었지. 열흘 뒤 난 〈라이프〉지의 랠프
그레이브스에게서 큰 기사를 주문 받았네. 코끼리에 관한 기사
말이네. 그런 건 해야지. 해야만 하지. 로버트 란츠가 없다면 내가
뭘 할지 모르겠어. 그는 내 아버지고 어머니야.

프랑수아 봉디 무엇이 부추겨 그렇게 세상을 돌아다니는 건가?

로맹 가리 모르겠네. 난 늘 다른 곳에 무언가 있다는 느낌이 들어.

프랑수아 봉디 뭐가?

로맹 가리 모르겠네. 무언가, 누군가. 그것이 존재해서 찾기만 하면 된다는 느낌이 들어.

프랑수아 봉디 뭐가?

로맹 가리 이보게 프랑수아, 그게 뭔지 안다면 벌써 오래전에 발견했을 테고, 더는 찾지도 않고 고통 받지도 않을 테지.

프랑수아 봉디 다른 곳, '다른 것', 다른 누구 말인가?

로맹 가리 다른 곳, '다른 것', 다른 누구.

프랑수아 봉디 그게 혹시 형이상학적 불안은 아닐까?

로맹 가리 아니네.

프랑수아 봉디 누군가 그립다는 느낌은 들지 않나?

로맹 가리 됐네. 그만두게 제발……. 신과든 아니면 신의 부재와든 '주인 잃은 개' 같은 관계들, 신이 현존이나 결핍으로 느껴지는 것은 언제나 목걸이와 끈의 관계고 내겐 완전히 낯선 것이네. 그리고 나는 『새벽의 약속』 광고를 할 생각이 전혀 없네. 많은 여성 독자가 끊임없이 내게 넌지시 권하는 프레타포르테, 맞춤 광고 말이네. 예순의 나를 잘린 탯줄 끝에서 사지 탈구된 꼭두각시처럼 줄곧 비극적으로 흐느적대는 '달랠 수 없는 아들'로 만들려는 여성 독자들 말이네. 이 책이 1960년에 출간된 뒤로 이 오해는 계속 커지기만 했네. 당시 나는 마흔여섯 살이었네. 내 나이를 계산하기란 쉬웠지. 그런데도 그 순간부터 나는 입양 제안을 받기 시작했고 그 제안은 그 후 내내 비 오듯 쏟아졌네. 마치 내가 반바지를 입은 꼬마라도 되는 듯이 말이네. 믿기 힘든 일이기도 하고 감동적이면서 동시에 깜짝 놀랄 일이었지. 내 자리를 만들기 위해 자기 자식들을 치워가며 나를 입양할 준비가 된 어머니들의 숫자 말이네. 물론 쉬운 길이 보였지. 매춘을 하는, 말하자면 자기 책의 매춘부가 되는 쉬운 길. 빌어먹을. 이제 나는 주인 없는 늙은 개고, 개밥도 혈통도 없이, 아빠도 엄마도 없이 그런 상태로 계속 남고 싶네. 그리고 애정의 쓰레기통을 뒤지고 싶지는 않아. 물론 자네가 아는 그런 동요가 있지. 자네가 잘 말했듯이 무언가를, 아니면 누군가를 찾아 세상을 떠돌게 만드는 동요 말이네. 하지만 그건 '잃어버린 내 집'을 찾으려는 것이 아니네. **소설**을 찾는 것이지. 세상을 떠도는 내 달음박질은 소설을, 다중의 삶을 좇는 것이네. 나의 '자아'로는 내게 충분하지 않아. 그래서 내가 말레이시아 사람들과 중국 사람들 틈에 섞여 쿠알라룸푸르의 작은 골목길에서 몇 주를 지낼 때 나의 '자아'는 여럿이 되지. 이런 걸 1년에 대여섯 번 하게 되면 '자아'의 창조적인 다양화가 이루어지네. 체험된 소설이 생겨나지. 무엇보다 창조력이 있지. 왜냐하면 책을 쓰거나 자기 삶을 다양하게 변화시키는 건 언제나 창조력이기 때문이네. 그건 환생하고 다수가 되고 다양해진다는 의미지. 소설 좇기가 있지. 내가 너무 오랫동안 내 살갗 속에 남아 있으면 비좁은 데다 나 자신에 부딪친다는 느낌이 들고 밀실공포증이 느껴지네. 이럴 때 소설을 쓰면 그렇게 내가 만들어낸 세계 속에 나도 대여섯 달 자리를 잡지. 그러니 내가 폴리네시아로, 세이셸 군도로 또는 오리건으로 달려가는 건 단절과 일신―新의 욕구 때문이네. 성性은 너무도 일시적이고 순간적이어서 나 자신과, 비슷비슷한 것과 아주 짧은 시간 동안만 단절시켜줄 뿐이니 말이네……

프랑수아 봉디 여행이 노년을…… 미안하네, 장년기를 이룰 줄은 몰랐군.

로맹 가리 미안할 것 없네. 편하게 하게. 우린 같은 나이잖나…… 난 모든 사람이 되고 싶고 모든 사람 안에 있고 싶네. 이것이 지리를 대단히 유혹적인 것으로 만드네. 자네가 자네 '자아'에서 벗어날 수 있는 소설의 수는 대단히 제한되어 있는데, 자네가 멕시코와 과테말라 국경인 타파출라에 사흘 동안 틀어박히면 그 시간 동안 자네는 다른 사람의 삶을 살고, 그건 일종의 창조력이지. 따라서 이건 결코 현실 밖으로의 도피가 아니라 세상과 삶의 정복과 탐험을 위한 출발이네. 비난받을 일 없는 정복 말이네. 이건 삶에 대한 사랑이고 흡수 의지며, 단지 글쓰기로만 축소되지 않는 창조력이지. 이를테면 절망적으로 난 역사의 결핍을 느끼네. 역사를 살았더라면 좋았을 텐데, 역사를 따라잡아 로페 드베가, 비용, 세르반테스의 삶을 살고 싶고 과거의 모든 인간 은하수들의 삶을 살고 싶네. 이것은 소설의 끔찍한 상실인데, 이 사라진 역사를 나는 결핍으로, 내 옆구리에 난 텅 빈 상처로 느끼네. 무수한 권수의 삶들! 그러니 형이상학적 불안을 말하기란 어렵네. 이건 삶에 대한 극심한 갈증이니까.

프랑수아 봉디 내적으로 평온한 행복을 자네는 아나? 정신의 평화를?

로맹 가리 정신의 평화는 난 전혀 관심이 없네. 평정, 초연, 우주와의 감응 등이 늘 이곳을 사랑한 인간에게 무엇을 줄 수 있는지 난 모르겠네. 하지만 자동차 운전자끼리의 다툼이나 무장 공격, 경찰의 폭력성에 맞서는 데는 그게 아주 좋지. 무술보다는 선禪을 실천하는 게 낫지. 평온함은…… 내가 죽고 나면 꽤나 평온해질 거네. 평온은 그러기 위한 거지……. 내 비행중대에는 보르디에라는 조종사가 있었네. 그 친구는 비행기에 오르기 전에 장갑을 끼고 나서 하늘과 별을 쳐다보고는 흡족한 얼굴로 이렇게 말하곤 했네. "고요한 밤이겠군." 우리가 대원들을 잃고 조각난 채 돌아올 때마다 그는 여전히 아주 흡족한 얼굴로 콧수염 너머로 말했네. "고요한 밤이겠군." 그러더니 그도 돌아오지 못했지. 하늘에서 오렌지빛 덩어리가 되고 말았어…… 평온을 꿈꾸던 친구였던 것 같은데……. 물론 내게도 그런 일이 일어나겠지. 그런 일이 일어나지…….

프랑수아 봉디 자네 르포르타주를 가지고는 한 번도 소설을 만들지 않은 건 어쩌된 건가?

로맹 가리 내가 그걸 이미 살아버렸기 때문이네. 『새벽의 약속』이나 『흰 개』처럼 내 경험이나 체험한 이야기를 글로 쓸 수는 있지만 그걸로 소설을 만들지는 못하네. 왜냐하면 이미 '놀아버린' 내 경험의 진실성과 사실성이 내 상상력을 제한하고 경계 짓기 때문이지. 픽션과 거짓의 모든 차이가 거기 있네. 진짜 창작과 현실을 변장시키고 암거래하는 능숙한 재간의 차이 말이네……. 내가 소설을 시작할 때 나는 어디서 출발하는지 어디로 가는지 모르네. 나는 눈을 감고 내가 알지 못하는 무언가에 나를 맡기고 받아 적지. 다른 삶을, 다른 사람의 삶을 살기 시작할 때는 내가 말하기 시작하자마자 문장의 체험된 움직임에서부터 창조가 시작되지. 그리고 그 움직임은, 그 흐름은 상념의 연상 작용을 통해, 소설을 낳는 말과 문장의 리듬에서 출발해 별안간 나를 18세기로 또는 내가 한 번도 알지 못했던 로마 주재 프랑스 대사의 살갗 속으로 나를 데려가네……. 그런데 체험했기에 '진짜'인 이 소설의 농담을 언젠가는 끝내야 할 테지……. 페스트에 대한 최고의 묘사는 디포의 『페스트 일기』에 있네. 그는 한 번도 페스트 유행병을 본 적이 없었지. 예술가에게는 현실이 결코 진실도 아니고, 삶이 살아 있지도 않을 거네. 우리가 묘사하고 싶은 풍경들을 아는 편이 낫겠지. 대개 그러면 묘사를 피하게 되지. '생생한 사실주의'라는 말이 의미하는 바는 강렬한 사실적 인상이지. 하지만 그건 두 망령을 대화하게 해서도 얻을 수 있네. 사실주의는 창작에 봉사하는 기술일 뿐이지. 사실주의 작가들은 누구보다도 비현실의 밀수업자일 뿐이지. 사실주의는 신화의 조리 있는 연출이네. 그것은 하나의 방식이고 또 다른 발명이지. 다른 발명, 진짜를 감추는 발명. 예술적 실패를 바라지 않는다면 눈에 띄지 말아야 하는 발명이야……. 픽션 작가에게 사실주의는 붙들리지 말아야 하는 것이지.

프랑수아 봉디 오늘날 10억가량의 인간이 상반된 생각을 주장하는 작가와 예술가 들에 의해 문학으로 표현되고 있네…….

로맹 가리 지나갈 거네. 이 말은, 공산주의가 제 문학적 무훈을 놓친 것은 사회주의적 사실주의 때문이 아니라 자신의 위대한 서사적 재능을 아직 발견하지 못했기 때문이라는 얘기네. 공산주의 세계는 언젠가 제 서사적 소설을 발견할 거네. 그들에게 잊을 시간을 줘야 해…….

프랑수아 봉디 아주 냉혹한 말이군.

로맹 가리 ……따라서 소설가로서 난 내가 알지 못하는 것을 알기 위해, 내가 아닌 사람이 되기 위해, 현실에서 내 손을 벗어나는 경험과 삶을 향유하기 위해 글을 쓰네. 하지만 내가 르포르타주를 체험했을 때 이미 만들어낸 요소들을 다시 붙들고 예술을 하겠다는 생각으로 다르게 매만지는 건…… 나로선 속임수요 위조고, 찌꺼기를 사용하는 짓이네. 소설은 현실의 표절이 아니네. 그런 모든 것은 이미 했고, 이미 본 듯한 맛이 나지. 난 소설을 살지는 못해. 다시 말해 재탕으로 글을 쓰지는 못하네. 안타까운 일이지. 이따금은 놀라운 경험들이 있으니 말이네…….

프랑수아 봉디 한 가지 예를 들어줄 수 있나?

로맹 가리 자네가 원하면 얼마든지 들지. 모리스 섬에서 〈프랑스수아르〉지를 위해 작업했다가 끝내 출간하지 않은 르포르타주가 있네. 왜냐하면 완전히 망쳤거든. 그렇지만 비행기를 타기 직전 마지막 순간에 놀라운 경험을 했네. 신문은 흥미로워하지 않았을 거네. 왜냐하면 무엇보다 내가 나 자신과 맺는 관계를 드러내주는 경험이었으니까. 모리스 섬은 '지중해 클럽'이 통상적으로 찾는 곳이지. 그게 아니라도 그곳은 언제나 한결같은 '열대 낙원'이야. 카리브 해부터 타히티까지, 흑인과 인디언, 중국인과 야자수가 뒤섞인 낙원. 산호초, 에메랄드빛 바다, 흰 모래, 전세 비행기 등등…… 난 그 너머를 뒤지느라 보름을 보냈네. 그런데 한 달에 구舊 프랑으로 7000프랑을 버는 백화점 여판매원들 말고는 완전히 실패였네. 도무지 안이고 밑이고 들어갈 방법이 없었지. 그러다…… 떠나기 전날이 되었네. 달빛 아래 방갈로며 매혹적인 스튜어디스, 기항, 섬의 로망스, 이국적인 샹티 크림 등 모든 걸 갖춘 곳에 난 머물고 있었지. 내 방갈로로 이어지는 길 끝에는 호텔 손님을 위한 택시들이 있었네. 떠나기 전날 나는 내 차를 공원에 놓고 방갈로를 향해 갔네. 그러다 어둠 속에서 내게 다가오는 형체를 보았지. 뚱뚱한 원주민 운전수 중 한 사람이었네. 상상을 초월할 만큼 거대한 똥자루 같은 엉덩이며, 그 작자는 이 지역 명물일 게 틀림없었지. 그가 내게 "뭐든지 하는" 여자를 원하는지 묻더군. 나는 싫다고 했네. "열여섯 살짜리가 있어요"라고 그가 내게 슬쩍 말했지. 열대지방에서 이런 종류의 제안은 언제나 열넷에서 열여섯 살 정도였지. 심지어 열세 살인 경우도 있네. 왜냐하면 공급자들은 낭만적인 이국정서란 백인의 머릿속에 있으며 눈으로 보는 게 아니라 환상으로 보는 것이라는 사실을 알기 때문이지. 난 친구 중 하나가 타히티에 눌러앉아 형편없는 누옥에서 사는 걸 본 적 있네. 그 친구 여자에게 이빨이 없는 건 아직 나지 않아서였다는 걸 그가 내게 설명하지 않은 건 당연한 일이었지. 나는 운전수에게 됐다고 했지. "꼬마 사내아이는요?" 다시 됐다고 했네. 내가 지나가려는데 운전수가 던지듯 말했네. "열 살짜리가 있어요. 열 살짜리 여자앤데 아주 훈련이 잘되었어요. 진짜 꼬마 원숭입니다." 나는 멈춰 섰네. 흥미로워졌지. 르포르타주를 완전히 망치고 이튿날 떠날 참이었는데 드디어 지역색의 깊이를 건드리게 된 거지. 나는 좋다, 흥미롭다고 말했네. 볼 수 있소? 운전수가 달빛 아래 이빨을 드러내며 미소 지어 보이더군. 있잖나, 사내들을 잘 안다는 자부심 같은 것 말이네. 네, 볼 수 있죠. 모든 걸 볼 수 있죠, 하하하! 그런데 부모 집에 가야만 합니다. 그러더니 그는 어느새 내 어깨에 팔을 둘렀네. 개자식 형제들처럼 친근하게. 우리는 그의 택시에 올라탔네. 난 생각했지. 열 살이라니……. 요즘은 사마리텐백화점에 가면 없는 게 없다는 걸 알지만 아무리 그래도……. 그는 옛날 '크레올'식 판잣집으로 날 데려갔네. 자격 있는 소련 작가들을 위한 러시아식 별장을 떠올리는 집이었지. 우린 들어갔네. 흑인, 백인, 인디언으로 구성된 가족이 나를 맞이했네. 아마 아버지도 어머니도 아닌 것 같았지. 그렇지만 아이들은 분명 아이들이었어. 가장 큰 아이가 열여섯 살쯤 되어 보였고, 막내는 열두 살이나 어쩌면 그보다 적은지도 몰랐네. 그들은 나를 안심시키려고 내게 아이의 젖가슴을 만져보게 했네……. 젖가슴이라고 말하지만…… 아무것도 없었네. 아직 생기지도 않았더군. 나는 그 아이한테서는 얻어낼 게 아무것도 없다는 걸, 사실을 말하기에는 너무 어리다는 걸 알았지. 그래서 큰애와 작은애를 다 사겠다고 했네. 나는 선불로 지불했고, 운전수는 우리 셋을 내 방갈로로 다시 데려다주었네. 난 운이 좋았네. 정말이지 썹을 게 생겼으니까 말이야. 큰애에게 내가 누구며 왜 자기들을 데려왔는지 설명하자마자 여자애는 새벽 3시까지 말을 멈추지 않더군. 어린 아이는 트랜지스터라디오를 쥐어서 한쪽 구석에 두고 나는 얘기를 들었네. 물론 부모는 부모가 아니었고 아이들도 자매가 아니었네. 아이는 이런 걸 손님들이 좋아했다고 설명했네. 자매 둘이서 한다고 상상하는 걸 말이네. 하지만 그 점에 대해서는 난 배울 게 하나도 없었네. 열대지방의 매춘과 유럽의 매춘의 차이점은, 우리네는 자동차며 아파트며 삶의 질을 높이기 위한 것인 데

반해 그곳은 생존하기 위해서라는 점이지. 하지만 정말 충격적이고 끔찍한 건 고립과 무지였네. 이를테면 내가 아이에게 프랑스인이라고 말하자 "프랑스인?" 하며 아이는 환한 미소를 지었네. 그러면 저한테 중국으로 가는 비자를 얻어주실 수 있으세요? 그렇다네, 친구. 중국이라 했네. 프랑스는 모리스 섬에서 여전히 위대하고 전능한 울림을 가졌네. 모든 걸 할 수 있고…… 중국 비자까지도 얻어줄 수 있는 나라로 말이지. 거기서 나는 절망에 빠졌네. 그 아이가 마오이스트였기 때문이고, 그 추종이 정치적이지조차 않았기 때문이네. 말하자면 정치적 허구였지. 그 아이가 중국에서는 일하지 않고 살 수 있고 행복하도록 국가가 비용을 부담하는 걸로 상상한다는 의미에서 말이네. 아이는 그걸 내게 자세히 설명했네. 내 방갈로에 앉아 두 눈 가득 꿈을 담고서. 그동안 열두 살짜리 '자매'는 트랜지스터를 듣고 있었네. 1년 전부터 저녁마다 남아프리카인과 오스트레일리아인을 평균 서너 명씩 받으면서 말이네. 충격적인 것은 그 아이가 마오쩌둥의 중국에 대해 품는 디스코텍 같은 생각, 미국 사회의 부와 온갖 신기한 기구들을 마오쩌둥이 공짜로 나눠 준다고 여기는 생각이 아니었네. 비통하고 어찌할 수 없는 것은 꿈이었네. 그리고 알려는 욕구였네. 거기서 나는 소설 속에 들어섰네. 그래서 자체적인 움직임 속에서 어찌할 수 없이 만들어지는 인물에 관한 이 얘기를 자네에게 하는 거야. 그 아이, 그 꿈, 그 소비를 접하고 그 질문들에 대답하기 위해 세 시간 동안 나는 마오이스트로 둔갑했네. 나는 그 아이에게 『붉은 보서』마오쩌둥 어록으로 서양에서는 "작은 빨간 책"이라고 부른다에 가능한 한 충실하게 마오쩌둥의 초상화를 그려 보이려고 애썼네. 세 시간 동안 나는 그 아이에게 믿을 것과 마실 것과 먹을 것을 주었네. 우리가 스탈린 치하에서 처형된 수천만 명의 목숨에 대해, 프라하에 대해, 이데올로기의 광기에 대해 말할 수 있고 반대할 수 있지만, 그곳에서는 이런 것이 아무 의미가 없네. 그런 말을 했다간 완전히 바보가 되지. 제로 수준에서 그곳은 밖이고, 다른 곳이고, 달이었네. 내 앞에는 두 눈 가득 꿈을 담았을 뿐 다른 것이라곤 아무것도, 아무 희망도, 빠져나갈 아무런 가능성도 가지지 못한 채 완전히 내버려진 여자아이가 있었네. 그 꿈을 파괴하는 건 두 '자매'를 취해서 "넌 이걸 하고, 넌 저걸 해"라고 말하는 것보다 더 나쁜 일이었네. 그러니 30달러를 지불한 방갈로에서 새벽 2시에 웬 부르주아 신사가 마오쩌둥과 마오주의를 찬양하는 노래를 부르는 걸 자네가 보았더라면……. 그리고 모스크바에서 베이징으로 향하는 그 유명한 러시아 지하철도 탔네. 알잖나, 땅속으로 가는 기차 말이네……. 그렇게 새벽 3, 4시경에 나는 이튿날 밀림에서 열리는 '마오이스트 세포조직' 모임에 초대받았네. 모리스 섬에 마오이스트 소모임이 있다는 건 알았지. 게다가 그 섬 우표에는 레닌의 초상화도 있지. 그곳에서는 달리 넣을 데가 없어서 레닌을 우표에 넣더군. 그런데 그 '마오이스트 세포조직' 모임은 절대 잊지 못할 거네. 모리스 섬에는 산속에 수킬로미터에 달하는 진짜 밀림이 있네. 18세기 양탄자들과 병풍과 벽지를 장식했던 목가적이고 마법에 걸린 듯한 섬에서 튀어나온 것 같은 검은 새끼 돼지들과 원숭이들이 가득한 밀림. 그리고 그 정글 속에는 탑 모양의 지붕을 인 작은 절들과 채색 석고로 된 동물들이 있지. W. D. 3000년, 월트 디즈니가 태어나기 3000년 전의 동물들 말이네. 그런 절 속에서 마오쩌둥의 아기들이, 일고여덟 명의 남녀 아이들이 나를 기다리고 있었네. 그곳 사람들에겐 텍사스에서 태어난 자동차용 휘발유가 있었는데, 칼텍스라는 그 이름은 붉은 별 바탕 위에 씌워 있었지. 아이들은 칼텍스 글씨를 긁어서 없애버리고 붉은 별만 간직하고 있었어. 나는 별 아래 제단에 앉았고, 아이들은 내 주위로 웅크리고 앉았네. 두 시간 동안 나는 마오쩌둥에 관한 아이들의 질문에 대답했네. 난 최선을 다했지. 아이들에게 희망을 안겨주었네. 냉소도 이중의 의미도 빈정거림도 없이 말이네. 아이들이 내게 〈토스카〉의 제2악장을 노래해달라고 부탁했더라도 난 노래했을 거네. 게다가 그들은 내가 하는 말을 한마디도 이해하지 못했네. 그들은 정치의 기본적인 ABC도 알지 못했으니까. 아이들은 음악을 들었을 뿐이네. 희망의 멜로디. 그 자리엔 다섯 명의 여자아이와 두세 명의 남자아이가 있었고, 인도와 아프리카 혼혈이 있었고, 그 안에 또 중국이 있었네. 유럽 제국주의의 진정한 승리가, 윤리의 막다른 골목이, 망각된 피임이 있었네. 눈물겨운 질문들이 있었네⋯⋯. 아이들은 마오쩌둥에게 고기잡이배가 있는지, 중국인들이 모리스 섬의 상점 주인들만큼이나 부자인지 알고 싶어 했고, 열네 살이나 열다섯 살쯤 된 사내아이 하나는 모든 중국인이 개자식이라 마오쩌둥이 할 일이 많겠다고 말했네. 모리스 섬의 중국인들은 타히티처럼 상업을 장악하고 있어서⋯⋯ 아이에게는 개자식들인 거지. 인도양과 남태평양에서 중국인들은 예전의 유대인들과 맞먹었네. 그들의 경쟁상대로는 아프리카의 인도 사람들뿐이지⋯⋯. 그 아이는 중국인에게서 중국인을 빼고 마오쩌둥만 취했지. 서양이

유대인에게서 유대인을 빼고 예수만 취했듯이. 인간 안에는 인간을 믿고 싶어 하지 않는 잔악한 면이 있네. 그건 박애 때문이네. 왜냐하면 '네가 나와 같으면 넌 아무것도 아니'기 때문이지. 사기를 범하게 하는 것도 바로 이 측면이지. 그래서 페론이 아르헨티나로 되돌아올 수 있었고, 죽어서도 박제가 되어 전시되었던 거고, 그런 건 아무래도 상관없지. 페론의 신화는 여전히 남아서 효력을 발휘하고 있으니까. 이 사건에 내가 내린 결말을 자네에게 이야기해주면 자네는 알게 될 걸세. 모리스 섬에 발현된 삶이 내게 『죄지은 축제』의 한 장을 살게 해주었다는 걸, 소설과 삶이 뒤섞인다는 걸, 내 삶이 때로는 체험되고 때로는 상상된 서사라는 걸, 미국의 한 신문이 내게 "영혼 수집가"라는 이름을 붙인 것이 내가 내 살갗의 땀구멍으로 수많은 '자아'를 가득 채우기 때문이란 걸 알게 될 거네. 가족을 내세워 열 살짜리 소녀를 내게 제공한 운전수 기억나나? 나는 합판 한 장과 길이 1.5센티미터 정도 되는 아주 가느다란 못을 좀 샀지. 그리고 저녁에 운전수들이 호텔 부엌에서 수다를 떠는 동안 택시들이 대기하는 길로 갔네. 나는 그 개자식의 의자에 합판을 놓고 못의 뾰족한 부분이 하늘로 향하게, 신과 정의를 향하게 해서 신도 정의도 없는 곳에 놓았네. 그러곤 그곳에서 100미터가량 떨어진 내 방갈로로 돌아왔지. 나는 문을 열어둔 채 누워서 행복을 기다렸네. 그 똥자루가 온 무게를 실어 못 위에 앉았을 때 얼마나 비명을 내지르던지……. 자네에게 이루 다 말할 수가 없네. 그것이 내게는 정신의 평화요 지복이었고, 평온이고 성스러움이었네. 박애를 발휘해 자네와 그걸 나눌 수 있다면, 여기서 그 비명을 다시 들려줄 수 있다면 좋으련만

도무지 흉내 낼 수 없는 소리였어. 스무 개의 못이 생생히 머리까지 박혀봐야 그 개자식이 자신의 온 영혼을 목소리에 실었듯이 소리칠 수 있을 거야. 그걸 녹음할 생각을 미처 못했네. 구술 녹음기를 갖고 있었는데도 생각을 못했어. 이제는 기억밖에 남지 않아서 서서히 희미해져가네. 내겐 음악적 기억력이 없거든…….

프랑수아 봉디 아시아 초원의 카자흐 기병들이 생각나는군. 자네가 『마법사들』에서 묘사한 푸가체프 반란 때 말이네. 자네 삶에는 보복이 많군. 우리가 이미 얘기한, 니스에서 고리대금업자 자자로프에게 했던 것 같은 보복 말이야. 이 모든 게 세상의 '여성화'를 위해 자네가 내놓는 감동적인 호소들과는 대단히 모순되잖나……. 자네는 〈르몽드〉에서 사형제를 찬성하지 않았나. 그것도 두 살인자가 기요틴으로 처형된 지 며칠 뒤에 말이네…….

로맹 가리 저런저런, 그 얘기를 하세. 내가 〈르몽드〉에서 사형제에 찬성 캠페인을 한 것에 대해 말해보자고. 아주 흥미로워. 1972년 6월 캘리포니아에서 사형제가 폐지되었을 때 나는 대부분의 시간을 보내던 마요르카에서 〈르몽드〉지에 글을 보냈네. 그 글에서 나는 그 폐지가 내가 보기엔 도덕적 진보가 아니라 도덕적 파산에서 결론을 끌어낸 것 같다고 말했지. 설명을 하겠네. 사형제, '최고 징벌', '극형'은 **예외적**으로 끔찍한 행위를 가려내기 위한 **예외적** 역할을 하는 것으로 간주되었지. 그것은 '가치 지시'였고, 인간의 목숨이 성스러우며 인간의 목숨을 빼앗으면 언제나 자기 목숨도 빼앗긴다는 것을 뜻했지. 그런데 캘리포니아와 미국의 다른 곳, 그리고 세상 곳곳에서 이데올로기를 구실 삼아 또는 '항의의 징표'로 벌어지는 살육과 살인, 테러리즘, 폭탄, 인질, 약식 처형 등은 흔한 일이 되었고, 이런저런 이유로 누군가를 죽이는 것이 인구통계상에서 그저 '한 명이 줄어드는' 일에 지나지 않게 되어버렸지. 칠레건 아일랜드건 아니면 팔레스타인이건 진짜 '살해할 권리'가 인정되고 있다고. 이런 말을 내 글 마지막 몇 줄에 썼는데, 신문에 실리면서 그 몇 줄은 사라져버렸네. 살인은 보편화했고, '사회적 구실'로나 이데올로기적 이유로 합법화되었지. 범죄자를 양산하는 썩은 사회가 된 거야. 살인이 풍습에 들어가게 된 거지. 디트로이트에서는 살인이 세계신기록을 기록했어. 따라서 나는 사형이 이젠 아무 의미 없는 건 살인이 점점 더 흔한 '표현 방식'으로 받아들여져 인간의 목숨이 의미 없어졌기 때문이라고 내 글을 마무리 지었네. 캘리포니아는 사형제를 폐지함으로써 이 도덕적 파산을 인정했지. 왜냐하면 미국인들은 실용주의자니까. 이것이 내가 쓴 얘기였네. 나는 내 글을 〈르몽드〉에 보내고 기다렸지. 아무 대답이 없었네. 그들은 그걸 싣지 않았네. 몇 달이 흘렀지. 그리고 두 학살자의 처형이 있은 다음 날 나는 파리로 돌아왔네. 퐁피두가 그들의 사면을 거부했지. 나는 오를리공항에서 〈르몽드〉를 샀네. 그리고 1면에서 보았지. "사형제에 관한 논쟁, 두 가지 관점 : 엉텔 교수와 로맹 가리. 4쪽." 나는 4쪽을 보았네. 첫째 난에는 사형제에 반대하는 해당 교수의 글이 있었네. 그리고 거기에 로맹 가리가 덧붙여 있었네. 이런 '편집'은 나를 기요틴에 처형당한 두 살인자의 사면 거부를 정당화하는, 무조건적으로 사형제에 찬성하는 사람처럼 보이게 만들었지. 하지만 몇 달 전 캘리포니아에서 있었던 사형제 폐지에 관해 쓴 내 글을 읽는다면 다음과 같은 보편적 관점을 발견하게 될 거네. 인간의 목숨이 가치하락해서 성스러운 측면을 잃었다. 피의 문명 속에서 가치-목숨을 지칭하는 관점에서 볼 때 사형제에 찬성하느냐 반대하느냐는 이제 아무 의미가 없다. 사형제를 폐지함으로써 우리는 그저 스탈린, 아우슈비츠, 온갖 형태의 테러리즘 이후로 살인할 권리가 존재한다는 사실을 인정할 뿐이다. 〈르몽드〉는 단지 편집 형태와 출간 시기를 선택함으로써 나를 사형제 대변인으로 만든 거지…….

프랑수아 봉디 그들이 왜 그랬을까?

로맹 가리 그들은 내 기사가 다른 것들보다 훨씬 덜 단정적이라고 생각해서 보류해두고 있다가 당대 관심사가 이 문제를 도마 위에 다시 올리자 출간한 거지. 신문을 '뜨겁게' 만들 땐 그저 신문을 만들 뿐이라는 것이 그들이 내게 해준 설명이었네. 〈프랑스 수아르〉지와도 비슷한 경험이 있었지. 그들을 위해 예멘에서 '홍해의 보물들'이라는 제목으로 르포르타주를 쓴 적이 있네. 그들이 내게 묻지도 않고 '홍해의 지옥들'이라는 제목으로 출판해버려서 내 텍스트가 예멘에서 나를 그렇게 친절하게 맞아주고 도와준 사람들을 조금도 정당화해주지 못했지. 이런 걸 가리키는 이름이 있네. 독단이라고 부르지……. 그런데 그 결과는 이랬네. "사형제를 찬성"하는 내 기사가 나간 다음 날 길거리에서 웬 신사가 나를 멈춰 세우더니 내 손을 잡고 말하더군. "선생의 입장 표명에 찬사를 보냅니다. 적어도 선생은 불알이 있으시군요.용기가 있다는 뜻" 사람들이 불알에 맡기는 역할이 때로는 정말이지 놀라워……. 이것이 내 '잔인함'에 대한 답이네.

프랑수아 봉디 사형제에 대한 자네 입장은 정확히 뭔가?

로맹 가리 난 마약 밀매상과 유아 살해범에 대해서만 사형제에 찬성하네. 나머지는 노 씨와 바댕테르 씨가 결정하도록 맡겨두겠네. 오라두르의 말살자들1944년 독일군이 642명의 민간인을 학살한 사건을 가리키는 말을 재교육하기 위해 개선한 '인간적'인 감옥으로 보내든지.

프랑수아 봉디 자네는 〈르몽드〉에 해명을 보냈나?

로맹 가리 농담하나? 나는 사람들이 나에 대해 갖는 이미지나 내게 덮어씌우는 모자에 대해 도덕적 아름다움을 뿌린 그윽하고 정숙한 열정 같은 건 없네. 내가 알지 못하는 이유로, 작가라는 내 직업과 관계가 없어 보인다는 이유로 사실과 전혀 무관한 로맹 가리의 이미지를 만들려고 애쓰는 사람들이 있지.

프랑수아 봉디 마약 밀매상에 대한 자네의 증오에 대해 말해보세. 자네는 〈킬〉이라는 영화를 만들었지. 폭력성 때문에 영국에서는 금지되었잖나. 몇몇 처형 시퀀스들―특히 마약 거물들이 기관총에 맞아 죽는 장면에서 단말마로 꿈틀대는 모습이 경쾌한 룸바 음악의 리듬에 맞춰져 있잖나―이 개인적인 보복이라는 느낌을 주네.

로맹 가리 내 인생에서 두 여자가 마약으로 죽었네……. 이 얘기를 꼭 해야겠나?

프랑수아 봉디 그걸 피해 갈 수는 없을 것 같네.

로맹 가리 난 열아홉 살이었고 그 여자 이름은…… 소피라고 해두세. 아직 그 가족이 있으니까……. 그 여자는 사랑스럽고 쾌활했네. 아주 예뻤고, 그리고 예뻐질 방법도 알았지. 아름답기만 한 건 때로는 꽤나 성가신 일이지. 소피에겐 〈인생은 아름다워〉 같은 측면이 있었네. 그 점이 아마 그녀의 삶을 무장해제했을 거야……. 그렇지만 말도 안 되는 일이지. 1935년 니스에서였네. 그 당시 니스는 지금처럼 콘크리트 도시가 전혀 아니었지. 심지어 미모사 꽃들도 있었어. 소피는 파리로 떠났고, 나는 미모사 꽃들과 홀로 남았네. 그녀가 없으니 미모사들은 같은 꽃이 아니었지. 파리에서 그녀는 웬 쓰레기 같은 놈에게 걸렸고, 그 쓰레기가 그녀에게 마약을 가르쳤네. 그녀는 모르핀에서 헤로인으로 넘어갔지. 편지도 소식도 더는 없었네. 나는 이 사실을 러시아 친구들을 통해 우연히 알게 되었네. 그래서 파리로 가서 찾기 시작했지만 니스에서 파리에 처음 가면 완전히 갈피를 잡지 못하잖나. 그래서 나는 밥을 먹으려고 에드몽의 한 친구에게 하시시 담배를 팔기까지 했네. 3년 만에 소피는 마약을 구하기 위해 거리로 나서게 되었고, 그러다 낙원을 과잉 섭취해 죽었지. 지금은 곳곳에서 흔히 보는 일이지만 스무 살에, 그것도 전혀 다른 시절에 일어난 이 일은 내게 큰 충격을 안겼네……. 난 울었지. 주먹으로 눈물을 훔치며 말이야. 문제의 작자는 피갈에서 보복 공격을 받고 죽임당했지. 그렇지만 이 사실도 나를 기쁘게 만들지는 못했네. 그녀의 미소는 정말이지 멋지고 순진무구했네. 게다가 그녀는 아주 살짝 사시였네. 있잖나, 눈매를 더 깊게 만드는 사시…….

프랑수아 봉디 두 번째 여자는?

로맹 가리 린. 린 바겟이었지. 〈콰이 강의 다리〉와 〈아라비아의 로렌스〉, 그 밖에 여러 영화를 만든 제작자 샘 슈피겔의 전 부인이야……. 난 그녀를 1953년에 뉴욕에서 알았네. 텍사스 여자였는데, 시네마테크에서 옛날 영화 〈불꽃과 화살〉을 통해 아직도 볼 수 있지…… 그녀는 헤로인에 빠졌네. 이 호텔 저 호텔에서 쫓겨 나곤 했지. 왜냐하면 주사기가 사방에 굴러다녔으니까. 나는 그녀가 침대에 누워 주사기로 자신을 허공에 날려 보내는 모습을 보았네. 그녀가 그 빌어먹을 쓰레기를 누구를 통해 구하는지는 끝내 알아내지 못했지. 내가 바보 같은 소리를 하는 데는 탁월하잖나. 난 그녀에게 말했네. "나야 아니면 저 쓰레기야." 그러자 그녀는 단 1초도 망설이지 않고 쓰레기를 택했네. 그 후로 난 그녀를 다시 보지 못했지…… 1958~1959년의 할리우드. 내 일기장을 펼쳐보네. 린은 죽어서 발견되었어. 벽과 침대 사이에 낀 채 질식해서 죽었지. 미국 침대들 중에는 접혀서 벽으로 들어가는 침대가 있잖나. 그 일이 일어났을 때 그녀는 '황홀경'에 빠져 있었지. 수시간 동안 단말마를 겪었으니 끔찍했을 거야…… 내가 미국에서 다른 여자를 몇 명이나 알았는지는 모르겠네만…… TV 명사인 아트 링클레이터는 열아홉 살에 창밖으로 몸을 던졌지. 환각제에 취해 날겠다고…… 그리고 팔에 주사기를 낀 채 길거리에서 죽은 꼬마 흑인…… 이건 내 영화 〈킬〉의 머리자막인데, 내 눈으로 본 광경이었네. 따라서 나는 마약 밀매상들에게는 사형을 주장하네. 사형이 아무도 '만류'하지 못한다고들 사람들은 말했지. 사형이 절망한 사람과 성격장애자와 '유전병 환자'들을 만류하지 못하는 건 사실이네. 하지만 마약 밀매상들은 '유전병 환자'가 아니네. 그들의 염색체는 정상이지. 돈벌이를 하는 건 얌전한 아버지들이네. 그들은 죽는 것을 끔찍이도 겁내지. 가진 돈을 잃을까 봐 겁내지…… 다시 한 번 말하는데 이것이 내 잔인함이네……

프랑수아 봉디 이 대담의 끝에 다다랐으니 우리가 이제는 결론을 내릴 수 있을 것 같네. 자네는 자네에게 대개 삶의 이유가 되었던—경우에 따라서는 죽일 이유가 되었던—대의들을 옹호하는 데는 엄격했고 너그럽지 못했지. 그러면서 자네는 관용을, 어떤 경우에도 '대의'의 편에 있지 않은, 심지어 자기 자신의 생존의 편에도 있지 않은 자유주의를 표방하잖나. 이 모순 앞에서 자네가 나이 들면서 점점 더 사로잡히는 것처럼 보이는 '여성성에 대한 향수'가 어디서 오는지 잘 볼 수 있네. 내 생각에 그것은 결코 '전사의 휴식'에 대한 향수가 아니네. 선한가 악한가, 라는 장 자크 루소의 의문은 살고 글을 쓰고 행동하는 자네를 볼 때 이렇게 바뀌네. 진짜인가 익살광대인가. 우리가 보는 게 얼굴인가 아니면 가면인가. 어쨌든 자네는 자네의 '자아'와 단절하고 싶어 하네……. 그렇다면 여성성의 이상화, 여성적 가치들에 대한 예찬은 자각이겠지. 마초에 대한 자네의 저항은 자네 자신에 대한 저항이고. 자네는 '자네 삶을 바꾸고' 자네를 바꾸는 게 아니라 여성화를 통해 세상을 바꾸자고 호소하잖나. "내가 말하는 대로 하시오. 내가 행동하는 대로가 아니라……"라고 말이야. 물론 이데올로기들은 모조리 배신자네. 여성성—어머니, 여자—은 '배신하지 않은 것'이 되고 뒤범벅된 이데올로기적 동요가 되지. 자네가 희망을 여성성에 투자하는 건 자네라는 인물을 거부하기 때문이지. 하지만 정말로 거부하기보다는 거부하는 놀이를 하고 있는 건 아닌가? 그런 태도가, 한 번도 이행하지 않은 결별을 선언하는 것이 자네 마음에 들어서는 아닌가? 그런 경우라면 오랜 속담을 개별적으로 바꾸어볼 수 있겠네. 자네는 변할수록 점점 더 똑같아지네…….

로맹 가리 그럴지도 모르지. 자네가 나를 안 지가 45년이나 되었으니……. 하지만 '자아' 이야기에 나는 관심이 없네. 중요한 것은 의심스러운 내 정신 구조나 잠재의식, 내가 스스로에게 제공하는 희극이 아니라—다시 한 번 말하지만 대단히 개인적인 신경증을 이유로 올바른 고찰을 호소해볼 수 있네—손상 입은 주관성으로부터 영향을 받아 우리가 동원하는 논거들이 얼마나 객관적이고 타당하냐는 것이지. 자네가 내 '자아'에 던지는 모든 적절한 규탄에도 불구하고 한 인간을 하나의 신조에 동조하도록 부추길 수 있는 내밀하고 불순하고 어두운 이유들이 꼭 올바르고 변호될 만한 이유가 되지 못하는 건 아니네. 한 아들이 보수적인 아버지에 대한 증오로 사회주의에 동조한다고 사회주의를 단죄할 수는 없지. 우리가 대담의 끝에 와 있기 때문에, 오래전부터 나를 잘 아는 누군가를 마주하고 이렇게 광범위한 대담을 할 일이 다시는 없을 것이기에 내가 했던 말을 반복하는지도 모르고 자네에게는 나의 폭력성에 맞서 싸우는 것처럼 보일지도 모르지만, 문명의 가치가 여성성, 부드러움, 연민, 비폭력, 약자 존중 등의 개념이었던 적은 한 번도 없었다고 나는 단언하네……. 나를 낳아준 여자건 다른 어떤 여자건, 내게 자기 목숨을 희생한 여자에게 내가 사로잡혀 있건 아니건 나는 **아이와 문명이 맺는 첫 관계는 어머니와의 관계**라고 단언하네. 따라서 인간과 더불어 정말로 하나의 문명이 될 수 있을 문명의 관계는 어머니가 자신의 모든 자식과 맺는 관계지……. 기독교가 제 소명을 망친 건, 기독교가 체험된 현실 속에 구현되지 못한 건—아네, 내가 했던 말을 반복하고 있다는 것 아네!─대개는 그것이 인간의 팔과 주먹에, 검에, 십자군에, 종교재판에, 드브레 씨와 푸아이에 씨가 낙태 문제에서 보이는 유형의 '거칠고 순수한' 강경함에 실려 전파되었기 때문이지. 왜냐하면 기독교의 핵심인 여성적 소명을 인정하고 실현할 줄도 몰랐고 그러길 원하지도 않았으니까 말이네. "심약한 여자 같은"이라는 말이 괜히 욕설이 된 게 아니지……. 여자들은 영적 권력에서, "영혼의 지도"에서, 영혼 건축에서 철저하게 배제당했지. 우리 모두가 빠져 허덕이는 똥밭은 남자의 똥밭이네. 황혼이 되고 보니 내가 내 인생을 결산하고 여성들에게 빚진 모든 것을, 그들에게 주지 못한 모든 것을, 내 삶의 행복이었던 모든 것을 자각하는 것인지도 몰라……. 그럼에도 여성성이 아직 발현되지 못했으며, 우리에겐 사용할 카드가 그다지 많이 남아 있지 않다는 건 사실이지…….

프랑수아 봉디 이 페이지들을 방금 다시 읽었네. 자네가 삶과 맺는 관계에는 어떤 탐욕이 있네. 그 욕망의 수많은 발현을 좇는 성향이 있어 삶을 향한 자네의 사랑을 진짜 호색 기질이라 말할 수 있게 해주지. 세상을 가로지르는 자네의 숱한 달음박질 추격은 불안을 닮았네. 삶의 새로운 맛이, 아직 알지 못하는 어떤 맛이 자네에게서 달아나는 걸 느끼는 불안 말이네. 거기엔 삶에 대한 정복 의지가, 모든 삶에 대한 정복 의지가 있지. 그리고 자네 소설 속 모든 인물은 자네의 파견된 몸들이지…….

로맹 가리 그렇다면 모든 소설 작품은 식민주의와 제국주의처럼 삶과 세상의 병합이라고 말해야겠네. 왜냐하면 소설은 창조하고, 재창조하고, 소유하고, 끌어안고, 흡수하고, 개혁하고, 빚고, 건설하고, 보강하고, 키우고, 정복하고, 강요하고, 지배하고, 규정하고, 한정하고, 작품 속에 제국과 왕국 들을 가두기 때문이네. 하나의 소설에 마르크스주의적인, 자유주의적인, 마오주의적인, 사회주의적인, 혁명적인 내용을 담을 수 있지―그래도 소설은 여전히 독점적이고, 정복욕 넘치고, 제국주의적이고, 식민주의적이고, 전지적이지. 여전히 하나의 제국이지. 그러니 모든 소설가를 제국의 건설자로 규탄하고, 민주주의의 이름으로 소설 창작을 금지해야 하네……. 하지만 이렇게 주장할 수도 있지. 내가 하듯이 타인의 삶을 살려는 이 의지, 그 수많은 경험을 받아들이고 함께 나누려는 이 의지가 박애라고 말이네…….

프랑수아 봉디 타인의 경험을 소유하려는 의지가 모든 소설 작품의 특징인 건 분명하지만 자네의 의지는 그 이상이지. 자네는 자네의 소설과 인물 들에 대해 마치 자네가 자네에게 부여하는 숱한 '삶'인 것처럼 말하고, 자네가 경험한 모험들을 소설의 장인 것처럼 말하잖나……. 그건 위험한 장르 뒤섞기가 아닌가?

로맹 가리 중요한 건 자네 말대로 그 '장르 뒤섞기'가 가치 있는 인간과 작품을 제공하느냐를 아는 것이지. 나머지는 행복의 문제를 제기할 뿐이네…….

프랑수아 봉디 그러니까 자네는 늘 모험을 좇는 사람이었어. 얼마나 될지 모르겠지만 가능한 많은 다른 삶을 살려는 욕망에 사로잡혀서 말이네. 이 말이 얼마나 사실인지 자네는 소설로도 부족해서 영화로 건너가 자네의 인물들과 더욱 긴밀하게 얽히고 그들을 소유하기 위해 감독이 되었잖나. 불만족과 항구적인 추적, 만족감 추적. 이 추적은 자네 인물들 가운데 이 점을 가장 잘 드러내주는 두 인물, 시도를 거듭하는 '색광녀' 아드리아나—삶 일반과 자네가 맺는 관계를 성적 비유 속에 투영한 경우지—와 『징기스 콘의 춤』의 릴리에게서 볼 수 있듯이 감춰져 있지. 후자의 소설 속에서 자네는 자네 자신의 투영을 더 멀리까지 가져갔지. 왜냐하면 자네는 인류를 어떤 연인도, 어떤 '구혼자'도 만족시키지 못하는, 어떤 '해결책' 소지자도, 다시 말해 어떤 이데올로기 소지자도 충족하지 못하는 한 여성 인물로 만들었으니까 말이네……. 따라서 나는 자네가 삶과 남녀관계를 맺고 있다고 말해도 지나친 비유라고 생각하지 않네. 다양성 추구를 봐서도…….

로맹 가리 난 동의하지 않지만 상관없네. 내겐 경이로운 것에 끌리는 취향이 있네. 어린 시절의 잔해지. 그것 없이는 창작도 없어. 경이로운 세계의 온갖 나비들에 끌리는 대단히 강렬한 취향이 있어서 그것들을 붙잡으려고 애쓰지. 그것들이 관찰되건 체험되건 혹은 창조되건 마찬가지네. 그것은 언제나 경이로움의 추구지. 영화는 소설과 마찬가지로, 체험된 삶과 마찬가지로 잠자리채네. 배우들 덕에 영화는 인물들에 더 가까이 다가가서 두 눈 뜨고 만끽하게 해주고, 현실을 더욱 가깝게 해주지. 그래서 나는 배우들에게 깊은 우정을 느끼네. 그들은 내게 사랑할 것을 주지……. 그리고 영화며 창작은 아무 데서고 아무 때나 할 수 있지. 그러고 보니 오늘 아침만 해도 그렇다네. 나는 파리에 오면 박 가의 비스트로에서 매일 아침 두세 잔의 커피를 마시네. 이 거리는 내가 닻을 내리려고 항상 돌아오는 곳이지. 오늘 아침에 커피를 마시고 있는데 웬 남자가 복권을 계산대에 내미는 게 보였네. 해진 외투를 걸친 생쥐처럼 보이는 키 작은 노인이었네. "안 됐어요. 당첨이

안 됐어요." 30분 뒤 나는 조금 더 아래에 있는 다른 카페 레장바 사되르에 들어갔네. 그런데 똑같은 남자가 떨어진 번호를 들고 나타났네. 주인이 말했지. "떨어진 번호예요. 당첨 안 됐어요." 그랬더니 그 가련한 사람이 뭘 했는지 아나? 계속해서 믿고 희망했네……. 한 담배 가게에서 그리고 다른 가게에서 그 번호가 떨어진 것이라고 말했는데도 그 사람은 다시 자기 복권을 들고 세 번째 담배 가게로 갔지. 잠시 후엔 네 번째 가게로 갔고. 혹시 기적이 일어나 그가 가진 복권이 당첨될지도 모르고, 정의가 있을지도 모르는 일 아닌가……. 이게 경이롭지 않나? 이건 대단히 위대한 작가, 더없이 위대한 작가가 하는 일이지……. 이게 영화고 소설이고 삶이지……. 차이가 없네. 똑같은 재료를 우리가 빚거나 저절로 빚어지는 것이지. 또 어떤 날은 베를린에서…… 내 영화 중 한 편의 상영 때문에 그곳엘 갔네. 나는 신문 가판대 맞은편에 있는 어느 카페테라스에 앉아 있었네. 맞은편 가판대에는 이디시어로 된 신문 하나가 내걸려 있었네……. 아우슈비츠에서 은퇴한 듯한, "아우슈비츠를 방문해보세요"라는 광고 포스터에나 나올 법한 한 남자가 다가왔지……. 내가 이 글을 받아 적게 하고 있는데 비서 마르틴이 아우슈비츠의 철자가 어떻게 되는지 묻는군. 그녀는 한 번도 들어보지 못했다네. 철자가 걱정돼서 다시 시작해야 할지도 모르겠어……. 남자는 가판대 앞에 서서 이디시어 신문 바깥 페이지를 읽었지. 다 읽더니 가판대 주인을 향해 돌아서서 그를 쳐다보았고, 그러자 주인은 아무 말 없이 나와서 신문 페이지를 넘기고는 똑같은 방식으로 세심하게 고정했네. 그러자 그 남자는 독서를 계속하더군……. 나는 호기심이 동해 몇 가지 질문을 했고, 그 망령이 20년째 와서 이디시어 신문을 읽으면서 한 번도 사지 않았고, 독일인인 가판대 주인은 그렇게 유대인 망령을 위해 매일 페이지를 넘겨준다는 걸 알게 되었지……. 유대인은 신문을 사지 않으면서 읽고 싶어 했고, 독일인은 공짜로 주지는 않으면서 읽도록 내버려두었지. 유대인과 독일인 사이에는 보상에 관한, 그리고 그것의 정확한 한계에 관한 암묵의 협정이 있었던 거지. 암묵의 협정을 통한 아우슈비츠에 대한 과세였지……. 그리고 어제는 성형외과에서…… 한 어머니가 열네 살난 딸아이와 함께 그곳을 찾았더군. 아이의 코가 거대해서 급히 수술해야 할 판이었지. 어머니의 코와 판박이였네……. 엄마가 의사에게 말했네. "보시다시피 제 딸은 수술이 시급합니다……. 이것 좀 해결해주실 수 있겠어요?" 의사는 나이 든 베테랑으로 신중했네. 그런 경우를 많이 봤지. 그래서 이렇게 물었네. "무얼 해결하라는 말씀이십니까, 부인?" 부인이 대답했네. "내 딸의 귀죠, 의사 선생님. 달리 뭐가 있겠어요? 귀가 기형인 게 안 보이세요?" 왜냐하면 딸의 귀는 아버지를 닮아 약간 튀어나와 있었거든. 그렇지만 코는 어머니의 코와 똑같아서 어머니는 그 코가 흉측하다는 걸 깨닫지 못하거나 아니면 그렇다고 받아들이고 싶지 않았던 거지……. 인간의 본성은 가공할 만한 것이어서 늘 전례가 없고 늘 새로운 원천을 찾아내지. 바로 자네 발밑에서 언제나 새롭게 솟아나는 참신함이 있지……. 그러니 나는 잠자리채를 들고 달리고 또 달리네. 소설, 르포르타주, 영화, 체험담, 가져가기 위한 것이 아니라 그 자리에서 먹기 위한 체험담. 이건 삶과의 관계에서 호색 취향이 아니라 사랑이네……. 내가 아무리 달리고 주워 모아도 이걸 고갈시킬 수는 없을 거네. 나는 만족을 결코 알지 못할 것이네. 이건 끝도 없고 고갈될 수 없는 것이어서 내가 아무리 온 땀구멍으로 흡수해도 여전히 허기질 것이고, 그것은 또다시 하나의 인물을, 한 인생을, 한 사랑을 만들어낼 거네……

프랑수아 봉디 영화에 입문하자마자 자네는 마치 우연인 것처럼 만족할 줄 모르는 욕망의 각도에서 영화를 만들었지……. 자네의 첫 영화 〈새들은 페루에 가서 죽는다〉의 테마는 만족의 추구, 줄곧 달아나는 만족의 추구…… 색광증이 아닌가.

로맹 가리 그건 여성성의 큰 비극 중 하나고, 그 책임의 큰 몫이 남자들이 부과한 가짜 가치에, 남성성의 가치에 토대를 둔 사회와 문명에 있지. 남자들이 심리적으로 여자들을 절단해 불구로 만들었지. 여성의 불감증―종종 색광증으로 이어지는―은 감정적 죽음의 극단적인 경우네. 말하자면 그것은 감수성 결핍, 만족을 주지 못하면 어쩌나 하는 두려움, 그리고 이기심에 사로잡힌 남자들에 의해 강요되고 만들어진 무엇이지. 내가 늘 강박적으로 사로잡혀 있었던 건 사실이네. 이 문제는 『징기스 콘의 춤』이나 〈새들은 페루에 가서 죽는다〉에서도 볼 수 있는데, 개인적 차원으로도 그렇고 일반적인 인류를 생각해도 마찬가지로 사랑의 실패에, 사랑 찾기와 추적으로 더 부각될 뿐인 이 사랑 결핍에 사로잡혀 있었지. 성의 차원에서 이 감성의 죽음은 '남성성의 도장'이지. 남자들이 만족시켜야 한다는 부담을 덜려고 여성의 정신 체계에 각인한 도장 말이네. 그럼으로써 쾌락을 누리는 여자는 "발정 난 암캐"가, "파렴치한 여자"가, "방탕한 여자"가, "저런, 잡년"이 되어버렸지. 자네가 만족시키지 못하는 여자와 함께 있을 때 자네는 언제나 개자식들의 유산을 상속받지. 그들의 '자아'라는 바늘을 빼내기 위해 남자들은 혐오의 대상을 누리는 여자들을 생리만큼이나 '역겹고' '개 같은' 무엇으로 만들었지. 수천 년 동안 마초들은 자기 수단에 그다지 자신을 갖지 못하고 여자들을 설득하는 데, 여자들이 쾌락을 누려서는 안 되며 그것은 여성성에 상반되는 것이라 설득하는 데 전념했지. 그런 건 우아하지 못하고 깨끗하지 못하고 결코 좋지 못한 것이라고, 동정녀 마리아가 못 된다고, 술탄과 하렘이 아니라고, 정결한 법도가 아니라고 말이네. 좋아, 남자들의 잘못이 아니겠지. 가련한 존재들! 남자들이 먼저 쾌락을 누리지 않고는 수정을 할 수 없게 자연이 만들었겠지. 여자들은 쾌락 없이도 얼마든지 수정할 수 있고 말이야. 심지어 여자들이 쾌락을 누리지 못할 때 수정이 더 확실하게 된다고 말하는 통속적 가짜 '이론'도 있지. 이 모든 게 마초들을 수준에 미치지 못해도 되게 만들었네. 아무리 진짜 사나이라도, '거친 사내'라도, 털북숭이라도 성교를 잘못하면 찌익! 바로 분출해 버리지. 30초, 2분. 이 정도면 우리 거인의 노고는 끝이 나지. 오래가지 못하는 진짜 거친 사내들의 수는 불감증에 걸린 여자의 수와 대충 맞먹네. 〈새들은 페루에 가서 죽는다〉에서 다니엘 다리외가 연기한 인물이 말했지. "남자들은 찌익 싸려고 이곳을 찾지!" 시합과 십자군 시절에 검술에는 대단히 강한 기사일지라도 자기 페니스를 쓸 때는 덜 강할 수 있었지. 그러면 그들은 교회와 도덕의 도움을 받아 관습이 한층 더 군림하게 만들었네. 그 관습에 따르면 여자는 단지 전사의 휴식을 위한 것이었지. 시간의 태초부터 찌익을 해온 아빠들이 있었고, 그들은 전통을 유지하기 위해 평생 한 번도 쾌락을 누려본 적이 없어 같은 식으로 다른 여자들에게 보복하는 늙은 여자들의 도움을 받아 여자들을 교육했지. 이런 일은 곳곳의 모든 문명에서 행해졌네. 아프리카에서는 심지어 여자아이들의 클리토리스를 잘랐고, 오늘날까지도 여전히 자르고 있지. 그것이 여자들에게 욕망을 불러일으키지 않도록 말이네. 이것이 순수한 상태의, 더러운 똥 같은 상태의 거세 콤플렉스에 사로잡힌 마초주의네. 여기서 자네에게 헤밍웨이와 남성성에 토대를 둔 미국 전통의 영적 아버지인 마초 잭 런던을 인용해주겠네. 그는 50년 전부터 미국 문학에 뿌리 깊이 영향을 미쳐왔지. 잭 런던은 막 성관계를 한바탕하고는 이렇게 썼네. "더 없이 자연스럽고 야만적인 내 본능이 한껏 발휘되었다. 난 나의 쾌락에 따라 잔인할 수도 다정할 수도 있다. 인간이 그 이상 무엇을 욕망할 수 있겠는가? 이 욕망엔 지배의 느낌이 있다……." 보게, 미국의 마초주의 문학이 송두리째 여기서 나왔네. 이 지배자-남자는 성교를 한바탕하고는 "지배의 느낌"을 갖고 잔뜩 의기양양해서 떠나지. 그리고 비천한 하녀인 여자는 거기에 대해 말조차 하지 않지. "자, 이거나 먹어!" 식의 태도는 수천 년 동안 계속되었네. 그 후로 대단히 전형적인, 인간적인 유형의 일이 일어났지. 여자들이 **설득**당한 거네. 게토의 유대인들이 수세기 동안 존중받을 수 없는 인간이라는 소리를 거듭 들어온 나머지 생김새마저 바뀔 정도로 설득당해 비천한 죄인 얼굴을 하고 연신 굽실거리느라 휜 척추를 갖게 된 것처럼—이건 역사적 사실이네—여자들도 설득당한 거지. '열등하게 만들기' 위해 구별되는 옷을 입도록 강요당한 유대인들은 결국 적응해서 정통 유대인이라는 자들이 지금까지도 그 옷을 입고 있고, 이스라엘에서도 그 옷을 벗기를 거부한다네! 여자들에게도 마찬가지의 일이 일어났지. 그네들은 설득당했고, 심지어 선전에 나서서 그들의 '순수한' 딸들에게 쾌락을 즐기는 건 창녀나 돼지 들이나 하는 짓이며 그건 남자에게나 좋은 일이라고 설명했지……. 설득당한 희생자가 나서서 다른 희생자들에게 자신의 조건을 강요하려 드는 건 정말이지 고약한 일이야……. 지금 낙태 문제에서도 그런 일이 일어나고 있네. 연구나 통계자료를 보면 대가족을 거느린 어머니들 대부분이 낙태에 철저히 반대하네. 그들은 아이를 낳느라 고역을 치렀고, 일고여덟씩 자식을 기르느라 고생을 했고, 모성애에 모든 걸 희생했으니, 다른 여자들이 거기서 벗어나려고 하는 걸 보면 분개하여 받아들일 수 없는 거지. 그렇다네. 희생자들은 설득당했네. 지부티에서 벌어지는 음부 봉쇄 문제에서도 똑같은 현상을 보았네. 열 살경 그곳 사람들은 여자아이들의 음순을 꿰매네. 아무도 못 들어가도록 말이네. 그것도 가시로 꿰매어 대단히 고통스러운 일이지. 내가 그곳에 있었을 때 고등판무관인 퐁샤르디에가 그 관습을 끝장내려고 시도했지. 그런데 그는 그 야만적 관습을 영속시키는 것이 남자가 아니라 여자라는 사실을 알게 되었네. 여자들은 꿰맴을 당하며 고통당한 것이 무의미한 일이었다는 걸 받아들일 수가 없어서 다른 여자들에게 "전통적 도덕"이라는 이름으로 같은 절제를 계속 요구했지……. 이렇듯이 여자들 스스로가 "발정 난 암캐들"을 규탄하는 데 앞장섰고, 성을 여성성에서 추방했지. 그래서 의학 통계에 따르면 여성 신경환자 열 명 중 여섯은 불감증 때문이라네. 남성성의 진짜 승리 아닌가! 내가 들어가도록 가랑이를 벌려라. 여성 삶의 수천 년 역사를 이렇게 요약할 수 있을 거네……. 마초는 제집으로 돌아가지. 마초는 전쟁을 했고, '영웅들은 피곤해졌고'—그들은 자주 피곤해지지. 영웅이 아닐 때조차도—, 마초는 잠들기 위해 욕구를 발산하고 싶지. 그래서 사정을 하지. 이런데 자네는 애무니 달콤한 말이니 애정을 운운하나……. 이 수치, 이 범죄, 이 절단 말고도 불감증은 충격적인 것이네. 왜냐하면 그것은 불가능성과 비극의 정의 자체니까. 난 자네에게 죽어버려 목석이 된, 그래서 결핍이라곤 더는 없는 여자들 얘기를 하는 게 아니네. 꿈에 대해, 기다림에 대해, 원하고 희망하고 찾아도 거기에 도달하지 못하는 여자들에 대해 말하는 거네. 그녀들은 언제나 일보 직전에 도달했다고 느끼지만 경계를 넘어서지 못하고 피어나지 못하지. 거기, 거의, 아직 조금만 더…… 그런데 사라지지. 이것이 〈새들은 페루에 가서 죽는다〉의 아드리아나의 경우야. 왜 불감증 걸린 여자는 종종 색광녀가 되는가? 그녀는 매번 남자와 '도달할 찰나'인데, 남자가 조금만 더 계속하면—"기다려요! 기다려요!"—도달할 것 같아 보이지. 네, 기다려요, 조금만 더, 곧 도달할 거예요……. 그런데 언제나 사라지는 것을 좇는 이 추격 속에서 남자는 늘 먼저 끝나고, 설령 그가 무한히 길게 버틴다 해도 그녀는 결코 도달하지 못할 거네……. 다만 아드리아나처럼 '도달할 찰나'라고 느끼고, 곧 올 것같아 보이는 해방을, 만족을 맞이하려고 잔뜩 긴장한 채 떨고, 언제나 파트너가 너무 일찍 끝냈다고 상상하고, 다른 남자와……그리고 또 다른 남자와…… 또다시 다른 남자와…… 몇 초만 더, 몇 번의 숨만 더 버티면 될 듯싶은데…… 아니지. 그는 또다시 일찍 끝내고 말지……. 그래서 이 남자 저 남자 끝없이 찾아나서는 거네……. 〈새들은 페루에 가서 죽는다〉에서 아드리아나의 원망은 너무도 커서 남자에 대한 증오로 변했고, **쾌락을 누리지 않으려는 의지가,** 거세 의지가, 남자에 대한 승리가 되고 말았지. 남자가 도달하지 못하고 실패하도록 말이네……. 불감증을 **선택**하는 거지……. 여자는 알지 못한 채 오르가슴을 스스로 거부하는 거야.

프랑수아 봉디 자네 영화 속에서 젊은 여인 아드리아나는 오르가슴에, 해방에 도달하기 위해 절망적으로 격분해서 투쟁하지. 그런데 그것이 자네 개인적 경험의 치환은 아닌지, 자네가 남자로서 여자가 '자유로워지도록' 돕기 위해 애써 도달하지 않으려고 분투한 건 아닌지 의문이 드네…….

로맹 가리 물론 그렇지. 벽에다 머리를 박는 일이 내게 일어난 적이 있네. 난 서른 살이었고, 분투했네……. 그렇다네. 영화 속의 아드리아나처럼, 더 정확히 말하자면 실패하는 레니에처럼 말이네……. 꽤나 잔인한 일이었지. 줄 수 없다는 그 불가능성…….

프랑수아 봉디 자네 자신의 애정 실패를 표현하기 위해 성의 메타포를 선택한 것 아닌가?

로맹 가리 내 경우는 아닌 것 같네. 어쩌면 한 번 너무 깊이 사랑해서 다시 시작할 수 없는지도 모르지……. 이제 내게는 줄 게 그다지 많이 남지 않았는지도 모르겠네, 모르겠어. 한 가지 이념이나 사랑을 지나치게 찬양하는 사람들이 불만족할 수밖에 없는 건 확실하네. 절대를 좇는 모든 추적이 그렇듯이……. 이번에도 레니에의 경우로군. 『낮의 빛깔들』에서지만…….

프랑수아 봉디 "인생은 새벽에 모성애로 당신에게 약속을 하지만 끝내 지키지 않는다……." 어떤 여자도 그 약속을 지키지 못하는가?

로맹 가리 그래그래. 그런 걸 내가 썼다는 것 아네. 고맙네…….

프랑수아 봉디 사랑의 결핍으로 돌아가세.

로맹 가리 어떤 맥락에서 말인가? 그게 무슨 의미인가?

프랑수아 봉디 아무 의미 없네. 그저 단순하게 접근하자고.

로맹 가리 그렇다면 영원한 탐구, 기다림, 행복의 추구, 그것은 역사를 가로지르는 인류의 상황 그 자체지. 절대와, 신과, 사람들이 "위대한 인간들"이라고 부르는 것과의 관계에서도 마찬가지네……. 인류를 만족시키려고 애쓴 위대한 인간들 말이네…….

프랑수아 봉디 거기서 『징기스 콘의 춤』이 나온 건가?

로맹 가리 릴리……. 나는 오래된 코카서스의 전설과 20세기 초 독일의 우의적 판화를 활용했네. 그 판화는 인류를 만족을 주지 못하는 모든 애인을 처형시키는 공주로 묘사하고 있지……. 어머니가 양장점을 운영할 때 빌노의 우리 아파트에 있던 판화였네. 릴리는 만족 못하는 공주고, 플로리앙은 그녀의 충직한 시종이지. 가련한 창조의 여왕은 숲을 떠돌며 상수컷을, 마초를 찾아다니네. 스탈린, 히틀러, 페론, 모든 대령을. 그리고 그녀는 정사를 당하지. 익히 알려진 남성적 의미에서 말이네……. 마초들은 그녀에게 행복을 주지 못하네…….

프랑수아 봉디 사랑의 결핍, 사랑을 할 수 없는 남자, 욕구불만에 대한 불만이라는 테마가 계속해서 커졌군…….

로맹 가리 사랑의 부재는 큰 자리를 차지하지.

프랑수아 봉디 그러면 자네는 어떻게 하나?

로맹 가리 내겐 아들이 하나 있네. 그거면 따뜻하지.

프랑수아 봉디 자네 소설 대부분에 등장하는 이상한 인물에 관해 아마 자네도 할 말이 있을 것 같은데, 그걸 듣지 않고는 자네를 떠나고 싶지 않군……. '남작'이라는 인물 말이네.

로맹 가리 아!

프랑수아 봉디 그는 아주 다른 소설들에도 마치 서명처럼 등장하더군. 언제나 같은 모습에 손톱 끝까지 신사고, 항상 같은 방식으로 옷을 입고, 완전무결해서 역사상 최악의 시련에 처해도 자신을 더럽히지 않는 것이 유일한 걱정인 인물이지…….

로맹 가리 그렇다네, 아름다운 영혼이지.

프랑수아 봉디 그는 언제나 난투극 꼭대기에 있지. 무언증에 사로잡힌 그는 『거대한 옷장』과 『낮의 빛깔들』 『하늘의 뿌리』에서 본능에 굴복해 그저 몇 마디 할 뿐이지. 깊고 근본적인 욕구를 표현하기 위해서였지……. 그는 말했네. "오줌!"

로맹 가리 그리고 "똥!"도 말하지. 똥도, 아무리 천성이 엘리트일지라도 그것 없이는 안 되니까.

프랑수아 봉디 그는 늘 가짜 여권 여러 개와 도덕적으로 대단히 높은 권위자들에게 보내는 소개장을 지니고 있잖나.

로맹 가리 그렇다네. **인간** 안에는 사기가 있네. 대문자로 쓴 인간 Homme 말이네. 언제나 추격당하고 접근할 수 없는 인간, 그 영원한 드방 남작과 스가나렐…… 나는 그를 아주 좋아하네. 그 악한을. 난 그가 곤경에서 잘 빠져나가리라 생각하네. 철학자 미셸 푸코가 "인간은 근래에 출현했고, 인간의 모든 것이 임박한 종말을 알린다"라고 했지만 말이네.

프랑수아 봉디 자네는 그 말을 믿나 아니면 믿지 않나?

로맹 가리 중간쯤이네.

프랑수아 봉디 남작은 늘 뺨이 부풀어 있잖나. 곧 웃음을 터뜨릴 사람처럼 말이네.

로맹 가리 터뜨리는 방식으로 최악은 아니지.

프랑수아 봉디 때로 상황이 아주 감동적이면 방귀를 연거푸 뀌어대고…….

로맹 가리 영혼 과잉이지.

프랑수아 봉디 그는 모든 언어가 배반했기에 자기표현을 하기 위해 방귀를 이용하고, 수치화된 언어로만, 모스부호로만 표현하잖나…….

로맹 가리 도덕적 조커 클럽의 진정한 회원이지. 의사회처럼. 맞아, 의사회가 고통 따위 대중에게 남겨두고 대단히 깨끗하게 도덕의 정점에 서서 낙태를 규탄했을 때처럼 말이네…….

프랑수아 봉디 『별을 먹는 사람들』에서 한 독재자가 그의 기품과 멋진 복장에 홀려 그를 대변인으로 채용하잖나…….

로맹 가리 범죄에는 도덕적 알리바이가 필요하지. 그래야 멋진 범죄가 되니까. 아름다운 영혼들은 종종 이상한 데 얹혀살곤 하네…… 얼마나 많은 우리네 사람들이 스탈린을 칭송했나?

프랑수아 봉디 웃자는 건가, 울자는 건가?

로맹 가리 맹신을 피하자는 거네…….

프랑수아 봉디 『죄지은 축제』를 보면 그의 무심하고 불가사의한 표정, 전혀 동요하지 않고 '이 모든 것'에 참으로 무심한 표정이 폴리네시아인들에게 강한 인상을 남겨서 그들이 그를 티키로, 신으로 받아들이잖나……. 신?

로맹 가리 그런 게 있지. 하지만 나는 그 인물을 너무 가두고 싶지 않네. 나는 그가 조롱과 사랑에 동시에 열려 있기를 바라네. 서로 밀어냄으로써 지탱하니까 그래야 균형이 잡히지. 완벽함이고 위대함이고 아름다움인 **인간** 역시 기둥서방으로 살며 사람에게 책임을 지우고, 희생과 문학에 얹혀산다는 걸 잊지 말게…….

프랑수아 봉디 그래서 타히티 사람들이 남작을 숭배하고, 그에게 봉헌을 하고, 탄원을 하고, 그가 계속해서 군림하고 '내세'에서 통치하도록 지키는군…….

로맹 가리 폴리네시아에서는 성당을 세우지는 않지…….

프랑수아 봉디 내가 보기엔 모순이 있는 것 같은데. 자네는 신화 없이는 인간이 없다고 거듭 말하면서 줄곧 맹렬히 '탈신화화'하고 '탈신비화'하고 있지 않은가…….

로맹 가리 신비가 없다면 인간은 고깃덩이밖에 되지 못할 거네. 신비와 환상은 있다네……. 남작은 패러디로써 자기 자신의 서정적 환상에 맞서 늘 투쟁하네. 왜냐하면 이데올로기가 무엇이건 고기와 시詩 사이에서, 우리의 생물학적 여건인 동물과 '랭보의 몫' 사이에서 균형을 찾는 것이 관건이니까. 내가 '황금률'—웃자고 하는 말이네—로 여기는 것이 무엇인지 묻는다면 난 대답하겠네. '모든 것에 앞세울 절도'와 '지켜야 할 이성'이라고.

프랑수아 봉디 ……정확히 자네와 반대로군.

로맹 가리 이 대담에서 건질 게 한 가지 있다면 내가 누구에게도 나를 닮으라고 조언하지 않는다는 것이네—결단코 내 아들에게도 아니지. 남작이라는 인물은 내게 균형을 잡아주고, 패러디와 조롱을 통해 이상주의적이자 이상화하는 내 몽상들에 맞서 싸우도록 해주네.

프랑수아 봉디 자네는 그 인물을 다른 소설들에서도 이어갈 의향이 있나?

로맹 가리 그의 의향이 무엇인지 난 모르겠네. 그가 나를 계속 이어갈 생각인지 말이네. 하지만 내가 이곳에 없게 되거나 혹은 그 전이라도 난 다른 소설가들이 그를 다시 취해서 이어가기를 바라네. 그런다면 우애 어린 눈짓이 될 테지. 난투극에 휘말리지 않고 혐오감을 드러내며 길을 가는, 무엇보다 자신의 옷차림이 청결한지를 걱정하는 남작을 조롱하면서 나는 내 책들에서 이미 여러 차례 인용한 미쇼의 이 문장을 잊지 않고 있으니까. "돌부리에 걸려 비틀거리는 사람이 그를 겁주려는 증오와 멸시의 함성을 들은 건 이미 20만 년째 걷고 있던 때였다……."

프랑수아 봉디 자네는 혼자 살고 있나?

로맹 가리 차라리 미스 고독과 살고 있고, 조금 지나치게 그녀에게 애착을 느끼고 있다고 말하세. 이건 사실이네. 습관이 든다면 약간 슬플 걸세……. 난 습관을 좋아하지 않네……. 최근의 두 여자, 미스 고독 1972년과 1973년은 정말이지 미의 여왕이었네…… 아무도 아닌 장르에서……. 내 고양이 두 녀석, 비포와 브뤼노는 죽었고, 우리의 늙은 개 샌디—『흰 개』를 헌사한 개 말이네—는 오랜 고심 끝에 진 세버그와 살기로 선택했네. 그곳에는 그를 돌볼 사람이 더 많아. 난 그 녀석을 원망하지 않지만 녀석도 나이가 들면서 약간은 에고이스트가 된 건 확실해. 이따금 여자 구급대원이 와서 내게 인공호흡을 해주고 떠나곤 하네. 왜냐하면 여자들은 어린 청소년을 그다지 좋아하지 않거든…… 내 아들은 매일 나를 보러 올라오네. 내가 정말로 존재하는지 보려고, 내가 얼마나 자기를 사랑하는지 보려고. 나는 그 녀석에게 말할 줄을 몰라. 그 아인 열한 살이고 나를 겁내…… 그런데 자네가 "혼자"라고 한 건 무슨 뜻인가? 동반자를 말하는 건가? 아니면 애정?

프랑수아 봉디 애정이네.

로맹 가리 물론 혼자지…… 하지만 좋은 순간들이 있네. 난 지난 11월에 넘어져서 응급으로 살페트리에르에 실려 갔네. 관심과 배려와 애정을 얼마나 듬뿍 받았던지! 의사 둘, 간호사 둘이 손으로 꿰매주고, 친절했지…… 떠나고 싶지가 않았네. 살페트리에르를 추천하네.

프랑수아 봉디 그러면…… 본질은?

로맹 가리 물론 그건 치유할 수 없는 것이지. 나는 여전히 사랑에 빠지는 꿈을 꾸네. 하지만 빠진다고들 말하잖나! ……예순 살에 빠지기란 아주 힘든 일이지. 자기 앞의 지평선이, 공간이 부족하기 때문이네…… 이젠 넓은 공간이 부족해서 날아오를 수가 없지…… 사랑은 제한과 한계와는, 우리에게 남은 시간과는 잘 안 맞지. 정말 날아오르려면 자기 앞에 온 삶이 펼쳐져 있다고 믿어야 하네…… 그러지 않으면 그저 보기 좋은 크림일 뿐이지. 이제 거의 끝나지 않았나?

프랑수아 봉디 거의 끝났지. 아쉬움은?

로맹 가리 난 충분히 쓰지 않았고, 충분히 사랑할 줄 몰랐던 것 같네.

프랑수아 봉디 망령들은?

로맹 가리 모두…… 근데 흥미 없는 얘기들이네. 돌아오지 않은 비행기들…… 30년 후에 돌아오기 시작할 비행기들에 관한 이야기지.

프랑수아 봉디 죽음은?

로맹 가리 아주 과대평가되었지. 다른 걸 찾으려고 애쓰는 게 좋을 거야.

프랑수아 봉디 그러면 유머 없이?

로맹 가리 나이 든 급사장을 한 사람 알았는데 루이지애나 출신 흑인이었네. 그 친구는 죽기 전에 비행이 쾌적할지 불안할지 알고 싶어 날씨를 물었다네…….

프랑수아 봉디 내세에 대해서는 어떤 꿈도 안 꾸나?

로맹 가리 한 가지 있지. 개 샌디가 나를 찾아오는 것. 녀석은 나한테 급히 보여줄 게 있어서 나를 어딘가로 데려가네. 나는 녀석을 따라가지. 우리는 태양을 향해 오르는 오솔길을 걷지. 샌디는 내 앞에서 달려가다가 내가 따라오는지 확인하려고 돌아오곤 하네……. 나는 따라가지. 그러다 나는 녀석의 뒤를 걷는 나를 보네. 우리는 멀어지고 둘 다 빛 속으로 사라지지…… 음악이 깔리면서. 이건 총천연색으로 된 1930년대 파라마운트 영화네. 이것이 종종 찾아오는 꿈이야. 내가 너무 어려서부터 영화관을 다녔나 봐…….

프랑수아 봉디 행복했나?

로맹 가리 아니…… 맞아. 모르겠네. 비를 피한 정도랄까.

프랑수아 봉디 자네에게 행복이란 무엇이었나?

로맹 가리 누웠을 때 나는 귀를 기울였고, 망을 봤고, 열쇠 돌아가는 소리를 들었네. 문이 다시 닫혔고, 그녀가 부엌에서 꾸러미를 여는 소리를 들었네. 그녀는 내가 있는지 보려고 나를 불렀지만 나는 아무 말도 하지 않았네. 나는 미소 짓고 기다렸지. 나는 행복했네. 속에서 가르랑거리는 소리가 났지⋯⋯. 아주 생생히 기억나.

프랑수아 봉디 결론을 내리자면?

로맹 가리 밤은 고요하리라.

1974년 3월
시마론에서

로맹 가리, 로맹 가리를 말하다

"천의 얼굴을 가진 유혹자" "카멜레온" "매혹자". 로맹 가리에게
흔히 따라붙는 수식어다. 무엇보다 그가 로맹 가리와 에밀 아자
르라는 이름난 필명 외에도 로만 카체브, 포스코 시니발디, 샤탄
보가트라는 여러 이름을 가졌기 때문일 테고, 한 사람의 것이라
하기 힘들 만큼 파란만장한 삶을 살았기 때문일 것이다. 제2차
세계대전 때는 자유프랑스군의 전투기 조종사로 활약해 무공훈
장까지 수상한 영웅이었고, 오랫동안 유능한 외교관이었으며, 서
른 편 넘는 작품을 쓰고 공쿠르상을 두 번이나 수상한 세계적인
작가였고 영화감독이기도 했으니 말이다. 세기의 여배우 진 세
버그와 함께한 그의 두 번째 결혼 생활도 세간의 주목을 끌었고,
의혹을 남긴 진 세버그의 불행한 죽음도, 뒤이은 그의 자살도 그
의 생애에 신비의 아우라를 씌웠다.『유럽의 교육』『새들은 페루
에 가서 죽다』『하늘의 뿌리』『자기 앞의 생』등의 작품들이 세상
을 홀린 것만큼이나, 어쩌면 그 이상으로 로맹 가리라는 인물도
세상을 매혹했다. 그가 처음으로 자기 얘기를 한『새벽의 약속』

은 수많은 독자들의 마음을 사로잡았고, 많은 이들이 이 자전적 이야기를 그의 가장 아름다운 작품으로 꼽았다. 그만큼 로맹 가리라는 인물은 매력적이었고, 그가 산 삶은 남달랐다.

이 책은 작가 로맹 가리가 『새벽의 약속』(1960), 『흰 개』(1970)에 이어 1인칭으로 등장하는 세 번째 작품이다. 『새벽의 약속』이 저자의 어머니에게 바쳐진 작품이고 『흰 개』가 그의 아내 진 세버그와 함께 겪은 미국의 인종주의를 다룬 작품이라면, 『밤은 고요하리라』는 인간 로맹 가리, 작가 로맹 가리가 오롯이 자기 이야기를 들려주는 작품이다.

이 책은 대담 형식을 취한다. 저자의 오랜 친구이며 기자이자 작가인 프랑수아 봉디가 묻고 로맹 가리가 답하는 형태다. 그런데 실은 가상 대담이다. 대답하는 이야 물론 로맹 가리지만, 질문을 던지는 이도 로맹 가리다. 하나의 자아 속에서는 밀실공포증이 느껴진다고 말하는 작가답게 그는 답하기 꺼려질 법한 질문들을 던지고 반문하는 역할까지 떠맡아 거침없이 자신을 까발린다. "터무니없는 자부심과 자기 자신에 대한 애절한 사랑을 잔뜩 품은 자아"를 경계하고, 타인의 자유는 건드리지 않되 자신의 자유는 최대한 동원하여, 어쩌면 자신도 알지 못했던 자신을 알게 되지 않을까 하는 기대를 내비치며 자가 인터뷰를 이어간다. 그렇게 그는 "가진 거라곤 성기뿐"인 스물한 살의 주체할 수 없던 욕망을 고백하고, 너무 수치스러워 오랫동안 차마 입을 열지 못했다는 자신의 비열한 행동들을 폭로한다. 일단 굶주린 배를 채우고 나서 거짓으로 간질 발작을 연기한 일이며 먹을 것을 훔친 일, 장난감 가게에서 기린을 그리고 한 마리당 20상팀을 받는 일을 하느라 기린만 보면 구역질이 났던 배고픈 청춘기를 얘기한다. 결혼하기로 약속한 뒤 홀연히 자취를 감춰버려 그를 애타게 만든 여자의 안타까운 사연이며 끝내 고백하지 못한 사랑에 대한 기억도 털어놓는다. 불가리아의 소피아, 스위스의 베른, 볼리비아의 라파스, 뉴욕의 유엔 본부, 캘리포니아 등 다양한 곳에서 외교관으로서 겪은 이채로운 경험과 흥미로운 일화, 경이로운 체험 들도 얘기한다.

작가가 이 책을 쓴 건 세상을 뜨기 6년 전인 1974년이다. 그 후로 몇 권의 소설 작품을 출간하긴 했지만 로맹 가리가 로맹 가리에 대해 말한 건 이 책이 마지막이다. 스스로 목숨을 끊기 전에 남긴 마지막 편지에서 그는 자살의 해답을 이 자전적 작품의 제목 '밤은 고요하리라'와 마지막 소설 『연』의 마지막 구절인 "더 잘 말할 수 없겠기에"라는 말에서 찾으라고 말했다. 그리고 "마침내 나를 완전히 표현했다"라는 말을 남기고 "두 눈을 크게 뜬 채 차분하고 온화한 표정으로" 떠났다. 따라서 이 작품은 그의 문학적 유언장과도 같다. 실제로 그는 이 글에서 자신이 걸어온 궤적을 훑으며 거의 모든 것에 관해 자기 견해를 밝힌다. 문명에 대해, 사회에 대해, 정치에 대해 눈부시게 예리한 통찰을 펼치고, 소설가로서 소설에 대한, 문학에 대한, 작품에 대한 생각을 개진한다. 그렇기에 이 자가 인터뷰는 로맹 가리가 어떤 인간이며 어떤 소설가인지를 그 어떤 작품보다도 잘 알게 해준다.

로맹 가리는 태생적 소수자다. 그는 세상을 지배하는 마초주의와 물질주의에 대해, 세상을 '승자'와 '패자'로 나누는 성공주의에 대해 뿌리 깊은 혐오감을 드러내며 강자에 맞서고 분연히 약자 편에 선다. 자신의 모든 책은 "약자들에 대한 존중"으로 만들어졌다고 그는 말한다. 그가 소설을 "박애"라고 정의하는 건 소설이 '타인들의 살갗 속에서' 살아보게 해주기 때문이다. 그는 하나의 자아로는 부족해서, 모든 사람이 되고 싶은 극심한 갈증 때문에 소설을 쓴다고 말한다. 자아가 갖는 나르시스적 함정에 빠지지 않고 무수한 존재가 되어 보려는 이 '박애의 욕망'이야말로 그에게 붙은 "카멜레온"이니 "천의 얼굴" 같은 수식어의 진짜 의미를 말해준다. 그가 철저한 자유인으로서 모든 구속, "목걸이와 끈의 관계"를 거부하고, 어떤 혈통이나 이념이나 종파도 배격하고 자신의 문학적 뿌리를 '혼혈성' '잡종성'에 두는 것도 같은 맥락에서 이해된다. 우리가 로맹 가리를 "유혹자" "매혹자"라 부르는 건 그가 남긴 경이로운 궤적이나 화려한 이력 때문이 아니라 언제나 소수자, 약자, 변방인, 잡종 편에 서서 명예와 자유와 진짜 가치들을 지키려 애쓴 그의 영혼 때문이라는 걸 이 책은 알게 해준다.

정확히 100년 전 오늘 태어난 작가가 30년 전에 쓴 책이지만 작가 특유의 냉소와 유머도 여전히 빛나고 통찰도 여전히 유효해 보인다. 이를테면 인간을 밥벌이에 종속시키고 출근부로 전락시키며, 영혼을 점점 더 커져가는 주머니로 바꿔버리는 극단적인 물질주의의 지배를 염려한 말이 그렇고, 정치권의 누구도 정말로 미래를 생각하지 않더라는 말도 그렇다. 목적지가 어딘지는 묻지 않고 속도와 안락만 신경 쓰며 내달리는 세태를 진단한 말도 그렇고, 인간의 역사를 돌아보면 지성보다는 어리석음이 앞섰다는 말이나, 인간의 명예를 실추시킨 건 강자였고 명예를 구한 건 언제나 약자였다는 말 역시, 불행히도 대단히 유효해 보인다.

2014년 5월 8일

백선희